Lynn Ingram hat ihren Geliebten, einen bekannten Anwalt, ermordet. Aus Notwehr. Denn was der untreue Ehemann nicht wusste: In ihrem früheren Leben war seine schöne, junge Freundin ein Mann. Als Lynn ihm die Wahrheit sagte, kam es zum Kampf – mit tödlichem Ende.
Vier Jahre später soll Superintendent Natalie Price die Transsexuelle im «Horizon House» auf ihre Haftentlassung vorbereiten. Doch dann geschieht das Schlimmste: Lynn wird auf brutalste Weise angegriffen, ihr Leben schwebt in Gefahr. Nur sie allein kann wissen, wer der Täter ist. Aber Lynn hat das Gedächtnis verloren, und ihr Tagebuch ist verschwunden. Natalie selbst erhält eine bösartige Warnung. Als der kleine Sohn ihres Freundes, Detective Leo Coscarelli, entführt und eine ehemalige Arbeitskollegin von Lynn ermordet wird, greift Natalie zu riskanten Mitteln, um den namenlosen Täter zu überführen. Wird sie den kleinen Jakey retten können?

Elise Title hat jahrelang als Psychotherapeutin im Sicherheitsstrafvollzug mit Schwerkriminellen in Massachusetts gearbeitet. Ihr erster Thriller «Romeo» (1997) war ein internationaler Bestseller. «Amnesia» ist nach «Judas» der zweite Natalie-Price-Thriller. Elise Title lebt mit ihrer Familie in Boston.

Unsere Adresse im Internet: www.fischerverlage.de

Elise Title

AMNESIA

Roman

Aus dem Englischen von
Ulrike Wasel und Klaus Timmermann

Fischer Taschenbuch Verlag

Veröffentlicht im Fischer Taschenbuch Verlag,
einem Unternehmen der S. Fischer Verlag GmbH,
Frankfurt am Main, Oktober 2005

Die amerikanische Originalausgabe erschien unter dem Titel
«Inside Out» bei St. Martin's Press, New York.

Published by arrangement with Linda Michaels Limited,
International Literary Agents
Für die deutsche Ausgabe:

Druck und Bindung: Ebner & Spiegel, Ulm
Printed in Germany
ISBN 3-596-16597-0

I

1997

1

Montag, 10.35 Uhr
4. August

Detective Mitchell Oates, ein stämmiger Afroamerikaner, stand wenige Schritte vor der offenen Tür zu einem dieser Schöner-Wohnen-Schlafzimmer in einem schicken Stadthaus am Harvard Square von Cambridge. Er trat zur Seite, um seinem Partner Leo Coscarelli, einem Detective mit dem schlanken, drahtigen Körper eines jungen Burschen, einen besseren Blick auf den Leichnam zu ermöglichen. Die beiden Polizisten waren seit fast drei Jahren ein Team. Oates, einunddreißig, war zwei Jahre jünger als sein Kollege, aber das sah man den beiden nicht an. Coscarellis jugendliches Aussehen brachte ihm als Detective der Mordkommission jedoch einen großen Vorteil. In den vergangenen sieben Jahren hatten schon viele Verdächtige den Fehler begangen, ihn für einen grünen Jungen und daher für einen leichten Gegner zu halten. Sie fühlten sich sicher und wurden unvorsichtig, um dann die unangenehme Erfahrung zu machen, dass der Schein trügen kann. So hatte er es noch vor seinem dreißigsten Geburtstag zum Lieutenant gebracht.

Oates war seit gut fünfzehn Minuten am Tatort. Coscarelli war gerade erst eingetroffen. Wie sein Partner hatte Coscarelli eigentlich frei, doch da es sich um ein prominentes Opfer handelte, hatte der Chief ihn und Oates mit dem Fall betraut.

Coscarelli hatte noch im Bett gelegen, als er um fünf nach zehn den Anruf erhielt, er solle sich schleunigst auf den Weg zum Haus von Matthew Slater machen. Aber er hatte nicht geschlafen. Und er war auch nicht allein gewesen. Im Nachhinein wünschte er, der Anruf wäre früher gekommen. Dann hätte er ihn im letzten Moment vor einer Situation bewahrt, in die er gar nicht erst hätte hineingeraten dürfen.

Coscarelli versuchte, die positiven und negativen Nachwirkungen seiner unbesonnenen Affäre abzuschütteln, während er auf den halb nackten – verehrten oder verabscheuten, je nachdem, ob man der Angeklagte oder der Kläger war – Strafverteidiger blickte.

«Du hast ihn gekannt, nicht?»

«Jeder bei der Mordkommission hat Slater gekannt», brummte Coscarelli und bemerkte mit einem Funken Neid, dass Slater für einen Mann Ende vierzig erstaunlich muskulös war. Die vielen Stunden im Fitnessstudio nützten dem Mistkerl allerdings jetzt auch nichts mehr. Es sei denn, man legte Wert darauf, auch im Sarg noch fit auszusehen.

Coscarelli blickte über die Schulter und sah Oates an. «Also, was wissen wir?»

«Der Anruf kam um neun Uhr fünf. Eine Streife vom nächsten Revier war um zwanzig nach neun hier, zusammen mit einem Rettungswagen. Einer von den Sanitätern hat Slater für tot erklärt. Der Coroner und die Spurensicherung sind auf dem Weg hierher.»

«Die Medien waren genauso schnell.»

Coscarelli ging in die Hocke und betrachtete die Gesichtsverletzungen des toten Anwalts: Prellungen und, wie es aussah, eine gebrochene Nase. Doch er bezweifelte, dass der Schlag, oder wahrscheinlicher, die Schläge Matthew Slater getötet hatten. «Wir müssen abwarten, was die Gerichtsmedizin sagt, aber ich tippe auf manuelle Strangulation.» Ohne den Leichnam zu berühren, deutete er auf die dunklen Blutergüsse am Hals des Anwalts. «Wer hat ihn gefunden?»

«Joyce Halber... Slaters Sekretärin. Sie hat sich Sorgen gemacht, als ihr Boss heute Morgen nicht in der Kanzlei erschien, obwohl er um acht einen wichtigen Termin hatte, und sie ihn auch nicht übers Handy erreichen konnte. Also ist sie hergefahren. Sie war gegen Viertel vor neun hier. Als er auf ihr Klingeln oder Klopfen nicht geöffnet hat, ist sie reingegangen. Ja, sie hatte einen Schlüssel. Sie sagt, Slater hat ihn ihr gegeben, als sie vor drei Jahren bei ihm angefangen hat. Jedenfalls, wie gesagt ... Sie ist hergefahren, ist mit dem Schlüssel rein –»

«War die Tür abgeschlossen?», fiel Coscarelli ihm ins Wort.

Oates klappte einen Notizblock auf und nahm einen handgeschriebenen Bericht von dem Kollegen heraus, der als Erster am Tatort gewesen war. «Ja.»

Oates las weiter aus dem Bericht vor. «Sie hat zuerst unten nachgesehen, dachte sich dann, dass er vermutlich verschlafen hatte – sie sagt, er habe ab und zu Schlaftabletten genommen. Sie ist nach oben gegangen und hat ihn genau da gefunden, wo er jetzt liegt. Sie sagt, sie hat weder ihn noch sonst was im Zimmer angefasst.»

Coscarelli nickte. «Dem Aussehen und Geruch der Leiche nach würde ich sagen, unser Mörder hat vor zwei, drei Tagen zugeschlagen. Hat denn keiner Slater vor heute Morgen vermisst?»

Oates zuckte die Achseln. «Es war Wochenende. Nach dem, was die Sekretärin dem Kollegen von der Streife erzählt hat, haben die Slaters ein Haus auf Martha's Vineyard. Die Ehefrau ist den Sommer über dort, und Slater fliegt fast jedes Wochenende hin. Halber hat angenommen, dass er dort war. Kurz bevor ich mit der Sekretärin telefoniert habe, hat sich der Sheriff von Vineyard gemeldet. Er hatte gerade die Ehefrau verständigt.»

«Wie hat er es so schnell erfahren?»

«Halber.»

«Tüchtige Sekretärin.» Coscarelli hielt kurz inne. «Und wie hat die Ehefrau es aufgenommen?»

«Der Sheriff sagt, sie ist nicht zusammengebrochen oder so. Meint, sie hat wahrscheinlich einen Schock erlitten.» Oates hob eine seiner dichten Augenbrauen. «Könnte wohl sein. Jedenfalls, sie hat dem Sheriff am Telefon gesagt, ihr Mann hätte sie am Freitagnachmittag angerufen und gesagt, dass er in der Stadt bliebe, weil er noch an einem Schriftsatz arbeiten müsse. Sie hat nicht versucht, ihn anzurufen, und fand es auch nicht merkwürdig, dass er sie das ganze Wochenende über nicht angerufen hat. Ist angeblich seine Art, wenn er mitten in einem Fall steckt.»

Coscarelli erhob sich. «Hat die Sekretärin gesagt, an was für einem Fall er gearbeitet hat?»

Oates bedachte seinen Partner mit einem viel sagenden

Lächeln. «Laut Halber hatte unser Mann im Moment keine wichtigen Fälle.» Oates machte eine dramatische Pause. «Ich hab so das Gefühl, hier haben wir es mit einem Fall von *cherchez la femme* zu tun.»

«Ich bin nicht so sicher, ob wir nach einer *femme* suchen sollten», sagte Coscarelli und musterte den Hals des Opfers.

Oates folgte dem Blick seines Partners auf die großen Würgemale an Slaters Hals. «Glaubst du, unser Typ war bi?»

Coscarelli knurrte. «Wenn ja, haben wir bald die Sensationspresse am Hals.»

2

Montag, 20.33 Uhr
24. November

«Haben Sie jetzt Zeit für sie, Lieutenant?»

Coscarelli blickte von der getippten Aussage zu dem dunkelhäutigen, massigen Cop an der Tür. Er hörte die leichte Betonung des Wortes *sie*, sagte aber nichts dazu. Am besten, er gewöhnte sich daran. Gut möglich, dass der Fall so viel Aufsehen erregen würde wie damals der von O. J. Simpson, einschließlich einer Fernsehübertragung der Gerichtsverhandlung. Sensationsgier unter dem Deckmäntelchen der Erbauung. Ein todsicherer Zuschauersport. Und noch dazu ein gewinnträchtiger. Für alle außer dem Angeklagten.

«Wir haben ihre Fingerabdrücke genommen und so weiter. Den Anruf, der ihr zusteht, hat sie gemacht; bei ihrem Anwalt.» Der Cop grinste viel sagend. «Sie würden ihr das nie ansehen. Dachte, ich warne Sie vor.»

Coscarelli starrte den Uniformierten an. Der winkte jemandem hinter sich und trat zur Seite.

Lynn Ingram erschien in der Tür, als Coscarelli gerade ihre Aussage in die Akte schob. Er zuckte unwillkürlich zusammen, als er sie sah. Hector Rodriguez hatte Recht. Er traute tatsächlich seinen Augen nicht. Und dabei hatte sie sich nicht etwa mit einem ultrafemininen Kleid aufgedonnert und trug auch keine hochhackigen Schuhe, sie hatte weder wallendes Haar noch war sie übertrieben geschminkt. Im Gegenteil. Mit bloßem Auge konnte Coscarelli kein Make-up entdecken, bis auf einen Hauch Lipgloss, das die vollen, sinnlichen Lippen hervorhob, und einen Schimmer Rouge, der die hohen Wangenknochen eines Models betonte. Falls sie eine Rhinoplastik hatte vornehmen lassen, so musste ihr Schönheitschirurg zu den besten seiner Zunft gehören, denn die gerade, leicht längliche Nase passte ausgezeichnet zu ihrem Gesicht. Ein Gesicht, das sowohl bemerkenswert schön als auch unglaublich zart war, umrahmt von aschblondem Haar, das ihr weich auf die Schultern fiel, gerade, seiden, geschmackvoll gestylt. Auch ihre teure, maßgeschneiderte Garderobe war überaus dezent. Enge schwarze Wildlederjeans und ein cremefarbener Kaschmirblazer, offen getragen über einem blaugrünen, anliegenden T-Shirt, das wunderbar zu ihren Augen passte.

Es war nicht zu bestreiten: Diese große, schlanke, bildschöne achtundzwanzigjährige Person sah aus wie die personifizierte Weiblichkeit. Doch dann fiel Coscarellis Blick auf ihre Hände. Trotz der fachmännisch manikürten Nägel und der schmalen, wohlgeformten Finger waren Lynn Ingrams Hände ohne Zweifel groß. Aber schließlich hatten viele große Frauen große Hände. Und Coscarelli schätzte Ingrams Größe auf gut einen Meter achtzig. Etwa sieben Zentimeter größer als er selbst.

Unwillkürlich fragte sich Coscarelli, wie es wohl gewesen wäre, wenn er Lynn Ingram unter *normalen* Umständen kennen gelernt hätte. Hätte er die Wahrheit vermutet? Nein, ganz bestimmt nicht. Und garantiert hätte er sie attraktiv gefunden. Aber andererseits hatte er schon andere *unpassende* Frauen attraktiv gefunden. Ingrams Gegenwart erinnerte ihn an den Morgen, an dem er im Slater-Fall zum Tatort gerufen worden war. Ein Morgen, an dem er sich wieder einmal zu sehr auf eine unpassende Frau – genauer gesagt, eine junge und wunderschöne Exdrogensüchtige/Exprostituierte namens Nicki Holden – eingelassen hatte. Seitdem bemühte er sich nach Kräften, seine sprunghafte Libido im Zaum zu halten. Lynn Ingram war dabei nicht gerade hilfreich.

Er sah ein schwaches Lächeln in Ingrams Gesicht. Als hätte sie eine genaue Vorstellung davon, welche Reaktion sie bei ihm auslöste. Das verunsicherte ihn ein wenig. *Sie* verunsicherte ihn. Mehr als ein wenig.

Er unterdrückte den Impuls, sich zu räuspern, und sagte: «Sie sind nicht verpflichtet, etwas zu sagen oder hier in diesem Raum zu sein, bis Ihr Anwalt eintrifft.»

«Das heißt, ich kann in einer Zelle warten. Nein, danke.» Ihre Stimme hatte einen Anflug von Heiserkeit, aber das klang eher sexy als maskulin. Er war beeindruckt, dass sie offenbar keine Anstalten machte, ihre Stimme künstlich höher klingen zu lassen.

«Ich werde ein Tonband mitlaufen lassen.»

Sie nickte.

Er drückte die Aufnahme-Taste an dem kleinen Kassettenrekorder auf seinem Schreibtisch, die Augen unverwandt auf ihr Gesicht gerichtet, und sagte fürs Protokoll: «Gespräch von Lieutenant Leo Coscarelli mit Lynn Ingram. Datum: Montag, 24. November. Uhrzeit –» Er warf einen Blick auf seine Uhr. «Zwanzig Uhr fünfundvierzig.»

«Kann ich mich setzen?», fragte sie.

Er deutete auf einen Holzstuhl mit gerader Rückenlehne ihm gegenüber.

Sie sah sich kurz in dem nichts sagenden kleinen Büro um, nahm ihn dann in Augenschein, ehe sie zu dem Stuhl ging. Taxierte sie ihn als Cop, dachte sie, dass er vom Aussehen her zu jung für den Job war? Oder taxierte sie ihn lediglich als Mann? Oder sowohl als auch? Unmöglich zu sagen. Aber er konnte seinen Blick nicht von ihr losreißen.

Mit der Anmut einer Tänzerin kam sie näher, ließ schließlich ihren langen, schlanken Körper auf den angebotenen Stuhl sinken.

«Sie haben bestimmt gedacht, ich sähe aus wie ein Transvestit.»

Darauf fiel Coscarelli nicht herein. «Hören Sie, Ms. Ingram, Ihr Anwalt hat Ihnen sicherlich geraten, nichts zu sagen, bis –»

«*Dr.* Ingram.»

Coscarellis Augenbrauen schnellten hoch. Diese Information hatte er in ihrer Aussage nicht gelesen. «Doktor der Medizin?»

«Wir verdienen nicht alle unser Geld mit Travestie, Detective. Ich bin klinische Psychologin und auf Schmerztherapie spezialisiert. Ich arbeite bei Dr. Harrison Bell, einem Anästhesiologen, in der Schmerzklinik von Cambridge. Und zwar seit meiner Promotion an der Boston University vor zwei Jahren.»

Sie schlug ein Bein über das andere und machte einen überraschend gelassenen Eindruck für jemanden, der kurz zuvor einfach so hereingeschneit war und freiwillig gestanden hatte, vor über drei Monaten einen Mord begangen zu haben. Vielleicht war es nur aufgesetzt. Um sich nicht nur als Frau zu geben, sondern noch dazu als eine Frau, die unter den gegebenen Umständen erstaunlich selbstbeherrscht war. Coscarelli musste zugeben, dass Ingram diesbezüglich höchst talentiert war, falls er sich da ein Urteil erlauben konnte. Und wenn das, was in ihrer Aussage stand, stimmte, war Lynn Ingram schon einen großen Schritt weiter als sich lediglich als Frau zu *geben*.

«So habe ich Matt kennen gelernt», fuhr sie mit ruhiger Stimme fort und Coscarelli war sicher, dass sie damit den ausdrücklichen Rat ihres Anwalts missachtete. Doch das tat sie aus freien Stücken. Der Beweis, dass er sie in keiner Weise genötigt hatte, war auf Band. «Er hatte chronische Schmerzen im rechten Kniegelenk, die Folge einer Verletzung beim College-Fußball. Er kam im Mai zum ersten Mal in die Klinik, ein Partner aus seiner Kanzlei hatte uns empfohlen –»

«Und der Name des Partners?»

«Aaron Hirsh.»

«Das ist der Anwalt, der Sie, wie Sie in Ihrer Aussage angegeben haben, vertreten wird.»

«Das ist richtig, Detective. Ich habe ihn angerufen. Wie Sie sich bestimmt denken können, war er sehr unglücklich darüber, dass ich bereits eine Aussage gemacht hatte.» Sie zuckte die Achseln. Selbst diese Geste hatte etwas ausgesprochen natürlich Feminines. «Aaron kommt mit dem Flugzeug aus New York. Er hat ein Apartment in Manhattan, weil seine Kanzlei dort auch Büros unterhält. Er und Matt haben sich das Apartment geteilt. Sie waren nicht nur Kollegen, sondern auch Freunde.»

«Und trotzdem wollen Sie, dass Hirsh Sie vertritt?»

«Er ist der Beste. Und er ist auch mein Freund.»

Coscarelli bedachte sie mit einem eindringlichen Blick.

Sie lächelte, zeigte gleichmäßige, perlweiße Zähne. «Bloß Freunde, Detective.»

«Wieso haben Sie eine Aussage gemacht, bevor Hirsh hier ist?», fragte Coscarelli.

«Ehrlich gesagt, wusste ich nicht im Voraus, dass ich das tun würde. Ich war mit einem Freund in einem Restaurant hier in der Straße essen. Seit drei Monaten habe ich, gelinde gesagt, keinen richtigen Appetit mehr, und mein Freund äußerte sich deshalb besorgt. Ich sagte ihm, es sei nichts Ernstes. Doch das war ganz offensichtlich gelogen. Ich mache die Hölle durch seit dieser schrecklichen Nacht. Übrigens habe *ich* das Restaurant ausgesucht. Freud hätte es bestimmt aufschlussreich gefunden, dass das Polizeipräsidium nur einen Katzensprung davon entfernt ist. Und der kluge Doktor hätte Recht gehabt. Ich habe sogar meinen Wagen direkt gegenüber geparkt. Ich bin aus dem Restaurant gekommen, wollte zu meinem Wagen und ... bin stattdessen hier reinmarschiert. Es war vielleicht ein bisschen überstürzt. Ich meine, ich hätte auf Aaron warten sollen. Aber der Schaden ist bereits angerichtet. Ich habe eine Aussage gemacht. Ich stehe zu meiner Aussage. Meine Aussage bleibt meine Aussage, auch wenn Aaron hier ist.»

«Wieso stellen Sie sich jetzt?»

Sie sah ihn fest an. «Aus Gewissensgründen.» Er sah, wie Traurigkeit ihre tiefblauen Augen verschleierte, aber er traute ihr nicht.

Ingram wandte den Blick ab und richtete ihn auf den mickrigen Weihnachtskaktus auf seinem Aktenschrank. Er hatte weder letztes Jahr noch vorletztes Jahr zu Weihnachten geblüht. Coscarelli wusste nicht genau, warum er ihn überhaupt noch behielt. Vielleicht wartete er auf ein Wunder.

«An dem Montag nachdem ... es passiert war, hatte ich den Operationstermin. Ich flog Sonntagabend nach Montreal und war zehn Tage im Krankenhaus. Dann habe ich einige Wochen in einem Hotel in der Nähe gewohnt, um mich ambulant weiter behandeln zu lassen und um ... körperlich und psychisch wieder einigermaßen stabil zu werden.»

«Das war doch durch Slaters Tod gewiss schwieriger geworden.» Diesmal hatte Coscarellis Stimme einen bewusst sarkastischen Unterton.

Sie verzog das Gesicht. «Ich wusste nicht, dass Matt tot ist. Meine Handlungen an dem Abend geschahen aus reiner Notwehr, ganz einfach.»

Coscarelli fand es interessant, dass Ingram ihren tödlichen Angriff auf Slater als *Handlungen* bezeichnete. Und was die Formulierung *ganz einfach* betraf – er war ziemlich sicher, dass die Psychologin genau wusste, dass bei dem Mord an einem renommierten Anwalt aus einer vornehmen, alteingesessenen New-England-Familie nicht der geringste Aspekt *ganz einfach* war.

«Matt hat noch gelebt, als ich aus dem Haus gerannt bin. Wenigstens dachte ich das.»

«Sie sind Doktor. Sie haben es nicht überprüft?»

«Ich bin keine Medizinerin. Und war in Panik. Ich bin weggelaufen. Ich bin nicht stolz darauf. Aber wie gesagt, ich wusste nicht, dass Matt ... gestorben war. In den Nachrichten haben sie das ganze Wochenende nichts gemeldet, bevor ich nach Montreal geflogen bin, und falls die kanadischen Medien es irgendwann später berichtet haben, so habe ich weder etwas gesehen noch gehört, während ich im Krankenhaus war oder danach – als ich mich in dem Hotel erholt habe. Ich dachte, mit Matt wäre alles in Ordnung. Ich wusste, dass er mich nicht anzeigen würde. Im Gegenteil, ich war sicher, er befürchtete, dass ich *ihn* anzeigen würde. Er hat mich ganz schön zusammengeschlagen. Das kann Ihnen Dr. Claude Brunaud bestätigen.»

«Und wer ist dieser Brunaud?»

«Der kanadische Chirurg, der bei mir die Scheidenplastik gemacht hat.» Ihre Augen hielten seinem Blick stand.

Coscarelli hatte größte Mühe, sich nicht anmerken zu lassen, dass er sich innerlich wand.

Ingram lächelte, und er war sicher, auf seine Kosten. Doch dann richtete sie den Blick wieder auf den kümmerlichen Kaktus, und er sah, dass ihr Lächeln sich verlor. «Diese Genesungsphase – das hätte die glücklichste Zeit meines Lebens sein sollen. Endlich war ich ganz. Endlich richtig. Wirklich ich selbst. Sie können sich nicht vorstellen, wie lange ich geträumt hatte, gebetet –»

Das Lächeln erstarb ganz. «Aber nie war ich deprimierter. Oh, mein Psychologe im Krankenhaus meinte, Depressionen seien nichts Ungewöhnliches. Er verglich es mit der postnatalen Depression einer Wöchnerin. Aber das war es nicht. Wissen Sie, ich hatte mir ein Leben mit Matt vorgestellt. Eine normale, glückliche, liebevolle, dauerhafte Beziehung. Ich hatte gedacht, dass er für mich da wäre.»

«Klar, nicht leicht, sich ein glückliches, langes Leben mit einem toten Mann vorzustellen.»

Wenn er gehofft hatte, sie würde aus der Haut fahren, so irrte er sich. Ingrams Gesicht wirkte eher noch trauriger, falls das überhaupt möglich war. «Ich habe Matt nicht ermordet. Er hat mich angegriffen. Wir haben gekämpft. Ich hatte keine andere Wahl, als mich zu verteidigen. Um mein Leben zu kämpfen. Es war Notwehr.»

Coscarelli gab bewusst keine Antwort. Er würde Ingrams Anwalt nicht den Hauch einer Chance geben, ihm Beeinflussung seiner Mandantin anzulasten. «Die Wahrheit war zu viel für Matt. Er hat mir ganz schonungslos gesagt, er würde mich lieber tot sehen, als das Risiko einzugehen, dass alles herauskäme. Er hat gesagt, er würde sich nicht zum Gespött des ganzen Landes machen. Finden Sie es nicht interessant, Lieutenant Coscarelli, dass er keine sonderliche Angst davor hatte, als ein Mann gesehen zu werden, der seine Frau betrogen hat? Er hatte nur Horror davor, man könnte ihn für einen *Perversen* halten. Ich war absolut überzeugt, dass Matt *mich* getötet hätte, wenn ich ihn nicht ... daran gehindert hätte. Er hat ... mich angegriffen. Brutal. Als ob ... ich es je irgendjemandem erzählt hätte.» Sie schüttelte den Kopf. «Matt konnte nicht verstehen, dass ich genauso verzweifelt war.»

«Inwiefern?»

«Ich habe ihn geliebt.» Ihre Lippen zitterten leicht, und ein oder zwei Wimpernschläge lang dachte Coscarelli, dass ihre so sorgfältig konstruierte Fassade bröckeln würde. Doch dann riss sie sich mit einem resoluten Seufzer zusammen. «Das steht alles in meiner Aussage, Detective. Ich weiß nicht, warum ich jetzt alles noch mal durchkaue. Das muss ich eigentlich doch erst, wenn Aaron da ist.»

Coscarelli kippte mit seinem Stuhl nach hinten. «Worüber sollen wir reden, während wir warten?»

Sie ließ einige Sekunden verstreichen. «Erzählen Sie mir nicht, dass Sie nicht neugierig sind. Oder kennen Sie noch andere M-z-F?»

«M-z-F?» Doch dann verstand er. Vom Mann-zu-Frau-Operierte.

«Nicht alle sehen so aus wie ich. Ich gehöre zu den Glückspilzen. Als Teenager wurde ich oft für ein Mädchen gehalten. Zumindest bevor ich mit sechzehn in die Höhe schoss, bis fast eins achtzig. Ich war mit einem hübschen Gesicht gesegnet – oder verflucht, wie mein Vater sagen würde. Ich brauchte nur geringfügige operative Gerichtskorrekturen und natürlich eine Elektrolysebehandlung zur Entfernung der Bartbehaarung. Selbst das war keine langwierige oder komplizierte Angelegenheit, weil ich sehr blond bin. Mir wäre immer nur ein sehr kümmerlicher Bart gewachsen. Auch schon vor meiner Hormonbehandlung. Die meisten meiner transsexuellen Freunde beneiden mich.» Ihr Lächeln lag irgendwo zwischen gequält und kokett.

«Und Slater hatte bis zum besagten Abend keine Ahnung?» Seine Frage klang schärfer, als er es beabsichtigt hatte.

«Hätten Sie es geahnt, Detective?» Ingram musterte ihn herausfordernd. «Kennen Sie den Film *The Crying Game*? Tja, der Freitagabend hätte eine Szene aus dem Film sein können.» In ihrer Stimme schwang gespielte Schnoddrigkeit mit. «In dem Film ist der Held scharf auf eine Frau in einer Bar, sie nimmt ihn mit zu sich nach Hause für eine Nacht voller sexueller Wonnen, und er flippt aus, als er ihr kleines Anhängsel entdeckt, mit dem er nicht gerechnet hat. Trotzdem verliebt er sich am Ende in sie.»

«In Ihrem Fall hat das Leben die Kunst aber wohl nicht imitiert, vermute ich.»

«Matt war entsetzt. Dann wurde er wütend. Sehr wütend.»

«Sie hätten ihn doch vorwarnen können.»

Sie bedachte ihn mit einem gequälten Blick. «Sie können sich nicht vorstellen, wie oft ich mich schon selbst dafür verflucht habe, dass ich so … naiv war. So … vertrauensselig. So verdammt blöd.»

Coscarelli versuchte, sich in Slaters Lage zu versetzen. Wie hätte er reagiert? Er wäre ganz schön fertig gewesen, keine Frage. Aber hätte er sie geschlagen? *Ihn*? *Sie?* Es *sagte* sich so leicht, dass er die Ruhe bewahrt hätte.

Ingram beugte sich auf ihrem Stuhl vor. «Ich erwarte nicht, dass Sie das verstehen, Lieutenant, aber im Grunde meines Herzens, mit jeder Faser meines Seins war ich schon vor der Operation eine Frau. Ich war schon immer eine Frau, die im falschen Körper eingesperrt war. Ich habe mich fast vom ersten Augenblick an in Matt verliebt, aber ich habe mich zurückgehalten. Erst als ich ganz und gar überzeugt war, dass er tiefere Gefühle für mich empfand und nicht nur mit mir ins Bett wollte, bin ich das Risiko eingegangen. Ich habe mir eingeredet, dass er es verstehen würde. Dass er natürlich zunächst verstört reagieren würde, aber dann doch darüber hinwegkommen könnte.»

«Sie hätten bis nach der Operation warten können. Es stimmt doch wohl, dass er dann nicht mal was gemerkt hätte?» Coscarelli war zu Anfang seiner Laufbahn für kurze Zeit bei der Sitte gewesen und hatte mit einigen Transsexuellen – vor und nach der Operation – zu tun gehabt. Und er hatte einiges von ihnen gelernt.

Eine leichte Röte färbte Ingrams Wangen. «Dank Dr. Brunaud werde ich, sobald alles ausgeheilt ist, perfekte weibliche Genitalien haben. Nicht unterscheidbar von denen einer genetischen Frau. Der gute Doktor versichert mir sogar, dass ich irgendwann einen Orgasmus haben kann.» Ihr Ton war eher klinisch als provokant.

«Sie haben meine Frage noch nicht beantwortet.» Eine von Coscarellis Stärken war, dass er sich nicht so leicht ablenken ließ.

«Ich wollte, dass Matt Bescheid weiß», sagte sie, jetzt mit einem Hauch Inbrunst in der Stimme. «Ich hatte schon viel zu lange mit der Lüge gelebt – nein, unter ihr gelitten. Ich dachte, ich bin es Matt schuldig, dass er die Wahrheit kennt. Die Wahrheit *sieht*. Ich habe zu spät begriffen, dass es verrückt war, aber ich habe wirklich gedacht, es würde ihm helfen, sie letztlich zu akzeptieren. Ich habe gedacht, er würde mich vielleicht sogar … nach Kanada begleiten. Meine Hand halten, sozusagen. Ich wusste, dass er verheiratet war, aber er hat gesagt, er würde seine Frau verlassen. Er hat geschworen, seine Ehe sei schon lange, bevor wir uns trafen, kaputt gewesen. Dass ich nicht der Grund für die Trennung sei. Er hat gesagt … dass er mich liebt. Er hat gesagt, er sei ganz sicher, dass wir eine Zukunft hätten. Ich habe ihm geglaubt.» Ihre Lippen zitterten jetzt richtig, Tränen traten ihr in die Augen. «Ich habe mich getäuscht. Wir haben uns beide getäuscht.»

II

2001

Mein Arzt hat gesagt, es sei ein Phase. Es würde sich wieder geben. Irgendwann würde ich aufhören zu glauben, dass ich in Wirklichkeit ein Mädchen bin. Er hat sich geirrt. Aber ich gebe zu, dass es dunkle Zeiten gegeben hat, in denen ich mir gewünscht habe, er hätte Recht gehabt …

Lynn Ingram
Gefängnistagebuch

I

Entlassungsvorbereitungszentrum
Horizon House, Neuaufnahme-Besprechung
Boston, Massachusetts
Montag, 13. August

«Das gefällt mir nicht. Ingram hat schon im Knast Ärger gemacht, und sie wird noch mehr Ärger machen.» Gordon Hutchins, mein leitender Vollzugsbeamter, ein stämmiger Mann mit grauem, militärisch kurz geschorenem Haar, der gegen einen unaufhaltsam dicker werdenden Bauch ankämpft, sieht meinen tadelnden Blick. Ich merke, dass er einen Rückzieher macht, nicht weil er Angst vor mir hat, sondern weil er weiß, dass ich im offenen Kampf nur noch hartnäckiger werde. Mit zweiunddreißig bin ich zwar siebenundzwanzig Jahre jünger als Hutch und er ist dreißig Jahre länger als ich im Strafvollzug, aber ich bin von der neuen Schule – mit dazugehörenden sämtlichen richtigen Abschlüssen, inklusive einem Doktor in Strafrechtspflege –, und als Superintendent und Leiterin von Horizon House habe ich das letzte Wort.

«Ingram hat den Ärger nicht verursacht, Hutch», sage ich betont knapp. «Und sie erfüllt alle Voraussetzungen für eine Aufnahme. Also, weiter im Text.»

Jack Dwyer, mein dunkelhaariger, dunkeläugiger Stellvertreter, der starke Ähnlichkeit mit einem leicht abgewrackten Straßenrowdy hat, will aber nicht einfach weiter im Text machen. Wie Hutch ist auch er älter als ich – er wird bald vierzig und freut sich keineswegs darauf – und arbeitet schon länger im Strafvollzug als ich. Anders als Hutch macht es ihm allerdings Spaß, sich mit mir anzulegen. Er würde gern noch mehr mit mir machen, aber unsere private Beziehung, kompliziert von Anfang an, ist im vergangenen Jahr noch verzwickter geworden. Er bemüht sich zwar nach Kräften, das Knäuel zu entwirren, aber irgendwie verheddert sich dadurch alles nur noch mehr. Ich rechne ständig damit, dass er aufgibt, weil ich besser als die meisten anderen weiß, dass Jack Dwyer nicht gerade ein geduldiger Mensch ist. Andererseits weiß ich auch, dass er daran gewöhnt ist, zu bekommen, was er will. Aber das bin ich auch. Nur wollen wir unterschiedliche Dinge.

«Ob sie nun den Ärger verursacht hat oder nicht», sagt Jack und fixiert mich dabei, «Ingram musste jedenfalls in Schutzhaft genommen werden, nachdem sie mehrmals angegriffen und mindestens einmal vergewaltigt wurde. Und obwohl sie keinen von den Tätern verraten hat, hat ihr selbst das bei den anderen weiblichen Häftlingen oder beim männlichen und weiblichen Personal keine Sympathien eingebracht.»

«Vielleicht hat sie nichts gesagt, weil es gar keine richtigen Vergewaltigungen waren», murmelt Hutch. «Vielleicht wollte sie einfach mal Action.»

«Vielleicht hatte sie aber auch einen Heidenschiss davor, dass man sie umlegt, wenn sie jemanden verpfeift», sagt Sharon Johnson aufgebracht. Man würde es nicht vermuten bei dieser eleganten, üppigen Frau mit der kakaobraunen Haut und dem schicken, rostbraunen Designer-Kostüm, aber meine achtunddreißig Jahre alte Berufsberaterin weiß, wovon sie redet, hat sie doch selbst schon einmal hinter Gittern gesessen.

Außer Sharon ist noch ein weiterer ehemaliger Insasse im Horizon House beschäftigt: Akeem Ahmal, unser Koch, oder Küchenchef, wie er lieber genannt wird. Ich musste mich ganz schön ins Zeug legen, um den beiden die Stellen zu verschaffen, und bis heute sind sie die einzigen Exhäftlinge, die innerhalb einer Strafvollzugsanstalt arbeiten.

Um jedes Missverständnis auszuräumen, das Horizon House liegt zwar außerhalb der Gefängnismauern und ist ein schmuckes, restauriertes viktorianisches Haus, das bis zur Wende des vorigen Jahrhunderts ein hochanständiges Hotel für junge Frauen war, es liegt darüber hinaus mitten in der Bostoner Innenstadt und die Häftlinge, die bei uns aufgenommen werden, dürfen etwas Luft der Außenwelt schnuppern, aber es besteht absolut kein Zweifel daran, dass das sechsstöckige Gebäude nach wie vor ein Gefängnis ist. Wenn auch das einzige Gefängnis im Staat mit Häftlingen beiderlei Geschlechts. Obwohl Männer und Frauen auf verschiedenen Etagen getrennt untergebracht sind und jeder zwischengeschlechtliche Kontakt ohne Aufsicht streng verboten ist, finden heutzutage sämtliche internen Reha-Maßnahmen – ob es um Alkohol- oder Drogenabhängigkeit, Zornbewältigung, Kindererziehung, Missbrauch und so weiter geht – bewusst gemischtgeschlechtlich statt. Es hat seine Zeit gedauert, bis ich die verantwortlichen Stellen zu der Einsicht bringen konnte, dass die persönliche Erfahrung der Häftlinge, wie das jeweils andere Geschlecht mit Problemen umgeht, weitaus wichtiger ist als das Vermeiden möglicher Risiken. Zugegeben, ich hatte nicht an das Problem gedacht, mit dem wir uns heute befassen müssen.

«Worauf steht Ingram überhaupt? Männer? Frauen? Beides?», fragt Hutch die Gruppe.

Sharon schaut ihn wütend an. «Was spielen ihre sexuellen Vorlieben denn hier für eine Rolle?»

Hutch hebt beide Handflächen in ihre Richtung. Seine Art, sich zu entschuldigen. Obwohl ich schon seit einiger Zeit Bescheid weiß, hat Sharon sich erst vor kurzem ihren Kollegen gegenüber geoutet. Vor zwei Wochen hat sie sogar Raylene Ford, mit der sie seit einigen Jahren zusammenlebt, mit zu einem Mitarbeiterpicknick gebracht. Die beiden Frauen lernten sich vor über acht Jahren während ihrer Haft im CCI Grafton kennen. Sie wurden Freundinnen und nach ihrer Entlassung ein Paar. Ich kenne Ray seit dem letzten Jahr, als wir im Horizon House eine Krise durchmachten. Während dieser chaotischen Zeit habe ich auch meine Berufsberaterin um einiges besser kennen gelernt.

«Sharon, ich will wirklich nicht respektlos sein», fasst Hutch seine Entschuldigung in Worte. «Aber ich finde, wir haben das Recht zu wissen, auf wen Ingram vielleicht ein Auge wirft. Machen wir uns nichts vor, bis auf die beaufsichtigten Maßnahmen können wir unsere Jungs und Mädchen getrennt halten, aber wir wissen doch alle, wo ein Wille ist, ist auch ein Weg –»

«Bleiben wir beim Thema, Leute», falle ich Hutch ins Wort, um zu verhindern, dass unsere Besprechung sich zu einer Klatschrunde darüber auswächst, wer von unseren Schützlingen es bei einem anderen versucht oder einen anderen herumgekriegt hat. Klar, so etwas kommt vor, aber so häufig auch wieder nicht, weil die Risiken – eine Fahrkarte zurück in den Knast – für die meisten unserer Häftlinge viel zu schwer wiegen. Unsere Einrichtung ist für die Insassen eine Brücke zwischen Gefängnismauern und dem Leben draußen, und ihr Aufenthalt hier dauert sechs bis höchstens neun Monate. Manche Häftlinge flirten auf Teufel komm raus, aber da sie nur kurze Zeit hier bleiben, also bald auf freiem Fuße sein werden, halten sie ihre Leidenschaft meistens im Zaum.

«Ich sehe das so», sagt Jack, «Ingram musste bis auf vier Monate ihre ganzen drei Jahre getrennt von ihren Mithäftlingen absitzen. Auch wenn sie selbst nichts dafür konnte, sie brauchte Schutz. Wir haben hier absolut nicht die Möglichkeit, ihr diese Art von Sicherheit zu bieten, das wissen wir doch alle. Ich denke, es ist in ihrem wie auch in unserem Interesse, wenn sie auch ihre letzten sechs Monate da bleibt, wo sie ist.»

Dr. Ross Varda räuspert sich und wirft mir über den braunen Resopaltisch einen Blick zu. Ich nicke dem etwas herrischen, großen, jungen Freud-Doppelgänger zu, erleichtert, dem Gastpsychiater das Wort überlassen zu können. Der Vierunddreißigjährige rückt seine Nickelbrille zurecht, streicht sich den ordentlich gestutzten Bart glatt und blickt uns nacheinander im Uhrzeigersinn an – erst mich, dann Dwyer, Hutch und Sharon Johnson, dann wieder mich, während er mit ausdrucksloser, gemessener Stimme spricht. «Seit Lynn im CCI Grafton einsitzt, führe ich zweimal im Monat mit ihr ein Gespräch. Ich bin der Ansicht, dass die Verlegung hierher ganz in Lynns Interesse liegt. Wenn Superintendent Price zustimmt, werde ich die psychiatrischen Sitzungen mit meiner Patientin hier im Horizon House fortführen. Und ihre medikamentöse Behandlung überwachen.»

«Medikamente. Dann ist sie also doch verrückt», sagt Hutch. «Ich meine, überrascht mich eigentlich nicht. Ein Mann, der so was mit sich machen –»

«Lynn Ingram ist gesetzlich und physiologisch eine Frau», fällt Varda ihm scharf ins Wort, nicht mehr mit ausdrucksloser Stimme und auch nicht mit wohl überlegten Worten. «Und sie ist nicht *verrückt*. Ich habe sie, kurz nachdem sie in Grafton in eine Einzelzelle verlegt wurde, auf ein Antidepressivum gesetzt – wem würde eine solche Umgebung nicht aufs Gemüt schlagen, ganz abgesehen von den entsetzlichen Angriffen, weswegen sie ja überhaupt in Schutzhaft genommen wurde. Doch seit sie die Aussicht hat, ins Entlassungsvorbereitungszentrum zu kommen, haben sich ihre Depressionen deutlich gebessert, und sie hat gebeten, das Medikament absetzen zu dürfen. Sie nimmt jetzt nur noch ein unterstützendes Hormonpräparat.»

Jack blickt den Psychiater neugierig an. «Wieso darf sie denn Hormone nehmen?» Eine gute Frage. Natürlich erhalten Häftlinge, die Diabetes haben, Insulin, und HIV-Infizierte oder AIDS-Kranke bekommen jedes Medikament, das erforderlich ist. Kurzum, die Strafvollzugsbehörde ist gesetzlich dazu verpflichtet, dass alle unter ihrer Obhut stehenden Männer und Frauen jede lebenserhaltende medizinische Behandlung bekommen. Ohne die Hormonbehandlung wäre Lynn Ingrams körperliche Gesundheit wahrscheinlich nicht lebensbedrohend gefährdet. Aber ich vermute, dass die Gefährdung ihrer psychischen Gesundheit auf einem ganz anderen Blatt steht.

«Anfänglich hat sie ihre Hormone nicht bekommen», sagt Varda leicht gereizt. «Doch mit meiner Hilfe hat ihr Anwalt Rechtsmittel eingelegt und eine Aufhebung der Entscheidung erreicht.»

Hutch lacht höhnisch auf. «Und wenn nicht? Hätte Eva sich dann wieder in Adam zurückverwandelt? Nur ohne Pimmel?»

«Jetzt reicht's, Hutch», zische ich. Obwohl ich wegen dieser rüden und voreingenommenen Bemerkungen ziemlich sauer auf meinen leitenden Vollzugsbeamten bin, vermute ich stark, dass jeder von uns, außer vielleicht Dr. Varda, verunsichert und beklommen auf einen Menschen reagiert, der sich einer operativen Geschlechtsumwandlung unterzogen hat. Nur die Art, wie wir mit diesen Gefühlen umgehen, ist bei jedem anders. Während der acht Jahre, die ich nun schon im Strafvollzug arbeite, habe ich etliche männliche und weibliche Häftlinge erlebt, die sich psychisch dem anderen Geschlecht zuordnen, aber noch nie jemanden, der tatsächlich eine Geschlechtsumwandlung durchgemacht hat.

Der Psychiater bedenkt Hutch mit einem missbilligenden Blick. «Das ist genau die Art von Ignoranz, die Lynn hier im Horizon House Probleme bereiten wird. Ich finde es sehr traurig, dass sich meine Hoffnung, diese Einrichtung hier wäre fortschrittlich und tolerant, als Irrglaube erweist.»

Zugegeben, meine Leute zeigen sich dem Psychiater nicht gerade von ihrer *fortschrittlichsten* Seite, aber ich werde ausgesprochen fuchsig, wenn ein Außenstehender einen meiner Mitarbeiter angreift.

«Sie müssen sich keine Sorgen machen, dass Gordon Hutchins irgendwelche Probleme verursacht, wenn Ingram zu uns verlegt wird», sage ich schneidend zu Varda. «Er ist der beste leitende Vollzugsbeamte, der mir je begegnet ist. Ich bin ungeheuer dankbar, dass ich ihn habe.»

Varda öffnet den Mund, der fast vollständig von dem rotblonden Vollbart verdeckt wird – ein Ausgleich für sein frühzeitig schütter werdendes, rötliches Haar? –, doch dann presst er seine dünnen Lippen zusammen, weil er sich offensichtlich – und klugerweise – eines Besseren besinnt, als sich mit mir anzulegen.

Hutch, der es nicht ausstehen kann, wenn eine Frau seine Kämpfe austrägt, auch nicht, wenn er die Frau mag und widerwillig bewundert, grinst den Seelenklempner höhnisch an. «Nennen Sie eigentlich alle Ihre Patientinnen beim Vornamen? Oder nur die hübschen?», fragt Hutch provokativ, fängt dann aber den *Reg dich ab*-Blick auf, den ich ihm zuwerfe. Er seufzt. «Tschuldigung, Doc.» Er sagt es nicht so, als würde er es ernst meinen. Er versucht es nicht mal.

Rote Flecke zieren Vardas Wangen oder das, was wir über dem Bart davon sehen können. Ich bin nicht sicher, ob der Psychiater wütend oder verlegen ist. Er wäre ja nicht der erste Therapeut, der sich übermäßig und unangemessenerweise mit einer attraktiven Patientin einlässt. Und ob wir Übrigen Lynn Ingram während ihres Aufsehen erregenden Prozesses vor drei Jahren im Fernsehen oder auf den Titelseiten von diversen Sensationsblättern gesehen haben, wir alle wissen, dass sie nicht bloß attraktiv, sondern schlicht und ergreifend schön ist – ganz gleich, wie wir zum Thema Transsexualität stehen.

«Darf ich mal was klarstellen?» Jacks Frage ist rhetorisch. «Wir können uns alle für Hutch verbürgen, daran besteht kein Zweifel», fügt er hinzu und fixiert Varda, «und für unsere übrigen Kollegen auch. Bei den Häftlingen sieht die Sache allerdings anders aus. Manche könnten ein Problem werden. Und wir können keine Probleme gebrauchen.» Er lehnt sich auf seinem Stuhl zurück. «Und genau aus diesem Grund sage ich, wir sollten es lassen.»

«Und ich sage, wenn wir anfangen, Häftlinge auszuschließen, die für die Maßnahme geeignet sind, nur weil wir nicht imstande sind, für ihre Sicherheit zu sorgen, dann können wir den Laden gleich dichtmachen.» Ich spreche mit Nachdruck.

Jack wendet sich wieder an den Psychiater. «Etwas würde mich interessieren, Doc. Hat Ingram eigentlich akzeptiert, dass die Geschworenen sie wegen Totschlags schuldig gesprochen haben?» Jack stellt die Frage mit so unbeteiligter Stimme, dass Varda noch unruhiger auf seinem Stuhl hin und her rutscht.

«Lynn – Dr. Ingram –» Varda spricht mit verkniffenen Lippen, noch mehr rote Flecke auf den Wangen, «hat stets an ihrer ursprünglichen Notwehr-Erklärung festgehalten. Dennoch belastet es sie schwer, dass sie, wenn auch unbeabsichtigt, den Tod von Matthew Slater verursacht hat.»

Sharon Johnson, deren wachsende Verärgerung und Frustration über den Ablauf unserer Besprechung ihr deutlich anzusehen ist, nimmt geräuschvoll ein Blatt Papier aus der dicken Akte vor sich. «Ich habe hier einen Brief von Dr. Harrison Bell, dem Arzt der Schmerzklinik in Cambridge, in der Dr. Ingram damals gearbeitet hat, und er bittet darum, dass man ihr erlaubt, ihr Arbeitsvorbereitungsprogramm bei ihm zu absolvieren.»

«Das kann er sich ja wohl abschminken», stellt Hutch prompt klar. «Ingram hat ihre Zulassung als Psychologin verloren, als sie wegen Totschlags verurteilt wurde.»

«Dr. Bell ist natürlich darüber im Bilde, dass Ingram nicht

mehr als klinische Psychologin zugelassen ist», sagt Sharon ungeduldig und blickt dann auf den Brief. «Er weist jedoch darauf hin, dass sie nach wie vor als seine Assistentin arbeiten kann. Ich finde, das wäre doch eine ideale Lösung –»

Hutch beäugt mich. «Also, ich verstehe, was du meinst, Nat, und, okay, im Großen und Ganzen bin ich hundertprozentig deiner Meinung.» Ein Kichern von Sharon Johnson zaubert ein ehrliches Lächeln auf sein Gesicht. «Na schön, vielleicht fünfundsiebzig Prozent. Ich will hier nicht der Schwarzmaler sein, aber ich weiß auch noch, dass vor gar nicht so langer Zeit nicht viel gefehlt hätte, und wir hätten den Laden dank des Fiaskos mit einem der Häftlinge dichtmachen können. Wollen wir so etwas wirklich wieder riskieren?» Obwohl er die Frage an die Gruppe gerichtet hat, weiß ich, dass Hutch ausdrücklich mich meint.

Keiner sagt ein Wort, aber ich bin sicher, dass jeder am Tisch gerade wieder lebhaft das Debakel vor Augen hat, das Hutch meint. Es ist noch kein ganzes Jahr her, dass Dean Thomas Walsh, ein Häftling, der wegen Vergewaltigung einsaß und bei uns im Zentrum auf seine Entlassung vorbereitet wurde, geflohen war, nachdem er verdächtigt wurde, eine junge Englischdozentin ermordet zu haben, die seine schriftstellerischen Ambitionen gefördert hatte. Die Dozentin, Maggie Austin, war zufällig auch meine beste Freundin gewesen. Und Jack Dwyers Geliebte.

Hutch hat Recht. Es grenzte wirklich an ein Wunder, dass unsere damals erst ein Jahr junge Einrichtung den Wirbel überstand, den die öffentliche Empörung über das Walsh-Debakel auslöste. Wegen Dean Thomas Walsh verlor ich meine beste Freundin, mein Job geriet in Gefahr, ganz zu schweigen von meinem Leben. Außerdem hätte ich fast den Fehler begangen, mich auf eine Liebschaft mit meinem Stellvertreter einzulassen, und beging den vielleicht noch größeren Fehler, eine schrecklich komplizierte Beziehung mit dem Detective anzufangen, der mit dem Walsh-Fall betraut war. Und jetzt würde diese Beziehung noch vertrackter werden. Als ich Lynn Ingrams Akte studierte, war mir als Erstes ins Auge gesprungen, dass Detective Leo

Coscarelli vom Morddezernat auch die Ermittlungen im Fall Matthew Slater geleitet hatte.

Dr. Varda bricht das lange Schweigen. «Ich sollte noch erwähnen, dass eine Insassin vom Horizon House die Zellengenossin von Lynn Ingram war, bevor sie in Schutzhaft kam. Sie haben sich angefreundet. Lynn meint, dass es gut wäre, hier eine Verbündete zu haben. Ihr Name ist Nicki Holden.»

Nicki Holden ist zufällig auch die Mutter von Leo Coscarellis Kind.

Man wird nicht als Frau geboren, man wird dazu gemacht.

Simone de Beauvoir

2

Als wir kurz vor Mittag die Besprechung der Neuaufnahmen beenden, ist noch immer ungeklärt, ob Lynn Ingram ins Horizon House verlegt werden soll. Ich sage dem Team, dass ich am Nachmittag ins CCI Grafton fahren und mit Ingram persönlich sprechen werde, bevor ich eine endgültige Entscheidung treffe.

Alle haben mein Büro verlassen außer meinem Stellvertreter. Jack ist am Konferenztisch sitzen geblieben, während ich zielstrebig quer durch den großen, eichenholzgetäfelten Raum zu meinem Schreibtisch vor dem Erkerfenster gehe, das auf die viel befahrene Commonwealth Avenue blickt.

«Wenn du mit mir noch weiter über Ingram diskutieren willst, vergiss es, Jack», sage ich, bemüht, jeden Blickkontakt zu vermeiden. «Ich habe morgen früh als Erstes eine Etatbesprechung, auf die ich mich vorbereiten muss, dann muss ich noch etliche Entlassungsberichte durchsehen, ganz zu schweigen von der Anhörung vor dem Prüfungsausschuss –»

Er steht vom Tisch auf, kommt zu meinem Schreibtisch und setzt sich auf eine Ecke, während ich hektisch einen Stoß Papiere mit dem Halbjahresetatbericht durchblättere. Die Zahlenlisten verschwimmen mir vor den Augen.

«Du trägst wieder das Bleib-mir-vom-Leibe-Schild um den Hals.»

«Verschone mich, Jack.»

«Ich verschone dich schon viel zu lange.»

Ich blicke zu ihm auf. Er lächelt. Nicht das wie gemeißelt wirkende, spöttische Lächeln, das meist entweder Sarkasmus oder Hohn andeutet. Und mit dem ich inzwischen selbstsicher umgehen kann. Das hier ist eines seiner selteneren Lächeln, und es liegt ein Hauch Zärtlichkeit darin. Jack bringt mich immer ins Schleudern, wenn er auf liebenswert macht. Bis ich mir rasch seine zwei katastrophal gescheiterten Ehen in Erinnerung rufe, seine heimliche Affäre mit meiner besten Freundin und seine immer wieder mal auftretenden Alkoholperioden.

Ich schaue auf den Etatbericht, heuchle Konzentration.

Jack fasst mit der Hand unter mein Kinn und hebt meinen Kopf. «Komm, wir gehen was essen.»

Ich stoße brüsk seine Hand weg. «Nein», sage ich entschieden. Dass ich im Kampf gegen Jacks erotische Anziehungskraft nicht wie ein pubertierendes Mädchen kapituliere, verdanke ich meiner nicht mehr allzu geheimen Waffe. Leo Coscarelli. Leo hat zwar nicht das offenkundige Charisma eines Jack Dwyer, doch was ihm an sichtbarem Charme fehlt, macht er durch Aufrichtigkeit hundertmal wett. Und Leo hat Charisma ohne ein Alkoholproblem und ohne frühere Ehen, ob katastrophal oder anders gescheitert. Was nicht heißen soll, dass Leo nicht auch das eine oder andere Pack auf dem Buckel hat. Er hat, und das schwerste ist Häftling Nr. 479984. Nicki Holden. Und ihr gemeinsamer vier Jahre alter Sohn Jacob.

Ich will nicht verletzt werden. Nicht schon wieder. Die Tinte auf meinen Scheidungspapieren ist noch feucht. Wie sehr ich mich auch bemühe, den Zerfall meiner Ehe mit Ethan zu analysieren, das Wort *Versagen* leuchtet grell wie eine Dreihundert-Watt-Birne vor meinen Augen. Ich verkrafte es nicht gut zu versagen. Oder wenn mir der Boden unter den Füßen weggezogen wird. So häufig, wie mir in meiner dysfunktionalen Kindheit der Boden unter den Füßen weggezogen wurde, möchte man meinen, dass ich als Erwachsene zumindest aus Erfahrung besser damit klarkommen müsste. Aber weit gefehlt.

«Komm schon, Nat. Auch eine viel beschäftigte Chefin muss mal was essen», versucht Jack mich rumzukriegen, und seine Stimme reißt mich aus meinen Gedanken. Ich blicke auf, sehe seinen selbstgefälligen Blick. Selbstgefällig ist besser. Sicherer. Selbstgefällig erinnert mich an Ethan. Ethan erinnert mich daran, warum ich die Scheidung auch dann noch wollte, als mein untreuer Mann wieder angeschlichen kam: *Wir sind es uns schuldig, es noch mal zu versuchen, Nat. Wir hatten acht gute Jahre. – Gut für dich vielleicht. – Ich habe einen Fehler gemacht. Einen großen Fehler. – Ich auch, Ethan.*

«Ich habe ein Sandwich dabei», sage ich barsch zu Jack und widme mich wieder dem Etatbericht. Ich füge nicht hinzu, dass ich noch ein zweites mitgebracht habe, falls ein gewisser kleiner Junge, der zurzeit im Besucherraum ist, auf einen Sprung in mein Büro kommen sollte. So kompliziert meine Beziehung zu Leo Coscarelli auch ist, meine Gefühle für seinen Sohn Jakey sind ganz und gar nicht kompliziert. Ich bin vernarrt in ihn.

Ich greife in meine Umhängetasche und hole ein säuberlich in Folie verpacktes Sandwich hervor, eine Geste, die meinem Stellvertreter zeigen soll, dass er sich bitte trollen möge. Aber Jack macht keinerlei Anstalten zu gehen. Er hat sich noch nie so ohne weiteres wegschicken lassen.

«Du siehst blass aus, Nat. Und du bist zu dünn. Ich finde wirklich, du solltest dich von mir zu einem netten, herzhaften Lunch entführen lassen», drängt er.

Ich habe keine Lust, mit ihm über mein Äußeres zu diskutieren. Mit meinen eins siebzig könnte ich wahrscheinlich noch gut fünf Kilo vertragen, denn seit Monaten bringe ich nur noch vierundfünfzig Kilo auf die Waage. Ich habe versucht, etwas zuzunehmen, aber ohne Erfolg. Ich habe mich sogar vor ein paar Wochen durchchecken lassen. Mein Arzt meinte, es sei der Stress. Ich sagte, *also alles wie gehabt.*

Jack greift sich eine vorwitzige Locke, die sich aus meinem hochgesteckten, unglaublich widerspenstigen kastanienbraunen Haar gelöst hat. Er wickelt sie sich um den Finger. Ich nehme sie ihm ab und stecke die Strähne wieder fest. Jack legt den Kopf schief, mustert mich.

«Du bist noch immer wunderschön», murmelt er.

Ich schenke ihm einen gequälten Blick. «Ich kann nicht etwas noch immer sein, was ich nie gewesen bin, Jack.» Das ist keine Koketterie von mir, und ich bin auch nicht auf noch mehr Komplimente aus. Ich bin, was mein Aussehen angeht, immer realistisch gewesen. Bei meiner Selbstanalyse schneide ich lediglich als attraktiv ab. Ich habe olivenfarbene Haut, die selten Pickel bekommt, haselnussbraune Augen, eine schmale Nase, Lippen, die für die aktuelle Mode weder zu schmal noch zu voll sind. Meine lockigen kastanienbraunen Haare sind mein auffälligstes

Merkmal, und sie machen mir den meisten Kummer. Sie sind nämlich gegen mich. Gegen den Teil von mir, der sich nach außen hin flott, professionell, sachlich geben will. Ein Image, das meiner Position entspricht. Aus diesem Grund trage ich meine Haare bei der Arbeit auch immer hochgesteckt. Aus diesem Grund trage ich so gut wie kein Make-up, Pumps mit niedrigen Absätzen und streng geschnittene Kostüme – grau, schwarz, braun –, mit Röcken, die stets unterhalb der Kniescheibe enden.

Doch mein Stellvertreter bleibt entschlossen auf Verführungskurs. «Du bist immer so hart zu dir selbst, Nat. Du musst ein bisschen lockerer werden. Mehr lächeln. Du hast ein umwerfendes Lächeln. Du kriegst dann Fältchen in den Augenwinkeln –»

«Die ‹Fältchen› sind Falten. Ich gehe stramm auf die Dreiunddreißig zu, und an Tagen wie heute fühle ich mich wie hundert und sehe wahrscheinlich auch so aus. Also spar dir das Gesülze, Jack. Ich habe keine Lust –»

«Auf Ärger?»

«Richtig», sage ich.

«Wieso beschwörst du ihn dann selbst herauf, Nat?»

Ich schaue ihn an. Der Charme ist verschwunden. Ebenso die Selbstgefälligkeit. Zurück zur Arbeit. Ich hätte wissen müssen, dass er bloß nach einer Gelegenheit suchte, die Diskussion von vorhin fortzuführen.

«Ich mache nur meine Arbeit, Jack.» Ich packe langsam mein Truthahn-Käse-Sandwich aus. Ich habe ein nagendes Gefühl im Magen. Aber nicht vom Hunger. Vom Stress.

«Hat Nicki Holden dir gegenüber je Lynn Ingram erwähnt?», fragt er und beobachtet dabei meine bedächtigen Bewegungen.

«Nein. Aber ich werde mich mal mit ihr unterhalten. Und mit Ingram.»

«Coscarelli war damals für Ingrams Fall zuständig.»

«Ich weiß.» Ich knülle die Folie zu einem Ball zusammen und werfe ihn in Richtung meines Papierkorbs. Er geht daneben. Wir achten beide nicht darauf.

«Wirst du dich auch mit ihm unterhalten?»

«Leo und ich unterhalten uns andauernd.» Es ist nicht nett von mir, das zu sagen, denn ich weiß, dass Jack nicht gerade glücklich über meine persönliche Beziehung zu Leo Coscarelli ist.

«Er ist gerade im Besucherraum. Mit seiner Mutter und seinem Sohn. Nicki hat mir erzählt, dass er sie wieder häufiger besucht. Am Sonntag waren er und der Kleine ohne Grandma da. Das erste Mal, dass sie nicht die Anstandsdame gespielt hat. Und er ist die vollen zwei Stunden geblieben. Am Montag hat Nicki mir erzählt, dass er sie immer stärker bedrängt, dem Jungen zu sagen, dass sie seine Mutter ist.»

Ich schiebe mein Sandwich beiseite, der Appetit ist mir vergangen. «Warum erzählst du mir das, Jack?»

«Ich erzähle es dir, weil ich nicht will, dass du schon wieder verletzt wirst», sagt er leise.

«Fangen wir nicht wieder damit an, Jack.»

Er beugt sich näher zu mir. So nah, dass ich seinen Kaffeeatem riechen kann. Besser als damals, als er nach Whiskey und Mundspray stank. Er ist seit fast einem Jahr trocken. Was ich ihm hoch anrechne, wie er weiß.

Jack weiß auch, dass mein Dad Alkoholiker war. Dass er, als ich ein Teenager war, wegen wiederholter Trunkenheit am Steuer eine Weile im Gefängnis saß. Dass er nach seiner Entlassung in kürzester Zeit wieder drin war, weil er gegen die Bewährungsauflagen verstoßen hatte. Und dass er sich nach seiner zweiten Entlassung bemühte, bei seinen halbwüchsigen Töchtern all die Jahre wieder gutzumachen, in denen er kein richtiger Vater gewesen war, weil er sich ständig betrunken und aus allem rausgehalten hatte. Doch das dauerte insgesamt nur ein paar Wochen, in denen er es schaffte, einen Job in einer Anwaltskanzlei zu behalten – nicht mehr als Anwalt, weil er ja vorbestraft war, sondern als Anwaltsgehilfe –, Wochen, in denen er keinen Tropfen Alkohol anrührte, in denen er versuchte, mit einer Frau klarzukommen, die manisch-depressiv war und nicht immer ihre Medikamente nahm, bis er dann das Handtuch warf: Eines Tages verschwand er, war fünf Tage lang sinnlos betrunken und erhängte sich, als er wieder nüchtern genug dazu war.

Das wissen nicht viele. Aber Jack und Hutch wissen es. Und Leo.

Jack sieht mich aus einsamen Augen an. Ich weiß, dass es im vergangenen Jahr in seinem Leben höchstens mal eine Frau für ein oder zwei Nächte gab. Nach Maggies Tod litten wir beide sehr unter Trauer und Verrat. Sodass wir schließlich für eine kurze Zeit glaubten, bei einander Trost finden zu können. Ich kam wieder zur Besinnung, bevor es außer Kontrolle geriet, weil mir klar wurde, dass es nicht nur ausgesprochen dumm wäre, mit meinem Stellvertreter eine Affäre zu haben, sondern auch nutzlos. Jack sah das nicht so. Ich glaube, er lässt einerseits nicht locker, weil er nicht gut mit Zurückweisung umgehen kann. Und andererseits, weil er so den Schmerz über Maggies Tod verdrängt.

Jack steht auf und schlendert zur Tür. «Ich glaube jedenfalls, du machst mit Ingram einen Fehler.»

Er ist zur Tür hinaus, bevor ich etwas erwidern kann.

Immer muss er das letzte Wort haben.

Im Schnitt lässt sich einer von fünf Mann-zur-Frau-Transsexuellen in einer psychiatrischen Klinik stationär behandeln, und 52 Prozent der M-z-F-Transsexuellen geben an, irgendwann Opfer eines Gewaltverbrechens geworden zu sein. Diese Menschen sind überaus verletzlich, auch ohne die Belastungen der Geschlechtsumwandlung und die Isolation im Gefängnis.

Dreijährige Langzeitstudie
1992, National Gender Identity Clinic
Charing Cross Hospital

3

Meine Bürotür öffnet sich, als ich am Fenster stehe und beobachte, wie Marie Coscarelli und ihr Enkel Jakey, seine kleine Hand in ihrer, das Gebäude verlassen.

«Hast du einen Moment Zeit?», fragt eine Stimme hinter mir.

Statt mich zu meinem Besucher umzudrehen, ruht mein Blick weiter auf den beiden, die nun in ein wartendes Taxi steigen. Es ist ein warmer, luftiger Sommertag, der erste nach fast einer Woche mit nahezu ununterbrochenem Regen und grauem Himmel. Ein Tag, den man eigentlich im Freien verbringen sollte. Nicht im Büro.

«Wie ich höre, hast du Nicki am Wochenende allein mit Jakey besucht.» Ich spüre beim Sprechen ein Kratzen in der Kehle.

«Meine Mutter hatte was am Magen», sagt Leo Coscarelli und kommt näher.

«Geht's ihr wieder besser?»

Er steht neben mir. «Was ist los, Natalie?» Außer Leo nennen mich alle Nat. Normalerweise mag ich es, wenn er meinen vollen Vornamen benutzt. Jetzt ärgert es mich. Aber andererseits war ich schon verärgert, ehe Leo kam.

«Erinnerst du dich an Lynn Ingram?», frage ich, werfe ihm einen Blick zu und setze mich wieder an meinen Schreibtisch. Leo bleibt am Fenster.

«Jemanden wie sie vergisst man nicht», sagt er harmlos.

«Nein, wohl nicht.»

«Soll sie hierher verlegt werden?», fragt er.

Ich nicke. «Was hältst du davon?»

Er lehnt sich an die Wand neben dem Fenster, die Hände tief in den Taschen seines blauen Sportjacketts. Mir fällt auf, dass er dünner aussieht, das Gesicht abgespannt. Stress? Im Job? Wegen mir? Wegen Nicki? Alles zusammen? *Willkommen im Club.*

«Was ich davon halte?», wiederholt er. «Ich denke, es könnte heikel sein.»

«Fandest du den Schuldspruch berechtigt?», frage ich.

«Sie hatte gestanden.»

«Dass es Notwehr war.»

Er zuckt die Achseln. «Die Geschworenen haben das anders gesehen.»

«Ich hab den Prozess zum Teil mitverfolgt.»

«Wer nicht?»

«Ihr Arzt hat bestätigt, dass sie jede Menge Blutergüsse hatte. Das stimmt mit ihrer Aussage überein, dass sie von Matthew Slater brutal angegriffen wurde.»

«Und die Geschworenen waren überzeugt, dass sie sich die Blutergüsse zugezogen hat, weil Slater sich gegen ihre Angriffe zur Wehr setzte.»

«Was glaubst du, Leo?», möchte ich wissen.

«Ich weiß nicht, was die Frage noch soll. Sie wurde von einer Jury schuldig gesprochen, die sich aus ihresgleichen zusammensetzte, Repräsentanten unserer Gesellschaft –»

«Ihresgleichen? Wie viele Transsexuelle waren denn unter den Geschworenen?»

Leo atmet langsam aus. Ein paar Sekunden vergehen. «Ich mochte sie. Sie entsprach absolut nicht dem Klischee. Kein affektiertes Getue. Keine Spur von Eitelkeit. Nicht den Hauch eines Zweifels von ihrer Seite, wer sie war. Nicht nur in Bezug auf ihr Geschlecht, sondern auch, wer sie als Mensch war. Willst du wissen, was ich nach der ganzen hässlichen Sache vor allen Dingen empfunden habe? Traurigkeit. War sie schuldig? Ich weiß es wirklich nicht.»

«Wusstest du, dass Ingram und Nicki in Grafton Zellengenossinnen waren?»

Ich sehe ihm an, dass das für ihn eine Neuigkeit ist. Und die Neuigkeit gefällt ihm gar nicht.

«Offenbar haben sie sich angefreundet. Ich fahre nach Grafton, um mit Ingram zu sprechen. Vorher sollte ich mich wohl mal ein bisschen mit Nicki über sie unterhalten.»

Leo, der normalerweise gut darin ist, sein Pokerface zu bewahren, tut sich heute schwer damit. «Wie lange ist das jetzt her? Drei Jahre?»

«Meinst du, Nicki kann sich weniger gut an Ingram erinnern als du?», kontere ich.

«Das alles ist für sie im Moment nicht einfach, Natalie.»

«Ich nehme an, du meinst Nicki.»

«Ich glaube wirklich nicht, dass sie noch mehr Kopfschmerzen braucht.»

«Und mit Kopfschmerzen meinst du wohl Lynn Ingram.»

«Nicki kommt in ein paar Monaten hier raus.»

Ich spüre die Spannung in meinem Körper. *Und dann?* Die Abschlussgespräche mit Nicki Holden fangen erst vier Wochen vor ihrem Entlassungsdatum an. Aber ich weiß von Sharon Johnson, dass ihr die Besitzerin der Boutique, in der Nicki jetzt probeweise arbeitet, eine feste Stelle angeboten hat, sobald sie entlassen ist. Aber Nicki hat bislang noch nicht zugesagt. Ich habe ein schlechtes Gewissen, weil ich hoffe, dass sie den Job nicht annimmt. Dass sie nicht im Raum Boston bleiben wird. In der Nähe von Leo. Sie kommt von irgendwo aus der Mitte des Staates. Es wird doch auch dort genügend Möglichkeiten geben –

«Hat Nicki dir erzählt, was sie für Pläne hat, wenn sie wieder draußen ist?» Ich bemühe mich um einen professionellen Ton, der furchtbar missglückt.

Leo lässt eine, wie wir beide wissen, bedeutungsschwangere Frage unbeantwortet im Raum stehen, was meine ängstliche Nervosität nur noch mehr steigert. Leo hat mir vor langer Zeit erzählt, welch traurige Irrtümer dazu geführt haben, dass Nicki von ihm schwanger wurde und schließlich ihrer beider Sohn zur Welt brachte. Nicki, die wegen Prostitution und Drogenbesitz im Gefängnis gewesen war, lernte Leo kennen, kurz nachdem sie in einem Drogenzentrum einen Zwangsentzug hinter sich hatte. Genau genommen brachte Leos Mutter, die in dem Zentrum Freiwilligenarbeit leistete, die beiden zusammen. Marie Coscarelli, deren einzige Tochter an einer Überdosis gestorben war, bemutterte Nicki richtiggehend. Sie brachte sie sogar dazu, nach der Reha wieder aufs College zu gehen. Und an dieser Stelle kam dann Leo ins Spiel. Marie hatte ihn überredet, Nicki Nachhilfe zu geben. Er fand sie anziehend. Daraus machte er keinen Hehl.

Aber er hatte keineswegs die Absicht gehabt, dass sich mehr zwischen ihnen entwickelte.

Seine Libido war schließlich doch stärker als seine Absichten. Nur ein einziges Mal, wie Leo behauptet. Danach hatte er fürchterliche Gewissensbisse. Dann erfuhr er, dass Nicki schwanger war. Und dass sie vorhatte abzutreiben. Leo konnte ihr die Abtreibung ausreden, indem er ihr zusicherte, das Kind allein großzuziehen. Nicki bestand darauf, keinen Kontakt zu Jacob Coscarelli zu haben. Kurz nach ihrer Entlassung aus der Entbindungsstation übergab sie Leo das Neugeborene und verschwand, fest entschlossen, das Kind nie wieder zu sehen.

Wer weiß, ob Nicki irgendwann weich geworden wäre? Wer weiß, ob ihre und Leos Beziehung funktioniert hätte, wenn sie clean geblieben wäre, wie sie es während der ganzen Schwangerschaft eisern durchgehalten hatte? Sobald sie aus dem Krankenhaus war, nahm sie wieder Drogen. Und als sie einmal auf Crack war, bekam sie Streit mit ihrem Dealer/Lover, der sie wieder auf den Strich schicken wollte, damit sie ihre Drogenschulden abbezahlte. Es kam zu einem Handgemenge und der Mann stürzte dabei durch die Scheibe aus einem Fenster im zweiten Stock. Von den Geschworenen weinte zwar keiner dem Drogendealer eine Träne nach, aber sie hatten auch kein großes Mitleid mit Nicki, einer unverbesserlichen Junkie und Stricherin. Genauso wenig wie die Geschworenen von Ingram Mitleid mit einer Transsexuellen gehabt hatten.

Als sie dann wegen Totschlags im CCI Grafton saß, willigte Nicki ein, dass ihr Sohn und seine Großmutter sie besuchen durften, allerdings nur, wenn Jakey nicht wusste, dass sie seine Mutter war. Nicki war, wie ihm gesagt wurde, einfach eine Freundin der Familie. Ganz zu Anfang war auch Leo mitgekommen, doch Nicki bat ihn, sie nicht mehr zu besuchen, weil er ein Cop war, was sie bei den Mitgefangenen und den Wärtern nicht unbedingt beliebt machte. Seit sie im Horizon House ist, hat der Druck nachgelassen, und Leo spielt in ihrem Leben wieder eine Rolle. Was das für ihn oder für Nicki bedeutet, darauf habe ich noch keine Antwort gefunden. Vielleicht geht es den beiden ja genauso. Doch außer Frage steht, dass die beiden Jakeys Eltern sind und somit eine Beziehung zwischen ihnen besteht, ob es ihnen gefällt oder nicht. Ob es mir gefällt oder nicht.

«Ist Nicki allmählich bereit, Jakey die Wahrheit zu sagen?», frage ich, ohne auch nur den Versuch zu machen, die Anspannung in meiner Stimme zu überspielen.

Leo schüttelt den Kopf, offenbar nicht glücklich darüber. «Seit er im Kindergarten ist, stellt Jakey haufenweise Mommy-Fragen. Neulich beim Frühstück hat er seine Großmutter gefragt, ob er Mommy statt Grandma zu ihr sagen darf. Dann hätte er einen Daddy und eine Mommy.»

In Leos Stimme schwingt so viel Traurigkeit mit, dass ich mir egoistisch und rücksichtslos vorkomme. Beschämt stehe ich auf und gehe zu ihm, lege eine Hand auf seinen Ärmel. «Wäre es eine Hilfe, wenn ich mit Nicki reden würde?»

Leo blickt mir fest in die Augen. «Sie weiß das mit uns.»

Ich ziehe meine Hand zurück, als hätte ich mich verbrannt. «Was? Du hast es ihr erzählt? Du hast Nicki erzählt, dass wir ...» Einen Moment lang bin ich so verdattert, dass ich gar nicht weiß, wie ich es benennen soll.

«Ich hab keine Einzelheiten erzählt», sagt Leo ernst. «Aber ich fand, dass sie ein Recht hat zu wissen, dass wir ein Paar sind.»

«Mein Privatleben geht die Häftlinge hier gar nichts an.»

«Mein Privatleben geht die Mutter meines Kindes etwas an. Tut mir Leid, wenn das mit deinem Bedürfnis nach Privatsphäre kollidiert, Natalie.» Er hält inne, sein Gesichtsausdruck wird weicher. «Außerdem wäre Nicki irgendwann so oder so dahinter gekommen. Jakey hat ihr schon vor einer Weile erzählt, dass du seine heimliche Mommy bist.»

Ich starre Leo an, benommen. Sprachlos. Meine Wut hat Löcher bekommen und tröpfelt aus mir heraus.

Transsexuelle genießen das verfassungsmäßige Recht, dass Informationen über ihren Gesundheitszustand vertraulich behandelt werden, und sie verlieren dieses Recht auch dann nicht, wenn sie eine Haftstrafe verbüßen ... Eine wegweisende Entscheidung fällte das US-Revisionsgericht in folgendem Fall: In einer Strafanstalt im Raum Buffalo hatte eine Vollzugsbeamtin über eine Gefangene verbreitet, dass sie eine HIV-positive Transsexuelle sei; damit verletzte sie das Recht der Gefangenen auf Privatsphäre und setzte sie einer grausamen und unüblichen Bestrafung aus ... die Angst vor Bloßstellung kann sehr hart sein. Und jede neue Bloßstellung zieht wieder neue Ängste nach sich, je nachdem, um welche Menschen es geht und in welchem Verhältnis sie zu der oder dem Transsexuellen stehen.

New York Law Journal, 5. 4. 1999

4

«Sie wollten mich sprechen, Superintendent?»

Nicki Holdens Stimme klingt merklich nervös. Wie bei einem Kind, das ins Büro der Schulleiterin zitiert wird und nicht weiß, was es falsch gemacht hat.

«Setzen Sie sich, Nicki.» Ich deute auf einen der tweedbezogenen Sessel meinem Schreibtisch gegenüber.

Sie zögert. Blickt sich in meinem Büro um, als könne sie irgendwo einen Hinweis darauf finden, warum ich sie habe kommen lassen. Ich nutze diesen Moment, um sie mir genauer anzusehen. Das modische, zartrosa Kleid, das sie anhat, fällt mir als Erstes auf. Sehr wahrscheinlich hat sie es mit Angestelltenrabatt in der Boutique gekauft, in der sie arbeitet. Der Farbton passt ausgezeichnet zu ihrem kastanienbraunen Haar, den großen, smaragdgrünen Augen und dem blassen Teint. Der Jerseystoff folgt den weichen Konturen ihres grazilen Körpers, ohne provokativ eng anzuliegen. Was seltsamerweise noch erotischer wirkt.

«Bitte.» Meine Hand deutet noch immer auf den Sessel.

Obwohl ich mich bemühe, nicht bedrohlich zu klingen, weiß ich, dass Nicki das als Befehl versteht. Und entsprechend gehorcht sie. So ist es bei den meisten Häftlingen, und ich bemühe mich normalerweise ganz bewusst etwas zu sagen, was ihre Anspannung lindert. Aber jetzt finde ich die Worte nicht. Wahrscheinlich weil ich mindestens genauso angespannt bin wie Nicki. Dass Leo Nicki nichts Genaueres über unsere Beziehung erzählt hat, ändert nichts an meiner Unsicherheit oder meinem Unbehagen. Manchmal ist wenig zu sagen schlimmer als viel zu sagen. Der Fantasie sind dann keine Grenzen gesetzt. Denkt Nicki vielleicht, dass Leo und ich ein engeres Verhältnis haben, als das in Wirklichkeit der Fall ist? Meint sie, dass wir zusammenleben? Vielleicht an Heirat denken? Und falls sie solche Gedanken hat, ist sie dann eifersüchtig? Wütend? Zornig? Kann es sein, dass ihr das alles genauso peinlich ist wie mir?

«Habe ich unwissentlich gegen irgendeine Regel verstoßen?» Nicki weicht meinem Blick aus. Oder bin ich es, die ihrem Blick ausweicht?

Ich bin so unruhig, dass ich gleich zur Sache kommen muss. «Erinnern Sie sich an eine ehemalige Zellengenossin von Ihnen in Grafton, Lynn Ingram?»

Nickis erste Reaktion ist Verwirrung. Verständlich, denn damit hat sie natürlich nicht gerechnet. Als ihr klar wird, dass ich sie nicht habe rufen lassen, um mit ihr über unseren *gemeinsamen* Lover zu sprechen, ist ihre Erleichterung greifbar. Sie lächelt fast.

«Lynn? Ja, klar. Klar erinnere ich mich an sie», sagt Nicki. «Sie war toll.» Sie stockt.

Ich sehe, wie sich ihre Gesichtszüge langsam verdüstern. «Schrecklich, was sie mit ihr gemacht haben.» Sie murmelt die Worte, aber ich verstehe sie.

Ich nehme an, dass Nicki die Übergriffe meint und nicht, dass ihre Zellengenossin zu ihrem eigenen Schutz in Isolationshaft gesteckt worden war. «Waren es Mitgefangene? Vollzugsbeamte? Sowohl als auch?»

Ich registriere einen Anflug von Panik in ihrem Gesicht, und einen Augenblick später ist ihre Miene ausdruckslos. «Wie bitte?»

Diesen Blick habe ich schon oft bei Gefangenen gesehen. Er ist immer gekünstelt, ein bewusstes Dichtmachen. Die Botschaft ist klar. *Nicht nachfragen.*

«Es ist möglich, dass Lynn Ingram zu uns ins Horizon House verlegt wird. Ich habe mich noch nicht endgültig entschieden. Wissen Sie irgendetwas, das sich auf meine Entscheidung auswirken könnte?»

«Nein.» Nickis Antwort erfolgt nach einer längeren Pause.

«Könnte sie Ihres Wissens hier in physische oder psychische Gefahr geraten?», frage ich nach. Sowohl Nickis Körpersprache als auch ihre spröden Antworten lassen mich vermuten, dass sie mehr weiß, als sie sagt. Sie zeigen mir auch ihre Angst. Einen Mithäftling, ob Frau oder Mann, zu verpfeifen bringt einen Häftling ernsthaft in Gefahr. Einen Vollzugsbeamten zu verpfeifen könnte einem Häftling das Leben zur Hölle machen.

«Was immer Sie mir auch erzählen, Nicki, es bleibt unter uns. Ich verspreche Ihnen –»

«Ich habe Ihnen nichts zu sagen.» Ihre Miene ist flehentlich.

Wenn die psychologische Entscheidung eines Menschen medizinisch fundiert ist, nicht bloß einer Laune entspringt, und eine irreversible operative Geschlechtsumwandlung erfolgt ist, so hat die Gesellschaft nach Ansicht des Gerichts nicht das Recht, den transsexuellen Menschen daran zu hindern, ein normales Leben zu führen. Er ist schließlich keine Zirkusattraktion, die wir schamlos anstarren können. Er hat der Gesellschaft keinerlei Schaden zugefügt. Auch wenn viele Menschen in unserer Gesellschaft einen Widerwillen gegen das Phänomen Transsexualität verspüren, so darf sich dies doch in keiner Weise auf die gesetzliche Akzeptanz einer Tatsache auswirken.

M. T. gegen J. T.
Höheres Gericht von New Jersey, 1976

5

Wenn auf der Mauer des Gefängnisses Grafton nicht ein elektrisch geladener Stacheldraht gespannt wäre und wenn der Eingang nicht aus Eisentoren bestünde, die von zwei uniformierten und bewaffneten Wärtern bewacht werden, könnte man das Gelände für einen etwas heruntergekommenen College-Campus halten.

Sobald ich die Tore passiert habe, fahre ich auf einen großen Parkplatz, wo die Plätze für Personal und Besucher deutlich gekennzeichnet sind. Ich zögere kurz, wo ich parken soll, da ich weder zum Personal gehöre noch Besucher bin, und entscheide mich für einen Personalparkplatz, der nicht namentlich für einen bestimmten Mitarbeiter reserviert ist.

Hinter dem Parkplatz sind die Anstaltsgebäude u-förmig um eine Grünfläche herum angeordnet. Zwei weibliche Häftlinge mähen den Rasen. Zwei andere zupfen Unkraut zwischen den Chrysanthemen und Ringelblumen entlang der Betonwege, die das Grün kreuz und quer durchschneiden.

Ich sehe einige Gefangene zusammen auf Bänken sitzen, die meisten rauchend – innerhalb öffentlicher Gebäude ist das Rauchen im ganzen Staat verboten. Anders als in den Männergefängnissen müssen die Frauen hier keine Anstaltskleidung tragen, untersagt sind allerdings Miniröcke, abgeschnittene Jeans, bauchfreie Tops, Stretchhosen oder Schuhe mit Absätzen, die höher als zweieinhalb Zentimeter sind. Für die Frauen in Isolationshaft gelten andere Bestimmungen. Sie tragen Anstaltskleidung – orangefarbene Overalls, schwarze Halbschuhe. Das macht sie sofort erkennbar.

Ich nehme den Weg, der geradeaus über den Rasen zum Washington House führt, einem dreistöckigen Backsteingebäude in einer Art Pseudo-Barockstil. Hier befinden sich die Verwaltung, der Besucherraum, der Speisesaal, die Krankenstation und eine kleine psychiatrische Abteilung. In einem Anbau auf der rechten

Seite ist der Schul- und Berufsausbildungsbereich untergebracht. Gut zehn Jahre vor meiner Zeit konnten Häftlinge hier sogar einen College-Abschluss machen. Aufgrund der ständigen Etatkürzungen und des politischen Klimas, das den Bestrafungscharakter wieder stark in den Vordergrund gerückt hat, ist das Bildungsangebot heute mager – es richtet sich vor allem an Häftlinge, die ihren High-School-Abschluss nachmachen wollen. In einem kleinen Labor stehen ein paar veraltete Computer, aber Unterricht findet so gut wie nicht statt. Die Berufsausbildungs- und Arbeitsmaßnahmen innerhalb der Anstalt – abgesehen von der Rasen- bzw. Gartenpflege, Hauswirtschaft und Arbeiten zur Instandhaltung der Gebäude – beschränken sich auf die Herstellung von Fahnen, in erster Linie auf das Zurechtschneiden und Nähen der amerikanischen Flagge und bundesstaatlicher Flaggen. Nicht unbedingt eine Fertigkeit, die die weiblichen Häftlinge auf das Berufsleben nach ihrer Entlassung vorbereitet.

Sechs niedrige, lang gestreckte Betongebäude, die mich an Bunker erinnern, umgeben das Hauptgebäude, drei rechts, drei links. Darin sind die weiblichen Häftlinge untergebracht. Die Fenster sind nicht vergittert, und es gibt keine herkömmlichen Zellen. Aber die Eingangstüren werden nach neun Uhr abends abgeschlossen, und in den Häusern ist rund um die Uhr je ein Wärter mit einer Kollegin postiert.

Hinter dem Washington House befindet sich ein weiteres Gebäude, das nicht nur etwas abseits steht, sondern auch von einem Elektrozaun umgeben ist. Es heißt Coolidge House und ist die Isolierstation, kurz IS genannt. Auch dort haben die Fenster keine Gitter, aber zwischen die Doppelglasscheiben ist Maschendraht eingezogen. Die Frauen hier haben ein Einzelzimmer, während sich in den anderen Gebäuden zwei oder drei Frauen ein Zimmer teilen. Und sie können keinen Kontakt zu irgendwelchen Mithäftlingen aufnehmen.

Die Frauen kommen in Einzelhaft, wenn sie für die allgemeinen Insassen nicht tragbar sind oder als unkorrigierbar gelten. Sie sitzen ihre gesamte Strafe in Isolationshaft ab; andere sind nur vorübergehend dort, weil sie gegen die Gefängnisregeln verstoßen haben, oder, wie Lynn Ingram, zu ihrem eigenen Schutz.

Doch für alle gilt: Ihre durch die Haftanstalt ohnehin schon erheblich eingeschränkte Freiheit wird noch weiter beschnitten. Sie essen allein in ihrem Zimmer, und wenn sie Besuch empfangen dürfen, dann nur in einem von vier kleinen abgesonderten und streng überwachten Räumen für maximal zwei Personen.

Isolationshaft ist äußerst hart, vor allem, wenn man sie sich nicht selbst eingebrockt hat, wenn sie ohne eigenes Verfehlen verhängt wird. Bereits auf dem Weg nach Grafton empfinde ich großes Mitleid mit Lynn Ingram, und ich muss aufpassen, dass ich mich nicht von meinen Gefühlen lenken lasse.

Freundlicherweise stellt mir meine Kollegin ihr großes, luftiges, kirschholzgetäfeltes Büro für mein Gespräch mit Lynn Ingram zur Verfügung. Sie hat sogar frischen Kaffee aufgesetzt und lässt mich allein, noch ehe die Gefangene eintrifft.

Ingram trägt den vorgeschriebenen orangefarbenen Overall. Sie ist in Handschellen und wird von einem Wärter begleitet. Als ich dem blässlichen Mann mittleren Alters Anweisung gebe, ihr die Handschellen abzunehmen, gehorcht er zwar, aber mit einer an Unverschämtheit grenzenden Trägheit. Vielleicht lässt er sich nicht gern von einer Vorgesetzten von außerhalb etwas sagen. Vielleicht hat er etwas gegen Strafgefangene im Allgemeinen und gegen diese Gefangene im Besonderen.

Falls Ingram das Verhalten des Beamten stört, lässt sie sich nichts anmerken. Als die Handschellen abgenommen sind, schaut sie zu Boden, vermeidet jeden Blickkontakt. Das überrascht mich nicht. Gefangene lernen schnell, dass es gefährlich sein kann, jemandem vom Personal oder den Vorgesetzten in die Augen zu schauen. Das wird häufig als Überheblichkeit gedeutet. Als Provokation. Selbst untereinander haben männliche und weibliche Häftlinge rasch heraus, wem man gefahrlos in die Augen blicken kann und wem nicht.

Der Beamte steckt die Handschellen lustlos in seine Gesäßtasche und schlurft erst aus dem Raum, als ich es ihm sage. Ich bemerke, dass sich Ingrams Schultern leicht senken, als die Tür zufällt. Dennoch wirkt sie alles andere als entspannt.

Ich habe Ingram einige Male während ihres Prozesses im Fernsehen gesehen, daher bin ich von ihrer Schönheit nicht überrascht, obwohl ich ihr jetzt zum ersten Mal gegenüberstehe. Weder die grell orangefarbene Anstaltskluft noch die streng aus dem Gesicht gekämmten und hinten hochgesteckten blonden Haare können von ihrer durch und durch weiblichen Ausstrahlung ablenken. Mir fällt allerdings auf, dass sie blasser und dünner ist als vor drei Jahren. Außerdem wirkt sie offensichtlich müde und argwöhnisch. Aber das ist ja weiß Gott nicht verwunderlich.

«Sind Sie gekommen, um mir eine gute oder eine schlechte Nachricht zu bringen?», fragt Ingram mit einer Direktheit, die ich nicht erwartet habe.

«Ich habe mich noch nicht entschieden.»

Sie blickt mich einen Moment lang an, senkt dann wieder die Augen.

«Was muss ich tun, damit Sie meiner Verlegung zustimmen?»

«Setzen Sie sich. Wie wär's mit einer Tasse Kaffee? Er ist frisch. Milch? Zucker?» Ich stelle schon zwei Tassen hin. Emsig. Plappernd.

«Ich bin zu nervös, um irgendwas zu trinken», gesteht sie. «Aber ich setze mich.»

Als sie in einem der bequemen, kastanienbraunen Ledersessel Platz nimmt, genauer gesagt, sich ganz vorn auf die Kante setzt, registriere ich, dass ihre Hände zusammengefaltet bleiben – als würde sie noch die Handschellen tragen.

«Sie erfüllen sämtliche Voraussetzungen für eine Verlegung, Ms. Ingram», sage ich zu ihr und nehme vorsichtig die Kaffeekanne von der Maschine.

«Aber?»

Da ich eigentlich auch keinen Kaffee möchte, stelle ich die Kanne wieder hin und setze mich ihr gegenüber. «Ich mache mir Sorgen um Ihre Sicherheit.»

Statt mir meine Sorgen prompt ausreden zu wollen, nickt Ingram ernst. «Das verstehe ich. Ich bin ein Risikofaktor. Das ist nicht zu bestreiten.»

Auf Anhieb verstehe ich, warum Leo Lynn Ingram mochte. Mir geht es genauso. Sie ist offen, ohne offensiv zu sein. Höflich, aber nicht devot. Sie reibt einem ihre Verletzlichkeit nicht unter die Nase, aber sie versteckt sie auch nicht hinter einer Mich-kann-nichts-erschüttern-Fassade, wie es viele Häftlinge tun. Wie es viele Menschen tun.

«Ich muss entscheiden, ob Sie ein zu großer Risikofaktor sind. Ich hoffe, Sie können mir dabei helfen.»

«Wie?», fragt sie ohne Zögern.

Ich greife in meinen Aktenkoffer und hole einen Stoß Papiere heraus. «Das hier sind Listen mit allen Mitarbeitern und Häftlingen im Horizon House.» Ich halte ihr die Seiten hin. Sie macht keine Anstalten, sie zu nehmen.

«Ich verlange nicht von Ihnen, dass Sie Namen nennen, Ms. Ingram. Ich möchte nur, dass Sie die Listen durchgehen und mir ganz einfach sagen, ob Sie meinen, Sie würden sich bei uns ... wohl fühlen.»

Ihre Hände bleiben weiter fest zusammengepresst. Doch jetzt blicken ihre schönen, blauen Augen mich an. «Wenn Sie meiner Verlegung zustimmen, Superintendent, werde ich nicht nur in Ihrer Institution sein. Ich werde einer Außenbeschäftigung nachgehen, das heißt, ich werde draußen in der *Zivilisation* sein, wie wir sie hier liebevoll nennen. Ob es da Leute gibt, die mir etwas antun wollen? Leute im Horizon House? Leute hier drinnen? Natürlich gibt es die. Aber wer diese Leute sind, wie viele –?»

Sie zuckt die Achseln. Resigniert. Ergeben. «Für gewisse Leute werde ich immer ein Freak sein. Schlimmer, ein Freak, der ganz bewusst einer werden wollte. Deshalb verdiene ich ihren Spott, ihren Abscheu, ihren Ekel, sogar ihre brutalen Übergriffe. Und dann gibt es Leute, die sich, ob sie mich nun abstoßend finden oder nicht, von dem Tabu, das ich offenbar für sie repräsentiere, sexuell angezogen fühlen. Aber die Wahrheit ist, ich werde für sie alle nie und nimmer eine richtige Frau sein.»

Während sie den Blickkontakt hält, ist ihr Gesicht eine Studie in Ernsthaftigkeit. «Aber ich *bin* eine Frau.»

«Eine Frau in Gefahr», fühle ich mich gezwungen hinzuzufügen. Ich sehe ein flüchtiges Lächeln auf Ingrams Lippen. Es dauert einen Moment, bis mir klar wird, dass ihr Lächeln wahrscheinlich daher rührt, dass ich ihre weibliche Identität bestätigt habe. Jetzt, da ich der *berühmt-berüchtigten Transsexuellen* gegenübersitze, merke ich, dass ich mit Lynn Ingrams Geschlechtszugehörigkeit nicht das geringste Problem habe. Was mir die Entscheidung aber auch nicht leichter macht.

«Ich habe mich zwangsläufig damit abfinden müssen, in Gefahr zu sein, Superintendent Price. Ich werde damit leben müssen, egal, wo ich meine Reststrafe verbüße. Ich werde tun, was ich kann, um den Gefahren aus dem Weg zu gehen, aber ich kann Ihnen nicht versprechen, dass mir nichts passieren wird, egal, wer da auf Ihrer Liste steht. Ich kann Ihnen nur garantieren, dass ich vermutlich verrückt werde, wenn ich die nächsten sechs Monate dreiundzwanzig Stunden am Tag, sieben Tage die Woche, in einer Einzelzelle bleiben muss. Vielleicht denken Sie, diese sechs Monate mehr können doch nicht die Welt sein, wenn sie schon neunundzwanzig Monate, drei Wochen und zwei Tage hinter sich hat», sie hält inne, lächelt offen, gewinnend, «aber wer zählt schon mit?»

Nach einer Geschlechtsumwandlung besteht für Männer und Frauen ein extrem hohes Risiko, lächerlich gemacht und gedemütigt, grundlos entlassen, aus Restaurants und Geschäften gewiesen zu werden, keine Wohnung und keinen Arzt zu finden, nicht einmal in einem Notfall. Mann-zu-Frau-Transsexuelle sind besonders gefährdet, Opfer eines hassmotivierten Gewaltverbrechens zu werden.

Detroit News

6

«Superintendent Price?»

«Ja.»

«Hier spricht Dr. Harrison Bell. Ich bin der –»

«Ich weiß, wer Sie sind, Doktor.» Ich bemerke sofort das Zittern in der Stimme des Anästhesiologen. *Oh Gott, irgendwas ist passiert*, denke ich sofort. Fürchte ich sofort. «Geht es um Lynn?»

«Sie wurde ... überfallen. Sie ist im Krankenhaus. Ich ... ich weiß nicht, ob sie ... durchkommt. Herrgott, es ist alles meine Schuld. Wir wollten zusammen zum Lunch gehen, aber ich musste noch einen Patientenbericht fertig machen, also ist Lynn vorgegangen, um einen Tisch zu belegen. In dem kleinen griechischen Restaurant, in dem sie meistens isst. Als ich schon halb aus dem Büro war, rief meine Frau an und war furchtbar aufgeregt wegen unseres Sohnes Josh. Der Junge hatte sich in der Schule geprügelt. Wie Kinder das eben so machen. Und er ist für einen Tag suspendiert worden, mehr nicht, aber meine Frau hat die Tendenz alles aufzubauschen.»

«Was ist passiert?» Ich habe den Arzt so lange reden lassen, weil ich plötzlich zu kurzatmig war, um ihn zu unterbrechen. Und noch während ich die Frage stelle, denke ich – fünf Wochen. Fast auf den Tag genau fünf Wochen, seit Lynn Ingram ins Horizon House verlegt wurde. Fünf herrlich ereignislose Wochen. Ich hatte tatsächlich schon fast gedacht, dass meine Ängste um ihre Sicherheit, wenn nicht unbegründet, so doch reichlich übertrieben waren. So viel zum Thema geradezu rührend naiver Einschätzung.

«Ich bin höchstens fünfzehn Minuten nach ihr gegangen. Also, hinter der Schmerzklinik ist eine kleine Gasse. Eine Abkürzung. Und bei dem Regen ... ich hätte ... sie fast nicht gesehen. Ich bin Pfützen ausgewichen, hab nur nach unten geschaut. Weiß der Himmel, wieso ich überhaupt zu dem Müllcontainer hinübergesehen habe.»

Er verstummt. Ich höre unterdrücktes Schluchzen. Ich warte stumm, dass er fortfährt, den Hörer fest umklammert.

«Ich hab ihre Hand gesehen. Eigentlich nur ihre Finger. Als wollte sie sich hochziehen. Wenn der Container nicht voll gewesen wäre, hätte sie nie ... hätte ich nie gemerkt, dass sie da drin ist. Gott, sie war voller Blut. Überall ... Schnittwunden. Die Brust, das Gesicht ... sogar ... ich kann nicht fassen, dass jemand so was macht ... so was Abscheuliches. Ein Irrer ... das muss ein Irrer gewesen –»

«Welches Krankenhaus?»

Mein Bürotür geht auf. Jack streckt den Kopf herein. Er hört meine letzte Frage. Öffnet die Tür ganz, kommt rein, die Hand am Türknauf. Wartet. Besorgnis vertieft die Falten auf seiner ohnehin schon zerfurchten Stirn.

«Boston General.»

«Und die Polizei?»

«Es sind zwei Detectives da. Ich hätte Sie früher verständigt, aber die vielen Fragen –»

«Ich bin gleich da.» Ich lege den Hörer auf und springe von meinem Stuhl hoch. Aber ein plötzliches Schwindelgefühl lässt mich zurückfallen. Jack ist mit einem Sprung an meiner Seite. Seine Besorgnis schiebt meine Sorge kurz in den Hintergrund, sodass ich ihm erzählen kann, was passiert ist. Was nicht viel ist.

«Ich fahre hin», sagt er.

Aber ich bin schon wieder auf den Beinen. Nicht gerade standhaft, aber weniger wacklig. «Ich komme mit.»

Als ich in Jacks Wagen steige, hat Wut vermischt mit Schuld meine Panik verdrängt.

Lynn Ingram ist noch im OP, als wir auf die Intensivstation kommen. Sie wird seit etwas mehr als anderthalb Stunden operiert, und es ist nicht abzusehen, wie lange es noch dauert. Wir wissen nur, dass ihr Zustand noch immer als kritisch eingestuft wird. *Wir*, das sind Dr. Harrison Bell, Leo Coscarelli, sein Partner Mitchell Oates, Jack Dwyer und ich. Man hat uns erlaubt, im Aufenthaltsraum der Ärzte zu warten.

Von uns fünf ist Harrison Bell der Einzige, der sich hingesetzt hat, und auch derjenige, dem es sichtlich am schlechtesten geht. Ich hatte schon das eine oder andere Mal mit dem Anästhesiologen zu tun gehabt und ihn als sympathisch aussehenden, gepflegten Mann von Anfang vierzig in Erinnerung. Jetzt ist Bells Gesicht aufgedunsen, die Nasenspitze rot, das dunkelbraune Haar zerzaust, seine graue Hose verdreckt, sein blassblaues Hemd und das graue Jackett sind zerknittert und mit Blut befleckt. Lynn Ingrams Blut.

Oates beugt sich zu Coscarelli, sagt etwas, das ich nicht verstehen kann, verlässt dann das Zimmer.

Leo geht zu Bell hinüber und lässt sich auf den orangefarbenen Plastikstuhl neben dem Arzt sinken. «Kann sein, dass wir später noch ein paar Fragen an Sie haben.»

Bell nickt düster. «Sie haben ja meine Privatnummer und die vom Büro. Ich helfe, so gut ich kann.»

«Bleiben Sie noch länger hier?», fragt Leo ihn.

«Ja», erwidert Bell ohne Zögern. «Ich habe alle Nachmittagstermine von meiner Sekretärin absagen lassen. Claire ist völlig aufgelöst wegen Lynn. Alle in der Klinik sind entsetzt. Lynn war sehr beliebt.»

Leo legt dem Arzt eine Hand auf die Schulter. «Sie sollten sie noch nicht aufgeben.»

Tränen treten Bell in die Augen. Er lässt den Kopf sinken.

Jack Dwyer und ich beobachten die beiden mit Interesse. Dann fängt Jack meinen Blick auf. Ich weiß, wie der Verstand meines scharfsinnigen Stellvertreters arbeitet. Er denkt, es könnte ein verräterischer Versprecher gewesen sein, dass der gute Doktor die Vergangenheitsform verwendet hat – Lynn *war* sehr beliebt. Denselben Gedanken hatte ich auch. Und Leo bestimmt ebenso. Denn bisher kann natürlich noch niemand als Täter ausgeschlossen werden. Es gibt keine Garantie, dass Dr. Harrison Bell sich nicht als Lynns Angreifer entpuppt. Sein Versprecher könnte also durchaus Wunschdenken gewesen sein. Denn wenn Lynn Ingram durchkommt, könnte sie ihren Angreifer wahrscheinlich identifizieren.

Im Augenblick lässt sich noch gar nichts sagen. Wir können

nur abwarten. Aber ich kann nicht einfach untätig hier herumsitzen. Daher folge ich Leo, als er aus dem Zimmer geht, und sehe, bevor ich die Tür hinter mir schließe, dass Jack sich auf den Stuhl setzt, den Leo verlassen hat.

Als ich auf den Flur trete, bekomme ich gerade noch mit, wie Leo einem uniformierten Cop zunickt. Leo lässt Lynn rund um die Uhr bewachen. Wir haben alle Angst, der Täter könnte versuchen, das zu Ende zu bringen, was er angefangen hat.

«Und?», frage ich Leo, sobald wir an dem Cop vorbei sind. Er bedeutet mir, ihm durch die automatischen Schwingtüren zu folgen, die die Intensivstation vom Rest der Abteilungen des sechsten Stocks abtrennen. Dann bleibt Leo stehen, blickt sich um, vergewissert sich, dass niemand in der Nähe ist, sieht mich an, sagt aber noch immer nichts.

Ich empfinde seinen Blick wie einen stummen Vorwurf. Ich habe es heraufbeschworen. Ich habe alle Warnungen – einschließlich Leos – in den Wind geschlagen und Lynn Ingrams Verlegung ins Horizon House befürwortet.

«Ich weiß, du machst dir schreckliche Vorwürfe, Natalie», sagt Leo schließlich und legt eine Hand auf meine Schulter. «Tu das nicht. Es ist nicht im Horizon House passiert. Es ist draußen passiert. Und selbst wenn du ihre Verlegung abgelehnt hättest, dann wäre es vielleicht in fünf Monaten passiert. Nach ihrer Entlassung aus Grafton.»

Der Körperkontakt beruhigt mich mehr als Leos Worte. «Habt ihr irgendwelche Spuren?»

«Viel haben wir noch nicht. Bisher keine Waffe – aufgrund der Verletzungen tippen wir auf eine Art Jagdmesser. Unsere Leute durchkämmen das ganze Viertel. Oates ist zurück in die Schmerzklinik, um das Personal zu befragen und sich die Namen der Patienten geben zu lassen, die zu der Zeit dort waren. Die Spurensicherung durchsucht die Gasse und den Müllcontainer quasi mit der Lupe. Leider hat Bell selbst ziemlich viele Spuren am Tatort hinterlassen, als er Ingram geholfen hat. Aber wenn er das nicht getan hätte, wären wir jetzt wahrscheinlich schon mit einer Ermittlung in einem Mordfall beschäftigt.»

Ich schlucke schwer. «Das ist noch immer nicht ausgeschlossen.»

«Ich möchte mit Ingrams Therapeuten sprechen. Könnte ja sein, dass sie ihm irgendwas erzählt hat, was uns weiterhilft.»

«Ich glaube nicht, dass du aus dem irgendwas rauskriegst», sage ich. «Der hält sich streng an den Berufskodex. Schweigepflicht bis zum bitteren Ende.» Mich schaudert, als ich das sage, denn mir wird klar, wie nah Lynn Ingram einem bitteren Ende ist.

«Wenn es sein muss, besorgen wir uns eben eine richterliche Verfügung», sagt Leo. Er legt einen Arm um mich. «Ich komme später vorbei.» Und dann, als er merkt, dass ich denke, er meint meine Wohnung, fügt er rasch hinzu: «Im Horizon House.» Er nimmt seinen Arm weg, steckt die Hand in die Tasche seines grauen Trenchcoat.

Ich sehe ihn fragend an, doch ich weiß die Antwort, bevor er sie mir gibt. «Nicki», sage ich.

«Sie bewohnen gemeinsam ein Zimmer. Sie haben sich wieder neu angefreundet.» Er zögert. «Ich denke, für Nicki wird es schlimm sein.»

Ich nicke, hasse mich selbst für meine Eifersucht. Er will Nicki doch nur trösten. Als Nicki ins Horizon House kam, hätte ich gleich etwas mehr auf Distanz zu Leo gehen sollen. Ich konnte mir doch ausrechnen, dass die Situation unhaltbar werden würde. Ich rivalisiere mit einem meiner Schützlinge um die Zuneigung eines Mannes, der mit uns beiden eine emotionale und sexuelle Beziehung hatte. Vielleicht ist jetzt der Zeitpunkt gekommen, aus dem Konkurrenzkampf auszusteigen. Vielleicht ist Leo ja sogar erleichtert, wenn ich das tue.

«Vielleicht weiß sie was, Natalie.»

«Bitte?» Ich spüre bereits den Trennungsschmerz. Muss ich die Beziehung erst beenden, um mir eingestehen zu können, wie viel Leo Coscarelli mir inzwischen bedeutet?

«Ich finde, wir sollten zusammen mit ihr reden.» Er neigt den Kopf zur Seite, mustert mich eindringlich. Er hat die Gabe, andere zu durchschauen. Besonders mich. «Es ist doch möglich, dass Lynn Nicki irgendwas erzählt hat, das uns weiterhilft. Es könnte zumindest sein, dass sie uns irgendeinen Anhaltspunkt liefert. Im Moment haben wir jedenfalls nichts, womit wir anfangen könnten.» Er sieht auf die Uhr. «Nicki kommt um sechs von der Arbeit, nicht?»

Ich nicke, traue meiner Stimme nicht. In Gedanken mache ich schon wieder einen Rückzieher. Triff mitten in einer Krise niemals persönliche Entscheidungen, sage ich mir. Und das hier ist nun wirklich eine Krise. *Na schön, dann gewähre ich mir eben noch eine kleine Gnadenfrist.*

Ich möchte nicht verstecken müssen, wer ich bin,
nur um in Sicherheit zu sein.

Lynn Ingram
Gefängnistagebuch

7

Als ich zurückkomme, ist Jack Dwyer allein in dem Ärztezimmer. Er sitzt noch immer auf demselben Plastikstuhl.

«Irgendwas Neues?»

Er schüttelt den Kopf.

«Wo ist Bell?», frage ich.

«Toilette. Schon eine ganze Weile. Hat fürchterlichen Durchfall.»

«Kann passieren, wenn man sich aufregt.»

«Oder wenn man einen Heidenschiss hat.»

Ich setze mich neben Jack. «Irgendwas Nützliches von ihm erfahren?»

Jack zieht eine finstere Miene, was seine kantigen Gesichtszüge noch schärfer hervortreten lässt. «Irgendwas stimmt nicht mit diesem Doc.» Er blickt zur Tür, um sich zu vergewissern, dass Bell noch nicht wieder in Sicht ist. «Ich glaube, er war scharf auf Ingram. Liegt vielleicht schon länger zurück. Als sie zum ersten Mal für ihn gearbeitet hat. Er hat sie in Grafton besucht. Sie haben sich geschrieben. Seine Briefe würde ich mir gern mal ansehen.»

«Er hat mit seiner Frau telefoniert, als Lynn überfallen wurde.»

«Behauptet er.»

«Das lässt sich leicht nachprüfen.»

«Sie wäre nicht die erste Frau, die die Lüge ihres Ehemannes bestätigt.»

«Auch wenn ihr Mann sie betrogen hat?»

Er blickt mich viel sagend an. Eine stille Erinnerung daran, dass ich während der Walsh-Ermittlungen für meinen Mann gelogen habe. Und das, obwohl Ethan mich bereits wegen einer anderen Frau verlassen hatte. Obwohl meine Lüge den Ausgang eines Mordfalles hätte beeinflussen können. *Was tut man nicht alles aus Liebe*. Oder heißt es – *was tut man nicht alles, um sich selbst etwas vorzumachen?*

«Wir können die Angriffe auf Lynn in Grafton nicht außer

Acht lassen», sage ich. «Die könnten damit zu tun haben. Ein Vollzugsbeamter, der heute frei hat oder der sich krankgemeldet hat oder der den Job geschmissen hat. Ein Insasse, der auf Bewährung entlassen wurde.»

«Möglich», gibt Jack widerwillig zu.

Wir blicken beide ängstlich auf, als eine Frau mittleren Alters in einem weißen Kittel das Ärztezimmer betritt. Sie nickt uns beiden ernst zu. «Ich bin Dr. Ellen Madison. Ms. Ingram ist aus dem OP.»

«Kommt sie durch?», frage ich besorgt.

«Sie hat zahlreiche Stich- und Schnittverletzungen und sehr viel Blut verloren. Die nächsten achtundvierzig Stunden sind entscheidend. Wenn sie durchkommt, wird sie sich umfassenden Wiederherstellungsoperationen unterziehen müssen.» Die Ärztin zögert. «Am Gesicht, an den Brüsten und in der Schamgegend. Ich bin keine Detektivin, aber ich würde sagen, dass der Täter es gezielt auf diese Bereiche abgesehen hatte. Die Patientin hat auch an Armen und Beinen einige oberflächliche Schnittwunden, aber die rühren wohl daher, dass sie sich gewehrt hat.»

«Alle Verletzungen sind vorn. Sie muss den Täter also gesehen haben», sage ich.

«Das ist anzunehmen.»

«Wissen Sie, dass sie transsexuell ist?», fragt Jack.

Madison nickt. «Dr. Bell hat uns darüber informiert, als sie eingeliefert wurde.»

«Ist sie bei Bewusstsein?», frage ich. «Kann ich mit ihr sprechen?»

«Nein, auf beide Fragen», sagt die Ärztin mit Nachdruck.

«Wann –»

«Frühestens in vierundzwanzig Stunden. Ihnen ist doch sicher klar, dass bei Ms. Ingrams Gesichts- und Körperentstellungen mit ernsthaften psychischen Nachwirkungen zu rechnen ist. Befindet sie sich derzeit in therapeutischer Behandlung?»

«Ja. Bei Dr. Ross Varda. Er arbeitet mit der Strafvollzugsbehörde –»

«Dann rate ich dringend, dass er dabei ist, *falls* und *wenn* Sie mit Ms. Ingram sprechen können.»

Das *falls* klingt in meinem Kopf nach. Wie eine Totenglocke.

Ist es ein Verbrechen, keine Lüge leben zu wollen? Anderen nichts vormachen zu wollen, wenn ich mir selbst nichts vormachen kann? Habe ich kein Recht darauf, zu geben, zu lieben, und dafür geliebt zu werden? Wenn ich doch anderen verständlich machen könnte, dass meine Wünsche nicht pervers sind, sondern eine natürliche Sehnsucht …

Lynn Ingram
Gefängnistagebuch

8

«Du weißt es schon?», fragt Leo.

Nicki nickt. «Eine Kollegin von mir hat es auf der Fahrt nach Hause im Autoradio gehört. Sie ist zurück zur Boutique ... um es mir zu sagen.» Sie streicht sich das Haar aus dem Gesicht. Ich sehe, dass ihre Hand zittert. «Kommt sie durch?»

«Wir müssen abwarten», sage ich.

«Setz dich, Nicki.» Die Aufforderung kommt von Leo. Ich werfe ihm einen Blick zu, der sagt, *das ist mein Büro, nicht deins.*

Ich sitze bereits hinter meinem Schreibtisch. Leo steht noch und wartet, bis Nicki auf einem Stuhl mir gegenüber Platz genommen hat, setzt sich dann auf den Stuhl neben ihr.

«Kannst du uns irgendwas sagen, das uns helfen könnte herauszufinden, wer Lynn das angetan hat?», sagt Leo mit sanfter Stimme.

«Könnte es nicht eine willkürliche Tat gewesen sein? Irgendein Spinner, der eine ... eine schöne Frau entdeckt, die er noch nie gesehen hat, und ...» Sie blickt zu Boden.

«Wir schließen keine Möglichkeit aus», sagt Leo.

Ich lege beide Hände flach auf den Schreibtisch und beuge mich ein wenig vor. «Lynn mag Sie, Nicki. Ich vermute, Sie mögen sie auch.»

Nicki schaut hoch. «Ich mag sie sehr. Aber ich kann Ihnen nicht helfen. Sie hat mir nichts erzählt.»

«Nichts?» Ich spreche das Wort mit einem deutlich ironischen Unterton aus.

Sie wendet sich an Leo. «Du weißt schon, was ich meine.»

«Wie hat Lynn in den letzten Tagen auf dich gewirkt?», fragt er.

Nicki zuckt die Achseln. «Ganz gut. Sie war ... zufrieden. Ihre Arbeit hat ihr großen Spaß gemacht. Sie hat es richtig genossen, aus diesem ... diesem Käfig raus zu sein. Sie hat nie über die Vorschriften hier genörgelt. Die meisten von uns zählen die Tage, bis sie richtig draußen sind … ganz draußen, aber für Lynn war einfach jeder Tag ein Geschenk.» Ihre Hand wandert nach oben zum Gesicht. Sie drückt die Fingerspitzen auf die Augen, um die Tränen aufzuhalten, die hervorquellen wollen.

Mir ist klar, dass Nicki Holden stärker an Lynn Ingram hängt, als sie zugibt.

«Hat Lynn schon mal über ihren Chef gesprochen? Harrison Bell?», fragt Leo.

Nicki ist offenbar über die Frage verblüfft. «Bell? Sie sagt, er ist hervorragend auf seinem Gebiet. Glaubst du etwa …?» Ihre Zungenspitze gleitet nervös über die Unterlippe.

«Lynn ist grässlich entstellt. Auch wenn sie durchkommt, wird das ein Albtraum für sie», sage ich.

Nicki schließt die Augen. Und dann, als ob die Bilder in ihrem Kopf doch zu verstörend wären, öffnet sie sie rasch wieder.

«Ich weiß nicht, wer es war», sagt sie heiser. «Wirklich nicht.»

Ich sehe, wie sich Schweißperlen über Nickis Oberlippe bilden. Ich sehe auch, wie Leo ihr beruhigend eine Hand auf die Schulter legt. Ich will nicht, dass mir das was ausmacht. Aber natürlich tut es das.

«Ich brauche eine Zigarette», sagt sie mit der verzweifelt klingenden Stimme einer Süchtigen. Sie blickt Leo flehentlich an.

«Gehen Sie nach draußen und rauchen Sie eine», sage ich. Im Gebäude ist Rauchen verboten, aber Mitarbeiter und Insassen haben vor dem Gebäude eine überdachte Raucherecke.

Leo wirft mir einen finsteren Blick zu. Er will Nicki noch nicht gehen lassen. Aber Nicki ist schon aufgestanden und auf dem schnellsten Weg zur Tür, als ich den Satz noch kaum ausgesprochen habe.

Sobald sich die Tür hinter Nicki schließt, sagt Leo vorwurfsvoll: «Was sollte das denn, Natalie? Sie war kurz davor –»

«Zusammenzubrechen», beende ich den Satz für ihn. Meine Stimme klingt scharf. So scharf wie Leos.

«Sie weiß etwas», sagt er stirnrunzelnd.

«Natürlich weiß sie etwas. Sie weiß sogar einiges. Aber sie hat auch Angst.»

Die Falten auf Leos Stirn vertiefen sich. «Sie kennt mich gut genug um zu wissen, dass ich sie niemals in Gefahr bringen würde.»

«Und wie gut ist das?», kontere ich.

Leo wirkt eher enttäuscht als wütend.

«Vielleicht wäre es besser, du gibst den Fall ab, Leo. Du steckst in einem echten Interessenkonflikt.»

«Einen Konflikt gibt es, zugegeben», sagt er knapp. «Aber nicht ich stecke drin.»

Er erhebt sich langsam. «Ich gehe raus zu Nicki und rede weiter mit ihr. Es ist *mein* Fall, Natalie. Wenn du damit nicht klarkommst –» Er verstummt. Ich bin nicht sicher, ob er nicht weiß, wie er den Satz beenden soll, oder es genau weiß und nur nicht aussprechen will. Manches Gesagte ist nicht leicht zurückzunehmen. Manches ist unmöglich zurückzunehmen. Oder zu vergessen.

Auf dem Weg nach draußen geht Leo an Jack vorbei, der gerade zu mir will. Jack wirft ihm einen neugierigen Blick zu, als er hereinkommt, schaut dann mich an. Er hebt die Augenbrauen. «Beziehungskrach?»

Ich zucke zusammen. «Eine berufliche Meinungsverschiedenheit.»

Jack geht gemächlich zu dem Stuhl, den Leo gerade verlassen hat, und setzt sich. «Hast du die Nachrichten gehört?»

«Was ist passiert?» Ich wappne mich gegen das Schlimmste.

«Ich hab's auf der Fahrt hierher gehört. Irgendein Reporter hat mit Jennifer Slater gesprochen.»

Einen Moment lang sagt mir der Name nichts. Doch dann fällt es mir wieder ein. Die Witwe des ermordeten Matthew Slater. Wie konnte ich das vergessen? Während Lynn Ingrams Prozess stürzte sich die Sensationspresse auf Jennifer Slater, fast täglich war sie im Fernsehen zu sehen. Ich habe die Witwe eher als attraktive denn als schöne Frau von Ende dreißig in Erinnerung, groß, brünett, mit katzenhaften Augen und einer Aura von vornehmer Herkunft und Reichtum. Matthew Slater, ein Junge aus einfachen Verhältnissen, aufgewachsen in South Boston, hatte eine gute Partie gemacht.

Kein einziges Mal während der aufwühlenden Tage nach dem

Mord an Matthew Slater und fast sieben Monate danach während Ingrams fünfwöchigem Prozess sah ich, dass Jennifer Slater die Haltung verlor. Natürlich weiß ich nicht, was passierte, wenn keine Kameras auf sie gerichtet waren. Und sie gab auch nicht viele Interviews. In ihren wenigen öffentlichen Erklärungen behauptete sie, dass ihr Mann nicht nur Opfer eines kaltblütigen Mordes, sondern auch einer perversen Verführung geworden sei.

«Was hat sie in dem Interview gesagt?», frage ich Jack.

«Im Grunde, dass Ingram es ja nicht anders gewollt hat.»

«Nicht anders gewollt? Dass man sie verstümmelt? Fast umbringt?»

«Besonders gut leiden konnten sich die beiden Frauen bestimmt nicht», sagt Jack.

Ich seufze. «Ehrlich gesagt, während des Prozesses hat mir Jennifer Slater Leid getan. Schon schlimm genug, wenn ein Opfer durch den Dreck gezogen wird, aber wenn dann auch noch die Angehörigen des Opfers mit Dreck beworfen werden, ist das eine himmelschreiende Gemeinheit.»

«Ich kann mir vorstellen, dass es für das Selbstwertgefühl einer Frau nicht gerade förderlich ist, wenn sie erfährt, dass der Gatte eine Affäre hat. Erst recht nicht mit einer Transsexuellen. Ich glaube, Jennifer Slater hat das besonders schlecht verkraftet. In den Nachrichten hieß es, die Witwe Slater lebt seit dem Tod ihres Mannes sehr zurückgezogen. Verlässt kaum noch das Haus der Familie auf Martha's Vineyard. Ein gesellschaftliches Leben findet anscheinend nicht mehr statt. Sie engagiert sich nach wie vor für wohltätige Zwecke, aber wenn sie auf irgendeiner Veranstaltung erscheinen soll, schickt sie ihren kleinen Bruder.»

Ich erinnere mich an den Bruder, ein großer, dünner, fast hagerer junger Mann, der während des gesamten Prozesses nicht von Jennifer Slaters Seite wich. Rodney Bartlett versuchte stets, seiner Schwester die Medien vom Leib zu halten, doch mit wenig Erfolg, wenn ich mich recht entsinne. Ich entsinne mich auch noch, dass er ständig ein finsteres Gesicht zog. Noch finsterer wurde seine Miene, als das Urteil gefällt wurde. Er und seine Schwester hätten sich für Lynn Ingram die Todesstrafe gewünscht. Eine Verurteilung wegen Totschlags war in ihren Augen alles andere als gerecht.

«Hört sich an, als wäre Jennifer Slater noch immer sehr verbittert», sage ich nachdenklich.

Ich telefoniere gerade mit dem Krankenhaus, als Sharon Johnson an meine Bürotür klopft und den Kopf hereinstreckt. Ich bedeute ihr einzutreten.

«Danke, Doktor. Ja, halten Sie mich auf dem Laufenden. Sie können mich Tag und Nacht anrufen.» Der Hörer fühlt sich merkwürdig schwer an, als ich ihn auf den Apparat zurücklege.

«Wie geht's ihr?», fragt meine Berufsberaterin.

Ich schüttle den Kopf. «Noch immer bewusstlos. Noch immer nicht über den Berg.»

«Du siehst beschissen aus», sagt Sharon, aber ich höre deutlich Zuneigung in ihrer Stimme.

«Und fühlen tu ich mich noch schlimmer», gestehe ich. Für mich ist das ein großes Eingeständnis. Und eins, das wahrscheinlich sonst niemand von meinen Mitarbeitern aus meinem Mund hören würde. Als Superintendent, weiblich und noch keine fünfunddreißig Jahre alt, ist es mir wichtig, mich bei der Arbeit als ein Mensch zu geben, der seine Gefühle unter Kontrolle hat. Außerhalb der Arbeit fällt mir das nicht immer so leicht.

«Ich wollte gerade Feierabend machen», sagt Sharon. «Hättest du nicht Lust, zu uns zu kommen? Raylene macht zum Abendessen Frittata, ihre Spezialität. Und sie hat gerade ein fantastisches Bild fertig, ein Selbstporträt, das sie dir gern zeigen möchte.»

Ich bin versucht, die Einladung anzunehmen. Nur wenn ich bei Sharon und ihrer Lebensgefährtin bin, fühle ich mich heutzutage, als gehörte ich zu einer Familie. Einer glücklichen Familie, wohlgemerkt. Früher hatte ich das Gefühl, zu Leos Familie zu gehören – zu Leo, seiner Mutter und seinem Sohn. Doch seit Nicki im Horizon House ist und von den Coscarellis zweimal die Woche besucht wird, spüre ich eine immer deutlichere Verkrampftheit, wenn wir zusammen sind.

Dann wäre da noch meine Schwester mit ihrer Familie. Gelegentlich besuche ich Rachel, ihren Mann und ihre drei Kinder in ihrem großen Haus am Stadtrand. Aber immer wenn ich dort bin, spüre ich eine unterschwellige Anspannung, sodass ich überhaupt nur meiner Schwester, meiner Nichte und meinen Neffen zuliebe komme. Der Mann meiner Schwester wurde vor einem Jahr wegen des Verdachts auf Kinderpornografie festgenommen. Das passierte, kurz nachdem meine Schwester einen Stapel perverser Fotos in seinem Aktenkoffer gefunden hatte. Es war für mich überhaupt keine Erleichterung, als die Anklage fallen gelassen wurde. Gary hat angeblich eine Therapie gemacht und sich rasch für geheilt erklärt. Meine Schwester, von jeher eine Verdrängungskünstlerin, war bereit, zu verzeihen und zu vergessen. In Wahrheit kann sie weder das eine noch das andere, aber auch das verdrängt sie.

«Denkst du über meine Einladung nach?», will Sharon wissen, ein angedeutetes Lächeln auf den Lippen. «Oder denkst du an Leo?»

«Ich habe ihn gebeten, den Fall abzugeben.»

Sharon lacht auf. «Lass mich raten, was er geantwortet hat.»

Ich verdrehe die Augen.

«Er wird nicht viel aus Nicki rauskriegen», sagt Sharon.

«Er meint, doch.»

«Und das wurmt dich.»

Ich blicke sie verärgert an. «Wenn Nicki uns auch nur den winzigsten Hinweis geben kann –»

«Das habe ich nicht gemeint», fällt Sharon mir ins Wort. «Ihr habt da ein Dreiecksverhältnis laufen, Nat, und das macht dich fertig.»

Ich schließe die Augen. «Ich glaube nicht, dass das gut geht.»

«Willst du denn, dass es gut geht?»

Ich öffne die Augen. «Hat dir schon mal jemand gesagt, du hättest Psychologin werden sollen?»

Sharon schmunzelt. «Apropos, hast du was von Dr. Varda gehört?»

«Er ist im Krankenhaus. Ich hab ein paar Worte mit ihm gewechselt, bevor ich mit dem Chirurgen gesprochen habe. Er ist fix und fertig, war ganz zittrig.»

«Ich hoffe, du meinst Varda», scherzt Sharon. «Ein zittriger Chirurg wäre nicht so gut.»

Ich ringe mir ein schwaches Lächeln ab.

«Hat Varda was gesagt? Wer Lynn das angetan haben könnte?», fragt Sharon.

«Alles, was Lynn ihm erzählt haben könnte, fällt unter die ärztliche Schweigepflicht. Ich verstehe Vardas Haltung. Ich respektiere sie sogar. Aber trotzdem finde ich sie unerträglich frustrierend. Varda weiß vielleicht, wer der Täter ist. Oder er könnte zumindest eine begründete Vermutung äußern. Das würde uns weiterbringen. Wir hätten einen Ausgangspunkt.»

«Dann habt ihr wohl auch in Lynns Zimmer nichts gefunden, was euch weiterhelfen könnte», sagt Sharon.

«Hutch hat alles auf den Kopf gestellt. Nichts.»

«Nichts ... Schriftliches? Vielleicht ein Tagebuch?»

«Nein. Wieso?»

Sie zuckt die Achseln. «Bloß weil ich ein paar Mal gesehen hab, wie Lynn was geschrieben hat.»

«In ein Tagebuch?»

«Nein. Auf lose Blätter. Sie hat gesagt, sie würde Briefe schreiben.»

«Ist doch auch nahe liegend», sage ich. «Oder nicht?»

«Eigentlich schon. Aber ich habe nie irgendwelche Umschläge gesehen. Und einmal habe ich gesehen, wie sie ein Blatt Papier, auf das sie geschrieben hatte, in eine Hülle geschoben hat. Als sie gemerkt hat, dass ich sie beobachtet habe, wurde sie ganz nervös. Sagte, sie hätte keine Briefmarken mehr. Ich weiß nicht. Irgendwie wirkte ihr Verhalten ... heimlichtuerisch.»

«Wenn das wirklich Briefe waren», sage ich, «an wen hat sie dann geschrieben? Von Grafton aus hat sie nur mit Harrison Bell eine regelmäßige Korrespondenz geführt. Und jetzt müsste sie ihm nicht mehr schreiben. Sie arbeitet ja jeden Tag mit ihm zusammen.»

«Hast du Lust, mit mir was essen zu gehen?» Leo steht in der Tür.

«Ich denke, wir sollten uns die nächste Zeit nicht sehen, Leo.

Zumindest bis wir den Scheißkerl haben, der Lynn das angetan hat.»

Er kommt ins Büro, schließt die Tür hinter sich. «Was heißt das, vorübergehend nicht sehen?» Er lächelt jetzt nicht. In seiner Stimme und in seinem Gesichtsausdruck liegt nicht der leiseste Hauch von Belustigung.

«Keine ... Verabredungen zum Essen. Überhaupt keine Verabredungen. Basta.»

Er lehnt sich gegen die geschlossene Tür. «Wir kriegen das schon hin, Natalie.»

«Momentan jedenfalls nicht.» So lange nicht, bis Nicki aus unserem Leben verschwunden ist. Falls das je passiert.

«Du hast Recht wegen Nicki», sagt er leise.

Seine Worte sind wie ein Faustschlag in den Magen. Bis er hinzufügt: «Sie hat Angst.»

Ich setze mich aufrechter hin, schiebe persönliche Belange rasch beiseite. «Angst vor Lynns Angreifer?»

«Jetzt komm schon. Wir unterhalten uns beim Essen.»

Ich werfe ihm einen Blick zu.

Sein Gesichtsausdruck bleibt neutral. «Wir müssen beide was essen, Natalie. Betrachte es als beruflichen Termin.»

Ich zögere. «Willst du, dass ich dir bei dem Fall helfe?»

«Es würde ja wohl nichts bringen, dich darauf hinzuweisen, dass der Fall allein Sache der Polizei ist», sagt er. «Ich erinnere mich, dass ich dir diese Predigt schon während des Walsh-Falls gehalten habe. Es hat nichts genützt. Und letzten Endes hat es uns beiden einiges gebracht, dass wir unsere Talente zusammengeschmissen haben.» Ein schwaches Lächeln umspielt seine Lippen.

Auf dem Weg nach draußen schaue ich kurz bei Hutch rein. Er hat zwar offiziell dienstfrei, aber wegen der angespannten Atmosphäre im Haus – eine direkte Folge des Angriffs auf Lynn Ingram – hat er es für besser gehalten, für einen Teil der Nachtschicht hier zu bleiben. Die Insassen haben das Gefühl, es hätte jeden von ihnen treffen können. Nur wenige Häftlinge, ob Frau oder Mann, können von sich behaupten, draußen keine Feinde zu haben. Ich kenne jedenfalls keinen.

Hutch hat die Durchsuchung des Zimmers von Lynn Ingram und Nicki Holden geleitet. Ich frage ihn, ob eine Aktenhülle gefunden wurde.

«Nein. Das einzige Beschriebene, was ich gesehen habe, war nicht in Ingrams Handschrift.»

«Wie meinst du das?»

«Es war eine Postkarte. Eine Geburtstagskarte. Ich habe in ihrer Akte nachgesehen. Ingram ist am 17. Juni einunddreißig geworden. Sie muss die Karte also erhalten haben, als sie in Grafton war. Ich fand es interessant, dass sie sie mit hierher genommen hat.»

«Und von wem ist sie?», frage ich ungeduldig.

«Vom Doc.»

«Harrison Bell?»

Hutch schüttelt den Kopf. «Von dem Psycho-Onkel. Varda.» Er lächelt gequält. «Interessant, was?»

«Wie hat er unterschrieben?»

Ein Schatten von Enttäuschung fällt auf Hutchs breites Gesicht. Ich weiß, dass er nicht viel von dem Psychiater hält. Erst recht nicht nach der gereizten Besprechung über Ingrams Aufnahme. «Nicht sonderlich pikant», gibt er zu. «Bloß – alles Gute. Dr. Ross Varda.»

«Ich möchte die Karte sehen. Hast du sie konfisziert?»

Hutch nickt, blickt über meine Schulter zur Eingangstür, wo Leo auf mich wartet. «Dein Detective hat sie.»

Keine große Überraschung. «Hat er sonst noch was?»

«Sonst gab es nichts, was die Polizei interessiert hätte.» Ein kurzes Stocken in Hutchs Stimme macht mich hellhörig.

«Was genau hat die Polizei nicht interessiert?», frage ich meinen leitenden Vollzugsbeamten.

Er tritt nervös von einem Bein aufs andere. «Nichts, was mit Ingram zu tun hat.» Sein Blick schweift den Gang hinunter zu Leo.

«Spann mich nicht auf die Folter, Hutch», sage ich gereizt.

«Ein paar Briefe. An Nicki Holden. Von ...»

«Von Leo», beende ich, was er sagen will. Dabei hat Leo mir nie erzählt, dass er Nicki geschrieben hat.

Hutch nickt.

«Hast du sie gelesen?» Meine Stimme klingt rau in meinen Ohren. Plötzlich habe ich eine trockene Kehle.

Hutch weist mit dem Kopf in Leos Richtung. Ich werfe einen Blick über die Schulter und sehe, dass er auf uns zukommt.

«Ich hab sie nicht gelesen, Nat», sagt Hutch.

Doch er hatte offenbar genug gesehen, um zu wissen, wer die Briefe unterschrieben hatte. Wie viele waren es? Wie hatte Leo unterschrieben? *Alles Gute*? Wohl kaum. *In Liebe*? Hoffentlich nicht.

«Ich wurde gerade angepiept», sagt Leo, als er bei uns ist. «Mein Partner. Im Krankenhaus hat es Krach gegeben. Lynns Mutter ist aufgetaucht und will zu ihrem *Sohn*.»

Wie du säst, so wirst du ernten …

9

Als Leo und ich auf der Intensivstation ankommen, konferiert Ross Varda mit Ruth Everett im Ärztezimmer. Wir finden Mitchell Oates, Leos Partner, im Wartezimmer.

«Sie heißt Everett?», fragt Leo.

Oates nickt.

«Und Mr. Everett?», frage ich.

«Sie ist allein hier. Hat nichts von ihrem Mann gesagt.»

Leo wirft einen Blick über den Flur auf die geschlossene Tür des Ärztezimmers. «Was noch?»

«Wie ich dir schon am Telefon erzählt habe, die Mutter ist fast hysterisch geworden, und der Psychiater hat sich um sie gekümmert. Jetzt hat sie sich wieder beruhigt.»

«Kennt er sie?», frage ich.

«Ich glaube nicht, dass sie sich vorher schon mal begegnet sind, aber er kannte ihren Namen. Wusste gleich, wer sie ist. Ich schätze, Ingram hat ihm in der Therapie von ihrer Mutter erzählt.»

Leo verzieht das Gesicht. «Hast du die richterliche Verfügung beantragt?»

«Ja», erwidert Oates. «Ich hab Varda gesagt, dass wir seine Unterlagen beschlagnahmen werden. Er ist mir mit dem Spruch gekommen, er säße da in einer Zwickmühle, blablabla. Ich hab gesagt, wenn das jetzt schon für ihn so ist, wie dann erst, wenn seine Patientin den Löffel abgibt? Diese Nervenklempner», knurrt Oates, und es klingt wie ein Schimpfwort.

Ruth Everetts Hände umklammern einen Styroporbecher Kaffee. Als wir ins Ärztezimmer kommen, springt sie von ihrem Stuhl hoch, und der Kaffee schwappt über. Sie blickt ängstlich in unsere Richtung, und mir wird klar, dass sie denkt, wir wüssten etwas Neues über ihre Tochter. Dieser Gedanke lässt mich schlagartig innehalten, weil mir einfällt, was Leo im Horizon

House gesagt hatte. *Lynns Mutter ist aufgetaucht und will zu ihrem Sohn ...*

Leo stellt sich vor, und noch ehe er mich vorstellen kann, übernimmt Ross Varda das für ihn. Ruth Everett bemerkt erst jetzt den verschütteten Kaffee. Varda nimmt ihr behutsam den Becher aus der Hand und stellt ihn auf eine Arbeitsplatte.

«Dann wissen Sie nichts Neues über Larry?» Ruth Everetts Lippen beben, während sie zu dem Psychiater blickt. «Ich ... ich meine ... Lynn.» Sie sagt den Namen, als spräche sie eine Fremdsprache.

Was mir zunächst und vor allen Dingen an Ruth Everett auffällt, ist, dass sie eine ältere, aber nicht weniger schöne Version von Lynn Ingram ist. Selbst jetzt, wo sie offensichtlich leidet, die vollen Lippen zusammengepresst hat, wo die Farbe aus ihrem Gesicht gewichen ist und ihre blauen Augen matt sind – fast das gleiche Blau wie Lynns Augen –, ist ihre Schönheit unübersehbar. Natürlich gibt es Unterschiede. Doch obwohl die Mutter ein wenig kleiner ist und etwas schlanker und obwohl sie das blonde Haar einige Zentimeter länger trägt als Lynn und es mit grau durchsetzt ist, bleibt die Blutsverwandtschaft zwischen den beiden unübersehbar.

Leo sieht den Psychiater an. «Würden Sie bitte draußen warten, Doktor?»

Wir wissen alle, dass es keine wirkliche Frage ist. Ich sehe Varda an, dass er sich nur ungern wegschicken lässt. Noch schwerer fällt es ihm, als Ruth nervös zu ihm hochblickt. Auch sie sieht ihn offenbar nur ungern gehen. Er streicht ihr beruhigend über die Schulter.

«Wir reden später weiter», sagt er zu ihr.

Ruth Everett wirkt nicht getröstet. «Ich ... ich kann nicht ... sehr lange bleiben.» Jedes Wort ist von Angst geprägt.

«Wir werden noch öfter Gelegenheit haben», sagt Varda mit der beschwichtigenden Ruhe des erfahrenen Psychiaters zu ihr.

«Meinen ... Sie?» Ruth presst die Hände zusammen. Mir fällt auf, dass ihre Finger genauso anmutig und elegant geformt sind wie Lynns.

Als Varda widerwillig den Raum verlässt, sinkt Ruth in ihren Stuhl zurück.

Leo nimmt neben Ruth Platz. Ich setze mich ihr direkt gegenüber. «Wann haben Sie Lynn zuletzt gesehen?», fragt er.

«Ich ... ich kann mich einfach nicht dran gewöhnen. Ihn ... Lynn zu nennen. Ich habe ihn Lawrence genannt. Nach meinem Vater. Peter, das ist mein Mann, mochte den Namen Lawrence nie so richtig. Er fand ihn nicht sehr ...» Sie schließt kurz die Augen, schüttelt langsam den Kopf. «Sehr männlich.» Sie öffnet die Augen und lächelt wehmütig. «Guter Witz, was?»

Sie wird rot, blickt uns beide geniert an. «Larry war in keiner Weise *tuntig*. Wirklich nicht. Ich meine, man kennt ja ... diese Leute aus den widerlichen sensationslüsternen Talkshows, die dann erzählen, dass sie schon als Kinder mit Puppen gespielt haben, die Sachen von ihren Müttern angezogen, sich heimlich geschminkt haben –» Ruths Mund wird zu einer harten, dünnen Linie. «Larry war nicht so. Er war nie so. Wenn er so gewesen wäre, hätte sein Vater ihn umgebracht.»

Jetzt kommen ihr die Tränen, doch sie lässt sie achtlos über die Wangen rinnen. Ich krame in meiner Handtasche nach einem Taschentuch, stehe auf und bringe es ihr. Sie nimmt es automatisch entgegen, zerknüllt es aber nur in der Hand.

«Wenn er wüsste, dass ich hier bin, würde er mich wahrscheinlich umbringen.» Sobald die Worte heraus sind, huschen ihre Augen besorgt zu Leo hinüber. «Ich meine das nicht wörtlich. Peter bellt nur, er beißt nicht.» Sie bemüht sich, erneut zu lächeln, scheitert aber kläglich.

«Wann haben Sie Lynn zuletzt gesehen?», wiederhole ich Leos Frage und setze mich auf den Platz rechts neben ihr.

Sie zögert, den Blick gesenkt. «Vor zehn Jahren. In dem Sommer ehe er seine Doktorarbeit in Psychologie an der Boston University in Angriff nahm. In dem Sommer, als er seine Frau verlassen hat.»

Ich traue meinen Ohren nicht. *Frau? Lynn war verheiratet?*

Ich werfe Leo einen Blick zu. Er wirkt genauso perplex wie ich.

«Wie lange war Lynn verheiratet?», frage ich Ruth.

Lynns Mutter ist verwirrt. «Nein. Nein, da war er natürlich noch Larry. Nur ein paar Monate. Ich hab sie nicht mal kennen gelernt.»

«Wie hieß sie?»

Ruth zuckt die Achseln, blickt unbehaglich. «Was spielt das für eine Rolle? Es ist eine Ewigkeit her.»

«Reine Routine», beharrt Leo.

«Bethany.»

«Und der Nachname?»

«Ich glaube ... Graham.»

«Wie haben die beiden sich kennen gelernt?»

«Ich weiß nicht. Auf einer Party. Sie war die Kusine oder Freundin oder so von irgendwem, kam von auswärts. Ich hab das nie richtig erfahren. Es ging alles so schnell. Sie waren kaum zusammen, da sind sie auch schon durchgebrannt, um zu heiraten.»

«Ging Bethany noch zur Schule?»

«Nein, sie hat in einem Restaurant gearbeitet.»

«Wie sah sie aus?»

«Ich habe sie nie gesehen.»

«Nie? Das kann ich mir nicht vorstellen», sagt Leo.

Ruth wird nervös. «Na ja, ein Mal, aber nur ganz kurz. Sie war auf dem Sprung. Musste zur Arbeit.»

«Ihr Mann war bestimmt froh», sage ich.

«Froh?»

«Dass Larry geheiratet hat.»

«Ach so. Ja, stimmt. Ich gebe zu, dass Peter wegen Larry besorgt war. Kurz nach der Highschool hatte es einen Vorfall gegeben.» Sie rutscht unbehaglich auf ihrem Stuhl hin und her. «Ich weiß gar nicht, was da genau passiert ist. Ich war an dem Wochenende bei meiner Mutter. Als ich wieder nach Hause kam, spürte ich, dass Larry und Peter Streit gehabt hatten. Keiner wollte mir sagen, weshalb. Aber dann haben die beiden miteinander gesprochen, und danach schien alles wieder ... in Ordnung. Doch das Verhältnis zwischen ihnen blieb weiter gespannt.»

Mich überkommt Mitleid mit Ruth, aber noch mehr mit

Lynn. Wie schwer muss es gewesen sein, eine Lüge zu leben. Sogar zum Schein zu heiraten. Jedenfalls so schwer, dass Lynn sich irgendwann nicht mehr verstellen wollte.

«Hat Larry Ihnen erzählt, warum er und Bethany sich getrennt haben?», fragt Leo.

«Ja. Er hat uns erzählt, er habe ihr endlich gestanden, dass er ... transsexuell ist.»

«Wie war das für Ihren Mann?»

Sie schließt die Augen. «Er war außer sich.» Ruths Stimme bebt.

«Und was hat er gemacht?», fragt Leo.

Ruth presst die Lippen zusammen.

«Ist er handgreiflich geworden?», hake ich nach.

«Nein.»

Ich glaube ihr nicht. Und ich bin sicher, Leo auch nicht.

«Was ist passiert, nachdem Larry sich geoutet hatte?», fragt Leo.

«Larry ist gegangen. Und wir sind kurz nach ... dieser Sache von Dedham weggezogen. Erst nach Worchester, dann vor vier Jahren nach Westfield.»

«Und Sie hatten keinen Kontakt mehr zu Ihrem Sohn?»

Ruth beißt sich auf die zitternden Lippen. «Nein. Ich wollte das nicht, aber Peter ... er hat gesagt, er würde mich verlassen, wenn ich Larry auch nur unsere neue Adresse geben würde. Für ihn war unser ... Sohn ... tot. Peter hat sogar unseren Namen ändern lassen, damit Larry uns nicht findet.»

Ich bemühe mich, es nicht zu zeigen, aber ich bin entsetzt, dass diese Mutter bereit war, ihren Sohn – ihr eigen Fleisch und Blut – so aus ihrem Leben zu verbannen, weil ihr Mann gedroht hat, sie zu verlassen. Ich an ihrer Stelle, so denke ich, hätte den gefühllosen Mistkerl schon vorher verlassen.

«Sind Sie verheiratet, Superintendent Price?» Ruth sieht mich direkt an.

Ich spüre, wie ich rot werde. «Nein ... nicht mehr.»

«Die schlichte Wahrheit ist, ich wollte nicht allein gelassen werden», sagt sie ruhig. Und sie klingt nicht trotzig.

«Was ist aus Bethany geworden?», fragt Leo.

«Das weiß ich nicht», antwortet Ruth.

«Sie haben sie nie wieder gesehen oder was von ihr gehört? Sie wissen nicht, wo sie hin ist? Sie haben keine Ahnung –»

«Nein», sagt Ruth brüsk. «Ich weiß nicht mal, warum ich das überhaupt erzählt habe.»

Ich glaube, sie wollte die Heirat eigentlich nicht erwähnen. Es ist ihr einfach rausgerutscht.

Mitchell Oates öffnet die Tür. Seine Miene ist finster. Ruth umklammert die Armlehnen ihres Stuhls.

«Was ist passiert?», fragt Leo seinen Partner.

«Gehirnblutung. Ingram ist wieder im OP.»

Ruth stöhnt. «Mein Schatz. Mein armer Schatz.»

Ich bin die Blicke derjenigen gewohnt, die mich widerlich finden, abstoßend, eine Sünde gegen Gott. Aber es ist noch immer nicht leicht, nur leichter als am Anfang. Beim ersten Mal war es am schlimmsten. Als ich den Blick in den Augen meines Vaters sah. Ich dachte, es bricht mir das Herz …

Lynn Ingram
Gefängnistagebuch

10

Kaum bin ich mit meinem buchstäblich *erleichterten* Golden Retriever Hannah zurück in meiner Wohnung, als das Telefon läutet. Ich denke gleich, es ist das Krankenhaus, und befürchte das Schlimmste. Lynn hat zwar die zweite Operation überstanden, doch ihr Zustand ist nach wie vor kritisch. Und sie ist noch immer ohne Bewusstsein.

«Natalie, ich bin's.»

Irgendetwas stimmt nicht. Das höre ich Leos Stimme an. «Was ist passiert?» Ich bemühe mich, den Kloß Panik in meiner Kehle hinunterzuschlucken.

«Ross Varda. Er ist in der Notaufnahme im Boston General. Irgendwer hat ihn auf dem Weg nach Hause überfallen.»

Ich brauche zwei Sekunden, um diese unerwartete und erschreckende Neuigkeit zu begreifen. «Ist es schlimm?»

«Ein Beule groß wie ein Gänseei am Kopf und ein paar Schnittwunden. Nicht besonders tief. Er darf wahrscheinlich schon heute Abend wieder nach Hause.»

«Schnittwunden? Leo –»

«Ich weiß.»

«Hat er gesehen, wer es war? Hat er was gesagt?»

«Nein. Oates ist bei ihm. Varda hat ihm erzählt, dass er von hinten angegriffen wurde, es war dunkel, er ist ohnmächtig geworden. Hör zu, ich bin gerade vor dem Krankenhaus. Ich halte dich auf dem Laufenden.»

Ich habe nicht vor zu warten, bis er sich wieder meldet.

Als ich die Eingangshalle des Krankenhauses betrete, sehe ich Leo und den angeschlagenen Ross Varda aus einem der Aufzüge kommen. Vardas Gesicht ist fast so weiß wie der Verband über seiner rechten Augenbraue. Sein Blick wirkt benommen. Auch wenn seine körperlichen Verletzungen nicht schwer sind, muss man kein Psychologe sein, um zu sehen, dass er psychisch stark mitgenommen ist.

Leo entdeckt mich zuerst. Er blickt finster. Ich bin sicher, dass er nicht sonderlich überrascht ist, mich zu sehen. Und schon gar nicht erfreut. Ich gehe auf die beiden zu. Erst als ich nur noch zwei Schritte entfernt bin, erkennt Varda mich.

«Gibt es was Neues über Lynn?», fragt er besorgt.

«Nein», sage ich sofort. «Ich wollte nur sehen, wie es Ihnen geht.»

Er ringt sich ein dürftiges Lächeln ab. «Ganz gut. Bloß ein bisschen ...» Er schüttelt den Kopf, offenbar nicht in der Lage, eine genauere Beschreibung seines Zustands abzugeben.

«Was halten Sie davon, wenn ich Sie nach Hause fahre», biete ich an.

Leos Augen werden schmaler. Ich kann mir denken, warum er sich nicht freut, mich zu sehen. Ich bin überzeugt, dass Leo gehofft hat, aus der derzeitigen angeschlagenen Gemütsverfassung des Psychiaters Kapital schlagen und ihm ein paar Informationen über Ingram entlocken zu können.

Varda jedoch nimmt mein Angebot sogleich an. Wahrscheinlich ahnt er nicht, dass ich das Gleiche im Schilde führe wie Leo, zumal ich den Überfall auf ihn, so kurz nach dem auf Ingram, für keinen bloßen Zufall halte.

Sobald wir im Wagen sitzen und uns auf den Weg zu seiner Wohnung im vornehmen Bostoner Stadtteil South End machen, teile ich Varda meine Theorie mit.

Aus den Augenwinkeln sehe ich, wie sich Vardas Hand zu seiner bandagierten Verletzung bewegt. «Ich habe auch schon an die Möglichkeit gedacht. Dass Lynns Täter mich als Bedrohung sieht.»

«Ist da was dran?»

«Selbst wenn ich meine Schweigepflicht brechen dürfte, was ich nicht darf, kann ich unmöglich genau wissen, wer in der Gasse war. Das wäre reine Spekulation.»

«Dann haben Sie also einen Verdacht.»

«Das habe ich nicht gesagt.»

«Der Täter könnte es noch einmal versuchen, Ross.»

«Glauben Sie, das weiß ich nicht? Es ist mir zwar peinlich, aber ich gebe zu, dass ich eine Heidenangst habe.»

«Sie brauchen sich nicht dafür zu schämen, dass Sie Angst haben», versichere ich ihm. «Nach dem, was passiert ist, wissen

Sie als Psychiater doch bestimmt am besten, dass Angst eine gesunde Reaktion ist.»

Er lacht selbstironisch auf. «Ich hab mir in die Hose gemacht. Als ich überfallen wurde.»

«Auch das ist eine ganz normale Reaktion.»

«Oh ja, ich weiß. Aber das eine ist die Theorie, das andere –» Er presst die Hände vors Gesicht.

Wir fahren einige Minuten schweigend weiter.

«Haben Sie starke Schmerzen?», frage ich schließlich.

«Nein. Ich wünschte, ich hätte. Das wäre eine willkommene Ablenkung.»

Varda sagt mir, dass ich abbiegen soll, und ich fahre in die St. Botolph Street, wo ich nicht weit von seinem Haus einen Parkplatz finde. Varda greift nach dem Türgriff, hält ihn aber einfach nur fest. Ich denke zuerst, dass er mir etwas sagen will. Doch dann begreife ich, dass er Angst hat, in seine Wohnung zu gehen. Angst, dass sein Angreifer ihm vielleicht auflauert.

«Könnte ich wohl mal kurz bei Ihnen auf die Toilette?», frage ich. «Als ich gehört habe, dass Sie verletzt sind, bin ich überstürzt von zu Hause los, ohne vorher noch –»

«Kein Problem.»

Ich kann die Erleichterung in seiner Stimme hören. Und vielleicht einen leisen Anflug von Dankbarkeit.

Vardas Wohnung ist im dritten Stock. Es gibt einen Aufzug, aber Varda steuert direkt auf die Treppe zu. Er geht voraus zu seiner Wohnungstür. Ich höre ihn scharf die Luft einziehen, aber er blockiert mir die Sicht. Erst als er zur Seite tritt, sehe ich, warum er nach Luft geschnappt hat.

Seine Wohnungstür steht einen Spalt offen.

«Ich hab ganz bestimmt abgeschlossen», sagt er mit heiserer Stimme. «Da ist jemand eingebrochen.»

«Dieser Jemand», flüstere ich, während ich ihn am Ärmel wieder Richtung Treppe ziehe, «könnte noch drin sein.»

Vardas bleiches Gesicht wird aschgrau, als ihm klar wird, was ich da gerade gesagt habe.

Ich glaube, er holt erst wieder Luft, als wir auf der Straße sind. Genau wie ich.

«Es fehlt nichts?», fragt Leo. Es sieht ganz so aus, als ob der Einbrecher irgendetwas gesucht hat.

Varda schüttelt benommen den Kopf, während er das Chaos betrachtet, das einmal sein ordentliches Wohnzimmer war. Bücher sind brutal aus den Regalen gefegt worden, etliche in Stücke gerissen; der Fernseher liegt zerschmettert vor dem Kamin, daneben zwei Lautsprecher, denen es nicht besser ergangen ist. Auch das Schlafzimmer ist ein Schlachtfeld, sämtliche Kleidungsstücke aus Schrank und Kommode liegen verstreut herum. Das Bett ist regelrecht auseinander genommen worden.

Im Badezimmer ist es am schlimmsten. Nicht so sehr, weil es durchwühlt wurde, sondern wegen der Botschaft, die mit rotem Stift auf dem Spiegel über dem Waschbecken geschmiert steht. HALT DEN MUND, SONST ERGEHT ES DIR SCHLIMMER ALS LYNN. Jetzt ist klar, dass zwischen dem Einbruch, dem Überfall und dem brutalen Angriff auf Lynn ein Zusammenhang besteht.

«Irgendeine Ahnung, wonach hier gesucht wurde?», fragt Leo.

«Nein.»

«Was ist mit Lynn Ingrams Akte?»

Varda wird bleich. «Die liegt in einem abgeschlossenen Aktenschrank in meinem Büro im CCI Grafton.»

«Wir haben eine richterliche Verfügung beantragt, die uns erlaubt, Einsicht in die Akte zu nehmen. Das kann ein Weilchen dauern. Sie könnten uns Zeit sparen helfen, wenn Sie uns sagen, wer Ihrer Meinung nach der Täter ist, Doc.»

Varda wischt sich einen Schweißtropfen von der Stirn. «Ich weiß nicht, wer es war.»

«Okay, ganz wie Sie wollen. Ist ja schließlich Ihr Leben.»

Varda blinzelt rasch, geschockt über Leos schonungslose Worte. Aber er sagt nichts.

«Ich würde Ihnen raten, heute Nacht nicht hier zu bleiben. Können Sie irgendwo unterkommen?», fragt Leo.

Ich will schon meine Wohnung anbieten, aber Varda sagt, dass er bei seiner Schwester schlafen kann.

Ich erinnere mich noch an meinen ersten Psychiater. Ich war neunzehn, studierte in Harvard. Ich hatte Ess- und Schlafstörungen. Ich schwänzte Vorlesungen, trank zu viel, fühlte mich total gestresst. Ich hatte den brennenden Wunsch, mich zu outen, aber ich hatte Angst. Ich hatte keine Freunde. Ich fühlte mich verzweifelt. Ich brauchte Unterstützung. Ich wollte von jemandem hören, dass ich kein Freak bin. Ich suchte mir einen Namen aus dem Telefonbuch. Dr. Steven Schwann.
Er machte einen netten Eindruck. Er war verständnisvoll. Nickte. Lächelte mitfühlend. Hörte aufmerksam zu. Wirkte nachdenklich. Doch anschließend gab er mir lediglich ein Rezept für ein Antidepressivum. Er diagnostizierte mich als «obsessiv-zwanghaft mit Anzeichen einer Geschlechtsdysphorie». Kurz gesagt, als Freak. Ich ging nicht wieder zu ihm.

Lynn Ingram
Gefängnistagebuch

11

Es ist schon nach Mitternacht, als ich wieder nach Hause komme. Ich öffne die Wohnungstür und stelle mich schon darauf ein, dass Hannah mich auf ihre typisch stürmische Art begrüßt, praktisch in mich hineinschlittert, weil ihre Pfoten auf meinem glatten Parkett keinen Halt finden.

«Hannah? Wo ist mein Mädchen?»

Kein Bellen. Kein Winseln.

«Hannah?» Ein Anflug von Angst schleicht sich in meine Stimme. Irgendetwas stimmt nicht. Mein Hund begrüßt mich immer, wenn ich nach Hause komme. Und sie bellt normalerweise so lange, bis ich ihr meine ganze Aufmerksamkeit schenke.

Ist Hannah vielleicht krank? Vor zwei Stunden, als ich überstürzt zum Krankenhaus gefahren bin, war sie noch putzmunter.

Die absolute Stille ist mir am unheimlichsten. Ich habe Gänsehaut auf den Armen, während ich versuche, die aufsteigende Panik zu unterdrücken.

Ich bleibe an der offenen Tür stehen, taste vorsichtig mit der Hand nach dem Lichtschalter. Ich betätige ihn, doch die Diele bleibt dunkel. Wenn ich nicht gerade aus Ross Vardas verwüsteter Wohnung gekommen wäre, würde ich nicht gleich das Schlimmste befürchten. Doch der Einbruch, der Überfall, die Warnung auf dem Spiegel im Bad, kein Wunder, dass meine Fantasie verrückt spielt.

Und jetzt lässt Hannah sich nicht blicken, und das Licht funktioniert nicht. Ist auch bei mir jemand eingebrochen? Hat die Sicherungen rausgedreht? Damit ich *im Dunkeln bleibe?*

Da das Treppenhauslicht hell genug ist, kann ich zumindest erkennen, dass meine Diele ganz normal aussieht. Aber bis ins Wohnzimmer reicht es nicht. Dort könnte es wie auf einem Schlachtfeld aussehen. Oder es könnte gerade in ein solches verwandelt werden, während ich hier an der Tür stehe. Der Eindringling könnte noch in der Wohnung sein. Genau wie ich in diesem Moment die Luft anhalten.

Ich weiß, die einzig kluge Entscheidung – die einzig vernünftige Entscheidung – ist die, auf dem Absatz kehrtzumachen und schleunigst das Weite zu suchen. Genau wie Varda und ich kurz zuvor.

Aber Varda hat keinen über alles geliebten Hund, der vielleicht genau in diesem Augenblick irgendwo in der Wohnung liegt, vielleicht schwer verletzt, aber noch verzweifelt um sein Leben ringend. Wie soll ich damit leben, wenn ich Hannah jetzt im Stich lasse, wenn sie mit ein wenig Mumm von meiner Seite gerettet werden könnte?

«Hannah?», rufe ich erneut und mache zwei vorsichtige Schritte in die Diele. Ich lasse die Wohnungstür weit geöffnet, um notfalls schnell entkommen zu können. Was ich hoffentlich nicht muss. Woran mich hoffentlich, falls ich es doch muss, niemand hindert.

«Hannah? Wo ist mein Mädchen? Wo bist du denn?»

Ich lausche angestrengt auf das leiseste Wimmern. Natürlich lausche ich auch auf jedes andere Geräusch. Auf Schritte, Knarren, das leise Atmen eines Eindringlings. Falls mir jemand auflauert, weiß er jetzt, dass ich da bin. Es ist natürlich naiv von mir zu glauben, dass ich einem Eindringling Angst einjagen könnte, aber ich klammere mich trotzdem an diese Hoffnung.

Ich gehe zwei Schritte weiter. «Hannah?» Wenn mein Hund tot ist, werde ich durchdrehen, das steht fest. Schon jetzt kann ich nur mit Mühe die Tränen unterdrücken. Ich liebe diesen Hund. Ohne Wenn und Aber. Bedingungslos.

Vorsichtig gehe ich weiter Richtung Wohnzimmer. Leider gibt es dort kein Deckenlicht. Um festzustellen, ob das Licht auch hier nicht funktioniert, muss ich mich fast bis in die Mitte des Wohnzimmers zu einem Beistelltisch neben der Couch vortasten, auf dem eine Lampe steht. Jedenfalls war sie noch da, als ich heute Morgen gegangen bin. Wieder taucht vor meinem inneren Auge das Chaos in Vardas Wohnzimmer auf, das zuvor bestimmt peinlich sauber und aufgeräumt war.

Ich mache kleine Schritte, aus Angst, ich könnte über irgendetwas stolpern. Schlimmer noch, über irgendjemanden. Jemanden wie Hannah. *Wenn du Hannah auch nur ein Haar gekrümmt hast, du Scheißkerl, dann wirst du das bereuen –*

Aber mein Weg ist frei. Es liegt nichts auf dem Boden, was nicht hingehört. Die Messinglampe mit dem Tiffany-Glasschirm steht dort, wo sie immer steht. Ich bin ungeheuer erleichtert, als ich an der Metallkette ziehe und das Licht angeht.

Lautlos spreche ich ein Dankgebet an Thomas Alva Edison für seine *strahlende* Erfindung.

Mein Wohnzimmer sieht unberührt aus. Meine Kaffeetasse von heute Morgen steht noch immer auf dem Couchtisch. Sie war ein Drittel voll, als ich zur Arbeit ging, und jetzt ist sie leer, aber ich bin überzeugt, dass Hannah und nicht irgendein Eindringling sie geleert hat. Vor Hannah ist absolut nichts Koffeinhaltiges sicher, der Hund ist regelrecht süchtig danach.

Kaum habe ich den Gedanken zu Ende gedacht, als meine Panik zehnfach verstärkt wieder da ist. Unmöglich, dass Hannah nicht auf meine Rufe reagiert, es sei denn, sie ist bewusstlos oder ... tot.

Ich fange an, hektisch jeden Winkel meiner Wohnung nach ihr zu durchsuchen, ohne Rücksicht auf mögliche Gefahren. Wie eine Furie reiße ich Schränke auf, schaue unter Betten, Sessel, Sofas. Ich muss Hannah finden. Tot oder lebendig, ich muss sie finden.

Meine Hündin ist ein ausgewachsener, über zwanzig Kilo schwerer Golden Retriever. Hier in der Wohnung gibt es kein Versteck, wo ich sie nicht finden würde.

Erst an der geschlossenen Badezimmertür zögere ich. Schlagartig habe ich wieder die Botschaft auf Vardas Spiegel vor Augen. Erwartet mich auf meinem Badezimmerspiegel auch eine Warnung? Hat Lynns Angreifer Angst, ich könnte seine Identität aus Varda herauslocken? Oder von allein draufkommen?

Hat er mir auch eine Botschaft hinterlassen? Oder Schlimmeres? Grässliche Bilder schießen mir durch den Kopf, Hannah, wie sie übel zugerichtet, tot oder sterbend, auf dem Fliesenboden liegt.

Als ich den Türknauf umfasse, spüre ich ein heftiges Zittern, das von der Handfläche aus den Arm hoch schießt. Ich zwinge mich, den Knauf zu drehen und die Tür einen Spalt zu öffnen, doch weiter schaffe ich es nicht. Es reicht nicht, um zu sehen, was im Badezimmer ist. Einige Sekunden lang halte ich den Knauf umklammert, als wäre er mein Rettungsring, und stehe lauschend da.

Stille bis auf das immer rasendere Klopfen meines Herzens.

Ich wappne mich innerlich – als ob das möglich wäre – und reiße die Tür auf. Das Einzige, was auf dem Fliesenboden liegt, ist das mintgrüne Duschhandtuch, das ich heute Morgen benutzt habe. Mein Blick wandert zu dem weißen Frotteevorhang vor der Wanne.

Ich verfluche jeden Horrorfilm, den ich je gesehen habe, in dem die Heldin den Duschvorhang aufreißt und sich einer grausigen Leiche oder einem ebenso grausigen Killer gegenübersieht, und reiße meinen Vorhang auf. Außer einem schwachen Schmutzrand ist in der Wanne nichts zu sehen. Jetzt fällt mir nur noch eine einzige Stelle ein, wo Hannah sein könnte. Mein Wäschekorb fühlt sich zwar nicht so schwer an, als könnte sich ein großer Hund darin befinden, trotzdem kippe ich ihn sicherheitshalber um und leere meine schmutzige Wäsche auf den Boden.

Gut zehn Minuten später stehe ich mitten in meiner Küche, alle Schranktüren weit offen, alle Töpfe und Pfannen auf dem Boden, weil ich nachgesehen habe, ob Hannah, so unwahrscheinlich es auch ist, sich nicht doch irgendwo ganz weit hinten verkrochen hat. Oder ob sie von jemandem dort versteckt worden ist.

Keine Spur von ihr. Nicht die geringste. Ich habe auch keinerlei Anzeichen dafür entdeckt, dass irgendwo in meiner Wohnung ein Kampf stattgefunden hat.

Tränen brennen mir in den Augen, als ich daran denke, was für ein zutrauliches Wesen Hannah ist. Sie liebt Menschen. Vor allen Dingen Kinder, aber auch Frauen, Männer. Es genügt schon, sie anzulächeln, kräftig zu tätscheln, und schon ist sie deine Freundin. Gibt man ihr was zu fressen, folgt sie einem überallhin.

Das ist für mich die einzige Erklärung. Der Eindringling hat Hannah mitgenommen. Mein Hund wurde gekidnappt.

Aber wie ist der Unbekannte überhaupt in die Wohnung gelangt? Ich habe inzwischen alle Türen und Fenster überprüft. Keine Spur von gewaltsamem Eindringen. Und einen Schlüssel zu meiner Wohnung haben nur Leo und meine Schwester. Leo benutzt seinen Schlüssel manchmal. Rachel nie.

Ich stehe da und versuche, mir auf das alles einen Reim zu machen, als ich kratzende Geräusche höre. Dann ein kurzes Bellen.

Ungeachtet möglicher Gefahren laufe ich aus der Küche und in die Diele. «Hannah? Hannah, mein Mädchen?»

Doch alles ist still. Leer. Als hätte ich das Bellen geträumt.

Kurz vor meiner Wohnungstür bleibe ich abrupt stehen. Die Tür ist zu.

Ich weiß – mit absoluter Sicherheit –, dass ich sie weit aufgelassen habe. Ich habe sogar, als ich auf der Suche nach meinem Hund von Zimmer zu Zimmer gerast bin, mehrmals einen Blick zur Tür geworfen.

Irgendwer war hier. Vor wenigen Augenblicken. Irgendwer war mit Hannah hier. Ich bin ganz sicher. Aber warum ist er zurückgekommen? Um mich zu erwischen?

Ich stürze zur Tür, reiße sie auf und sehe gerade noch, wie sich die Fahrstuhltüren am Ende des Flurs schließen. Ich laufe zu den Fenstern meines Wohnzimmers, das zur Straße hin liegt, hoffe, meinen Hund und seinen Kidnapper zu sehen. Zumindest lange genug, um der Polizei eine Beschreibung geben zu können.

Endlose Minuten verstreichen, während ich am offenen Fenster stehe und auf die Straße starre. Niemand verlässt das Haus. Weder Mensch noch Tier.

Ist der Aufzug stecken geblieben? Ist der Kidnapper mit Hannah nach oben aufs Dach gefahren?

In der vagen Hoffnung, dass sie vielleicht doch noch aus der Haustür kommen, rühre ich mich weitere fünf Minuten nicht von der Stelle. Noch immer lässt sich niemand blicken.

Vielleicht habe ich mir alles nur eingebildet. Vielleicht verliere ich schon den Verstand.

Der Adrenalinstoß, der mich bisher angetrieben hat, verliert seine Wirkung. Ich fühle mich völlig ausgelaugt. Ich habe nicht einmal mehr die Kraft zu weinen. Starr vor Verzweiflung sinke ich vor dem Fenster zu Boden und lehne mich gegen die Wand.

Und dort sitze ich immer noch, als gut zehn Minuten später meine Wohnungstür aufspringt. Bevor ich reagieren kann, sehe ich Leo und zwei Cops in Uniform, alle drei mit gezückter Waffe, ins Wohnzimmer stürmen.

«Was –» Ich begreife gar nichts mehr. Wieso ist Leo plötzlich hier? Woher wusste er, dass etwas nicht in Ordnung ist?

Leo kommt schnurstracks auf mich zu, während die anderen beiden vorsichtig den Raum absuchen, die Waffen schussbereit.

Er kniet sich neben mich, und ängstliche Sorge huscht über sein Gesicht. «Mein Gott, Natalie, alles in Ordnung? Bist du verletzt?»

«Ich ... Hannah ... Leo. Hannah ist ...» Und weiter komme ich nicht. Meine Unterlippe zittert, und ich weiß, wenn ich noch ein Wort sage, breche ich völlig zusammen. Ich kämpfe verzweifelt dagegen an. Es ist schon schlimm genug, sich so verletzlich zu fühlen. Schlimmer noch, es zu zeigen.

«Geht's ihr gut?», ruft eine besorgte und vertraute Stimme. Eine Stimme, die von leisem Winseln begleitet wird.

Ohne eine Antwort abzuwarten, stürzt Rachel herein. Sie tut ihr Möglichstes, meinen wunderschönen, geliebten Hund zurückzuhalten, der energisch an der Leine in den Händen meiner Schwester zerrt.

«Hannah. Ach, Hannah», schluchze ich.

Und dann läuft sie auf mich zu, schlittert in mich hinein, leckt mir das Gesicht, bellt, und ich drücke sie so fest, dass es ein Wunder ist, dass sie nicht zerbricht. «Hannah.» Ich stammle ihren Namen, während ich das Gesicht in ihrem dichten, goldenen Fell vergrabe. Kann sein, dass es in meinem Leben schon einen glücklicheren Augenblick gab, aber wenn ja, so kann ich mich nicht daran erinnern.

«Ach, Nat, das tut mir alles so furchtbar Leid.»

Es ist kurz vor ein Uhr morgens. Leo und die beiden Uniformierten sind gegangen. Hannah hat es sich auf dem Sofa neben mir bequem gemacht, den Kopf zufrieden auf meinem Schoss. Rachel gießt den Tee ein, den sie mir unbedingt machen wollte, obwohl ich gar keinen will.

«Es war einfach unüberlegt von mir», fährt sie fort, während sie einen übervollen Teelöffel Honig in unsere Tassen gibt. «Ich muss knapp zehn Minuten vor dir hier gewesen sein. Ich hab Hannah wie wild in der Wohnung bellen gehört. Ich hab gedacht, du hast bestimmt nichts dagegen, wenn ich mit meinem Schlüssel reingehe.» Sie wirft mir einen Blick zu, um sich zu vergewissern, dass sie mit ihrer Vermutung richtig liegt.

Ich bringe ein schwaches Lächeln zustande.

«Aber dann hat Hannah sich einfach nicht beruhigt. Sie wollte nicht weg von der Tür. Jetzt ist mir klar, dass sie wahrscheinlich nur auf dich gewartet hat, aber vorhin dachte ich, dass sie rausmuss. Also bin ich mit ihr spazieren gegangen. Und dann, als wir zurückkamen ... na ja, da stand die Tür weit offen, und ich war sicher, dass ich sie nicht aufgelassen hatte ... Ich hatte sogar abgeschlossen ...»

Während ich Rachel zuhöre, muss ich fast lachen, weil sich jetzt alles so harmlos aufklärt.

«Da hab ich es mit der Angst gekriegt. Ich dachte, ein ... Einbrecher. Und dann hab ich Geräusche gehört, und ich war sicher, dass der Einbrecher noch drin ist.» Sie erschauert sichtlich. «Wirklich, Nat, ich wünschte, du würdest dir einen schönen, sicheren Job suchen, wo du nicht ständig von hartgesottenen Kriminellen umgeben bist.»

Eine alte Litanei meiner Schwester. Eine, die ich seit der Walsh-Sache sogar noch häufiger zu hören bekomme als früher.

Rachel rührt den Honig energisch in ihren Tee. «Also hab ich die Polizei angerufen. Ich hab gesagt, sie sollten dringend jemanden zu Superintendent Natalie Price nach Hause schicken und sofort Leo Coscarelli verständigen. Ich habe unten in der Halle auf sie gewartet.»

Was erklärt, warum ich Hannah und ihre *Kidnapperin* nicht aus dem Haus kommen sah. Tja, wenigstens steht fest, dass ich keine Halluzinationen hatte.

«Leo war dann im Handumdrehen hier.» Rachel reicht mir meine Tasse. Ich nehme den Tee nur deshalb, weil sie anscheinend unbedingt etwas für mich tun will.

«Er kam mir erleichtert, aber auch ein bisschen enttäuscht vor, als er ging», sagt Rachel. «Ich hoffe, nicht meinetwegen.»

«Wie meinst du das?», erwidere ich.

«Leo wollte doch wohl gern hier übernachten und ist meinetwegen nicht geblieben.»

«Das ... das hat nichts mit dir zu tun, Rachel.»

«Ach», entgegnet sie mit einem leicht fragenden Unterton.

«Es ist kompliziert. Wegen der laufenden Ermittlung. Eine Frau im Horizon House ist überfallen worden –»

«Lynn Ingram. Die Transsexuelle, die ... so übel zugerichtet worden ist?»

Ich nicke. «Jakeys Mom hat ... mit Lynn zusammen ein Zimmer.» Rachel hat Leos kleinen Jungen einige Monate zuvor im Children's Museum kennen gelernt. Sie war mit ihren drei Kindern und dem Kindermädchen dort. Leo und ich waren mit Jakey dort. Wir haben dann den ganzen Nachmittag zusammen verbracht. Es war schön. Als wären wir alle ... eine Familie. Als ich jetzt an diesen Tag denke, spüre ich, wie sich mir der Magen verkrampft.

«Jakeys Mom ... ist im Gefängnis?»

Ich sehe den schockierten und vorwurfsvollen Ausdruck im Gesicht meiner Schwester. Schockiert bestimmt, weil Jakeys Mom eine Strafgefangene ist. Vorwurfsvoll, weil ich ihr die bestürzende Tatsache bislang verschwiegen habe.

Ich spüre Gewissensbisse, aber ich bin zu matt, um sie wirklich an mich ranzulassen. Außerdem frage ich mich jetzt, da sich meine Panik gelegt hat, warum meine Schwester überhaupt mitten in der Nacht bei mir aufgetaucht ist.

Ich sehe, wie sie erstarrt, als ich ihr die Frage stelle, aber sie antwortet nicht. Stattdessen nippt sie an ihrem inzwischen lauwarmen Tee.

«Geht's den Kindern gut?», frage ich, obwohl sie bestimmt schon etwas gesagt hätte, wenn eines von ihnen krank wäre oder ihm sonst irgendetwas Schlimmes passiert wäre. Immer noch, seit Rachel und Gary sich wieder zusammengerauft haben, mache ich mir ständig Sorgen um das Wohl der Kinder. Vor allem um meinen sechs Jahre alten Neffen.

Ist Gary rückfällig geworden? Hat sie wieder Fotos gefunden? Eine pädophile Website auf seinem Computer entdeckt? Ist Rachel deshalb hier?

«Den Kindern geht es gut», sagt sie leise. «Anya ist bei ihnen.»

Anya ist das Aupairmädchen, das seit sechs Monaten bei ihnen ist. Eine aufgeweckte, vernünftige junge Frau aus Norwegen.

«Du hast ja deinen Tee noch gar nicht angerührt», tadelt Rachel mich heiter. «Probier doch mal, ob er süß genug ist. Man braucht viel Zucker nach einem Schock.»

«Rachel, was ist los? Was ist passiert?»

«Er hat mich verlassen.» Rachel sagt das so leise, dass ich die Ohren spitzen muss, um ihre Worte zu verstehen. Und trotzdem muss ich sie dann fragend wiederholen, um sicher zu sein, dass ich richtig gehört habe.

Ich wünschte, sie würde wütend klingen statt verzweifelt. Obwohl ich mir bestimmt nichts anmerken lassen möchte, bin ich vor allem erleichtert. *Gott sei Dank, den sind wir los.*

Rachel beißt sich auf die Unterlippe, und ich sehe ihre Halsmuskeln arbeiten. Ich strecke eine Hand aus und berühre ihre Schulter. Sie entzieht sich meiner Berührung nicht, wie sie das in der Vergangenheit oft getan hat, aber es deutet auch nichts darauf hin, dass es sie tröstet.

«Er sagt, er liebt mich noch immer, aber es ist ... es ist alles zu viel für ihn.»

«Was meint er denn mit *alles*?»

Rachel zuckt die Achseln. «Hat er nicht gesagt. Und ich habe nicht danach gefragt. Ist doch auch egal. Er will nicht mehr verheiratet sein. Er will seine Freiheit. Er will –» Sie presst die Lippen aufeinander.

Denkt meine Schwester das Gleiche wie ich? Dass Gary frei sein will, um seinen perversen Interessen nachgehen zu können? Falls sie das denkt, würde sie es nicht zugeben. Wahrscheinlich nicht mal sich selbst gegenüber.

«Ich musste einfach ... aus dem Haus. Ich wollte Zeit haben, um ... ich weiß nicht. Ich wollte einfach ...»

«Schon gut, Rachel. Ich bin froh, dass du hergekommen bist.»

«Ich hab Anya gesagt, dass ich bei dir übernachten werde. Ich weiß, dass ich es den Kindern erklären muss, aber ich bin einfach noch nicht ... so weit. Und ich dachte, wenn ich sie morgen früh sehe ... breche ich bestimmt zusammen. Das wäre ganz schlimm für sie.»

«Du hast die richtige Entscheidung getroffen, Rach.» Meine Hand liegt noch immer auf ihrer Schulter.

Rachel hat Tränen in den Augen, aber sie lächelt auch. «Du hast heute Nacht ja auch schon genug durchgemacht. Tut mir Leid, das mit Hannah, Nat. Ich hätte besser überlegen –»

«Schon gut. Ich bin froh, dass du hier bist. Ich kann Gesellschaft gebrauchen.»

Ich ziehe sie mit einem sanften Ruck in meine Richtung, und gleich darauf liegen wir uns in den Armen.

Nach einer Weile sagt Rachel, mich immer noch in den Armen haltend: «Ach, ehe ich das vergesse. Auf dem Boden direkt hinter der Wohnungstür lag ein Briefumschlag. Ich hab ihn in die Schale auf dem Tisch in der Diele gelegt.»

Erst als Rachel fest in meinem Gästezimmer schläft, wage ich mich in die Diele. Der schlichte, weiße Umschlag liegt, wie Rachel gesagt hat, in der flachen, blauweißen Delfter Porzellanschale auf dem Tisch neben der Wohnungstür. Oben auf der übrigen Post.

Der Umschlag ist unbeschriftet.

Ich spüre, wie mein Puls rast, wie meine Kehle sich zuschnürt. Selbst die Luft in meiner Wohnung fühlt sich anders an. Stickiger. Wie kann ein so banaler Gegenstand nur so viel Schrecken auslösen?

Einerseits will ich ihn nehmen, aufreißen und nachsehen, was drin ist. Egal, was es ist.

Andererseits möchte ich ihn einfach vergessen. Ach, was würde ich um das Verdrängungstalent meiner Schwester geben.

Doch letzten Endes kann ich ihn weder aus dem Gedächtnis verbannen noch sofort öffnen. Bei dieser speziellen Zustellung könnte es sich um ein mögliches Beweisstück handeln. Die Polizei muss den Umschlag und seinen Inhalt untersuchen. Ich vermute, dass sie keine belastenden Fingerabdrücke finden werden. Selbst der dümmste Kriminelle würde heutzutage Handschuhe anziehen. Aber nicht jeder ist so clever, dass er daran denkt, den Umschlag zum Verschließen nicht anzulecken. Ein DNA-Test mit Speichelproben könnte jemanden verraten.

Ich gehe in die Küche, um eine Plastiktüte und eine Zange zu holen, werfe einen Blick auf die Uhr am Herd. Fast zwei Uhr morgens. Um diese Uhrzeit werde ich Leo nicht mehr anrufen. Der arme Kerl sah emotional und physisch völlig erschöpft aus, als er ging. Er braucht etwas Schlaf.

Ich auch.

Der durchschnittliche Therapeut hat wenig oder gar keine Erfahrung bei der Diagnose und Behandlung von Geschlechtsdysphorie. Und selbst Ärzte, die mit Transsexuellen arbeiten, bringen ihre Vorurteile mit in die Sitzungen. Weil so viele Patienten mit einer diagnostizierten Geschlechtsdysphorie an Depressionen leiden und selbstmordgefährdet sind, ist es für sie entscheidend, einen erfahrenen und verständnisvollen Therapeuten zu finden.

Dr. med. Barbara Frasier
«Transsexuelle: Psychosoziale Dynamik»
Unveröffentlichter Vortrag, 1999

12

Es ist wenige Minuten vor acht Uhr morgens, als Rachel in einem weißen Baumwollnachthemd von mir schlaftrunken in die Küche kommt.

«Du bist ja schon angezogen», sagt sie, mit einem Anflug von Enttäuschung in der Stimme.

«Ja, und leider auch schon so gut wie weg.» Ich stehe an der Spüle, nehme einen letzten Schluck Kaffee und halte die Tasse dann kurz unter fließendes Wasser.

«Musst du schon so früh im Zentrum sein?»

«Nein ... aber ich möchte vorher noch auf einen Sprung ins Krankenhaus. Sehen, wie es Lynn Ingram geht.» Ich bin auch mit Leo dort verabredet. Ich habe ihn vorhin angerufen und ihm von dem Umschlag erzählt. Er wollte ihn abholen kommen, aber ich will nicht, dass meine Schwester es mitkriegt, falls ich eine ähnliche Warnung erhalten habe wie die auf Vardas Badezimmerspiegel. Rachel hat auch so schon genug Sorgen.

«Soll ich mitkommen?», fragt Rachel.

«Wohin?»

«Ins Krankenhaus?»

«Oh nein. Nein. Danke, Rach. Nicht nötig, bleib du ruhig hier, frühstücke, dusche, lass dir richtig Zeit. Weißt du was? Ich sage meine Termine ab, und wir gehen mittags zusammen essen. Ich ruf dich später an. Was hältst du davon?»

«Toll. Einverstanden.» Aber sie klingt nicht sehr begeistert.

«Rach. Es wird alles gut», sage ich sanft.

Sie nickt. Aber ich weiß, dass sie absolut nicht davon überzeugt ist. Wer kann es ihr verdenken? Ich bestimmt nicht. Ich habe das alles selbst durchgemacht. Als Ethan mich verließ, dachte ich, ich würde den Schmerz, die Wut, die Scham, das entsetzliche Gefühl des Versagens, dass ich meinen Mann nicht hatte halten können, niemals überwinden. Es ist über ein Jahr her, und noch heute kann ich eigentlich nicht sagen, dass alles wieder gut ist. Es ist nur besser als vor zwölf Monaten.

Natürlich hätte ich mir vor zwölf Monaten nicht mal vorstellen können, je wieder das Risiko einer tieferen emotionalen Beziehung zu einem Mann einzugehen.

Aber genau das habe ich getan.

«Du würdest einen guten Chirurgen abgeben», sage ich, während ich zuschaue, wie Leo ganz vorsichtig das gefaltete Blatt Papier mit einer Pinzette aus dem weißen Umschlag zieht.

«Das liegt nur an den Plastikhandschuhen», erwidert er, bemüht, seine Stimme unbeschwert klingen zu lassen. Es gelingt ihm nicht.

Wir sind im Ärztezimmer auf der Intensivstation. Leo hat die Tür abgeschlossen, damit wir nicht gestört werden. Er steckt den jetzt leeren Umschlag in einen Beweismittelbeutel und faltet das weiße Briefpapierblatt auseinander. Ich stehe rechts neben ihm, stelle mir bereits die drohenden Worte vor.

Ein erschreckter Laut entfährt mir, als ich auf das Blatt Papier schaue. Es ist nicht beschrieben. Stattdessen sehe ich etwas viel Schlimmeres. Das grob mit Tinte gezeichnete Gesicht einer Frau. Nur wo die Augen hingehören, sind leere Höhlen, die rot ausgemalt sind. Quer über der Nase sind etliche rote Striche, wie Schnitte. Und der Mund – der Mund ist eine klaffende Öffnung. Die Zunge – das was von ihr übrig ist – wird durch eine ausgefranste rote Linie angedeutet.

«Sieht aus wie die Zeichnung eines irren Kindes», sage ich, sobald ich das erste Erschrecken und Grauen überwunden habe.

Leo schaut mich an. «Alles in Ordnung?»

«Ja», lüge ich, froh, dass ich eine langärmelige Bluse anhabe und Leo die Gänsehaut auf meinen Armen nicht sehen kann.

Leo mustert mich prüfend. «Würde es was nützen, wenn ich dir sage, du sollst dich aus der Sache raushalten?»

«Hör auf», erwidere ich. «Komm, wir sehen nach Lynn.»

Leo fasst mich an den Schultern. «Sei wenigstens vorsichtig, Natalie. Unternimm nichts auf eigene Faust. Versprichst du mir wenigstens das?»

«Ich verspreche es.»

Leo wirkt nicht überzeugt. Ein gescheiter Mann.

Lynns Zustand ist nach wie vor kritisch, und sie ist noch immer ohne Bewusstsein, aber die Ärzte halten es immerhin für ein gutes Zeichen, dass seit der zweiten Operation keine Verschlechterung eingetreten ist. Leo macht sich auf den Weg zum Labor, um den Brief untersuchen zu lassen, aber wir versprechen uns beide im Grunde nicht viel davon. Auch ich will gerade aufbrechen, als ich im Schwesternzimmer der Intensivstation ein bekanntes Gesicht erspähe. Ich gehe hinüber.

«Hi. Wissen Sie noch, wer ich bin?»

Die hübsche, junge asiatische Krankenschwester blickt von einem medizinischen Bericht hoch, den sie liest, und sieht mich verwirrt an. Doch gleich darauf erkennt sie mich.

«Superintendent Price.»

Ich habe Carrie Li zuletzt gesehen, als sie in der Notaufnahme arbeitete. Sie hatte das Pech, für Dean Thomas Walsh zuständig zu sein, nachdem der sich im Horizon House die Pulsadern aufgeschnitten hatte. Sie wollte ihm gerade eine Spritze gegen die Schmerzen geben, als er sie packte und als Geisel nahm. Nur weil ich Walsh davon überzeugen konnte, dass ich mich als Geisel besser eignete, hatte er die vor Angst schlotternde Krankenschwester freigelassen.

Ich sehe es Carrie Li am Gesicht an, dass sie mir noch immer ebenso dankbar ist wie vor einem Jahr.

Nach kurzem Geplauder frage ich sie, ob sie bald Pause machen kann. Sie schaut auf die große Uhr an der Wand.

«Wir könnten uns in fünfzehn Minuten unten in der Cafeteria treffen.»

Carrie umfasst ihre Teetasse mit beiden Händen. «Heute Morgen um kurz nach acht hat ein Mann angerufen. Zuerst wollte er seinen Namen nicht nennen. Als ich ihm dann erklärt habe, dass wir nur engen Familienangehörigen Auskünfte über Patienten geben dürfen, hat er gesagt, er sei der Vater des Patienten.» Carrie sieht mich an. «Das waren seine Worte. *Der*

Vater des Patienten. Nicht der Patien*tin*, nicht *Lynns Vater*. Des Patien*ten*.»

Peter Everetts Wortwahl überrascht mich nicht, aber dass er angerufen hat, überrascht mich. Natürlich weiß ich nicht mit Sicherheit, ob er es tatsächlich war. Doch aufgrund der Wortwahl ist durchaus davon auszugehen. Ich frage mich, ob Leo sich bereits mit Lynns Vater in Verbindung gesetzt hat.

«Ich glaube, er hat sich nie mit der Transsexualität seines Kindes abgefunden», sage ich zu Carrie. Eine schöne Untertreibung.

«Ich kann mir vorstellen, dass das auch nicht leicht ist.»

«Nein», stimme ich zu. «Leicht ist es nicht.» Ich überlege einen Augenblick und frage dann: «Wie hat er sich angehört?»

Carrie nippt an ihrem Tee. «Vor allen Dingen, als wäre es ihm peinlich. Aber ich habe auch Sorge herausgehört.»

«Und als Sie ihm gesagt haben, dass ihr Zustand noch immer kritisch ist?»

«Hat er ein förmliches Danke gebrummt und einfach aufgelegt.»

«Gab es noch irgendwelche anderen Anrufe?», frage ich.

«Ich selbst habe sonst keine entgegengenommen, aber ich habe die Liste mit den Anrufen für Lynn Ingram mitgebracht.» Carrie zieht einen Zettel aus der Hüfttasche ihrer adretten weißen Schwesterntracht. «Gestern Nacht um elf Uhr zweiundfünfzig hat Dr. Harrison Bell angerufen. Dann noch einmal heute Morgen um kurz nach sieben. Dr. Ross Varda hat heute Morgen um acht angerufen. Lynns Mutter gleich nach dem Psychiater. Dann gab es noch zwei Anrufe ohne Namen – der eine um zehn vor elf gestern Abend, der andere um kurz nach neun heute Morgen.»

Sie blickt von dem Zettel auf. «Ich war im Schwesternzimmer, als der letzte Anruf kam. Janice Bailey, die Oberschwester, hat ihn angenommen. Janice hat gesagt, es sei eine Frau gewesen, die ihren Namen nicht nennen wollte. Als Janice gesagt hat, sie dürfe ihr keine Informationen geben, hat die Frau aufgelegt. Sie muss erbost gewesen sein, weil sie den Hörer richtig aufgeknallt hat, meinte Janice.»

«Irgendwelche Besucher?», frage ich und nippe an meinem lauwarmen und dünnen Kaffee.

«Bisher nicht. Aber es ist ja noch früh. Und es dürfen nur Familienangehörige zu ihr.»

Ich gehe den Betonweg zum Horizon House hoch, als mir jemand von hinten die Hand auf die Schulter legt.

Ich kriege fast einen Herzinfarkt, fahre herum, trete zurück und reiße die Fäuste hoch, in Selbstverteidigungshaltung.

Der junge Mann, groß, kräftig, dunkelhaarig, gut aussehend wie ein Filmschauspieler, blickt fast so erschrocken wie ich.

«Superintendent Price? Ich bin Bill Walker, WBBS, Abendnachrichten. Tut mir furchtbar Leid, wenn ich –»

Ich lasse die Hände sinken, aber ich bleibe auf der Hut. Die Medien. Warum tauchen sie immer nur dann auf, wenn alles schief läuft, und nie, wenn es mal was Gutes zu vermelden gibt? Seit Monaten versuche ich, die Medien dazu zu bringen, eine Story über das Horizon House zu machen, mit dem Schwerpunkt auf unseren positiven Zielen und unseren Erfolgen. Ständig, so mein Eindruck, berichten Zeitungen auf der Titelseite über Gefängnisaufstände, Vergewaltigung hinter Gittern, die steigende Rückfallquote, die Notwendigkeit strengerer Strafen oder den Ruf nach mehr Hochsicherheitsgefängnissen. Ich möchte, dass die Leute etwas über Resozialisierungs- und Fortbildungsmaßnahmen lesen, die den Häftlingen helfen, als gesetzestreue, Steuern zahlende Bürger in die Gesellschaft zurückzukehren. Leider gibt es innerhalb und erst recht außerhalb der Anstalten nicht genügend Resozialisierungsprogramme, denn dafür ist Geld und Unterstützung erforderlich, und an beidem herrscht ein trauriger Mangel.

Aber gute Nachrichten sind für die Medien anscheinend nicht interessant genug. Damit lassen sich weder die Auflagen der Zeitungen noch die Einschaltquoten bei Fernsehen und Rundfunk erhöhen.

«Ich würde gern mit Ihnen über Lynn Ingram sprechen, Superintendent.»

«Kein Kommentar, Mr. Walker.» Ich wende mich abrupt ab und gehe weiter den Weg hoch.

«Ich bin der Journalist, der gestern Jennifer Slater interviewt hat. Die Witwe von Matthew Slater.»

Ich bleibe stehen und drehe mich wieder zu ihm um.

Er lächelt schwach. «Und ich habe ein Interview mit Mrs. Slaters Bruder gemacht, Rodney Bartlett, das heute Vormittag um elf gesendet wird. Ich hab das Band dabei, falls Sie mal kurz reinhören wollen.»

«Kommen Sie mit rein», sage ich.

Sein Lächeln wird kurz etwas stärker, bevor es verschwindet.

«... dass Matt Jennifer erzählt hat, irgend so ein Freak würde ihn dauernd verfolgen –»

«Hat er genau das Wort benutzt, Mr. Bartlett?»

«Verfolgen? Allerdings.»

«Nein. Ich meinte – Freak.»

Es folgt eine kurze Pause auf dem Band. Ich blicke zu dem Journalisten hinüber, der in meiner Wertschätzung als Interviewer soeben ein wenig gestiegen ist.

«Wie hätte er ... sie – ihn? es? – denn sonst nennen sollen?»

«Aber ich dachte, Matthew Slater wusste gar nicht, dass Lynn Ingram transsexuell ist.»

«Weil sie das in ihrem Prozess ausgesagt hat? Natürlich wusste Matt Bescheid. Und deshalb ist er auch nicht mehr in diese Schmerzklinik gegangen. Als er dahinter gekommen war, wollte er absolut nichts mehr mit dem Freak zu tun haben.»

«Aber bevor Ihr Schwager dahinter kam, traf er sich doch auch außerhalb der Klinik mit ihr.»

«Matt und meine Schwester hatten eine sehr stabile Ehe, Mr. Walker. Auf der Basis von tiefer Zuneigung und Vertrauen.»

«Sie haben meine Frage nicht beantwortet, Mr. Bartlett.»

«Wenn man sie zusammen gesehen hat, dann war das völlig harmlos, das versichere ich Ihnen.»

Walker hält das Band an. «Vielleicht erinnern Sie sich, in Ingrams Prozess haben etliche Zeugen ausgesagt, dass sie Ingram und Slater zusammen in der Öffentlichkeit gesehen hatten – in einem romantischen Restaurant auf der Charles Street, in einer Bar nicht weit von der Klinik, und das Hausmädchen der Slaters hat ausgesagt, Ingram sei mehrmals auch zu Slater nach Hause gekommen, wegen einer *Schmerzbehandlung*.»

Da ich die Prozessmitschriften erst kürzlich durchgesehen habe, erinnere ich mich vor allem an die Aussage des Hausmädchens – besonders aufschlussreich daran war, dass Jennifer Slater nie da war, wenn diese *ärztlichen* Hausbesuche stattfanden.

Walker lässt das Band weiterlaufen.

«Ihre Schwester glaubt, Lynn Ingram sei an dem allen selbst schuld. Ich meine den brutalen Überfall auf sie, nicht die Verurteilung wegen Totschlags.»

Ein raues Lachen. «Totschlag. Ich garantiere Ihnen, wenn Ingram ein typischer, grotesk aussehender Transsexueller wäre, hätte er auch bekommen, was er verdient. Er hätte wegen Mordes angeklagt und verurteilt werden müssen. Meine Schwester hat keine Gerechtigkeit erfahren. Sie wurde von diesem Monstrum zerstört.»

«Zerstört?»

«Können Sie sich überhaupt eine Vorstellung davon machen, was das für eine Demütigung war? Freunde – oder sagen wir, Leute, die sie für Freunde gehalten hat – haben sie fallen lassen, als hätte sie Lepra. Gerade, als sie besonders viel Unterstützung und Trost brauchte, hat man sie im Stich gelassen. Sogar einige aus unserer eigenen Familie wollten möglichst nichts mehr mit ihr zu tun haben.»

«Aber Sie haben zu ihr gestanden.»

«Und ob ich das habe. Wenn nicht, wäre sie wahrscheinlich heute nicht mehr unter uns.»

«Wollen Sie damit sagen, sie hätte sich vielleicht umgebracht?»

Eine längere Pause.

«Ich möchte das Vertrauen meiner Schwester nicht enttäuschen.»

Walker stellt das Band ab. «Das ist im Großen und Ganzen alles. Meinen übrigen Fragen ist er mehr oder weniger ausgewichen. Aber ich habe nachgeforscht. Ehrlich gesagt, ich habe die Nacht durchgearbeitet.» Er reckt sich träge.

«Und was haben Sie herausgefunden?»

Walker klopft mit den Fingern auf den Minikassettenrekorder. «Jetzt kommt der Augenblick der Wahrheit, Superintendent.» Er hebt langsam die Augen und sieht mich an.

«Die Cops können alles, was Sie zu Tage gefördert haben, ebenfalls herausfinden, Mr. Walker.»

«Stimmt. Es kommt nur drauf an, wie geduldig Sie sind, Superintendent.»

Ich fühle mich ertappt und frage mich beunruhigt, wie dieser Journalist so schnell erkennen konnte, dass Geduld nicht gerade meine Stärke ist.

«Also schön, ich gebe eine kurze Stellungnahme ab», sage ich, obwohl ich weiß, dass Leo mir dafür den Kopf abreißen wird. Er legt großen Wert darauf, die Medien in Schach zu halten, solange eine Ermittlung läuft. Auch ohne undichte Stellen, Fehlinformationen und Voreingenommenheiten ist es schwierig genug, einen klaren Blick zu behalten.

«Das wird genügen. Fürs Erste», schiebt Walker viel sagend hinterher.

Ich gehe nicht darauf ein, denke mir, dass ich mich mit dem, was später kommt, auch später befassen kann.

Walker legt eine neue Kassette ein und drückt auf Aufnahme.

Ich sage nicht nur etwas über Lynn Ingram, die vorbildliche Insassin, sondern ich mache so gut ich kann Werbung für die zahlreichen Vorzüge solcher Einrichtungen wie das Horizon House. Als ich mit großem Nachdruck auf die dringend erforderlichen Finanzmittel und so weiter zu sprechen komme, stoppt Walker das Band.

«Ich denke, die Predigt können wir uns sparen.»

Ich ziehe eine Augenbraue hoch. «Fürs Erste jedenfalls.»

Der Journalist muss lächeln.

«Also, was haben Sie herausgefunden, Mr. Walker?»

«Bill. Jedes Mal, wenn Sie Mr. Walker sagen, komme ich mir vor wie mein eigener Vater. Und ich kann Ihnen versichern, das ist kein angenehmes Gefühl.»

«Meinetwegen, Bill. Was haben Sie herausgefunden?»

«Jennifer Slater war im März '98 drei Wochen in einer

psychiatrischen Privatklinik. Knapp einen Monat nach dem Prozess.»

«Und das ist nicht in die Zeitungen gekommen?»

«Sie hat sich unter einem anderen Namen angemeldet. Und die Klinik ist sündhaft teuer und äußerst privat. Zum Glück habe ich ein paar Freunde in einflussreichen Positionen, auf die ich mich verlassen kann.»

«Schön, sie war also in der Klinik. Na und?»

«Sie hat ein Röhrchen Schlaftabletten geschluckt. Laut meinen Informanten war es mehr als nur ein Hilfeschrei. Sie *wollte* sich umbringen. Und zwar nicht zum ersten Mal.»

«Sie hat einen Selbstmordversuch unternommen, bevor ihr Mann ermordet wurde?»

«Vor rund vier Jahren hatte Slaters treu liebender Gatte eine kurze Affäre mit einer von den Assistentinnen in seiner Kanzlei. Ein junges, hübsches Ding namens Amanda Bergman. Doch eines Tages kommt Amanda in Slaters Büro marschiert und knallt ihm ihre Kündigung auf den Tisch. Sie verlässt nicht nur die Firma, sie verlässt die Stadt. Blitzartig. Eine Freundin von Amanda, die ungenannt bleiben will, behauptet, Amanda habe anonyme Drohanrufe erhalten. Dann wurden ihr die Reifen am Auto zerstochen. Als schließlich auch noch in ihre Wohnung eingebrochen und alles verwüstet wurde, hatte sie wirklich die Nase voll.»

Ich spüre, wie es mir kalt den Rücken hinunterläuft.

«Die Geliebte bekam Panik und verschwand auf Nimmerwiedersehen Richtung Westküste.»

«Und diese Freundin glaubt, dass Jennifer Slater hinter all dem steckte?»

«Diese Freundin hat eine sehr emotional aufgeladene Szene zwischen Jennifer und Matthew miterlebt, und zwar am Tag, bevor Amanda ihre Kündigung einreichte. Das war auch der Nachmittag vor dem Einbruch in Amandas Wohnung. Und während dieser hitzigen Auseinandersetzung fiel immer wieder Amandas Name.»

«Wann war der Selbstmordversuch?», frage ich.

«Anscheinend war Matthew Slater nicht besonders guter

Stimmung, nachdem Amanda sich aus dem Staub gemacht hatte. Wie ich ebenfalls von meiner Informationsquelle weiß, hat er danach in einem Hotel nicht weit von seinem Büro übernachtet. Bis, und da berufe ich mich erneut auf einen meiner getreuen Informanten, die werte Gattin eine Überdosis Valium schluckte. In den Zeitungen stand nur, dass Jennifer Slater wegen einer Lebensmittelvergiftung ins Boston General eingeliefert wurde und am nächsten Tag wieder nach Hause durfte. Noch am selben Tag kehrte der treu liebende Gatte zurück ins heimische Nest.»

«Hört sich an, als hätte Mrs. Slater ernste psychische Probleme.» Die Frage ist, wie ernst.

Wenn eine Frau ein Gewaltverbrechen begeht, dann in der Regel gegen den eigenen Partner, häufig, weil er die Frau missbraucht hat. Die Rückfallquote ist in solchen Fällen extrem niedrig.

Zentrale Rechtsberatung für Frauen

13

«Krank?»

«Meine Periode», murmelt Nicki. «Schlimme Krämpfe.»

Nicki Holden liegt unter einer Decke auf ihrem breiten Bett in dem Zweibettzimmer, das sie sich mit Lynn Ingram teilt. Ich spüre ein Ziehen in der Brust, als ich einen Blick auf Lynns ordentlich gemachtes Bett werfe. An der Wand über ihrem Bett hängt ein gerahmter Picasso-Druck, ein abstrakter Akt.

Im Gegensatz dazu hat Nicki ihre Wand kunterbunt durcheinander mit Kinderzeichnungen tapeziert. Sie stammen alle von demselben jungen Künstler namens Jacob Coscarelli. Das Ziehen, das ich beim Anblick dieser Bilder empfinde, ist völlig anders, aber genauso quälend.

Ich verdränge meinen Schmerz und konzentriere mich auf Nickis, obwohl ich ganz und gar nicht davon überzeugt bin, dass er echt ist.

«Sie sind doch noch nie wegen Ihrer Periode nicht zur Arbeit gegangen, Nicki. Kann es nicht sein, dass Sie was anderes plagt?»

Ich sehe kurz Zorn in Nickis Gesicht aufflackern, der aber sogleich wieder verfliegt. «Ich habe Krämpfe», entgegnet sie lahm. «Nehmen Sie alle Ihre Insassen ins Verhör, wenn sie krank sind?»

«Ich nehme Sie nicht ins Verhör, Nicki. Ich will bloß ...» Ich halte inne, als ich merke, dass ich gar nicht genau weiß, was ich will. Nicki zum Reden bringen, vermutlich. Aber wieso sollte sie mir erzählen, was sie weiß? Ich bin nicht nur die Autorität für sie, ich bin auch die Geliebte des Vaters ihres Sohnes. Ich bin wahrscheinlich die letzte Person, der sie sich öffnen würde.

Nicki wartet nicht darauf, dass ich den Satz beende. Sie hat die Augen geschlossen, und ich weiß, sie hofft, dass ich ohne ein weiteres Wort gehe. Ein großer Teil von mir will genau das tun. Ich fühle mich äußerst unwohl hier, mit all den Zeichnungen von

Jakey an der Wand. Oh, ich habe auch viele Zeichnungen von ihm. Ich habe sie mit Magneten an meinem Kühlschrank befestigt. Aber das ist etwas anderes. Es sind nicht die Zeichnungen *meines* Kindes.

«Hat Lynn Ihnen mal erzählt, was sie so in ihr Tagebuch schreibt, Nicki?»

Ihre Augen bleiben stur geschlossen, aber ich sehe, wie sich ihr Körper unter der dünnen Decke verkrampft.

«Nein», murmelt sie. Erst als sie geantwortet hat, wird ihr klar, dass ich sie reingelegt habe. Ihre Augen öffnen sich jäh, und ich sehe Angst darin. «Ich weiß von keinem Tagebuch», sagt sie zu spät.

Ich höre nicht hin. Ich überlege, was Nicki sonst noch alles weiß. Und wie ich sie dazu bringen kann, es mir zu erzählen. Menschen schweigen aus Angst. Und ich habe keinen Zweifel daran, dass Nicki Holden große Angst hat.

Leo ruft mich kurz nach zehn Uhr am Morgen an.

«An dem Umschlag war nichts. Es ist einer von den selbstklebenden. Die Tinte von der Zeichnung wird noch analysiert. Aber viel versprechen wir uns nicht davon. Sehr wahrscheinlich einer von den Stiften, die man im Dutzend billiger in zigtausend Läden kriegt. Einer von unseren Psychologen wird sich die Zeichnung ansehen. Vielleicht kann er ja so was wie ein Profil erstellen. Die Chance ist zwar nur winzig, aber wir dürfen nichts unversucht lassen. Gibt's bei dir irgendwas Neues?»

Ich erzähle Leo von meiner Begegnung mit Bill Walker und fasse die Tonbandaufnahme zusammen, die er mir vorgespielt hat. Leo hört aufmerksam zu, sagt wenig.

«Mich würde brennend interessieren, wo Jennifer Slater und ihr Bruder Rodney waren, als Lynn überfallen wurde», sage ich.

«Ja», knurrt Leo.

Ich kenne Leo gut genug, um zu wissen, dass er das, was ich ihm erzählt habe, nicht als unwichtig abtut, aber ich weiß auch, dass er noch etwas anderes auf dem Herzen hat. Etwas, was ihn bedrückt. Er lässt mich nicht lange im Unklaren darüber, was es ist.

«Wann wolltest du mir das mit Nicki erzählen?»

«Woher weißt du, dass sie ...?» Aber ich kann es mir denken, ohne die Frage ganz auszusprechen. «Du warst bei ihr in der Boutique.»

Ich kann Leos schweres Seufzen hören. «Ich war nicht privat da, Natalie.»

«Das habe ich auch nicht behauptet. Sie sagt, sie hat Bauchschmerzen, aber das hat ihre Chefin dir ja bestimmt schon erzählt.» Jetzt bin ich es, die verstimmt ist. «Was sollte das, Leo? War das ein Test? Du wusstest doch, dass sie hier ist. Ich habe bloß gedacht, meine Informationen über Jennifer Slater und ihren Bruder hätten Vorrang.» Mein Ton ist bewusst unterkühlt.

«Hast du mit ihr gesprochen?»

«Kurz», erwidere ich. Auf einmal fühle ich mich ziemlich pubertär. Und ich schäme mich. «Leo, Nicki weiß von Lynns Tagebuch.» Die Kühle ist aus meiner Stimme verschwunden.

«Ich rede mit ihr», sagt er.

«Wann?»

«Vermutlich erst heute Abend. Ich will noch zu Rodney Bartlett ins Büro, um mich ein bisschen mit ihm zu unterhalten, dann fahr ich weiter nach Westfield, um mich mit Lynns Vater zu unterhalten.»

«Kann ich mitkommen?»

Kurze Pause. «Ich hol dich in fünfzehn Minuten ab.»

«Du hattest sowieso schon vor, mit Rodney Bartlett zu sprechen, noch ehe ich dir von dem Tonband erzählt habe, stimmt's?»

Leo lächelt mich an. «Der steht seit dem ersten Tag auf meiner Liste. Durch das Tonband ist er nur ein bisschen höher gerutscht.»

«Was ist mit seiner Schwester? Hast du gehört, was sie neulich einem Journalisten erzählt hat?»

Leo nickt. «Jennifer Slater hat für gestern ein Alibi. Sie war zu Hause auf Martha's Vineyard. Ihre Haushälterin, ihr Gärtner und ihr Broker können das bestätigen.»

«Broker?»

«Gerald Gleason von B. F. Martin war an dem Tag mit ihr zum Lunch. Ist mittags mit der Fähre gekommen. Hat die Insel erst um vier Uhr nachmittags verlassen.»

Wir halten auf der Marlborough Street im vornehmen Bostoner Viertel Back Bay vor einem gepflegten, dreistöckigen Sandsteinhaus aus dem 19. Jahrhundert. Die meisten Gebäude in der Straße sind ähnlich gebaut und in einem ähnlich guten Zustand, überwiegend Wohnhäuser, doch das eine oder andere beherbergt unauffällig ein Büro.

Als wir auf die kunstvoll geschnitzte Tür von Nummer 1604 zugehen, sehe ich auf der rechten Seite das dezente Messingschild mit der Aufschrift BARTLETT FOUNDATION. Leo probiert, ob die Tür sich öffnen lässt. Sie ist verschlossen. Er drückt auf einen Klingelknopf.

«Was weißt du über diese Foundation?», frage ich, denn ich bin sicher, dass Leo bereits seine Hausaufgaben gemacht hat.

«Jede Menge Geld, das vor allem an Künstler und Gesundheitsfürsorgegruppen verteilt wird. Das Stammkapital hat Lionel Bartlett verdient, der Urgroßvater von Rodney und Jennifer. Öl und Stahl. Die nachfolgenden Generationen hatten bei ihren Investitionen ein glückliches Händchen. Und Rodney hält diese Familientradition offenbar aufrecht. Er –»

Leo verstummt, als die Tür aufgeht. Ich erwarte, eine Sekretärin oder vielleicht einen Wachmann zu sehen. Stattdessen erkenne ich sofort Rodney Bartlett persönlich. Er hat sich in den drei Jahren, seit ich ihn zuletzt während Lynns Prozess im Fernsehen gesehen habe, nicht viel verändert. Vielleicht ist er ein bisschen dünner geworden. Und in dem dunklen Haar, das er aus seinem Adlergesicht glatt nach hinten gekämmt hat, sind ein paar graue Strähnen. Er trägt einen marineblauen Anzug, der niemals so gut sitzen könnte, wenn er nicht maßgeschneidert worden wäre. Aber zum Teufel, er kann es sich schließlich leisten.

Rodney mustert mich und Leo, als würde er uns auch erkennen. Was mich überrascht und gleichzeitig verunsichert.

«Kommen Sie herein.» Er spricht mit dem typischen Akzent der feinen Bostoner Gesellschaft. Er hört sich an wie John F. Kennedy.

Rodney tritt beiseite, und wir betreten einen großen, sonnenhellen Raum, der mit schönen viktorianischen Möbeln und einem erlesenen Orientteppich ausgestattet ist. Man könnte den Raum für einen eleganten Salon halten, wenn da nicht die streng wirkende Sekretärin mittleren Alters wäre, die hinter einem großen Kirschbaumschreibtisch in der äußersten Ecke des Raumes sitzt und eifrig an ihrem Computer arbeitet. Sie würdigt uns nicht einmal eines Blickes, als wir hereinkommen.

«Bitte folgen Sie mir in mein Büro.» Rodney geht schon voraus einen breiten Flur hinunter, in dem viele Lithografien hängen. Ich erkenne einen Miró, einen Picasso und einen Chagall. Ich glaube kaum, dass es Drucke sind. Kein Wunder, dass Rodney seine Haustür verriegelt hat.

Rodney Bartletts Büro ist verblüffend karg. Keine signierten Lithografien an den Wänden. Keine teuren Orientteppiche auf dem Parkettboden. Keine Antiquitäten. Keine Vorhänge am Fenster, nur eine praktische, halb hochgezogene Jalousie. Ein Fenster, das nicht viel Sonne hereinlässt, da es auf eine schmale Gasse geht und genau gegenüber noch ein Sandsteinhaus steht.

Rodney macht es sich in einem Bürosessel hinter dem schlichten Eichenschreibtisch bequem, und wir nehmen auf den beiden einzigen anderen Sitzmöbeln Platz. Metallstühlen mit einem robusten, grauen Tweedstoff bespannt, wie man sie in jedem Büromöbelgeschäft in der Stadt findet. Ich bezweifle, dass Rodney hier seine Freunde oder Kollegen aus der High Society empfängt.

«Ich vermute, Sie wollen mit mir über Lynn Ingram sprechen.» Rodney faltet die Hände auf dem Schreibtisch. Ich bemerke, dass seine Fingernägel fachmännisch manikürt sind.

«Dann wissen Sie, wer wir sind», sagt Leo.

Er lächelt schwach. «Ich bin Abonnent von beiden Bostoner Tageszeitungen. Ich habe des Öfteren Fotos von Ihnen beiden auf der Titelseite gesehen.»

«Auch Sie sind des Öfteren in der Zeitung abgebildet», sage ich.

Rodneys Lächeln wird breiter, lässt makellose, strahlend weiße Zähne sehen. Er ist kein unattraktiver Mann, obwohl er für meinen Geschmack ein zu kantiges und strenges Gesicht hat. «Ja, aber normalerweise auf der Gesellschaftsseite.»

«Vor einigen Jahren waren Sie auch auf der Titelseite», sagt Leo in der betont beiläufigen Art, die jeder mit einem Funken Intelligenz als Absicht durchschaut. Bartlett ist mehr als nur mäßig intelligent.

Sein Lächeln erstirbt abrupt. «Ich kann Ihnen viel Zeit und Mühe ersparen, Detective. Ich war gestern auf einer Beerdigung.» Er nimmt einen Stift und schreibt etwas auf ein Blatt leinenweißes, geprägtes Foundation-Briefpapier. Er steht auf, geht flott um den Schreibtisch herum und reicht Leo das Blatt. «Das ist die Adresse des Bestattungsinstituts und der Name des Geschäftsführers.»

«Wessen Beerdigung?», fragt Leo.

«Der Vater eines Freundes. Joseph Ferris. Sein Sohn Jeff und ich hatten am Brown College zusammen ein Zimmer im Studentenwohnheim. So, wenn Sie so freundlich wären, ich habe noch einen anstrengenden Tag vor mir.» Er geht zur Tür und hat sie bereits geöffnet, bevor er zu Ende geredet hat.

Auf dem Weg nach draußen bleibe ich stehen und blicke Rodney an. «Übrigens, wie geht es Ihrer Schwester?»

Er lächelt wieder, aber diesmal mit einem Anflug von Bosheit. «Es würde ihr erheblich besser gehen, wenn dieser Freak ins Gras gebissen hätte.» Keine Spur mehr von Rodney Bartletts feinem Akzent.

Es ist kurz vor Mittag, als wir auf der Schnellstraße Richtung Westfield fahren. Ich frage Leo, warum wir zu Lynns Vater nach Hause fahren, statt mit ihm in seinem Büro zu sprechen.

«Sagen wir, er hat sich nicht gerade darum gerissen, überhaupt mit mir zu sprechen», erwidert Leo. «Schon die Vorstellung, dass ein Detective bei ihm im Büro auftaucht, ist für ihn der blanke Horror. Ich schätze, er hat Angst, ich könnte seine Tarnung auffliegen lassen.» Leo schmunzelt.

«Hast du was von Varda gehört?», frage ich.

«Nein.» Leo wirft mir einen kurzen Blick zu. «Sollte ich?»

Ich zucke die Achseln. «Haben deine Leute irgendwelche Spuren, wer bei ihm eingebrochen hat?»

«Nein.»

«Unserem Freund Rodney würde ich es jedenfalls glatt zutrauen.» Dabei denke ich auch an die üble Zeichnung, die ich erhalten habe. «Wir hätten ihn fragen sollen, wo er war, als –»

«Wir sind noch längst nicht fertig mit Rodney Bartlett. Aber manchmal ist es klug, wenn man nicht alles zeigt, was man in der Hand hat. Es ist besser, einen Verdächtigen eine Weile schmoren zu lassen.»

«Dann ist Rodney also noch immer verdächtig? Auch wenn sich herausstellt, dass er ein wasserdichtes Alibi hat?»

«Auch scheinbar wasserdichte Alibis können mikroskopisch kleine Löcher haben. Man muss nur genau hinsehen.»

Oates war schon damit beauftragt worden, das Alibi zu überprüfen. Leo hatte seinen Partner vom Auto aus übers Handy angerufen und ihm den Namen des Bestattungsinstituts genannt. Oates würde noch heute hinfahren.

Leo seufzt. «Mein Problem bei diesem Fall ist nicht, dass ich keine Verdächtigen habe. Ich habe zu viele. Sosehr ich Lynn Ingram auch mag, sie hat sich im Laufe der Jahre allerhand Feinde gemacht.»

«Apropos, was ist mit Bethany Graham?»

Leos Miene verfinstert sich. «Die Exfrau? Wieso meinst du, sie ist eine Feindin von Lynn?»

«Genau weiß ich es nicht», sage ich. «Aber es könnte doch sein. Wir wissen nicht, welche Gefühle sie gegenüber dem Menschen hat, der einmal ihr Exmann war und heute ihre *Exfrau* ist. Könnte doch sein, dass sie nicht will, dass irgendwer davon erfährt. Das ist schließlich ihre Leiche im Keller.»

Leo lacht.

«Was ist daran so lustig?», frage ich und weiß, dass ich ein bisschen trotzig klinge.

«Du bist sehr klug, Natalie.»

«Aber manchmal klüger, als es mir gut tut?»

«Diesmal vielleicht nicht.»

«Soll heißen?»

«Kennst du einen Bostoner Politiker namens Daniel Milburne?»

«Dieser Stadtverordnete, der sich fanatisch für die Todesstrafe stark macht und sehr tiefe Taschen hat? Dem habe ich meine Stimme jedenfalls nicht gegeben. Was hat er mit Bethany Graham zu tun?»

«Nur, dass sie mit ihm verheiratet sein könnte.»

«Was? Ach du meine Güte, Leo. So viel zum Thema Leichen im Keller. Ein Fiesling wie Milburne würde doch alles tun –»

«Nicht so schnell. Es steht noch nicht fest. Wir wissen bisher nur, dass seine Frau Beth heißt. Und laut Trauschein ist sie eine geborene Colman.»

«Beth Colman», wiederhole ich. «Und wie kommst du darauf, dass sie Bethany Graham ist?»

«Auf dem Trauschein von Ingram/Graham wird Bethany als Bethany Colman Graham aufgeführt.»

Meine Gedanken überschlagen sich. Weiß Milburne, dass seine Frau mit einem Transsexuellen verheiratet war? Einem Transsexuellen, der obendrein wegen Totschlags verurteilt wurde? Ich sehe schon die Schlagzeilen, falls das jemals ans Tageslicht kommt. Milburne würde zum Gespött der ganzen Stadt. Er könnte seine Karriere vergessen. Und die ist viel versprechend, obwohl ich persönlich nichts von der Politik des Mannes halte. Leider hat er viele Anhänger in der Stadt. Und es wird gemunkelt, dass er bei der nächsten Bürgermeisterwahl kandidieren will. Wenn herauskäme, wer der Exmann seiner Frau ist, könnte Milburne auch die Wahl abschreiben.

«Was weißt du sonst noch über Beth Colman? Woher kommt sie? Wo ist sie zur Schule gegangen? Wo ist sie nach der Scheidung hin?»

«Das überprüfen wir alles noch.»

Ich verziehe das Gesicht. «Mit seinem Geld könnte Milburne seiner Frau eine hübsche saubere Vergangenheit kaufen.»

«Es kann aber auch sein, dass wir es hier mit einem puren Zufall zu tun haben, Natalie. Beth Colman Milburne könnte durchaus die sein, die sie behauptet zu sein, und mit Bethany Graham nicht das Geringste zu schaffen haben.»

«Ja, ich weiß. Aber wenn sie ein und dieselbe Person sind, wette ich mit dir, dass es Milburne nicht recht wäre, wenn das herauskommt. Ich schätze, er würde sogar ziemlich weit gehen, um die Sache geheim zu halten.»

Leo seufzt. «Das hat uns gerade noch gefehlt. Noch ein Verdächtiger mehr.»

«Und wir können auch nicht die Möglichkeit ausschließen, dass derjenige, der Lynn in Grafton vergewaltigt hat oder es versucht hat, sie erledigen wollte, ehe sie den Mut aufbringt, ihn zu verpfeifen. Seid ihr in *der* Sache weitergekommen?»

Leo schüttelt den Kopf. «Aber apropos Grafton, wir wissen, dass Harrison Bell Lynn dort häufig besucht hat. Und sie haben sich Briefe geschrieben.»

«Ich weiß. Das hat Jack mir erzählt. Und Bell wollte Lynn unbedingt wieder in die Klinik holen», füge ich hinzu. «Jack meint, Bell gehört ganz oben auf die Verdächtigenliste. Er ist überzeugt, dass Bell scharf auf Lynn war. Vielleicht hat sie ihn zurückgewiesen, und er ist ausgeflippt. Oder vielleicht hat er sie zurückgewiesen und dann Panik gekriegt, dass sie ihn erpressen würde oder es seiner Frau erzählt oder der Ärztekammer Meldung macht. Wer weiß?»

Leo zuckt die Achseln. «Möglich. Alles ist möglich. Wie gesagt, das Problem ist, die Liste der Verdächtigen wird immer länger.»

«Ich setze nach wie vor auf Daniel Milburne. Er ist so ein egoistischer, durchtriebener Hund. Ich traue ihm ohne weiteres zu, dass er skrupellos alles aus dem Weg räumt, was seinen Aufstieg zum Bürgermeister gefährdet. Und ich bin mir sicher, dass seine politischen Ambitionen noch viel höher reichen.»

«Hör mal, ich bin weiß Gott kein Fan von Milburnes Politik. Aber selbst wenn wir mit seiner Frau richtig liegen, heißt das noch lange nicht, dass Milburne überhaupt davon weiß. Ich könnte mir vorstellen, dass seine Frau ihre kurze Ehe mit Larry alias Lynn Ingram nicht unbedingt an die große Glocke gehängt hat.»

«Etwas an die große Glocke zu hängen oder es dem eigenen Mann zu erzählen ist nicht ein und dasselbe. Und, wie gesagt, wenn Milburne Bescheid weiß, dann würde ich der miesen Ratte zutrauen, dass er mit allen Mitteln –»

«Es wäre ganz schön riskant für einen Stadtverordneten, den alle Welt kennt, am helllichten Tag eine Frau zu überfallen –»

«Es hat geregnet. Es war eine menschenleere Gasse. Außerdem muss er es ja nicht mal selbst getan haben. Er hätte jemanden engagieren können. Er ist reich genug, er hat gute Kontakte, und er ist skrupellos genug –»

«Genau wie Rodney Bartlett.»

«Stimmt», räume ich ein. «Aber ich denke trotzdem –»

Leo schüttelt den Kopf. «Die Theorie mit dem Auftragskiller halte ich für ziemlich unwahrscheinlich. Der Überfall war zu brutal. So arbeitet ein Killer nicht. Killer arbeiten sauber und schnell. Ein Schuss in den Kopf. Ein Stich in die Kehle. Die Leiche liegen lassen und nichts wie weg. Ganz anders als in diesem Fall. Für mich ist dieser brutale und gezielt sadistische Überfall ein Verbrechen aus Hass.»

«Oder aus Liebe», sage ich.

Es gibt einige teure Wohnsiedlungen in dem exklusiven Vorort Westfield, wo die Eltern von Lynn Ingram wohnen, von denen manche so elegante Namen haben wie Mystic Crossing, Hickory Hills oder auch Laurel Lanes.

Die Häuser stehen auf großen, baumbestandenen Grundstücken. Da der Herbst begonnen hat, tragen viele Bäume bereits goldenes, rotes, ockergelbes und erdbraunes Laub, das die Anwesen noch feudaler erscheinen lässt. Wenn die Gegend auch nicht zu den allervornehmsten der Stadt zählt, so ist sie doch eine sehr gute Adresse für eine beruflich erfolgreiche Familie.

Ich werfe Leo einen Blick zu, während er langsam durch die Straße fährt und nach Hausnummer 18 sucht. «Diese Anwesen hier kosten doch bestimmt eine halbe Million und aufwärts», sage ich. «Ich könnte mir vorstellen, dass hier der Geschäftsführer einer Software-Firma wohnt. Aber ein Angestellter?»

«Vielleicht Geld geerbt.»

«Vielleicht.»

Es ist kurz vor ein Uhr, als Leo in die Einfahrt biegt und neben einem silberfarbenen BMW hält, der vor einer Garage für drei Autos parkt. Das Haus der Familie Everett-alias-Ingram ist eine überdimensionierte Kolonialstilkopie, weiß mit moosgrünen Fensterrahmen und einer roten Eingangstür. Der Garten, obwohl nicht üppig, ist perfekt gepflegt. In der Mitte des Rasens steht ein großer Ahornbaum, dessen Blätter sich golden verfärbt haben.

Mir ist plötzlich unwohl zumute, als ich aus Leos Wagen steige. Ich merke, dass ich bereits eine Antipathie gegen Lynns Vater entwickelt habe. Antipathie ist vielleicht zu milde ausgedrückt. Ich beschwöre mich, unvoreingenommen zu bleiben, während Leo und ich den Steinplattenweg hochgehen. Ich frage mich, ob Leo sich das Gleiche sagt. Hat auch er sein Urteil über Peter *Everett* gefällt?

Ein Mann mittleren Alters öffnet die Haustür, als wir näher kommen. Er ist groß, schlank, mit schütterem, ganz kurz geschnittenem Haar. Er trägt eine schwarz geränderte Brille, nimmt sie aber ab und schiebt sie in die Brusttasche seines steif gestärkten weißen Hemdes, wo sich bereits ein schwarzes Plastiketui und mehrere Schreibutensilien befinden. Er steckt die Hände in die Taschen seiner Freizeithose. Er ist so gekleidet, wie man es von dem Programmierer einer Software-Firma erwarten würde. Falls Peter Ingram nicht einen Batzen Geld von einem reichen Onkel geerbt hat, ist es kaum vorstellbar, dass er sich diese Villa von seinem Gehalt leisten könnte.

Anders als seine Frau hat Ingram äußerlich keine Ähnlichkeit mit Lynn, das fällt mir sofort auf. Ich könnte mir denken, dass er heilfroh darüber ist. Schon gut, es fällt mir eben schwer, unvoreingenommen zu bleiben.

«Mr. Everett?», sagt Leo fragend, ohne dass seiner Stimme irgendeine Vorverurteilung anzumerken ist. Ich dagegen bin gereizt, weil Leo Ingram mit seinem angenommenen Namen anspricht.

Lynns Vater erwidert nichts, öffnet lediglich die Tür ein Stück weiter. Bevor wir über die Schwelle treten, identifiziert Leo uns beide. Falls Peter Ingram irritiert oder verärgert ist, weil ich dabei bin, lässt er es sich jedenfalls nicht anmerken. Er lässt sich so gut wie nichts anmerken.

Wir betreten eine weite Diele mit weißem Marmorboden, blassgrün gestrichenen Wänden und einer breiten, geschwungenen Treppe mit einem Orientläufer. Links von uns ist ein geräumiges Esszimmer, das trotz der sorgsam ausgewählten Stilmöbel unbenutzt wirkt. Rechts von uns erstreckt sich hinter einem breiten Bogendurchgang das Wohnzimmer. Auf beiden Seiten eines großen, gemauerten Kamins stehen sich Sofas im Kolonialstil gegenüber, dazwischen zwei mit dunkelgrünem Damast bezogene Chesterfield-Sessel. Auch hier sieht alles perfekt, aber unbewohnt aus. Reine Repräsentation.

Ich nehme meist sehr schnell Schwingungen wahr, wenn ich ein fremdes Haus betrete. Trotz des vielen Geldes und des erlesenen Geschmacks, was beides im Haus der *Everetts* allgegenwärtig ist, spüre ich nichts als Kälte. Ich bezweifle, dass in diesem Haus oft Lachen zu hören ist. Ich bezweifle, dass hier überhaupt viel zu hören ist. Die Kälte kommt von der Stille.

«Ist Ihre Frau da?», fragt Leo, als wir drei in der Diele stehen bleiben, da Peter Ingram keinerlei Anstalten macht, uns ins Esszimmer oder Wohnzimmer zu bitten.

Ingram schüttelt den Kopf, steht noch einige Sekunden länger da, dreht sich dann abrupt um und geht ins Wohnzimmer. Er steuert geradewegs auf einen der Chesterfield-Sessel zu. Leo und ich setzen uns auf das Sofa rechts von Ingram. Trotz der großen Fenster auf beiden Seiten des Raums herrscht hier eine gewisse Düsterkeit, vor allem aufgrund der dichten Bäume vor dem Haus, die kein direktes Sonnenlicht hereinlassen. Ich habe aber auch das Gefühl, dass der spürbare Mangel an emotionaler Wärme dazu beiträgt. Ich blicke zu dem wunderschön gemeißelten Marmorkaminsims. Dort stehen keine Familienfotos. Nur ein Paar Messingkerzenständer, je an einem Ende sorgsam platziert, mit Kerzen darin, die noch nie angezündet wurden.

Peter Ingram sitzt aufrecht da, die Hände im Schoß gefaltet. Er wartet.

Ich merke, dass mir Ingrams Schweigsamkeit allmählich auf die Nerven geht. Zuerst deute ich sie als Feindseligkeit, doch dann erwäge ich, *unvoreingenommen* wie ich bin, die Möglichkeit, dass er Angst hat, aufgewühlt ist und vielleicht sogar voller Sorge. Schließlich ringt seine Tochter in diesem Moment in einem Bostoner Krankenhaus um ihr Leben.

Seine *Tochter*. Wie leicht es mir doch fällt, Lynn so zu sehen. Sie ist ja nicht mein eigen Fleisch und Blut. Sie ist nicht als mein Sohn auf die Welt gekommen.

«Sie haben ein schönes Haus», sage ich. «Hat Ihre Frau es selbst eingerichtet?»

«Es hat ihr jemand geholfen.»

«Ich wüsste gern den Namen ihres Dekorateurs.»

«Ich habe keine Ahnung.» Ingram setzt sich wieder die Brille auf, wohl eher, um seine Hände zu beschäftigen.

«Meine Schwester hat vor ein paar Jahren in Westfield ein Haus gesucht. Vielleicht sogar in dieser Gegend, aber es war ein bisschen zu kostspielig, obwohl ihr Mann als Banker gut verdient.» Leo wirft mir einen Blick zu, denn er weiß, dass ich das Blaue vom Himmel lüge.

Ingram dagegen weiß es nicht, und ich sehe ihm an, dass er unruhig geworden ist. «Ich ... hatte das Glück ... an etwas Geld zu kommen», murmelt er.

«Oh, das nenn ich wirklich Glück», sage ich.

«Hören Sie», sagt Ingram barsch, «Sie haben doch nicht den weiten Weg auf sich genommen, um nett zu plaudern. Könnten wir wohl zur Sache kommen?»

«Gern», sagt Leo freundlich, holt einen Block hervor und klappt ihn auf, zückt einen Stift und drückt die Mine nach unten, um sich Notizen machen zu können. «Erzählen Sie mir bitte, wo Sie gestern überall waren.»

Falls Ingram verdutzt darüber ist, wie rasch Leo zur Sache kommt, so lässt er es sich nicht anmerken. Er erwidert Leos direkten Blick und antwortet, ohne auch nur einen Augenblick zu zögern. «Ich war bis fünf in der Firma. Um Viertel vor sechs bin ich nach Hause gekommen und zu Hause geblieben, bis ich am nächsten Morgen um sieben aufgestanden bin, um wieder zur Arbeit zu fahren. Das Gleiche gilt für jeden anderen Tag der Woche. Ich führe ein sehr ereignisloses Leben.» Ingrams Stimme ist gepresst, mechanisch, monoton.

«Wie ich gehört habe, müssen Sie manchmal auch zu Kunden, wenn es dort Schwierigkeiten mit den Computern gibt. War das gestern auch der Fall?» Leo blickt nach unten auf seinen aufgeschlagenen Notizblock. Ich weiß nicht, ob da etwas über Kundenbesuche steht oder ob er blufft. Falls er blufft, dann mit Erfolg, wie die angespannten Muskeln von Ingrams Kinnpartie verraten.

Ingram hat seine starre Selbstbeherrschung verloren. «Ja, donnerstags bin ich gelegentlich unterwegs ...» Sein vorstehender Adamsapfel hüpft, als er trocken schluckt. «Ich habe einen kurzen Besuch bei Dekko Computers gemacht. Die Firma ist in Wayland.»

«Um welche Zeit war das?», fragt Leo.

«Ich war kurz vor eins da und bin nach zwei wieder gefahren.»

«Was heißt, kurz vor eins?»

Eine dünne Schweißperle läuft ihm über die breite Stirn. Er presst die Hände fest zusammen. «Das weiß ich nicht genau. Zwanzig vor, Viertel vor. Hören Sie, ich wollte nie, dass ... ihm ... was Schlimmes passiert. Sie können bestimmt nicht nachvollziehen, wie das ist. Ein Kind zu verlieren. Wir hatten so ein enges Verhältnis, Larry und ich. Ich meine ... als er klein war. Sie können sich das wahrscheinlich nicht vorstellen ... aber es war so. Ich bin mit ihm angeln und zelten gefahren. Nur wir beide. Hat seine Mutter Ihnen das erzählt?»

Ich werfe Leo einen kurzen Blick zu. Ingram bekommt es mit. «Ja, Ruth hat mir erzählt, dass sie im Krankenhaus war», sagt er. «Sie hat gedacht, ich würde an die Decke gehen.» Er klingt plötzlich traurig, erschöpft. «Ich bin kein Unmensch. Er ist unser Kind. Ruth ist seine Mutter. Ich war nicht wütend, dass sie im Krankenhaus war. Ich verstehe meine Frau sehr viel besser, als sie mich versteht.»

«Sie hat jedenfalls verstanden, dass Sie Ihr Kind verstoßen haben», sage ich, ohne auf den verärgerten Blick zu achten, den Leo in meine Richtung wirft, weil ich dazwischenfunke. Aber ich kann nicht anders. Mir läuft die Galle über, wenn ich den Mann reden höre, als wäre er hier der Gute.

«Ich habe meinem Sohn die Wahl gelassen», antwortet er steif.

«Die Wahl? Eine Lüge zu leben, um vom Vater akzeptiert zu werden, oder –»

Ingram fällt mir ins Wort. «Haben Sie Kinder, Superintendent?»

«Es geht darum, dass *Sie* eins haben», kontere ich. «Und Sie haben ihn rausgeworfen, ohne auch nur –»

Ingram fährt aus seinem Sessel hoch, schneidet mir wieder das Wort ab. «Ich konnte nicht zulassen, dass er uns demütigt. Ich hätte ihn schon rauswerfen sollen, gleich als ich das erste Mal –» Er bricht abrupt ab. «Was spielt das jetzt noch für eine Rolle?»

«Sie meinen, gleich nach seinem Highschool-Abschluss?» Ich bin nicht bereit, ihn vom Haken zu lassen.

Ingram wird rot. «Hat Larry Ihnen das erzählt?»

Ich antworte nicht. Leo auch nicht.

Ingram setzt sich wieder hin, faltet die Hände. «Er hat gedacht, wir wären übers Wochenende weg. Aber Ruthie und ich hatten Streit. Wir waren bei ihrer Mutter. Ihre Mutter hat sich immer auf die Seite ihrer Tochter gestellt. Sie konnte mich nie leiden. Ich bin aus dem Haus gestürmt. Nach Hause gefahren.»

Ingram löst die gefalteten Hände, legt sie ans Gesicht. «Larry war ... in unserem Bett. Mit ... einem Mann. Sie waren ... ich glaube ... das ... hätte ich verwinden können ... Nicht sofort, aber ... ich meine, man denkt, einen Sohn zu haben, der ... schwul ist, schlimmer kann's nicht kommen, aber –»

«Schlimmer als Leukämie? Ein Gehirntumor? Muskel–?»

Leo blickt mich zornig an, weil ich mich wieder einmische.

Auch Ingram blickt zornig. «Larry sprang aus dem Bett, als er mich sah. Er trug eine Perücke und war geschminkt. Und er ... er hatte einen BH und einen Schlüpfer von seiner Mutter an. *Seiner Mutter.*»

Er sieht uns starr an. «Sie können sich nicht mal annähernd vorstellen, was das bei mir ausgelöst hat. Ich dankte Gott, dass Ruthie nicht da war. Ich habe es ihr nie erzählt. Ich ... niemals –» Er schüttelt den Kopf, der Zorn weicht qualvollem Schmerz.

«Was haben Sie gemacht?», fragt Leo leise.

Ingrams Augen füllen sich mit Tränen. «Ich ... bin weggelaufen. Raus aus dem Haus. Und auf der Straße ... habe ich mich übergeben. Mir die Seele aus dem Leib gekotzt. Und dann bin ich in meinen Wagen gestiegen und losgefahren. Ich weiß nicht mehr, wohin und wo ich überall war. Ich glaube, am liebsten wäre ich gegen einen Baum gefahren. Nur ... nur um diesen ... Anblick loszuwerden. Es war obszön.»

«Aber Ihre Frau hat gesagt, Sie hätten sich wieder versöhnt?»

«Larry hat versprochen – es nie wieder zu tun.»

«Er hat sogar geheiratet», sage ich.

Ingram erstarrt. «Das hat nicht lange gehalten.»

«Was ist aus Bethany geworden?»

Ingram stiert jetzt wieder auf den Boden. «Soviel ich weiß, ist sie vor einigen Jahren gestorben.»

«Wer hat Ihnen das erzählt?»

«Ich weiß nicht mehr. Vielleicht habe ich es in der Zeitung gelesen.»

«Ihre Frau hat kein Wort davon gesagt, dass Bethany tot ist.»

«Ich weiß nicht mehr, ob ich es meiner Frau überhaupt erzählt habe. Es war ja für uns nicht mehr von Belang.»

«Hat Ihr Sohn es erfahren?»

«Ja. Ich glaube, ja.»

«Sie glauben es?»

«Also gut, ich fand, dass Larry es wissen sollte. Also habe ich meinen Geistlichen gebeten, ihm zu schreiben ... ins Gefängnis.»

«Dann ist sie also gestorben, während Lynn inhaftiert war», folgere ich und benutze dabei bewusst den weiblichen Namen seines Kindes.

Ingram nickt bloß.

«Woran?», frage ich.

«Autounfall», murmelt Ingram noch immer mit gesenktem Blick.

«Wo ist das passiert?»

«Irgendwo in Frankreich. Die Einzelheiten kenne ich nicht.»

«Und Sie haben das aus der Lokalzeitung erfahren?» Ich gebe mir keinerlei Mühe, meine Skepsis zu verbergen.

«Nein. Jetzt erinnere ich mich. Ich hab's nicht aus der Zeitung. Irgendjemand ... ein Freund von Larry aus Harvard ... Ich bin ihm vor ein paar Jahren über den Weg gelaufen. Und ... er kannte Bethany und hat es nebenbei erwähnt.»

«Wie heißt der Freund?», fragt Leo.

«Hab ich vergessen. Und ich verstehe nicht, warum Sie sich so für Larrys Exfrau interessieren», faucht Ingram. «Die ganze Ehe war doch ein Schwindel. Sie hat gerade zwei Monate gehalten. Und das ist zehn Jahre her.»

«Routine», sagt Leo beiläufig. «Wie hat sie ausgesehen? Ich meine Bethany? Beschreiben Sie sie», fährt er fort, hält seinen Stift bereit und wirkt völlig ruhig.

Ingram wirkt alles andere als ruhig. «Sie beschreiben? Wozu denn das? Sie ist tot. Was spielt es da für eine Rolle –»

«Groß? Klein? Blond? Brünett? Schlank –»

«Durchschnittlich. Einfach ... durchschnittlich. Braunes Haar, glaub ich. Nicht dick. Nicht dünn. Sie hatte ... nichts Auffälliges an sich.»

«Vielleicht fällt Ihrer Frau ja mehr ein», werfe ich ein.

«Lassen Sie meine Frau aus dem Spiel. Sie ist kurz davor zusammenzubrechen. Wenn Sie uns nicht in Ruhe lassen, verklage ich Sie wegen polizeilicher Nötigung», warnt Ingram.

«Das steht Ihnen frei, Mr. Ingram», sagt Leo höflich. Und ich könnte ihn dafür küssen, dass er Lynns Vater nicht Mr. *Everett* genannt hat. «Aber wir ermitteln hier wegen eines brutalen Mordversuchs an Ihrer Tochter –»

Wieder zuckt Ingram zusammen. Wieder möchte ich Leo am liebsten küssen.

«Und ich bin fest entschlossen, diese Ermittlung so lange weiterzuführen, bis ich den Mistkerl geschnappt habe, der das getan hat.»

Ingram legt seine Drohhaltung ab. «Bitte. Bitte», wiederholt er. Jetzt hat seine Stimme einen flehenden Unterton. «Ich weiß nicht, ob Sie beide das verstehen können, aber es ist für mich ungeheuer schmerzhaft, dass diese alten Wunden wieder aufgerissen werden. Es hat lange gedauert, bis sie ... geheilt waren.»

«Lynns Wunden werden noch länger brauchen», sage ich. «Und ich meine nicht nur ihre grauenhaften körperlichen Wunden.»

Als ich klein war, habe ich mir vorgestellt, ich wäre Aschenputtel. Eine gute Fee würde erscheinen und ihren Zauberstab schwenken und mich in eine wunderschöne Prinzessin verwandeln. Jahrelang habe ich auf diese gute Fee gewartet …

Lynn Ingram
Gefängnistagebuch

14

«Glaubst du, er sagt die Wahrheit?», frage ich Leo auf dem Rückweg nach Boston.

«Wo er gestern war, meinst du?»

«Und dass Bethany Graham tot ist.»

Leo zuckt die Achseln. «Wir müssen überprüfen, um welche Uhrzeit genau er bei Dekko war. Aber selbst wenn er um Viertel vor eins dort war, bleibt immer noch etwas Spielraum. Was die Sache mit Graham betrifft, das wird ein Weilchen dauern.»

«Es ist ungeheuer praktisch», sage ich. «Und ungeheuer vage.»

«Ja», sagt Leo.

«Und ich würde nach wie vor gerne wissen, woher Ingram das Geld für ein Haus hat, das mindestens eine halbe Million Dollar gekostet hat. Für jemanden, der so reich ist wie Milburne, wäre so eine Summe natürlich lächerlich.»

«Aber selbst wenn es Schweigegeld war, von da bis hin zu einem Mordversuch ist es trotzdem ein großer Sprung.»

«Milburne hatte bestimmt Panik, dass Lynn ein Foto von Bethany in der Zeitung oder im Fernsehen sehen könnte. Politiker und ihre Frauen werden doch andauernd fotografiert.»

«Vielleicht hat seine Frau sich von Kopf bis Fuß neu durchstylen lassen. Ich hab ein paar Fotos von ihr gesehen. Sie ist beileibe nicht durchschnittlich. Sie sieht richtig toll aus.»

«Aber Lynn war mit ihr verheiratet. Könnte doch sein, dass sie sie immer noch erkennt, ob neu gestylt oder nicht. Außerdem wissen wir nur von Peter Ingram, dass Bethany *durchschnittlich* war. Und auf sein Wort ist nicht unbedingt Verlass. Und wenn Lynn das Foto gesehen und Bethany erkannt hat, dann muss sie sich doch gefragt haben, warum man ihr weisgemacht hat, Bethany sei tot. Vielleicht hat Lynn sich mit ihrer Ex in Verbindung gesetzt. Und Beth hat es Milburne erzählt. Und –»

Leo runzelt die Stirn.

«Was ist?»

«Keine voreiligen Schlüsse, Natalie. Aber am Mittwochabend war Beth Milburne auf einem Wohltätigkeitsball. Ein Foto davon war am Donnerstagmorgen in der Zeitung.»

Als wir uns der Stadt nähern, rufe ich im Krankenhaus an, um mich nach Lynn zu erkundigen. Seit dem Überfall sind über vierundzwanzig Stunden vergangen. Aber ihr Zustand ist unverändert. Was bedeutet, dass sie noch immer ohne Bewusstsein ist. Noch immer nicht über den Berg.

«Hat irgendwer angerufen oder wollte jemand sie besuchen?», frage ich die Oberschwester der Intensivstation, nachdem ich erfahren habe, dass Carrie Li nicht da ist.

«Vorhin war Dr. Bell hier. Er war ziemlich ungehalten, als ich ihm gesagt habe, dass Ms. Ingram keinen Besuch haben darf. Es war mir ein bisschen unangenehm. Dr. Bell ist schließlich Arzt und streng genommen kein *Besuch*, worauf er mich auch hingewiesen hat. Ich habe ihm gesagt, er soll den Officer fragen, der vor Ms. Ingrams Tür postiert ist, weil das Besuchsverbot ja eine Anordnung der Polizei ist.»

«Und hat er?», frage ich.

«Nein. Er ist wieder gegangen. Aber sehr glücklich hat er nicht ausgesehen.»

Ich erzähle Leo die Geschichte. Er hört zu und sieht dabei auch nicht besonders glücklich aus.

«Meinst du, wir sollten uns mal mit Bell unterhalten?», frage ich.

Leo schaut auf die Uhr im Wagen. Es ist kurz nach zwei. Wir nähern uns einer Raststätte mit einem McDonald's, keine zehn Meilen vor der Stadt.

«Komm, wir essen vorher eine Kleinigkeit», sagt Leo. «Ich nehme an, du möchtest bei dem Gespräch mit Dr. Bell dabei sein.»

«Ich denke, das wäre besser. Sonst komm ich noch auf die Idee, selbst Detektivin zu spielen.»

Auf Bells Schreibtisch steht ein Familienfoto. Er sieht, dass ich es betrachte, und lächelt. «Das Foto wurde diesen Sommer auf

Cape Cod gemacht. Wir haben in Truro ein Cottage. Als die Kinder noch klein waren, hat Carol immer den ganzen Sommer mit ihnen dort verbracht. Ich war dann an den Wochenenden und fast den ganzen August dort. Dieses Jahr war nur noch Daphne mit, mein Baby.»

Ich werfe einen Blick auf das hübsche, dunkelhaarige Mädchen, das Daddy auf dem Arm hat. Die Kleine sieht aus wie vier oder fünf. Ihre rundlichen Arme umschlingen den Hals ihres Vaters, und sie lächelt übers ganze Gesicht. Sie ist die Einzige von der Familie, die lächelt.

«Wenn wir Glück haben, kommen die Jungs an zwei, drei Wochenenden. Billy fährt ins Baseball-Camp, und Josh ist den halben Sommer im Hockey-Camp und die andere Hälfte im Basketball-Camp. Zwei richtige Sportskanonen, meine Jungs», fügt er stolz hinzu, jetzt mit einem Lächeln im Gesicht. «Nicht, dass Daphne unsportlich wäre. Sie sollten mal sehen, wie die Kleine einen Fußball treten kann. Kein Wunder, bei zwei so sportlichen großen Brüdern als Lehrer –»

«Welcher von Ihren Jungs hatte gestern Ärger in der Schule?», frage ich.

Harrisons Lächeln erstirbt. «Der Älteste, Josh.» Er zeigt auf den größeren und kräftigeren Jungen auf dem Foto. «Er ist vierzehn. Teenager. Na, die müssen doch mal richtig aufmucken. Das ist gesund. Das versuche ich Carol ständig klar zu machen. Meiner Frau.»

Mein Blick fällt auf die große, sportliche Brünette, die auf dem Foto vor ihrem Mann und ihrer Tochter steht, die Arme liebevoll um die beiden Jungen rechts und links von ihr gelegt. Josh ist bereits so groß wie seine Mutter.

Carol Bell sieht sympathisch aus, obwohl ich sie nicht gerade als hübsch bezeichnen würde. Sie macht einen gesunden, energischen, starken Eindruck. Sie trägt enge schwarze Latexshorts und ein T-Shirt, und ich denke mir, dass sie entweder begeistert Fahrrad fährt oder joggt. Es sieht aus, als würde sie sich auf dem Foto bemühen zu lächeln, aber es gelingt ihr nicht ganz. Ihre Augen sind zusammengekniffen. Vielleicht wegen der Sonne. Allerdings kneift von den anderen keiner die Augen zusammen.

«Billy ist elf», sagt Bell. «Möchte Werfer bei den Red Sox werden, wenn er erwachsen ist. Ich sage immer im Scherz zu ihm, er soll sich beeilen, damit wir endlich mal die Meisterschaft gewinnen.» Er lacht, aber es klingt gezwungen.

«Ist Ihre Frau berufstätig?», fragt Leo.

Bell blickt überrascht. «Carol? Wo denken Sie hin, nein. Sie ist Hausfrau und Mutter mit Leib und Seele. Ihre Kinder sollen doch nicht als Schlüsselkinder aufwachsen. Sie ist jede Minute für sie da.»

Ich höre einen gereizten Unterton in seiner Stimme.

«Finden Sie, dass sie überfürsorglich ist?», frage ich.

Bell wirkt entrüstet. «Auf keinen Fall. Carol ist eine wunderbare Mutter. Ich finde es großartig, dass sie wegen der Kinder zu Hause bleibt. Die Jungs sind natürlich alt genug um ein bisschen selbstständiger zu sein. Aber Daphne nicht. Sie ist noch ein Baby.» Das Lächeln ist wieder da. «Sie kann es nicht ausstehen, wenn ich sie mein Baby nenne, aber sie wird wohl immer mein Baby bleiben.»

«Wie ich höre, waren Sie heute Morgen im Krankenhaus, um Lynn zu besuchen», sagt Leo.

Der jähe Themenwechsel scheint Bell leicht zu erschüttern. «Und ich durfte nicht zu ihr. Kann ich erfahren, wieso nicht?»

«Gestern hat jemand versucht, Lynn Ingram umzubringen», sagt Leo trocken. «Ohne Erfolg. Wir wollen dem Täter oder der Täterin keine zweite Chance geben.»

Der Arzt öffnet den Mund, findet aber keine Worte. «Sie glauben doch nicht im Ernst, dass ich ... Sie verdächtigen mich?», bringt er schließlich hervor, und Fassungslosigkeit schwingt in seiner Stimme mit. «Ihnen ist doch wohl klar, dass Lynn nicht mehr am Leben wäre, wenn ich sie nicht gefunden und ins Krankenhaus gebracht hätte.»

Da hat Bell nicht Unrecht. Warum hat er Lynn nicht einfach liegen lassen? Hat er kalte Füße bekommen? Gewissensbisse?

«Waren Sie allein, als Sie Lynn gefunden haben?», fragt Leo freundlich.

«Ja», sagt er ohne Zögern. Doch dann hält er inne. «Ach ja, eine Frau aus der Klinikverwaltung kam gerade vom Lunch zurück, und als sie aus der anderen Richtung in die Gasse einbog, habe ich ihr zugerufen, sie soll die Polizei verständigen.»

Ich werfe Leo einen Blick zu, ein wenig verärgert, dass er mir nichts von der Frau erzählt hatte. Damit erklärt sich einiges an Bells Rettungsmaßnahmen.

«Wie stehen Sie und Lynn zueinander?», fragt Leo.

Bell runzelt die Stirn. «Wir sind Kollegen. Wir halten beruflich große Stücke aufeinander.»

Ich seufze ziemlich laut auf.

«Und wir sind befreundet. Aber wenn Sie denken –»

«Sie haben Lynn geschrieben, als sie im Gefängnis war. Und Sie haben sie recht häufig besucht.»

«Wie gesagt, wir sind befreundet.» Sein gereizter Tonfall lässt keinen Zweifel daran, was er von meiner Bemerkung hält.

Ohne mich durch die zunehmende Verärgerung des Arztes beirren zu lassen, frage ich: «Was hat Ihre Frau von Ihrer Freundschaft mit Lynn gehalten?»

Mit dieser Frage bin ich bei Bell endgültig unten durch. «Carol hatte überhaupt keine Meinung dazu», sagt er energisch. Aber er ist sichtlich nervös.

«Hat sie gewusst, dass Sie Lynn geschrieben haben? Sie im Gefängnis besucht haben?»

«Meine Frau hat mit alledem nichts zu tun. Und ich weiß nicht, was Sie sich von diesen Fragen versprechen, Ms. Price.»

«Soll das heißen, sie hat es nicht gewusst?», fragt Leo.

Bell gibt nach, zwei gegen einen. «Ich habe ihr nicht von jedem Besuch erzählt, wenn Sie das meinen.»

«Hat Ihre Frau Lynn je kennen gelernt, bevor sie ins Gefängnis kam?»

Bell gibt sich alle Mühe, nonchalant zu erscheinen. Es gelingt ihm nicht. «Ja. Sie sind sich zwei-, dreimal begegnet. Wenn Carol auf einen Sprung bei mir im Büro vorbeigeschaut hat.»

«Wusste sie, dass Lynn transsexuell ist?»

«Wieso sollte das für Carol von Interesse sein?»

«Wenn eine schöne, junge Frau mit meinem Mann zusammenarbeiten würde, könnte mich durchaus mal die Eifersucht überkommen», sage ich möglichst beiläufig. «Wenn ich wüsste, dass sie transsexuell ist, könnte mir das diese Eifersucht nehmen.»

«Carol war nicht eifersüchtig. Sie hatte keinen Grund zur Eifersucht. Aber ... sie wusste über Lynn Bescheid. Ich habe es ihr erzählt, kurz nachdem Lynn hier angefangen hatte.» Er räuspert sich. «Gibt es sonst noch was? Ich habe einen sehr vollen Terminplan.»

«Wussten Sie, dass Lynn ein Verhältnis mit Matthew Slater hatte?», fragt Leo.

Bell zieht ein Päckchen Pfefferminzbonbons aus der Brusttasche seines blassgrauen Hemdes, nimmt sich eins und steckt es in den Mund. Etwas verzögert hält er uns das Päckchen hin. Weder Leo noch ich reagieren. Er schiebt das Päckchen zurück in die Tasche.

«Ja. Ich habe es gewusst. Lynn hat es mir erzählt.»

«Wie haben Sie reagiert?», erkundige ich mich.

«Ich ... war nicht gerade glücklich darüber. Als Arzt sollte man sich nie mit Patienten einlassen.»

«Haben Sie ihr das gesagt?»

«Das war ihr auch klar. Aber sie war überzeugt, dass sie ihn liebte. Und», fügt Bell rasch hinzu, «dass Slater sie auch liebte.»

«Sie dagegen waren weder von dem einen noch von dem anderen überzeugt», sage ich.

Bell legt seine Hände auf dem Schreibtisch übereinander. «Lynn war ziemlich naiv, was Männer anging.» Nach einer kurzen Pause fügt er hinzu: «Ich denke, das ist sie auch jetzt noch.»

«Hat sie Ihnen erzählt, was in der Nacht damals passiert ist?», fragt Leo.

«Nein.»

«Als Sie erfuhren, dass Slater ermordet worden war, haben Sie da an Lynn gedacht?»

«Nein. Nein, der Gedanke ist mir nie gekommen.« Die Stimme des Arztes ist um eine ganze Oktave gestiegen.

Er sieht meinen skeptischen Blick.

«Ich hätte nie gedacht, dass Lynn in Slaters Schlafzimmer landet, ehe –» Er zögert.

«Ehe sie operiert worden ist?», frage ich nach.

Er nickt, schüttelt dann langsam den Kopf. «Es war dumm von ihr. Wenn sie doch nur gewartet hätte.»

«Sie wussten, dass sie sich operieren lassen wollte.»

«Ja. Ich habe ihre Entscheidung voll und ganz unterstützt. Ich war eine von ihren Referenzen. Es ist nicht einfach, die Voraussetzungen für eine operative Geschlechtsumwandlung zu erfüllen. Ich meine, bei einem anerkannten Chirurgen. Gegen entsprechendes Geld findet man natürlich immer skrupellose Ärzte, die die Operation machen und keine Fragen stellen. Aber Lynn war klug genug, diese physischen und psychischen Risiken nicht einzugehen.«

«Wer war die andere Referenz?», fragt Leo.

«Claire Fisher, meine Oberschwester.»

Ich sehe, wie Leo sich den Namen notiert.

«Hat Lynn Ihnen von ihrer Transsexualität erzählt, bevor oder nachdem sie in der Klinik angefangen hatte?», frage ich.

«Beim Bewerbungsgespräch war sie völlig offen zu mir», sagt Bell. «Das hat mich beeindruckt. So was erfordert Mut. Ich hätte sie auch so genommen und nie was gemerkt, das versichere ich Ihnen.»

«Wie haben Sie reagiert?», frage ich.

«Überrascht», sagt er ohne Zögern. «Aber es hat mich nicht abgestoßen, wenn Sie das meinen. Und, wie Sie ja wissen, ich habe sie eingestellt.»

«Sie sagen, dass Lynn völlig offen zu Ihnen war. Hat sie Ihnen aus ihrer Vergangenheit erzählt? Von Ihrer Familie? Von anderen Menschen, denen sie nahe stand?», fragt Leo.

«Sie hat mir erzählt, dass sie keinen Kontakt mehr zu ihren Eltern hat», sagt Bell.

«Hat sie erzählt, ob sie es mal als Hetero probiert hat?», frage ich. «Zum Beispiel auf der Highschool oder auf dem College? Ob sie mal eine Freundin hatte –»

«Lynn ist nicht lesbisch. Sie sieht sich als heterosexuell. Als heterosexuelle Frau. Auch ich habe sie immer so gesehen. Vor ihrer Operation und danach. Ich wünschte, sie wäre offen zu Matthew Slater gewesen. Dann hätte sie von Anfang an erlebt, dass er nicht der Mann war, für den sie ihn gehalten hat.»

«Das sind die meisten Männer nicht», sage ich. Leo wirft mir einen Seitenblick zu. Ich achte nicht darauf. Ich überlege, warum es Bell lieber gewesen wäre, wenn Lynn Slater von Anfang an die Wahrheit gesagt hätte. Weil er eifersüchtig auf den Anwalt war? Weil er Lynn für sich allein haben wollte?

«Hat Lynn erzählt, ob sie in den letzten fünf Wochen mit irgendwem – Mann oder Frau – in näheren Kontakt gekommen ist?», fragt Leo.

«Nein. Niemand. Soweit mir bekannt ist», fügt er hinzu.

Bells Sprechanlage summt. Er meldet sich unverzüglich. «Ja, Mona?»

«Ihr Drei-Uhr-Termin ist da, Doktor Bell.»

«Danke, Mona.» Bell steht auf. «Tut mir Leid, aber ich habe jetzt wirklich keine Zeit mehr.»

Leo und ich stehen ebenfalls auf. «Nur noch eine Frage, Doktor», sage ich, als Bell schon zur Tür strebt.

«Ja?» Seine Miene ist argwöhnisch.

«Was halten Sie persönlich von einem Liebesverhältnis unter Kollegen?»

Bell bedenkt mich mit einem finsteren Blick. «Ich bin strikt dagegen», sagt er knapp und reißt die Tür auf. Ich bin sicher, dass er mich am liebsten mit einem Tritt nach draußen befördern würde, aber er beherrscht sich.

Ich habe nicht nur sie belogen, ich habe mich selbst belogen. Ich habe ehrlich geglaubt, unsere Ehe könnte funktionieren. Reine Selbsttäuschung.

Lynn Ingram
Gefängnistagebuch

15

«Was denkst du?», frage ich Leo, als wir uns mit unseren Kaffeebechern an einen kleinen Tisch in der Krankenhaus-Cafeteria setzen. Claire Fisher war bereit, sich in ihrer Vier-Uhr-Pause hier mit uns zu treffen. Es ist jetzt Viertel vor vier.

«Ich denke, sie hatten ein enges Verhältnis. Wie eng? Das ist mir noch nicht klar.»

«Und ich frage mich, wie eng Carol wohl ihr Verhältnis eingeschätzt hat. Dass er seiner Frau nicht von allen Besuchen bei Lynn im Gefängnis erzählt hat, zeigt mir, dass Carol wohl kaum besonders entzückt darüber gewesen wäre.»

Leos Handy klingelt. Er überprüft die Nummer auf dem Display, bevor er das Gespräch annimmt.

«Ja, Mitchell. Was gibt's?» Er lauscht einen Moment. «Ja, verstanden. Bin schon unterwegs.»

«Was ist los?», frage ich, sobald er fertig ist.

«Das Bestattungsinstitut hat Rodney Bartletts Alibi bestätigt. Aber Oates hat sich die Liste mit den Trauergästen geben lassen und die Leute angerufen. Eine Frau, die während der Trauerfeier hinter Bartlett gesessen hat, glaubt sich zu erinnern, dass er frühzeitig gegangen ist. Aber beschwören wollte sie es nicht. Und eine genaue Uhrzeit kann sie auch nicht angeben. Oates und ich wollen die Liste aufteilen, vielleicht finden wir ja noch jemanden, der gesehen hat, dass Bartlett früher gegangen ist. Die Sache ist nämlich die –» Er macht eine Kunstpause. «Oates hat die Zeit gestoppt, die man mit dem Auto vom Bestattungsinstitut bis zum Tatort braucht. Mittags. Er hat es in knapp vierzehn Minuten geschafft.»

«Das heißt, wenn Rodney sich frühzeitig aus der Trauerfeier geschlichen hat, hätte er mühelos –»

«Er hätte es sogar wieder zurückgeschafft, bevor die Trauerfeier vorüber war.»

«Wäre es nicht schön, wenn du einen Durchsuchungsbefehl

für sein Haus und sein Büro bekämst und das Messer finden würdest?», sage ich versonnen.

«Irgendwie habe ich das Gefühl, dass das Messer auf dem Grund des Charles River liegt. Ich glaube nicht, dass der Täter so dumm war, die Waffe zu behalten.»

«Rodney hätte sie auf dem Rückweg von Cambridge nach Boston von der Brücke werfen können», stimme ich zu.

«Bell auch. Die Klinik ist nur fünf Minuten vom Fluss entfernt.»

Er zögert. «Willst du unser Gespräch mit Claire Fisher verschieben oder –?»

Ich lächele. «Ich komme schon klar, Leo. Könnte sogar sein, dass Claire offener ist, wenn kein Detective dabei ist.»

Er trinkt noch rasch einen letzten Schluck Kaffee, sieht mich über den Becher an. «Gut, dann sehen wir uns später. Im Zentrum.»

«Willst du noch mal mit Nicki sprechen?»

«Ja.» Er schaut mir nicht ganz in die Augen.

Claire Fisher nimmt auf dem von Leo verlassenen Stuhl Platz, setzt einen dampfend heißen Becher Tee ab und legt ein Muffin auf einen Pappteller daneben auf den Tisch. Bells Oberschwester ist eine adrette, brünette Frau von Anfang dreißig. Ihr Haar ist modisch kurz geschnitten. Sie ist ganz hübsch, aber keineswegs auffällig attraktiv. Sie trägt einen gestärkten weißen Kittel über einer grauen Hose, und sie sieht tüchtig aus. Und freundlich.

«Wie geht's Lynn?», fragt sie als Erstes.

«Nicht gut», sage ich.

Claire Fisher schüttelt den Kopf. «Es ist so schrecklich. Ich kann das immer noch nicht so richtig glauben.»

«Waren Sie gestern hier?»

«Nein. Ich war krank. Migräne. Ich krieg sie nicht oft, aber wenn, dann ist es die Hölle.» Einen Moment lang ist sie mit ihrem Tee beschäftigt, angelt behutsam den Teebeutel heraus und legt ihn auf den Rand des Papptellers, wo sogleich etwas von der Flüssigkeit herausläuft und ihr Muffin nass macht.

«Wie lange arbeiten Sie schon für Harrison Bell?», frage ich.

«Neun Jahre. Fast zehn. Ich habe direkt nach meiner Ausbildung hier angefangen.»

«Er ist bestimmt ein guter Chef», sage ich wie nebenbei.

Ein schwache Röte kriecht ihr den Hals hoch. «Seine Arbeit ist immens wichtig. Chronische Schmerzen sind eine schreckliche Sache. Viele Ärzte stopfen einen einfach mit Tabletten voll und erzählen im Grunde, dass da nichts zu machen ist. Dass man damit leben muss. Aber sie sagen einem nicht, wie man damit leben soll. Unsere Methode basiert auf der ganzheitlichen Behandlung von Körper und Seele. Das umfasst alles, von der Behandlung des Körpers über Hypnose und Vorstellungsbilder bis hin zu psychologischer Betreuung. Wir können nicht allen Patienten helfen, aber wir helfen vielen.»

«Matthew Slater? Konnten Sie dem auch helfen?»

Claire blickt verdattert und sagt nur: «Oh.»

«Lynn hat es Ihnen anvertraut, nicht?» Ich spreche die Frage so aus, als wüsste ich die Antwort bereits.

«Sie hat mir erzählt, dass sie sich mit Matthew traf, aber nur, weil sie geglaubt hat, ich hätte ohnehin den Verdacht, dass zwischen ihnen was war.» Sie nimmt vorsichtig einen kleinen Schluck von ihrem Tee.

«Hatte sie Recht?»

«Ich hab tatsächlich gedacht, dass er mehr Termine bei ihr machte, als nötig waren. Für sein körperliches Befinden.»

«Claire, haben Sie eine Ahnung, wer Lynn gestern überfallen hat?», frage ich rundheraus.

«Nein. Nein, ich kann mir überhaupt nicht vorstellen, dass irgendwer zu so was Brutalem fähig ist. Sie haben wahrscheinlich dauernd mit solchen Leuten zu tun, beruflich, aber ich kenne keine Menschenseele, die einem anderen so was Scheußliches antun könnte. Und ausgerechnet Lynn. Sie ist so ein lieber Mensch.» Die Röte steigt jetzt hoch in ihre Wangen. «Oh, ich weiß, das hört sich komisch an. Nach dem, was Matthew Slater passiert ist. Aber ich habe nie daran gezweifelt, dass es Notwehr war.»

«Wieso?»

«Weil ich Lynn kenne. Und ... und ich kannte Slater.»

Ich ziehe eine Augenbraue hoch.

Sie wirkt unbehaglich. «Er hat mich ein paar Mal angebaggert, während der Physiotherapie.»

«Hat Lynn das gewusst?»

Sie schüttelt den Kopf. «Lynn wollte nur eins: normal sein. Ich meine, sie wollte einen Mann, ein Haus mit Garten, zwei Kinder adoptieren. Ich konnte das gut nachvollziehen. Ich will das schließlich auch. Aber ich hätte mir dafür niemals Matthew Slater ausgesucht.»

«Zumal er bereits verheiratet war.»

«Ja.» Wieder widmet sie ihre Aufmerksamkeit dem Tee. Irgendwie habe ich das Gefühl, dass Claire sich deshalb so gut mit Lynn identifizieren kann, weil sie vielleicht selbst unglücklich in einen verheirateten Mann verliebt ist. Bei Claire tippe ich auf ihren Chef, Dr. Harrison Bell. Wurden ihre Gefühle erwidert? Oder lagen Bells Interessen anderswo? Vielleicht bei Lynn Ingram? Falls ja, wie würde sich das auf Claires Gefühle für ihre Freundin und Kollegin Lynn auswirken?

Wie praktisch, dass Claire für gestern ein Alibi bereithat. Aber kein hieb- und stichfestes. Es sei denn, jemand könnte es bestätigen. Ich beschließe, diese Fragen Leo zu überlassen.

«Aber andererseits lassen sich ja viele Männer und Frauen scheiden und heiraten wieder», sage ich stattdessen.

«Ja, das stimmt.» Jetzt inspiziert sie ihr teegetränktes und bislang unangetastetes Muffin.

«Wie würden Sie Lynns Beziehung zu Harrison Bell beschreiben?»

Ich sehe, dass mein abrupter Themenwechsel sie leicht aus der Fassung bringt. «Was meinen Sie? Die beiden sind Kollegen. Sie haben großen Respekt voreinander. Dr. Bell ist in der ganzen schlimmen Zeit, die Lynn durchgemacht hat, immer für sie da gewesen. Ich glaube, er hat sich zum Teil mitverantwortlich gefühlt.»

«Wieso das?»

Claire presst die Lippen zusammen, als wäre ihr die letzte Bemerkung unabsichtlich herausgerutscht. «Er hat Matthew

Slater an Lynn überwiesen. Es ist albern, dass er sich deshalb verantwortlich fühlt. Wieso hätte er ihn nicht von ihr behandeln lassen sollen? Slater war ein Patient wie hunderte andere –»

«Vielleicht fühlt er sich verantwortlich, weil er nicht eingegriffen hat, als sich zwischen Lynn und Slater mehr entwickelte.»

«Ich bin gar nicht sicher, dass er überhaupt was davon gemerkt hat.»

«Wirklich?»

Claires Erregung wird stärker. «Na ja, wahrscheinlich hatte er einen Verdacht.»

«Kann es sein, dass er eifersüchtig war?»

«Was? Was wollen Sie denn damit andeuten?» Claires Erregung hat jetzt einen gekränkten Beigeschmack. «Dr. Bell ist glücklich verheiratet. Lynn ist eine Kollegin und, ja, wohl auch eine Freundin. Aber mehr nicht. Damals nicht und jetzt nicht.»

Ich sehe förmlich, wie vor Claire Fishers Gesicht ein Vorhang fällt. Sie schaut auf ihre Uhr. «Meine Pause ist um. Ich muss wieder an die Arbeit.»

Seit neunzehn Jahren arbeite ich mit postoperativen Transsexuellen, und ich habe nie ein Wort des Bedauerns über die Operation gehört.

Dr. Walter Edison

16

Mein Bürogehilfe, auch Insasse des Horizon House, ist in meinem Vorzimmer mit der Ablage von Berichten beschäftigt. Er wirft mir einen kurzen Blick zu, als ich hereinkomme, und widmet sich dann wieder seiner Aufgabe.

«Detective Coscarellis Wagen parkt draußen. Ist er in meinem Büro?» Ich deute auf die geschlossene Tür.

«Er ist ... oben», sagt Paul, meinem Blick ausweichend.

Wir wissen beide, dass Besucher, selbst Cops, die Häftlinge nur auf der Hauptetage sehen dürfen. Das heißt im Besucherzimmer, im Speisesaal, in meinem Büro oder in einem der kleinen Räume auf dem Flur, die in erster Linie von den Häftlingen und ihren Anwälten benutzt werden. Meines Wissens hat Leo nie zuvor mit Nicki oder einem der anderen Häftlinge in ihren Zimmern gesprochen.

Die Mitteilung ist wie ein Schlag ins Gesicht. Paul Lamotte hantiert geschäftig am Aktenschrank, sieht mich noch immer nicht an. Ich gehe weiter zu meinem Büro, bleibe auf halbem Weg stehen, drehe mich auf dem Absatz um und bin schon wieder draußen.

Auf der Frauenetage sind neun Zimmer. Drei Dreibett- und sechs Doppelzimmer. Platz für maximal einundzwanzig weibliche Häftlinge. Zurzeit sind es siebzehn Frauen. Lynn Ingram nicht mitgerechnet. Drei weitere werden Ende der Woche erwartet. Damit wären wir wieder voll belegt. Mit Lynn.

Nicki und Lynn haben das Doppelzimmer am Ende des Flurs, neben einem der beiden Badezimmer der Etage und gegenüber dem kleinen Gemeinschaftsraum, in dem zwei abgewetzte, aber brauchbare Sofas, ein Fernseher, ein kleiner Kühlschrank, eine Mikrowelle und ein Küchenschrank stehen. Ich erwarte, Nicki und Leo im Gemeinschaftsraum zu finden, und bin ziemlich fassungslos, als er leer ist.

Die Tür zu Nickis Zimmer ist geschlossen. Ich zögere und denke nach – soll ich anklopfen? Soll ich einfach hereinplatzen?

Wut steigt in mir auf. Ich bin hier die Chefin. Ich bin kein *Eindringling*. Nicht ich verstoße gegen die Regeln. Nicht ich verhalte mich falsch. Warum in aller Welt soll ich sie vorwarnen, dass ich komme?

Ich platze zwar nicht gerade ins Zimmer, aber ich klopfe auch nicht vorher an. Ich öffne einfach die Tür und trete ein.

Nicki und Leo sitzen auf Nickis Bett. Er hat die Arme um sie gelegt, und sie weint leise an seiner Brust. Sie scheinen mich gar nicht zu bemerken.

Mein erster Impuls ist, mich rasch wieder zurückzuziehen. Weil ich mir nämlich verdammt noch mal tatsächlich wie ein Eindringling vorkomme. Aber das ist nicht das Einzige, was ich empfinde. Ich bin auch wütend, verzweifelt, eifersüchtig, fühle mich hintergangen und verlassen. Vorhersehbare Emotionen, alle, wie sie da sind. Und nur allzu vertraut. Nur, dass sie jetzt noch stärker sind.

Es liegt nicht nur daran, dass Leo die junge Mutter seines Kindes in den Armen hält. Es ist sein Gesichtsausdruck. Seine Augen sind geschlossen, und in seiner Miene steht schmerzliches Verlangen geschrieben – zumindest lese ich es darin. Solange ich Leo kenne, habe ich nie eine solche Mischung aus Schmerz und Verlangen in seinem Gesicht gesehen.

Als würde er meine Gegenwart spüren, öffnet Leo die Augen und sieht mich direkt an. Er wirkt nicht sonderlich überrascht. Schlimmer noch, er wirkt nicht sonderlich verlegen. Noch macht er Anstalten, sich aus der Umarmung zu lösen.

Nicki scheint mich nicht bemerkt zu haben, oder es ist ihr einfach gleichgültig. Ihr Weinen, das jetzt eher wie ein Wimmern klingt, hält unvermindert an.

Ohne ein Wort gehe ich aus dem Raum. Ich lasse die Tür auf. Das einzige Zugeständnis an meine Wut.

«Das Krankenhaus hat angerufen», teilt mir Paul Lamotte mit, sobald ich das Büro betrete.

Sekunden zuvor habe ich noch in Selbstmitleid geschwelgt.

Jetzt ist meine Aufmerksamkeit schlagartig bei Lynn Ingram.

Meine Frage ahnend, sagt Paul: «Die Ärztin hat mir nichts gesagt.»

Ich spüre überdeutlich, wie mir ein Schauer die Wirbelsäule runterjagt.

«Ich rufe zurück und stelle durch», sagt mein Gehilfe.

Ich nicke und eile in mein Büro, schließe die Tür hinter mir.

Kaum blinkt die Taste an meinem Telefon, reiße ich auch schon den Hörer vom Apparat.

«Dr. Madison?»

«Sie ist aufgewacht, Superintendent.»

Ich sinke gegen die Rückenlehne. «Gott sei Dank», stammle ich.

Nach einer kurzen Pause fährt Ellen Madison fort: «Lynn ist noch nicht über den Berg. Noch lange nicht, leider.»

«Was heißt das?»

«Es gibt keine Garantie dafür, dass sie nicht wieder ins Koma fällt. Wenn sich ihr Zustand in den nächsten achtundvierzig Stunden stabilisiert, ist sehr viel gewonnen. Natürlich bleiben auch dann noch große Risiken, denn sie wird etliche Wiederherstellungsoperationen brauchen. Aber das ist erst mal Zukunftsmusik. Wir können jetzt nur von einem Tag zum nächsten denken. Und heute ist es sehr viel besser als gestern.»

«Weiß sie ... was mit ihr passiert ist?», frage ich zögernd.

«Ich habe es ihr in groben Zügen geschildert. Ich glaube aber nicht, dass sie alles erfasst hat. Was bestimmt auch besser ist. Ich habe mich bewusst auf das Notwendigste beschränkt, und das war schon kaum zu verkraften. Ich möchte nicht, dass sie auch noch ein psychisches Trauma zu ihrem körperlichen bekommt. Sie wird noch einiges durchmachen, wenn sie begreift, was die Verletzungen für fürchterliche Langzeitfolgen haben.»

«Hat sie irgendwas über den Überfall erzählt?»

«Lynn sagt, sie hat keine Erinnerung an den Überfall. Was für solche traumatischen Situationen ganz normal ist.»

«Aber der Erinnerungsverlust ist doch vorübergehend, oder?», hake ich nach.

Meine Tür geht auf. Leo kommt herein. Obwohl ich mich

weiter ausschließlich auf die Antwort der Ärztin konzentriere, spüre ich, wie mir das Herz in der Brust hämmert.

«Er kann vorübergehend sein», sagt Madison. «Aber eine Garantie dafür gibt es nicht. Und selbst wenn er vorübergehend ist, es lässt sich nicht abschätzen, wie lange es dauern wird, bis sie sich erinnert. Vielleicht Tage, Wochen, Monate, sogar Jahre.»

«Verstehe», murmle ich und sehe, wie Leo die Tür hinter sich schließt.

«Außerdem dürfen Sie nicht vergessen, dass Lynn starke Schmerzmittel bekommt», fügt Madison hinzu. «Wir werden uns erst in einigen Tagen ein klareres Bild von ihrem psychischen Zustand machen können.»

«Kann ich sie besuchen?»

«Warten Sie besser bis morgen.»

«Morgen ganz früh?»

«Melden Sie sich vorher bei mir.»

Der Tonfall der Ärztin erinnert mich an ihre Warnung, dass Lynn wieder das Bewusstsein verlieren könnte.

«Hat irgendjemand angerufen und sich nach Lynn erkundigt?»

«Harrison Bell, kurz bevor ich Sie angerufen habe.»

«Haben Sie persönlich mit ihm gesprochen?»

«Ja.» Eine kurze Pause. «War das nicht richtig?», fragt Madison vorsichtig.

«Hat er gefragt, ob er sie sehen kann?»

«Nein. Er weiß natürlich, dass sie keinen Besuch haben darf.»

«Sonst noch jemand?»

«Lynns Mutter. Sie hat gefragt, ob sie herkommen darf. Ich habe ihr gesagt, sie müsse sich an den Detective wenden, der die Ermittlungen leitet.»

Ich bin froh, dass Ruth Ingram angerufen hat. Und dass sie ihr Kind sehen will. Würde sie es ihrem Mann sagen? Ich hoffe, nicht. Nach unserem kurzen Besuch bei ihm wird Peter Ingram noch entschiedener dafür sorgen, dass seine Frau sich von Lynn fern hält. Und er hat ihr bestimmt klipp und klar untersagt, mit der Polizei zu kooperieren. Ich beschließe, sie morgen anzurufen, wenn ihr Mann arbeitet, mal sehen, wie weit ich dann bei ihr komme.

«Ach ja, und ich habe bei Dr. Varda angerufen und eine Nachricht für ihn hinterlassen», sagt Madison. «Ich fand es wichtig, ihn zu verständigen. Kann sein, dass Lynn mit ihm sprechen will, sobald sie auch nur ansatzweise begreift, in welchem Zustand sie sich befindet.»

«Gut. Völlig richtig», sage ich und frage mich, wie erpicht Varda wohl darauf sein wird, seine Patientin weiter zu behandeln, nach dem Überfall auf ihn, dem Einbruch in seine Wohnung, und vor allem nach der Warnung. Jeder Mensch, sogar Psychiater, von Superintendents mal ganz zu schweigen, stößt irgendwann an seine Grenzen. «Hat er schon zurückgerufen?»

«Nein. Ich habe die Nachricht erst vor zwanzig Minuten hinterlassen. Sein Call-Service meint, er meldet sich meist gegen sechs zurück.»

Als ich aufgelegt habe, fasse ich für Leo mein Gespräch mit der Ärztin zusammen. Mein Tonfall ist ausdruckslos, emotionslos, monoton. Am liebsten würde ich mit irgendetwas nach ihm werfen. Blödsinn. In Wahrheit würde ich am liebsten mich selbst werfen, und zwar in seine Arme, damit er mich mit dem gleichen quälenden Verlangen festhält wie vorhin Nicki.

«Gehen wir was essen. Aber diesmal kein Fastfood. Wie wär's mit dem Blue Moon? Wir gönnen uns ein schönes Stück Lachs, und ich erzähl dir von meinen Trauernden», sagt Leo im Plauderton.

«Trauernde?» Die einzige Trauernde, die mir im Augenblick einfällt, bin ich selbst. Ich trauere um das Ende einer Beziehung, die ich für etwas Wunderbares gehalten habe.

«Die Beerdigung, auf der Rodney Bartlett war», sagt er, um mir auf die Sprünge zu helfen. Er seufzt. «Was Handfestes haben wir zwar nicht erfahren. Aber wir haben immerhin zwei Leute, die sich nicht erinnern können, dass Bartlett am Ende der Beerdigung noch da war. Und einen, der –» Er hält inne. «Ich bin kurz vorm Verhungern. Ich erzähl dir das lieber bei einem über Holzkohle gegrillten Lachs.»

Ich schalte von ausdruckslos auf entrüstet. Gerade habe ich ihn erwischt, wie er die Mutter seines Sohnes in den Armen hält, und er will über Rodney Bartlett reden? Spiele ich in seinem

Leben eine so untergeordnete Rolle, dass er meint, ich hätte nicht mal eine Erklärung verdient? Eine Entschuldigung? Selbst wenn er mir seine Liebe zu Nicki gestehen würde, wäre das immer noch besser, als einfach so übergangen zu werden.

Jetzt möchte ich Leo wirklich einen harten Gegenstand an den Kopf werfen.

«Ich hab schon was vor», sage ich gepresst.

«Quatsch.» Er lässt sich auf einen Stuhl vor meinem Schreibtisch sinken. Seine Arme hängen rechts und links herunter.

Mein Herz klopft zu hart, und meine Wut ist rasch der Panik gewichen. *Verdammt, Leo. Nun mach schon, servier mich endlich ab. Dann haben wir es beide hinter uns.*

«Ich weiß, wie du dich fühlst», sagt er leise. «Nein, das stimmt nicht. Ich weiß, was ich an deiner Stelle fühlen würde.»

Ich bin nicht sicher, ob das jetzt der Auftakt ist, um über Nicki zu sprechen. Im Augenblick bin ich bei nichts mehr sicher.

«Und was würdest du fühlen?», frage ich mit kratziger Stimme, weil meine Kehle fast völlig ausgetrocknet ist.

Er blickt mich ruhig an. «So allerhand. Aber vor allem ... Angst.»

Sobald er das sagt, wird mir klar, dass er den Nagel auf den Kopf getroffen hat. Die Erkenntnis treibt mir sofort die Tränen in die Augen. Aber ich blinzle sie rasch weg.

Jetzt bin ich es, die einen Rückzieher machen, das Unvermeidliche hinauszögern will. «Ich glaube, ich kann das jetzt nicht, Leo.»

«Meinst du etwa, mir fällt das leicht?», entgegnet er. «Ich werde dir nicht vormachen, dass sie mir nichts bedeutet, Natalie.»

«Das verlange ich auch gar nicht von dir.» Im Grunde soll er mir gar nichts sagen. Denn wenn er es ausspricht, muss ich irgendwie damit klarkommen. Und ich habe schon jetzt so viel zu verkraften.

«Sie ist allein. Sie hat Angst. Sie vertraut mir. Nur ein bisschen. Aber für Nicki ist ein bisschen schon eine ganze Menge.»

Ich halte es aus, mir anzuhören, was Nicki fühlt. Ich weiß nur nicht, wie ich überstehen soll, was Leo fühlt. Denn erst jetzt, wo ich denke, dass ich ihn verlieren könnte, kann ich mir selbst eingestehen, wie viel Leo Coscarelli mir inzwischen bedeutet. Grandioses Timing.

Ich stehe auf, weil ich zu nervös zum Sitzen bin, aber sobald ich aufgestanden bin, weiß ich nicht, was ich tun soll. Für eine Frau, die stolz darauf ist, dass sie weiß, was sie will, dass sie organisiert ist, alles im Griff hat, versage ich kläglich. «Ich hab gewusst, dass es ein Fehler war», murmle ich.

«Was war ein Fehler?» Leo steht ebenfalls auf.

«Nach dem Überfall auf Lynn habe ich gesagt, wir sollten etwas auf Abstand gehen. Du hast es mir ausgeredet. Versuch das jetzt nicht noch mal, es wäre sinnlos.»

Leo seufzt. Ich weiß nicht, ob aus Frustration, Enttäuschung, Erleichterung. Wahrscheinlich eine Kombination aus allen dreien.

Er blickt mir einige Sekunden lang unverwandt in die Augen. Ich schaue nicht weg, obwohl ich es möchte.

«Und Leo, wenn du in Zukunft mit einem Häftling dieser Einrichtung – egal mit welchem Häftling – sprechen möchtest, dann bitte auf der Hauptetage.»

Wieder reagiert er nicht.

Ich greife nach meiner Tasche. Ich weiß nicht, wohin ich will, ich will einfach nur weg. Ich gehe um meinen Schreibtisch herum und strebe zur Tür. Leo rührt sich nicht.

«Natalie, ich muss noch wissen, was dein Gespräch mit Bells Oberschwester ergeben hat.»

«Morgen.»

«Jack. Was machst du denn hier?» Ich trete von meiner Wohnungstür zurück und mein Stellvertreter marschiert in mein Apartment. Es ist nach neun Uhr abends.

«Lass mich nachdenken. Du bist um halb zehn heute Morgen ins Zentrum gefegt gekommen, warst um Viertel nach zehn wieder weg, nach sieben Uhr heute Abend wieder da und keine Stunde später wieder verschwunden. Wir haben uns nicht mal Guten Tag gesagt.» Er geht in mein Wohnzimmer, ohne eine Aufforderung abzuwarten.

Ich folge ihm. «Hast du meine Nachricht über Lynn Ingram gelesen?»

«Ja, ich habe deine Nachricht gelesen. Du hättest ruhig kurz bei mir im Büro vorbeischauen können, um mir persönlich zu sagen, dass sie wieder bei Bewusstsein ist.»

«Ich ... äh ... musste was erledigen.»

«Du bist eine schlechte Lügnerin, Nat. Ich weiß von Leos Tete-a-tete mit Nicki. Sie hat's mir erzählt.»

«Ach ja?» Ich versuche, unbekümmert zu klingen, aber Jack hat Recht. Ich bin eine schlechte Lügnerin. Ich lasse mich in meinen Clubsessel fallen.

«Einen Drink?», fragt Jack.

«Ja.»

Er weiß, wo bei mir die Getränke stehen. Und er weiß, dass ich einen Scotch pur bevorzuge, wenn ich einen Drink brauche.

Genau wie Jack. Wenn *er* einen Drink braucht.

Er bringt mir den Scotch. Er selbst hat sich ein Glas Perrier eingegossen. Tja, einer von uns wird heute Abend nüchtern bleiben.

Jack macht es sich auf meiner Couch bequem. «Möchtest du drüber reden?»

«Nein.» Ich unterstreiche meine Antwort mit mehreren Schlucken Scotch, die mir in der Kehle brennen.

«Willst du was essen?»

«Nein.»

«Willst du mit dem Auto rumfahren? Ins Kino? Minigolf spielen? In Depressionen versinken?»

«Nein, nein, nein. Ja.»

«Liebe. Macht einen fertig, was?»

Ich leere mein Glas. «Geh nach Hause, Jack. Ich bin heute Abend nicht sehr unterhaltsam.»

Er steht auf. Obwohl ich ihn aufgefordert habe zu gehen, bin ich enttäuscht. Einerseits würde ich mich am liebsten den ganzen Abend in Selbstmitleid suhlen, andererseits möchte ich nicht allein sein. Vielleicht nur, weil es mir an Verlassenheitsgefühlen für einen Tag reicht.

«Tja, auch wenn du keinen Hunger hast», sagt Jack, «ich würde gern was essen. Was hast du im Kühlschrank?»

Ich weiß, dass er den Anflug von Erleichterung in meinem Gesicht gesehen hat, aber ausnahmsweise ist es mir egal, dass ich so durchschaubar bin. Und zumindest ist er so klug, nicht auch noch darauf herumzureiten.

Nach einigen Minuten folge ich ihm in die Küche. Auch um mein Glas nachzufüllen. Jack hat die Flasche Scotch auf die Arbeitsplatte gestellt. Griffbereit. Er steht am Herd und macht Rührei.

Ich gieße mir noch einen Doppelten ein. «Du siehst aus wie der geborene Hausmann.»

Jack wirft einen Blick über die Schulter. «Überrascht dich das?»

Ich lehne mich gegen die Arbeitsplatte, schaue zu, wie er Parmesan über die brutzelnden Eier in der Pfanne streut. «Ich hätte nie gedacht, dass du kochen kannst.»

«Du weißt so manches nicht von mir, Nat.»

Ich nehme wieder einen kräftigen Schluck Scotch. Hoffe, damit die Vorahnung vertreiben zu können, dass sich irgendetwas in meiner Beziehung zu Jack Dwyer verändern wird. Ob es mir gefällt oder nicht.

Nein, das ist es nicht. In meiner derzeitigen seelischen Verfassung, von der derzeitigen Verfassung meiner Beziehung – oder nicht vorhandenen Beziehung – mit Leo Coscarelli ganz zu schweigen, fürchte ich, dass es mir gefallen könnte. Zumindest das Gefühl, dass jemand mich will.

Gleichzeitig weiß ich, dass es kein kluger Schritt wäre. Für uns beide nicht.

Jack nimmt zwei Teller aus dem Schrank. «Vielleicht änderst du ja noch deine Meinung, jetzt, wo du feststellst, wie gut ich bin.» Er macht eine Pause und fügt dann hinzu: «In der Küche.» Woraufhin er mir ein Lächeln schenkt, das irgendwo zwischen mitfühlend und verführerisch einzuordnen ist.

Ich trinke mein zweites Glas aus, tue so, als würde ich nichts bemerken. Ha! «Nein, danke.»

Er gibt mir trotzdem etwas auf den Teller.

Ich werde wütend. Ich nehme den Teller und leere den Inhalt in den Abfalleimer. «Ich habe gesagt, nein, danke.» Ich knalle den Teller so fest auf die Platte, dass er zerbricht.

Jack kommt zu mir herüber.

«Geh nach Hause. Bitte, Jack. Geh ... einfach nach Hause.»

Er zieht mich in seine Arme. Obwohl ich mich selbst für meine Schwäche hasse, schmiege ich mich an ihn. «Du verdammter Mistkerl», murmle ich, als vor meinem inneren Auge das Bild aufblitzt, wie Jack und ich uns kurz nach Maggies Ermordung umarmen. Eine Umarmung, die aus unser beider Bedürfnis nach Trost erwuchs. Doch das Bedürfnis veränderte sich. Vielleicht weitete es sich auch bloß aus. Aber damals kam ich wieder zur Vernunft, bevor ich einen Fehler beging, den ich sicherlich bereut hätte.

Heute Abend habe ich meinen Verstand weniger unter Kontrolle als damals. Ich gebe den beiden Drinks die Schuld. Doch im Grunde weiß ich, dass es eine Lüge ist. Eine Ausflucht. Das Bedürfnis, die Verantwortung abzugeben, damit ich mich nicht schuldig fühle und mich schäme. Als könnte ich diese Gefühle wirklich vermeiden.

Sehr zu meinem Verdruss macht diesmal Jack den Rückzieher. Er hält mich auf Armeslänge von sich.

Er lächelt noch immer. Doch jetzt liegt in seinem Lächeln nichts als Mitgefühl.

«Es wird schon wieder, Nat.»

«Fast genau das Gleiche habe ich heute Morgen zu meiner Schwester gesagt.» *Meine Schwester. Ach, du lieber Himmel, das hab ich total vergessen ... Lunch. Ich war doch mit ihr zum Lunch verabredet. Und ich hab nicht mal dran gedacht, sie anzurufen, um ihr zu erklären, warum ich nicht kommen konnte.* Jetzt fühle ich mich wirklich schuldig.

«Nat? Was ist los?»

Ich schiebe Jack beiseite und steuere schnurstracks aufs Telefon zu. Schuldgefühle wetteifern mit Sorge, als ich Rachels Nummer wähle. Es klingelt einmal. Zweimal. Dreimal.

«Hallo?»

«Rach. Oh Rach, es tut mir so Leid.»

«Nat? Bist du das?»

Die Stimme meiner Schwester klingt merkwürdig vergnügt. «Ich hab unsere Verabredung vergessen. Ich hatte heute ein

Gespräch nach dem anderen, eins in Westfield und dann ... Jedenfalls ist mir völlig entfallen, dass wir zum Lunch verabredet waren. Geht's dir gut, Rach? Hast du es den Kindern gesagt?»

«Wir sind gerade beim Essen, Nat.»

«Bitte, sei nicht böse, Rach.»

«Sei nicht albern, Nat. Hör mal, Gary und die Kinder warten. Ich muss Schluss machen.»

«Gary? Hast du ...? Ist er wieder da?»

«Ich komme schon, Darling», höre ich meine Schwester dem verlorenen Ehemann fröhlich zurufen. «Ich muss auflegen, Nat. Wir telefonieren. Mach's gut.»

«Ja. Alles klar.» Ich starre den Hörer einen Moment lang an, bevor ich auflege.

«Alles in Ordnung mit deiner Schwester?», fragt Jack besorgt.

«Glaubt sie jedenfalls», brumme ich.

Jack kommt zu mir. Nimmt meine Hand. Drückt sie sich an die Brust.

Ich versuche, den Kloß hinunterzuschlucken, der sich plötzlich in meiner Kehle festgesetzt hat. Ich kann einfach nicht gut damit umgehen, wenn man mir Zärtlichkeit schenkt. Bestimmt, weil ich als Kind so selten Zärtlichkeit bekommen habe. Meine Mutter war emotional zu gestört, mein Vater meistens zu betrunken.

Jack beugt sich vor, gibt mir einen zarten Kuss auf die Stirn. Wenn er mich in seine Arme gerissen und mir einen leidenschaftlichen Kuss auf die Lippen gepresst hätte, wäre mir weniger verletzlich zumute. Weniger weinerlich.

Ich wende mich ab, entschlossen, ihm nicht zu zeigen, wie sehr er mir unter die Haut geht. «Dein Rührei wird kalt.»

«Ich stell's kurz in die Mikrowelle. Und dann esse ich, und du erzählst mir, wie die Ermittlungen vorangehen.»

Ich nicke dankbar. Ja. Über die Ermittlungen sprechen. Eine Schonfrist. Nicht über mich und Leo reden. Über mich und Jack.

Ich glaube, alle haben sie mir der Reihe nach meine Seele geraubt. Und das ist ganz gut so. Das Eingesperrtsein ertrage ich ohnehin nur seelenlos. Wenn ich rauskomme, wenn ich endlich frei bin, werde ich mir mein Leben hoffentlich zurückholen können, meine Seele ...

Lynn Ingram
Gefängnistagebuch

17

Nachdem ich mir bei Dr. Madison die Erlaubnis geholt habe, Lynn für ein paar Minuten zu besuchen, bin ich am Morgen um Viertel nach neun auf der Intensivstation. Überrascht, aber erfreut sehe ich, dass Ross Varda bereits da ist und an Lynns Bett sitzt. Ich zögere an der Tür, denke, Lynn möchte vielleicht unter vier Augen mit ihrem Psychiater sprechen, aber Varda winkt mich herein.

Ich versuche, mich innerlich auf Lynns Anblick vorzubereiten, aber auf so etwas kann man sich unmöglich vorbereiten. Ich hoffe nur, dass ich mich beherrschen kann und mir meinen Schock und das Entsetzen über die schrecklichen Wunden nicht anmerken lasse.

Doch von den Verletzungen ist nichts zu sehen. Eine Spezialdecke ist so angebracht, dass ihr Körper zwar bedeckt ist, das Gewicht der Decke ihn jedoch nicht direkt berührt. Bis auf Augen und Mund ist Lynns Gesicht völlig bandagiert, was, zusammen mit den beängstigend vielen Schläuchen, an die sie angeschlossen ist, und den piependen, blinkenden und summenden Apparaten im Hintergrund, nur noch krasser das Ausmaß und die Schwere des Überfalls deutlich macht.

Als ich mich dem Bett nähere, sind Lynns Augen geschlossen. Sogleich befürchte ich, dass sie wieder ins Koma gefallen ist.

Varda steht auf. «Sie schläft», sagt er beruhigend.

«Haben Sie schon mit ihr sprechen können?», frage ich, als er mir den Stuhl anbietet. Ich winke ab.

«Ein paar Minuten», sagt er. «Sie steht unter starken Medikamenten, aber sie hat mich erkannt.»

«Das ist ein gutes Zeichen, oder?»

«Ja. Ja, bestimmt.»

«Und hat sie irgendwas gesagt über –?»

«Nein. Sie hat nur eine vage Ahnung, wo sie ist, und eine noch vagere, warum.»

«Dr. Madison hat gesagt, dass das normal ist. Ein so schlimmes Trauma führt häufig zu vorübergehendem Gedächtnisverlust.»

«Der Gedächtnisverlust ist nicht immer *vorübergehend*», sagt Varda.

Lynns Augen öffnen sich flatternd, und Varda und ich verstummen sofort. Mein Magen krampft sich zusammen, als ich sehe, dass Lynns Augen völlig blutunterlaufen sind, keine Spur von Weiß um die extrem geweiteten Pupillen.

«Hallo, Lynn», sage ich leise, höre das Beben in meiner Stimme und hoffe, dass sie es nicht wahrnimmt.

Ich sehe rasch, dass ich mir unnötig Sorgen mache. Obwohl ich direkt neben Varda stehe, bleiben Lynns Augen starr auf den Psychiater gerichtet. Offenbar hat sie weder meine Begrüßung gehört, noch weiß sie, dass ich da bin.

«Natalie Price ist hier, um dich zu besuchen, Lynn.»

«Wer?», flüstert sie schwach.

«Die Leiterin vom Horizon House», sagt Varda sanft.

Lynn blinzelt mehrmals, wendet den Blick noch immer nicht von ihm ab. «Was ist ... passiert?»

«Du erinnerst dich, Lynn. Du bist im Krankenhaus. Du bist verletzt. Man kümmert sich um dich.»

Einen Augenblick lang meine ich ein Zeichen des Begreifens in Lynns Augen zu sehen. Doch die kurze Erkenntnis weicht gleich wieder betäubter Leere.

Varda sieht mich an. «Dieser Zustand wird eine Weile anhalten.»

Er wendet sich wieder Lynn zu. «Ich komme später wieder. Ruh dich jetzt aus.» Er schenkt ihr ein beruhigendes Lächeln, fasst dann leicht meinen Arm, um mich nach draußen zu geleiten.

«Ich bleibe noch ein paar Minuten», sage ich zu ihm.

Sein missbilligender Blick verrät mir, dass es ihm im Interesse seiner Patientin lieber wäre, wenn ich nicht länger bliebe, aber da Varda weiß, dass ich Dr. Madisons Erlaubnis habe, widerspricht er nicht.

Er verlässt den Raum, aber ich sehe durch die Glaswand, dass er im Flur auf mich wartet.

«Wie fühlen Sie sich, Lynn?», frage ich und setze mich auf den Stuhl.

Langsam wenden sich ihre Augen in meine Richtung. Der leere Blick ist noch immer da.

«Wissen Sie, wer ich bin, Lynn?»

«Wer ...?»

«Ich bin Natalie. Natalie Price –»

«Wer ... hat ... das ... getan?»

Da ich gedacht habe, sie wäre kaum ansprechbar, verblüfft mich ihre Frage. «Ich weiß es nicht, Lynn. Aber ich werde es herausfinden. Das verspreche ich Ihnen.» Die wilde Entschlossenheit in meiner Stimme erschreckt mich selbst.

Lynn dagegen zeigt keinerlei Reaktion. Ihr Blick schweift ab. Kurz darauf schließen sich flatternd ihre Augenlider. Ich bleibe noch etwas länger sitzen, versuche, ein wenig Trost aus dem Geräusch ihres Atems zu gewinnen.

Als ich schließlich den Raum verlasse, sehe ich, dass Ross Varda noch immer auf dem Korridor steht und dass er nicht allein ist. Dr. Harrison Bell ist bei ihm. Sie führen ein Gespräch und wirken beide ziemlich bedrückt.

Der Polizeiposten vor Lynns Tür steht in ihrer Nähe. Auch er wirkt bedrückt.

«Ich will nur ganz kurz zu Lynn», sagt Bell, als ich den Flur betrete.

«Detective Coscarelli hat Ihnen doch gesagt –»

«Ich weiß, was er gesagt hat», entgegnet Bell scharf, was ihm einen strafenden Blick der Krankenschwester am Tresen in der Halle einbringt.

Varda starrt mich ängstlich an. «Hat sie noch was gesagt?», unterbricht er.

Ich schüttle den Kopf.

Bell lässt nicht locker. «Der Cop da kann von mir aus mit reinkommen. Verdammt», sagt er, mit angespannter Stimme, die er nur mit Mühe beherrschen kann, «ihr könnt alle mit reinkommen. Lynn soll doch bloß wissen, dass ich da bin. Dass ich sie nicht im Stich gelassen habe. Dass ... dass ich ... wenn sie mich braucht ...» Er bricht jäh ab. Dreht sich weg.

Steht ein paar Sekunden reglos da, flucht dann leise und stürmt davon.

Ich fange Vardas Blick auf. Ich bin ziemlich sicher, dass er das Gleiche denkt wie ich. Dass weder ein Chef noch ein guter Freund sich so aufgeführt hätte wie Bell. Ich denke auch, dass Varda als Lynns Therapeut vielleicht noch mehr Grund als ich für diese Vermutung hat.

«Ich brauche einen Kaffee», sage ich. «Sie auch?»

«Ich lebe zurzeit koffeinfrei. Kann schlecht schlafen», sagt Varda trocken. «Und Kaffee ohne Koffein ist für mich kein Kaffee. Aber ich leiste Ihnen Gesellschaft.»

«Ich hatte befürchtet, Sie würden sich aus dem Fall zurückziehen», sage ich zu Varda, sobald wir an einem kleinen Tisch in der Krankenhaus-Cafeteria Platz genommen haben.

«Lynn ist kein *Fall*», korrigiert er mich. «Sie ist meine Patientin. Und es ist meine Pflicht, sie so lange zu behandeln, wie sie es wünscht.»

«Auch nach dem, was Ihnen passiert ist?»

«Ich gebe zu, dass mich das ganz schön mitgenommen hat. Und ich hatte Angst. Die ... habe ich immer noch. Aber ich kann nicht zulassen, dass ich vor lauter Angst meine Pflichten vernachlässige.»

Ich merke, dass Varda mir Respekt abnötigt, obwohl ich seinen schwülstigen Ton etwas penetrant finde. Ich zögere, und dann erzähle ich ihm von der Zeichnung, die mir jemand unter der Wohnungstür hindurchgeschoben hat. Varda ist anscheinend über die Warnung, die ich erhalten habe, beunruhigter als über seine eigene. Er bombardiert mich mit Fragen. Wann habe ich die Zeichnung erhalten? Was genau stellt sie dar? Wie groß ist sie? Ist was dazu geschrieben worden?

Ich antworte, so gut ich kann. «Leo zeigt sie Ihnen bestimmt», sage ich schließlich. «Ein Polizeipsychologe ist dabei, anhand der Zeichnung ein Profil zu erstellen, aber Sie könnten dabei sicher behilflich sein.»

«Ist die Polizei überhaupt schon einen Schritt weitergekommen?», fragt er erregt.

Wut steigt in mir hoch. «Sie wäre vielleicht schon weiter, wenn Sie kooperieren würden.»

Er mustert mich mitfühlend. «Heute Morgen ist bei mir zu Hause ein Detective namens Oates mit einer gerichtlichen Verfügung auf Herausgabe von Lynns Therapieprotokollen aufgetaucht. Er ist mit mir in mein Büro in Grafton gefahren, und ich musste sie ihm aushändigen. Ich sage Ihnen, ich war vor allem erleichtert, als ich ihm die Akte übergeben habe. Ich hoffe inständig, dass man darin irgendwelche Hinweise findet. Wenn ich wüsste, wer ihr das angetan hat, ich glaube, ich würde mir den Scheißkerl selbst vorknöpfen. Es gibt nichts Schlimmeres als das Gefühl, völlig hilflos zu sein.»

«Das können Sie laut sagen», murmle ich inbrünstig.

Ruth Ingram meldet sich nach dem dritten Klingeln. Sobald ich meinen Namen sage, ernte ich frostiges Schweigen.

«Ich war heute Morgen bei Lynn», sage ich und tue so, als spürte ich die Kälte nicht, die mir durch die Leitung entgegenschlägt. «Ich wollte Ihnen nur Bescheid geben, dass sie wieder bei Bewusstsein ist, falls Sie es noch nicht wissen», lüge ich.

«Ich weiß es», sagt sie. «Ich kann jetzt nicht sprechen. Ich muss –»

«Ich nehme an, Ihr Mann hat Ihnen erzählt –»

«Bitte, ich kann jetzt wirklich nicht… Ich habe auch nichts mehr zu sagen.»

«Warten Sie. Legen Sie nicht auf, Ruth. Hören Sie mich kurz an. Es ist wichtig. Und ich weiß, dass es auch für Sie wichtig ist. Ich weiß auch, dass Sie in einer schwierigen Lage sind. Sagen Sie mir nur eins.»

«Wenn es um Bethany geht –»

«Wussten Sie nicht, dass sie tot ist?»

«Ich weiß es jetzt. Peter hat es mir erzählt. Wie er Ihnen bereits sagte, hat er es damals nicht für wichtig gehalten. Und ich bin völlig seiner Meinung. Ich kannte das Mädchen ja kaum. Natürlich finde ich es traurig. Es ist immer traurig, wenn ein junger Mensch ums Leben kommt.»

Ich merke, dass ich im Augenblick nicht mehr über Bethany

herausbekommen werde, und wechsle das Thema. «Sie haben ein wunderschönes Haus. Ich hab schon zu Ihrem Mann gesagt, dass meine Schwester –»

«Wir haben viel Glück. Peter hat ein paar sehr gute Investitionen gemacht.»

«Da haben Sie aber wirklich Glück. Ich hab auch ein bisschen mit Aktien spekuliert, aber leider hatte ich kein großes Startkapital. Mein Vater hat immer gesagt, man braucht Geld, um Geld zu machen.» Wenn er nüchtern war, hat mein Vater, der Steueranwalt war, das tatsächlich manchmal gesagt.

«Hören Sie, wenn Sie damit andeuten wollen –» Sie bricht unvermittelt ab. «Ich habe wirklich keine Zeit, mit Ihnen zu sprechen, Superintendent.» Ihr Ton ist jetzt scharf, aber ich höre Nervosität heraus.

«Wenn ich was andeuten will, Ruth?»

«Hören Sie, Peter hat nie mit mir über Geld gesprochen. Er ist in solchen Dingen sehr altmodisch. So, ich muss jetzt wirklich Schluss machen.»

«Nur noch rasch eine Frage. Kennen Sie Daniel Milburne, Ruth? Kennt Ihr Mann ihn?»

«Nein», sagt sie barsch, zu schnell. «Bitte rufen Sie nicht wieder an.»

Die Leitung ist tot. In Gedanken versunken halte ich den Hörer fest, finde es interessant, dass Ruth Ingram, die seit zehn Jahren nicht mehr in Boston lebt, auf meine letzte Frage mit einem nachdrücklichen *Nein* geantwortet hat, statt zu fragen: *Daniel Milburne, wer soll das sein?*

Faszinierend, wie doch ein kleines Nein Bände sprechen kann.

Als ich den Hörer wieder auflege, fällt mein Blick auf einen Artikel, den ich aus dem *Herald* von heute Morgen ausgeschnitten habe. Es geht um ein Wohltätigkeitsessen, das heute Mittag im Boston Harborside Hotel stattfindet. Eine der Organisatorinnen ist Beth Milburne.

Ich bin noch nie uneingeladen zu einem Wohltätigkeitsessen gegangen, aber irgendwann ist immer das erste Mal.

«Was machst du denn hier, am Samstag?»

Ich schaue von dem Artikel auf und sehe Leo in der Tür meines Büros stehen. Sein unerwartetes Auftauchen überrumpelt mich. Ich schiebe schnell eine Akte über den Zeitungsausschnitt. Leo wäre bestimmt nicht erfreut über meine Pläne.

«Papierkram aufholen. Was machst du hier?»

Statt meine Frage zu beantworten, fragt er: «Wie war's im Krankenhaus?»

«Einigermaßen. Na ja, Lynn war nur kurz wach. Varda war da.» Während ich rede, denke ich – *ist Leo hier, um mich zum Mittagessen einzuladen? Will er mich davon überzeugen, dass unsere Beziehungspause lächerlich ist? Die Einladung kann ich natürlich nicht annehmen, da ich schon Pläne habe. Aber es wäre schön, gefragt zu werden …*

Leo kommt rein und schließt die Tür. Ich erzähle ihm von meinem kurzen Besuch bei Lynn. Und meinem ebenfalls kurzen Gespräch mit Varda. Ich erwähne vor allem Vardas Interesse, die Zeichnung zu sehen.

«Ich warte noch immer auf einen Bericht von unserem Psychologen, aber ich werde Varda eine Kopie geben», sagt Leo.

Ich nicke. «Harrison Bell kam ins Krankenhaus, als ich gehen wollte. Wieder mal völlig außer sich, weil er nicht zu Lynn durfte. Eindeutig ein Mann, der sich nicht so leicht mit einem Nein abspeisen lässt», füge ich hinzu. «Ich kriege immer mehr das Gefühl, dass da mehr zwischen Bell und Lynn ist. Oder zumindest *war*», sage ich. Sobald ich es ausgesprochen habe, wird mir klar, dass man das Gleiche über mich und Leo sagen könnte.

Es entsteht ein verlegenes Schweigen.

Ich fülle es, indem ich für Leo kurz mein gestriges Gespräch mit Claire Fisher zusammenfasse. «Ich wäre nicht erstaunt, wenn Claire selbst heimlich in Bell verliebt ist.» Ich zögere. «Wenn das stimmt, ist Claire wohl auch verdächtig. Sie könnte Lynn als Bedrohung empfunden haben. Und Claire hat am Donnerstag nicht gearbeitet. Sie sagt, sie wäre zu Hause geblieben, um ihre Migräne auszukurieren.» Ich seufze. «Das fehlt uns gerade noch. Eine Verdächtige mehr.»

«Ist Nicki heute arbeiten?»

«Was?» Leos plötzlicher Themenwechsel bringt mich aus dem Konzept. Aber nicht lange. Alles klar. Leo ist gar nicht gekommen, um über uns beide zu sprechen. Der einzige Mensch im Horizon House, der ihn zurzeit interessiert, ist die Mutter seines Kindes.

«Ist Nicki –»

Ich hebe die Hand, um zu verhindern, dass er die Frage wiederholt.

«Ja», sage ich knapp. «Hutch hat sie hingebracht, und er holt sie wieder ab, wenn sie Feierabend hat.» Bisher hat Nicki keine Drohungen erhalten, aber wir haben beschlossen, sie ständig zu bewachen.

Leo nickt. Er sieht müde aus.

Ich spüre, wie ich weicher werde, reiße mich aber zusammen. Dann ist er eben erschöpft. Na und? Soll er doch. Hat wahrscheinlich die ganze Nacht nicht schlafen können, weil Nicki ihm nicht aus den Kopf gegangen ist. Sich Sorgen gemacht. Sehnsucht nach ihr gehabt.

Tja, ich habe auch die ganze Nacht nicht schlafen können. Mir Sorgen wegen Leo gemacht. Sehnsucht nach ihm gehabt. Mich dafür verflucht. Der reinste Teufelskreis. Ein altbekannter Kreis, aus dem ich endlich rauswill.

Ich habe genug von Leo, sage ich mir. Ich habe genug von Männern, basta. Ich gebe es auf, aus ihnen schlau werden zu wollen. Kapieren zu wollen, warum ich einfach keinem Mann genüge. Zur Hölle mit ihnen, alle, wie sie da sind.

«War sonst noch was?», frage ich betont unbeteiligt.

«Oates und ich unterhalten uns heute Nachmittag mit Bells Frau. Ich dachte, du wärst vielleicht gern dabei.»

«Dein Partner ist nie besonders begeistert, wenn ich dabei bin.»

«Oates hält es sogar für besser, er meint, wenn eine Frau dabei ist, fühlt Carol Bell sich vielleicht ... wohler.»

Ich glaube keine Sekunde, dass das *Oates'* Meinung ist, aber ich werde es nicht infrage stellen. Ich werde mir auch nichts darauf einbilden, dass Leo mich dabeihaben will. Es sind keine *persönlichen* Gründe, sage ich mir. Leo weiß genau, dass ich eine gute Beobachterin bin. Und gegebenenfalls kann ich ziemlich treffende Fragen stellen, die häufig gute Resultate bringen.

«Um wie viel Uhr wollt ihr zu ihr?», frage ich, in der Hoffnung, dass ich vorher noch Zeit habe, zu der Wohltätigkeitsveranstaltung zu gehen.

«Zwei Uhr.»

«Schön. Passt mir gut.»

«Dann hol ich dich um, sagen wir, halb zwei ab?»

«Einverstanden.»

Leo hat es offenbar nicht eilig zu gehen. «Oder kann ich früher kommen? Wir könnten vorher was essen gehen –»

Vor einigen Minuten noch habe ich auf diese Einladung gehofft. Aber jetzt ist mir die Freude vergangen. Außerdem ist Leos Angebot in meinen Augen bestenfalls halbherzig.

«Kann nicht», sage ich kurz. «Zu viel Arbeit.»

«Soll das jetzt so bleiben?»

Meine Bürotür öffnet sich, ehe ich etwas erwidern kann – ich wüsste auch nicht, was –, und Jack kommt hereinmarschiert. Leo steht ein Stück seitlich von der Tür, sodass Jack ihn nicht sofort sieht.

«Wie geht's dir?», fragt er mich. Sowohl in seiner Stimme als auch in seinem Lächeln liegt unverkennbar Herzlichkeit. Jack hatte gestern über Nacht bleiben wollen. Er war nicht begeistert, als ich ihn weggeschickt habe. Doch seinen Hoffnungen, in nächster Zukunft über Nacht bleiben zu können, hat das keinen Abbruch getan.

Meine Augen huschen zu Leo hinüber. Jacks Augen folgen.

«Oh», sagt er, und jede Herzlichkeit ist restlos verschwunden.

Das Wohltätigkeitsessen für «Frauen gegen Gewalt in Familien» findet in einem Ballsaal des vornehmen Harborside Hotel statt. Die Türen zum Saal sind geschlossen. Ich zögere aus Angst, dass jemand dahinter die Namen auf einer Gästeliste überprüft. Ich könnte immer noch behaupten, dass man mich vergessen hat, und meinen Ausweis zeigen. Wer würde schon die offizielle Vertreterin einer Strafanstalt abweisen?

Ich atme erleichtert auf, als ich eine der Türen öffne. Niemand steht da mit einer Liste. Es steht überhaupt niemand an der Tür.

Ich habe gehofft, wenn ich früh genug käme, könnte ich die Gäste noch in der Begrüßungsphase erwischen, ehe sie Platz nehmen.

Und ich habe Recht gehabt.

Frauen jeden Alters, aber nicht jeden Körperumfangs – ich sehe im ganzen Saal keine wirklich übergewichtige Frau – stehen in kleinen Gruppen zusammen und plaudern. Jede einzelne dieser wohltätigen Frauen ist tadellos gekleidet.

Keine blickt verwundert, als ich mich langsam, wie selbstverständlich zwischen den wunderschön gedeckten Tischen hindurchschlängle, als wäre ich auf der Suche nach Bekannten. Jedes Mal, wenn eine dieser Frauen meinen Blick auffängt, nickt und lächelt sie, als würde sie mich kennen. Denn hier wird erwartet, dass alle einander kennen. Jede Frau, die an dieser teuren kleinen Wohltätigkeitsveranstaltung teilnimmt, ist kennenswert.

Ich nicke und lächle zurück. Verhalte mich so, als wäre ich genauso betucht wie alle anderen hier. Sie würden wahrscheinlich tot umfallen, wenn sie einen Blick auf meinen derzeitigen Kontostand werfen könnten. In meinem Job werde ich nun mal nicht reich. Ich beklage mich nicht. Ich verdiene ganz anständig, und ich habe einen Job, der mir sinnvoll und befriedigend erscheint. Meistens.

Nicht Beth Milburne schaut mir als Erste in die Augen, sondern die Frau, mit der sie etwas abseits ein ernstes Gespräch führt. Eine Frau, die ich nie persönlich getroffen, aber schon verschiedentlich im Fernsehen und in der Zeitung gesehen habe.

Beth Milburne steht mit der angeblich zurückgezogen lebenden Menschenfreundin von Martha's Vineyard zusammen, Jennifer Slater.

Da schau her.

Gleich zwei Fliegen mit einer Klappe.

Doch jetzt stehe ich vor dem Problem, die beiden dazu zu bringen, mit mir zu reden.

Mir wird schmerzlich bewusst, dass ich lange darüber nachgedacht habe, wie ich hier reinkomme, und zu wenig überlegt habe, wie es dann weitergehen soll.

Die Zeit läuft mir davon. Bald werden sich alle auf ihre Plätze begeben. Ich muss handeln, und zwar sofort.

Ich steure auf die beiden Frauen zu.

«Bethany. Bethany Graham. Wie schön, Sie zu sehen. Und Sie, Jennifer.»

Jennifer Slater blickt mich entgeistert an. Die Stadtverordnetengattin wirkt weniger entgeistert als vielmehr argwöhnisch. «Mein Name ist Beth», sagt sie schnippisch. «Beth Milburne. Sie müssen mich verwechseln.»

Ich lächle immer weiter: «Ihre Mom ist doch Andrea Colman, nicht wahr? In San Jose, Kalifornien?» Ich habe heute Morgen ein wenig Bethany Grahams Stammbaum studiert.

Jennifer Slater blickt jetzt nicht mehr entgeistert, sondern ratlos.

Beth Milburne sieht aus, als würde sie am liebsten nach mir schlagen. Stattdessen lässt sie die Arme steif herabhängen. «Meine Mutter *hieß* Lilian. Sie ist vor einiger Zeit gestorben. Und sie stammte aus Chicago. Es liegt ganz bestimmt eine Verwechslung vor.»

Ich zucke die Achseln. «Na ja, so was kann passieren.» Ich nehme ihre Gesprächspartnerin aufs Korn. «Aber Sie verwechsle ich ganz bestimmt nicht. Jennifer Slater, habe ich Recht?»

«Ja.» Kein Lächeln von der Witwe. Auch Jennifer beäugt mich jetzt argwöhnisch, sicher weil sie die negativen Schwingungen auffängt, die von der Politikergattin ausgehen.

«Ich habe Ihren Mann gekannt, Matthew.»

Ihr Blick löst sich jäh von mir und huscht durch den Raum, als suche sie einen Notausgang.

«Tragisch, was ihm passiert ist», fahre ich fort, als hätte ich Jennifers Reaktion nicht bemerkt. «Sicher haben Sie in den Nachrichten gehört, was mit seiner ... na ja, mit der Frau passiert ist, die wegen seiner Ermordung im Gefängnis sitzt. Lynn Ingram.»

Jennifer Slaters Gesicht ist aschfahl geworden. Beth Milburne funkelt mich an, als hätte ich die Manieren einer Barbarin. «Wer sind Sie?», will sie wissen.

Ich bleibe ruhig, aber lange kann ich das nicht mehr durchhalten. «Eine Bekannte von Jennifers Bruder Rod. Ich wollte nur Hallo sagen.»

Jennifers Augen werden schmaler. «Niemand sagt Rod zu meinem Bruder.»

«Wirklich? Ist bloß eine Abkürzung. Genau wie Beth. Beth ist auch eine Kurzform, nicht?»

«Für Elizabeth», sagt Milburne scharf. «Wie war noch mal Ihr –»

Doch bevor sie den Satz beenden kann, blicke ich an ihr vorbei, als hätte ich ein bekanntes Gesicht entdeckt. Ich winke fröhlich.

Die Frau, die ich anschaue, winkt zurück. Natürlich denkt sie, dass sie mich kennen müsste. Als ich rasch zu ihr hinübereile, bin ich sicher, dass Jennifer und Beth mir nachschauen.

«Hi», begrüße ich die Frau herzlich. «Sagen Sie, wissen Sie, wo hier die Toiletten sind?»

Es ist ein verbreiteter Irrtum anzunehmen, dass die Männer am meisten durch uns bedroht sind. In Wirklichkeit sind es die Frauen. Wir sind wie Immigrantinnen, die in *ihr* ureigenstes Territorium eindringen, ihnen *ihre* hoch geschätzten Aufgaben streitig machen, alles wegnehmen, worauf sie, wie sie glauben, einen rechtmäßigen Anspruch haben. Sie wollen, dass wir *dorthin zurückgehen, wo wir hingehören*. Aber wo gehören wir hin?

Lynn Ingram
Auszug aus einem Therapiebericht

18

Carol Bell blickt uns misstrauisch an, als wir vor der Tür ihres im Kolonialstil erbauten Backsteinhauses erscheinen, das in einer noblen Gegend an einer ruhigen, von Bäumen gesäumten Straße in Newton liegt, einem Ort fünfzehn Autominuten westlich von Boston. Als Erstes fällt mir auf, dass sie in natura noch sportlicher wirkt als auf dem Familienfoto auf dem Schreibtisch ihres Mannes. Sie ist fast genauso gekleidet wie auf dem Foto. Schwarze Latexradlershorts und ein graues Trikot, sodass ihr muskulöser Körper betont wird. Ihre Wangen sind gerötet, als ob sie gerade vom Radfahren oder Joggen käme. Bei unserem Anblick jedoch weicht die gesunde Farbe rasch aus ihrem Gesicht.

Auf dem Familienfoto sah Carol aus wie Anfang dreißig. In natura sieht sie älter aus. Eher wie auf die vierzig zugehend. Vielleicht tilgte das Foto einfach die Falten in ihrem Gesicht, die grauen Strähnen in dem dunklen Haar, das sie streng nach hinten aus dem Gesicht gekämmt und mit einer breiten Spange im Nacken befestigt hat.

Als einzigen Schmuck trägt die Frau des Arztes ein Paar kleine, goldene Ohrringe und einen mit Diamanten besetzten Ehering. Mein Blick wird von dem Ring angezogen, nicht, weil er so ins Auge sticht – die Diamanten sind recht klein –, sondern weil Carol Bell ihn geistesabwesend dreht, während sie sich die Ausweise der beiden Detectives anschaut.

«Ich weiß wirklich nicht, warum Sie extra herkommen mussten», sagt sie brüsk. Ihre Lippen, ohnehin schon schmal, verschwinden fast, als sie sie zusammenpresst. In direktem Widerspruch zu Oates' angeblicher Überzeugung, dass Carol sich wohler fühlen wird, wenn ich dabei bin, scheint sie mich sogar noch misstrauischer zu mustern als die beiden Detectives.

«Ich dachte, das wäre Ihnen lieber, als Ihre Aussage auf dem Präsidium zu machen, Mrs. Bell», sagt Leo freundlich.

Sein lockerer Ton nimmt Carol Bell augenblicklich den Wind aus den Segeln, was Leo sicherlich beabsichtigt hat. Ihre kühle Miene weicht sofort der Nervosität. «Ich habe schon ... eine Aussage gemacht. Mein Mann und ich haben miteinander telefoniert –»

«Dürften wir vielleicht reinkommen?», unterbricht Leo sie. Als sie zögert, fügt er hinzu: «Sie möchten doch bestimmt nicht, dass Ihre Nachbarn mitbekommen, wie wir hier Polizeiangelegenheiten vor der Haustür besprechen.» Er betont bewusst das Wort *Polizei*.

Carol Bells Wangen werden wieder rot, doch diesmal nicht aufgrund von sportlicher Anstrengung. Ich weiß nicht, ob sie verlegen, beunruhigt oder erbost ist. Vermutlich eine Kombination aus allem. Was immer die Frau des Arztes jetzt auch empfindet, sie tritt widerwillig beiseite und lässt uns herein.

«Sie sind allein zu Hause?», fragt Oates, als wir in eine große Diele treten, deren Wände in sanftem Blau gestrichen sind.

«Ja. Meine Jungs sind beim Training. Meine Tochter spielt bei einer Freundin nebenan. Und meiner Putzfrau habe ich heute früher freigegeben.» Sie klingt unzufrieden, als sie das erwähnt, obwohl ich, als ich mich umblicke, nicht einen einzigen Schmutzflecken auf dem glänzenden, weißen Marmorfußboden entdecke. Von meinem Standort aus kann ich zudem durch einen eleganten Bogengang rechts von mir ein makelloses Esszimmer sehen und durch einen entsprechenden Bogengang links ein ebenso ordentliches Wohnzimmer. An der Stirnseite des Wohnzimmers steht in einem Erker ein glänzend polierter Mahagonistutzflügel. Ein frischer Strauß Iris, hübsch arrangiert in einer schimmernden Silbervase, schmückt das Instrument.

Nicht einmal im Topzustand ist meine Wohnung so sauber und aufgeräumt. Und ich habe keine Kinder. Allerdings habe ich einen temperamentvollen Hund, der mit besonderer Vorliebe an den Holzbeinen meiner Möbel nagt. Trotzdem ist mir Hannah tausendmal lieber als ein Ehemann, der mit Vorliebe an meinem Herzen genagt hat.

Carol Bell macht keine Anstalten, uns ins Wohn- oder Esszimmer zu bitten. Die Arme vor der Brust verschränkt, hat sie sich vor der breiten, geschwungenen Treppe aufgebaut, die in den ersten Stock führt. «Wie ich dem Beamten da –», sie deutet auf Oates, der näher an der Tür steht, Notizblock und Stift in der Hand, «– bereits am Telefon sagte, haben Harrison und ich gerade miteinander telefoniert –»

«Ihre Telefongesellschaft hat aber keinen Anruf registriert, der am letzten Donnerstag zwischen elf und dreizehn Uhr von Ihrem Haus aus geführt wurde.»

Obwohl Leos Stimme freundlich und überhaupt nicht provozierend klingt, spiegelt Carol Bells Miene etwas völlig anderes wider. Sie sieht aus, als wäre sie zum Duell gefordert worden. Und als wäre sie absolut nicht darauf vorbereitet. «Ich ... ich habe nicht ... von zu Hause aus angerufen. Ich war in Joshs Schule. Ich war dorthin bestellt worden. Sie können das beim Schulleiter überprüfen, wenn Sie mir nicht glauben. Ich ... ich habe von einer Telefonzelle gegenüber der Schule angerufen.»

«Warum?», fragt Leo.

«Weil ich sehr aufgebracht war –»

«Nein», fällt er ihr ins Wort. «Ich meine, warum haben Sie nicht vom Büro des Schulleiters aus angerufen?»

Carol schaut ihn an, als wäre er geistig nicht zurechnungsfähig. «Weil ich nicht wollte, dass der Schulleiter oder jemand im Sekretariat Privates von mir mitbekommt, deshalb.»

«Und Sie waren aufgebracht, weil Ihr Sohn von der Schule suspendiert worden war.»

«Männer», stößt sie leise hervor.

Leo sieht sie verblüfft an.

«Sie, mein Mann, sogar der Schulleiter – alles Männer – denken, es ist eine Lappalie, wenn der eigene Sohn in eine Prügelei gerät und von der Schule suspendiert wird. Das kommt vor, sagt ihr. So sind Jungs nun mal. Vor allem Teenager. Tja, tut mir Leid, aber ich halte das nicht für eine Lappalie.»

«Da bin ich ganz Ihrer Ansicht», sage ich. Teils, weil ich wirklich ihrer Ansicht bin, und teils, weil ich hoffe, eine Frau-zu-Frau-Verbindung zu Carol Bell herstellen zu können.

Ich glaube, dass mir Letzteres einigermaßen gelingt, denn als sie zu mir herübersieht, wird ihr Gesichtsausdruck weicher.

«Josh hat davor nie Probleme gehabt. Er ist ein lieber Junge. Und ein sehr guter Schüler. Zumindest war er das, bis ...»

«Bis wann?», fragt Leo nach, als sie stockt.

Carol fängt wieder an, geistesabwesend ihren Ehering zu drehen. Sie blickt keinen von uns an. «Er ist vierzehn. Mit vierzehn glauben Jungs plötzlich, sie wissen alles. Und plötzlich ist es nicht mehr cool, schlau zu sein. Gute Noten zu haben. Hausaufgaben zu machen.»

«Dann ist das noch nicht lange so», sagt Leo.

«Seit diesem Schuljahr. Nicht von Anfang an. Nein, zu Beginn der neunten Klasse waren Joshs Leistungen noch gut. Aber dann ... ich weiß nicht ... ist er auf einmal bockig geworden, nicht nur in der Schule, auch zu Hause. Hat freche Antworten gegeben. Ich krieg natürlich das meiste ab, klar, ich bin ja auch die ganze Zeit zu Hause.»

Ich höre einen leichten Groll in ihrer Stimme. Harrison ist also nicht viel zu Hause. Kein Wunder, als Arzt. Trotzdem –

«Kennt Josh Lynn Ingram?», fragt Leo.

Leos Frage trifft Carol Bell sichtlich wie ein Schlag. Ihr Gesicht wird fast so grau wie ihre Bluse. Sie blinzelt rasch, als würde der ganze Raum plötzlich vor ihren Augen verschwimmen, als versuche sie verzweifelt, wieder scharf zu sehen.

Sobald ihre Sicht wieder klar geworden ist, blickt sie Leo böse an. «Ich verstehe ... Ihre Frage nicht. Josh hat nichts mit dieser ... mit ihr zu tun. Was wollen Sie denn damit unterstellen?»

«Ich dachte nur, wenn Josh Lynn tatsächlich kennt – was ich für nahe liegend halte –, ist er wahrscheinlich ziemlich fassungslos wegen dem, was ihr angetan wurde», sagt Leo in freundlichem Plauderton, der Carol nur noch mehr in die Enge treibt.

«Wir ... wir sind alle ... ziemlich fassungslos», stammelt sie.

«Richtig, da wären ja auch noch Ihr jüngerer Sohn Billy und ihre kleine Tochter Daphne, nicht?», werfe ich ein.

Sie durchbohrt mich mit Blicken. «Meine Kinder haben nichts zu tun mit ... mit –» Sie stockt, und ihre Miene wird verbittert. «Ich habe nichts mehr zu sagen.»

Sie schaut rasch auf ihre Uhr. «Ich muss meine Jungs abholen. Vom Training.» Sie nimmt einen Schlüsselbund aus einer

Schüssel aus geschliffenem Glas, die auf einem Eichentischchen in der Diele steht. «Ich hoffe, damit wäre alles geklärt. Mein Mann und ich haben am Telefon über Josh gesprochen, als ... als der entsetzliche Vorfall passiert ist. Harrison hat mir erzählt, dass er ... unter Verdacht steht –» Sie umklammert die Schlüssel so fest, dass ich nicht überrascht wäre, wenn sie sich daran verletzt. «Ich hoffe, meine – nochmalige – Bestätigung des Alibis schafft diesen lächerlichen Verdacht endgültig aus der Welt. Harrison empfindet nichts anderes als ... als größte Achtung vor Lynn Ingram.»

«Obwohl sie wegen Totschlag verurteilt wurde?», frage ich mit einem ungläubigen Unterton.

«Harrison sagt, es war Notwehr.» Ihr Zorn und ihre trotzige Haltung weichen einer Art Mattigkeit. «Mein Mann ist sehr loyal.»

«Glauben *Sie*, dass es Notwehr war?», frage ich.

Sie wirkt plötzlich völlig erschöpft. Auch wenn ihr Ärger nach wie vor spürbar ist, sieht sie jetzt nur noch müde aus. «Ich glaube, dass ein Mann tot ist, Ms. Price, und dass Lynn Ingram ihn getötet hat.»

Ich halte ihrem matten Blick stand. «Waren Sie schon mal um die Sicherheit Ihres Mannes besorgt?»

Doch Carol Bell starrt mich zunächst einige Sekunden lang schweigend an. «Ich war strikt dagegen, dass Harrison Lynn wieder einstellt», sagt sie mit leiser, ruhiger Stimme. «Und das habe ich ihm auch deutlich gesagt. Aber wie ich schon sagte, mein Mann ist sehr loyal. Und er ist ein Dickkopf. Wenn er sich für etwas oder jemanden entschieden hat, kann ihn nichts und niemand davon abbringen.» Dann fügt sie betont und ziemlich spitz hinzu: «Ich schon gar nicht.»

«Du warst gut.»

Ich werfe Leo einen Seitenblick zu, als ich mich auf den Beifahrersitz seines Wagens setze. Oates ist mit seinem eigenen Wagen schon weg. «Danke.»

«Also, was denkst du?»

Wahrlich eine bedeutungsschwangere Frage.

Auch Leo weiß das. Also fügt er rasch hinzu: «Über die Bells.»

«Ein typisches Ehepaar», sage ich kleinlaut. «Sie sehen sich kaum; und wenn sie sich sehen, dann reden sie über Belangloses; sie fühlt sich nicht verstanden, er fühlt sich von ihr unter Druck gesetzt; er will weniger, sie will mehr –»

«Weniger und mehr von was?»

Ich lächle wehmütig. «Nähe.»

Leo erwidert nichts. Uns ist beiden klar, dass ich nicht nur Bells Ehe meine. Ich könnte genauso gut auch meine eigene vergangene Ehe meinen.

Er fährt los, und bald sind wir auf dem Mass Pike, der Schnellstraße nach Boston.

«Varda hat mir erzählt, dass Oates heute Morgen bei ihm die Protokolle von Lynns Therapiesitzungen abgeholt hat. Steht irgendwas Brauchbares drin?», frage ich.

«Ich hatte noch keine Gelegenheit, sie durchzusehen.» Er zögert und fügt dann hinzu: «Ich hab dir eine Kopie gemacht, sie liegt auf dem Rücksitz. Lies alles durch, und wir sprechen später drüber.» Nach einer kurzen Pause fügt er hinzu: «Ich komme heute Abend vorbei.»

Ich schaue ihn an, doch seine Augen bleiben auf die Straße gerichtet. «Das ist keine gute Idee», sage ich ruhig. «Komm morgen in mein Büro. Wir können uns dort unterhalten.»

«Morgen ist Sonntag», erinnert er mich.

«Ich weiß. Aber ich ersticke noch immer in Arbeit. Und ich bin in den letzten Tagen kaum im Zentrum gewesen.» Alles wahr. Aber wahr ist auch, dass ich nicht zusammen mit Leo in meiner Wohnung sein möchte, wo ich versucht sein könnte, unsere Beziehungspause zu vergessen.

Als Leo fünfzehn Minuten später vor dem Horizon House hält, nehme ich Vardas Unterlagen vom Rücksitz und öffne die Tür.

«Jakey hat gestern Abend nach dir gefragt. Er wollte wissen, wann er dich mal wieder zu sehen kriegt.»

Ich sehe Leo über die Schulter an. «Das nächste Mal, wenn er seine Mutter hier besucht.» Also morgen, wenn Nicki nicht in die Boutique muss. Jakey und seine Grandma haben noch keinen Sonntagsbesuch ausgelassen.

«Das kann noch etwas dauern», erwidert Leo.

«Wieso das? Die beiden kommen doch jeden Sonntag.» Ich füge nicht hinzu, dass Leo sonntags auch meistens dabei ist.

Leo seufzt. «Da musst du schon Nicki fragen. Sie hat mir nur gesagt, meine Mutter und Jakey sollen sie eine Weile nicht besuchen.»

Es ist kurz vor vier. Ich habe meinen Papierkram erledigt und den Mitarbeiterbericht über einen neuen Häftling gelesen. Gerade will ich mich in meinem Büro in Vardas Therapieprotokolle vertiefen, als ich draußen vor dem Fenster Lärm höre.

Auf der Straße direkt vor dem Horizon House versuchen Jack und Hutch gemeinsam, zwei Männer zu trennen, die aufeinander losgegangen sind. Einer von ihnen ist mir unbekannt. Den anderen erkenne ich sofort. Es ist einer von unseren Schützlingen, Michael Simmons.

Als ich bei ihnen ankomme, hat Hutch Simmons schon im Griff. Außer dass er stinksauer ist, scheint mein leitender Vollzugsbeamter nichts abbekommen zu haben. Was ich von Jack nicht behaupten kann. Er sitzt auf dem Bürgersteig und reibt sich den Unterkiefer, wo sich schon ein übler Bluterguss abzeichnet. Der Typ, der mit Simmons gekämpft hat, muss schleunigst das Weite gesucht haben, denn von ihm ist nichts mehr zu sehen.

Zwei Vollzugsbeamte waren noch vor mir an Ort und Stelle, um zu helfen. Die wenigen Insassen, die um diese Tageszeit im Haus sind, haben sich ebenfalls auf der Straße versammelt. Wahrscheinlich gibt es für sie keine bessere Unterhaltung, als sich eine handfeste Prügelei anzuschauen.

Aber jetzt ist der Kampf zu Ende, und obwohl die Häftlinge sicherlich gern den Ausgang des Ganzen erleben würden, schlendern sie, als sie mich sehen, zögernd zurück ins Haus. Als ich feststelle, dass Hutch mit Simmons allein fertig wird, winke ich den beiden Vollzugsbeamten, ebenfalls zurück ins Haus zu gehen.

«Verdammt, ich kann nix dafür», ruft Simmons, während er

vergeblich versucht, sich aus Hutchs stählernem Griff zu befreien. «Der Scheißkerl hat angefangen –»

«Regen Sie sich ab, Mike. Wir reden drinnen miteinander», sage ich.

Simmons hört abrupt auf, sich zu wehren. Jetzt, da der Adrenalinpegel wieder sinkt, begreift der Häftling allmählich, in was für Schwierigkeiten er sich gebracht hat.

Ich blicke Hutch an. «In mein Büro.»

Jack rappelt sich ärgerlich hoch, während ein kleinlauter Simmons von Hutch ins Haus geführt wird.

«Alles in Ordnung?», frage ich Jack.

Er sieht mich finster an. «Der Mistkerl hat mir eine verpasst.» Vorsichtig betastet er sein Kinn. «Ist nicht so schlimm», knurrt er.

«Weißt du, worum es ging?»

«Eine Frau.» Jack sagt es wie ein Schimpfwort.

«Sie ist meine Frau.» Michael Simmons sitzt zusammengesunken auf einem meiner Bürostühle, und jede Kampfeslust ist aus ihm gewichen. Er ist ein stämmiger, muskulöser Afroamerikaner von Anfang dreißig und verbüßt eine Haftstrafe wegen bewaffneten Raubüberfalls. Vor vier Monaten wurde er ins Horizon House überstellt. Sein Entlassungstermin ist in knapp zwei Monaten.

Das heißt, *war*, bis zu der Schlägerei – ein ernsthafter Verstoß gegen die Regeln. Ein Häftling im Entlassungsvorbereitungszentrum, der in eine handgreifliche Auseinandersetzung gerät, wird wieder in ein geschlossenes Gefängnis überstellt. Die Haftzeit, die ihm auf Bewährung erlassen wurde, muss er höchstwahrscheinlich dann doch noch absitzen und er muss sogar mit einer erneuten Anklage rechnen. Eine ernste Situation. Und jetzt, da Simmons sich wieder beruhigt hat, wird ihm klar, was er angerichtet hat.

«Und wer ist der Mann, mit dem Sie sich geprügelt haben?», frage ich.

Simmons starrt bedrückt zu Boden. Hutch, der an meinem Bücherschrank lehnt, verdreht die Augen. «Ein Exhäftling, nicht?», rät er.

Simmons' Schultern heben und senken sich. Antwort genug.

Wir wissen alle, dass das die Lage noch verschlimmert. Eine der wichtigsten Vorschriften im Horizon House lautet, dass jeder Kontakt mit ehemaligen Häftlingen zu unterlassen ist, ganz gleich, ob es sich um freundliche Begegnungen handelt oder um Auseinandersetzungen.

«Mann, ich hab nicht angefangen, ich schwör's», sagt Simmons flehentlich. «Driscoll ist in der Fabrik aufgetaucht. Der Wichser ...»

«He», sagt Hutch scharf.

Simmons ist sofort zerknirscht. «Tut mir Leid. Ich bin noch so ... wütend. Jedenfalls, Driscoll hat auf mich gewartet, als meine Schicht zu Ende war. Ist mir mit dem Schwachsinn gekommen, dass Cindy sich scheiden lassen will, damit sie beide zusammenziehen können, aber ein schlechtes Gewissen hat, weil ich noch ... na ja ... im Bau bin, und dass sie fair sein will und Angst hat, ich drehe durch, wenn sie sagt, sie will sich von mir trennen. Dann wäre es ihre Schuld, wenn ich Ärger kriege und nicht entlassen werde –» Er hält abrupt inne. Ich kann förmlich sehen, wie ihm plötzlich ein Licht aufgeht. «Dieser Wichser.» Diesmal keine Entschuldigung. «Der hat mich reingelegt. Das war Absicht, damit ich wieder in den Knast wandere. Damit Cindy sieht, was ich für ein Versager bin, und sie meinetwegen kein schlechtes Gewissen haben muss. Und das hat sie jetzt bestimmt nicht mehr, weil ich ihr nämlich hoch und heilig versprechen musste, dass ich mich ab jetzt ordentlich benehme und so. Ach, verdammt. So eine Scheiße.» Er vergräbt das Gesicht in den Händen.

«Hören Sie, Mike», sage ich mitfühlend, «ich möchte Ihnen ja gern glauben, dass Sie den Streit nicht angefangen haben, aber Sie wissen ja, es gehören immer zwei dazu –»

«Ja, ja, ich weiß. Ich werde mich bessern. Ich schwöre es. Geben Sie mir nur noch eine Chance, Super.» Er schwitzt gewaltig, nimmt die Hände von den Augen, damit ich den traurigen Ausdruck darin sehen kann. Er vermeidet jeden Blickkontakt mit Hutch, weil er glaubt, mit mir leichteres Spiel zu haben.

Wie so viele Insassen denkt Simmons, dass ich, weil ich mehr Mitgefühl und Verständnis zeigen kann als die meisten männlichen Mitarbeiter, nachsichtiger mit ihm umgehen werde.

Da täuscht er sich. Als weiblicher Superintendent bin ich mir sehr wohl darüber im Klaren, dass ich genau beobachtet werde, ob ich Schwäche zeige. Nicht nur von den Häftlingen und meinem Personal, sondern auch von meinen Vorgesetzten in der Strafvollzugsbehörde. Ich muss ständig darauf achten, meine Autorität durchzusetzen und zu wahren. Ich leite die Einrichtung wahrscheinlich strenger, als es die meisten Männer in meiner Position tun würden. Obwohl mir nicht immer wohl dabei ist. Doch mir bleibt keine Wahl, wenn ich als Frau in einer Männerdomäne Erfolg haben will.

Simmons blickt mich weiter flehend an.

«Mike, Sie werden überall mit Leuten zu tun haben, die Sie provozieren, draußen wie drinnen, egal wo. Wenn Sie sich provozieren lassen, kommen Sie nie wieder hoch.»

Seine Hände bedecken noch immer einen Großteil seines Gesichts, aber er nickt. «Da haben Sie Recht, Super. Wirklich.»

«Es tut mir Leid, Mike. Aber das war nicht Ihr erster Streit. Letzten Monat hätten Sie sich fast mit einem aus Ihrem Zimmer geprügelt –»

«Okay, aber ich hab dem beschissenen kleinen Wichser doch kein Haar gekrümmt –»

«Du hast ein unflätiges Mundwerk, Simmons», zischt Hutch.

Simmons lässt den Kopf hängen. Fluchen ist so normal für ihn, dass er es nicht einmal merkt. Er hebt den Kopf und blickt mich reumütig an. «Ich wollte nicht respektlos sein, Super, ich schwöre –»

Ich tue die Entschuldigung mit einer Handbewegung ab. Das Fluchen stört mich nicht halb so sehr wie der Schlamassel, in den Simmons sich reingeritten hat.

Simmons schaut mich mit waidwundem Blick an. «Geben Sie mir noch eine Chance, Super. Ich schwöre bei Gott –»

«Sie werden sich vor dem Disziplinarausschuss rechtfertigen können. Bis dahin stehen Sie unter Hausarrest.»

Simmons' dunkle Augen spiegeln Fassungslosigkeit. Er war so sicher, dass ich ihm noch *eine* Chance geben würde.

«He», sagt Hutch, «ist nicht deine Schuld, dass er Mist gebaut hat.»

«Ja», brumme ich. Hutch kennt mich gut genug, um zu wissen, dass ich jedem Insassen, der gegen die Regeln verstößt, aufs Dach steige. Er weiß aber auch, dass es mir an die Nieren geht, wenn ein Insasse zurückgeschickt wird. Er weiß, dass ich das als persönliches Versagen auffasse.

«Du kannst keinen zu seinem Glück zwingen, Nat.»

«Stimmt, aber ... Häftlinge wie Simmons ... das ist ein Teufelskreis. Sie hatten schon so schlechte Chancen, bevor sie im Knast gelandet sind. Und die meisten dürfen ihre Zelle nur für eine Stunde am Tag verlassen. Nicht viel Zeit für Resozialisierungsmaßnahmen, Hutch. Ein paar Auserwählte haben das Glück hierher zu kommen, und es ist vielleicht ihre letzte Chance, ihre letzte Hoffnung, ihr Leben irgendwie zu meistern.»

«Und viele von ihnen schaffen das auch», ruft Hutch mir rasch in Erinnerung. «Unsere Statistik kann sich sehen lassen, für die kurze Zeit, die es uns gibt. Und nicht zu vergessen», fährt er mit Nachdruck fort, «wir haben die niedrigste Rückfallquote von allen Entlassungsvorbereitungszentren im Staat. Das ist dein Verdienst, Nat.»

«Unser aller Verdienst, Hutch.»

«Vergiss das nicht, wenn du dich selbst fertig machst, nur weil eine Niete wie Simmons Mist baut. Hör auf, dir die ganze Last auf die Schultern zu laden.»

Ich nicke. «Ja, du hast Recht.»

«Wir wissen doch beide, was dich wirklich deprimiert: der Überfall auf Ingram. Simmons, der ist doch bloß noch das i-Tüpfelchen für dich.»

Ich lächle gequält. «Tja, aber eins, das ich wirklich nicht gebrauchen kann.»

Hutch schaut auf die Uhr. «Wie dem auch sei, jetzt muss ich los, Nicki abholen.»

«Du wolltest mich sprechen?»

Ich markiere mit einer Büroklammer die Stelle, bis zu der ich Vardas Therapieprotokolle gelesen habe, und sehe Jack an. Die rechte Seite seines Unterkiefers ist geschwollen. Er sieht, wo ich hinschaue.

«Es tut weher, als es aussieht», sagt er trocken.

«Vielleicht solltest du das röntgen lassen», sage ich.

«Nee, schon gut. Was liegt an?» Normalerweise kommt er herbeigeschlendert und setzt sich auf die Ecke meines Schreibtisches. Heute bleibt er auf Abstand. Ich bin sicher, dass er Leos Anwesenheit heute Morgen falsch gedeutet hat. Ich könnte die Sache aufklären, beschließe aber, dass es für alle Beteiligten am besten ist, wenn ich es nicht tue.

«Ich gehe gerade Vardas Notizen von seinen Therapiesitzungen mit Lynn Ingram durch.»

«Was Interessantes entdeckt?»

«Vielleicht.» Ich blättere die Seiten durch, bis ich finde, was ich suche. «Das hier ist aus der sechsten Sitzung. Das war etwa zwei Monate nach Lynns Verlegung in Einzelhaft. Hör zu. Ich lese dir jetzt ein paar der wichtigsten Stellen vor.»

Jack nickt, und ich fange an.

«‹Lynn ist heute sehr deprimiert. Sagt, sie schläft schlecht. Erzählt von mehreren Nächten mit Albträumen. Weigert sich, darüber zu reden. Gibt zu, dass alle ein und dasselbe Thema haben – wie sie mit einem Messer verstümmelt wird.›» Ich höre, wie Jack scharf einatmet. Ganz ähnlich hatte ich reagiert, als ich die Worte zum ersten Mal las.

«Sagt sie, wer sie in ihrem Traum angreift?», fragt er.

«Falls ja, so steht es jedenfalls nicht in seinen Notizen. Varda hat es mit ihrer Geschlechtsumwandlungsoperation in Verbindung gebracht.»

«Seelenklempner», knurrt Jack verächtlich.

«Aber hier steht noch was Interessantes.» Ich schaue wieder auf Vardas Notizen aus derselben Sitzung. «Hier.» Ich zitiere: «‹Lynn reagiert sichtlich aufgeregt, als ich mich nach Harrison Bells gestrigem Besuch erkundige. Ich frage, ob es ihr lieber wäre, wenn er nicht käme, doch das regt sie nur noch mehr auf.

Schließlich sagt sie: *Er braucht mich*. Sie sagt nicht, was sie damit meint.»»

«Bell ist unser Mann. Das spüre ich», sagt Jack. «Ich hab schon genug durchgeknallte Psychos erlebt, die riech ich zehn Meilen gegen den Wind.»

«Mit Gespür lässt er sich nicht überführen.»

Jack lächelt sarkastisch. «Jetzt redest du schon wie dein Freund.»

Ich sehe meinen Stellvertreter scharf an. «Hör auf damit, Jack.»

Jack hebt beide Hände in gespielter Kapitulation. «Tschuldigung.»

Mein Telefon klingelt. Ich bin froh über die Unterbrechung.

Meine Erleichterung währt nicht lange.

Lynn gibt an, vor ihrer Operation nur selten sexuell aktiv gewesen zu sein. «Ich kann an einer Hand abzählen, wie oft ich masturbiert habe. Mein Penis war wie ein Fremdkörper. Ich wollte ihn nicht. Er hat mir kein Vergnügen bereitet. Selbst wenn ich einen Orgasmus hatte, war das kein Vergnügen, sondern bloß eine Erleichterung. Danach war ich angewidert, noch deprimierter.» Leider durchlebte die Patientin bereits kurz nach der Operation einen traumatischen Mordprozess, der mit einer Haftstrafe endete. Sie hat daher kaum Gelegenheit gehabt, als Frau sexuelle Erfahrungen zu machen …

Dr. Ross Varda

Auszug aus einem Therapiebericht

19

«Also», sage ich scharf. «Erzähl mir alles noch einmal. Von Anfang an.»

Hutch kennt mich gut genug, um zu wissen, dass sich hinter meinem beißenden Ton aufkommende Panik verbirgt. Also zuckt er lediglich mit den breiten Schultern, die den Stoff seines Kakihemdes spannen. Er schaut von mir zu Jack, dann wieder mich an. Wir stehen in einer ruhigen Ecke der kleinen Eingangshalle des Mercy Medical Center, einem kleinen Krankenhaus in der Beacon Street. Ich bin mittlerweile öfter in den Krankenhäusern der Stadt als in meinem Büro.

«Etwa zehn Minuten vor fünf komme ich vor der Boutique an, parke direkt davor, mit Blick auf die Ladentür», sagt Hutch. «Als ich sie heute Morgen abgesetzt hab, hat sie mich gebeten, draußen auf sie zu warten, wenn ich sie abhole.»

«Wieso denn das?», fragt Jack.

Hutch legt den Kopf schief. «Ich sehe nicht gerade aus wie einer von der Schickimicki-Stammkundschaft. Ich hab gedacht, es ist ihr bestimmt unangenehm, wenn ich im Laden auftauche.» Er lacht auf. «Jetzt kenn ich den wahren Grund.»

«Erzähl weiter», sage ich, weil ich mich auf die Einzelheiten konzentrieren und nicht Hutchs Analyse hören will.

«Also, sie sagt, sie kommt um Punkt fünf raus. Es wird fünf, keine Nicki. Ich warte noch fünf Minuten – ich weiß nicht, ich kriege so ein komisches Gefühl – und geh in den Laden. Er ist leer. Die Tür ist nicht abgeschlossen, aber der Laden ist leer. Keine Kundinnen. Keine Nicki. Auch von der Besitzerin, wie heißt sie noch, Joan Hayward, ist nichts zu sehen. Ich rufe. Nichts. Ich sage euch, es war richtig unheimlich.»

Ich öffne den Mund, doch Hutch ist schneller. «Ja, ja, ich weiß. Ich hätte sofort die Cops rufen sollen. Aber das habe ich nicht, also weiter im Text.»

Wir starren einander ein paar Sekunden an und dann fährt er

fort. «Ich gehe nach hinten. Niemand. Dann sehe ich eine Tür, die offenbar zur Toilette führt. Ich will sie öffnen, aber es geht nicht. Abgeschlossen, denke ich zuerst. Aber als ich mich dagegenstemme, bewegt sie sich. Und dann kapier ich, warum sie so schwer aufgeht. Nicki liegt dahinter auf dem Boden und blockiert sie.»

Hutch schüttelt den Kopf. «Als ich schließlich drin bin, denke ich zuerst, die ist hinüber. Mann, war ich erleichtert, als ich ihren Puls fühlen konnte. Dann sah ich den ganzen Kram auf dem Boden liegen. Scheiße, ich hab echt gedacht, sie wäre über den Berg. Aber einmal ein Junkie, immer ein Junkie, wie's aussieht.»

«Alles bloß wegen meinem blöden Auto», sagt Joan Hayward, die attraktive achtunddreißig Jahre alte Besitzerin der Boutique VIVA, die arg mitgenommen aussieht. «Das Parkhaus, wo ich immer parke, macht samstags schon um fünf zu, und da ich bis sechs aufhabe, sause ich gegen halb fünf rüber, um meinen Wagen irgendwo auf der Straße zu parken. Ist normalerweise auch kein Problem, weil viele Leute um die Zeit wegfahren, und ich finde fast immer einen Parkplatz in der Nähe.»

«Aber diesmal haben Sie keinen gefunden?»

«Nein, das war nicht das Problem. Als ich losfahren wollte, sprang der Wagen nicht an. Es ist ein achtundneunziger Volvo, bis heute absolut zuverlässig. Ich musste die Pannenhilfe vom Automobilclub anrufen. Die sollten ihn entweder anlassen oder abschleppen. Dann habe ich im Laden angerufen, um Nicki Bescheid zu geben, dass ich etwas später kommen würde, und um sie zu bitten, länger zu bleiben, aber sie ist nicht ans Telefon gegangen. Ich hab mir gedacht, sie hat bestimmt eine Kundin. Aber ich hab es danach noch mehrmals versucht, und sie ging einfach nicht ans Telefon. Da hab ich mir dann Sorgen gemacht. Also hab ich dem Mann vom Parkhaus meine Handy-Nummer gegeben und ein dickes Trinkgeld, damit er auf den Pannendienst wartet und mich anruft, sobald der da ist. Gegen Viertel nach fünf war ich wieder am Laden. Da fuhr gerade der Rettungswagen ab.»

Joan Hayward hat Tränen in den Augen. «Ich kann einfach

nicht glauben, dass Nicki …» Sie hält inne und wühlt in ihrer großen Umhängetasche, bis sie eine ungeöffnete Packung Papiertaschentücher findet. Mit einem schön manikürten Fingernagel fährt sie an der Markierung zum Öffnen entlang, zieht ein Taschentuch heraus. Doch sie hält es lediglich in der Hand. «Warum jetzt? Und ausgerechnet im Laden? Ich meine, Nicki konnte nicht wissen, dass es bei mir länger dauern würde. Normalerweise bin ich nach zehn, höchstens fünfzehn Minuten wieder zurück. Das ist einfach unlogisch. Völlig unlogisch.»

Sie sieht mich fragend an, als könnte ich es erklären. Aber das kann ich nicht. Auch ich finde es völlig unlogisch.

«Sie hat großes Glück gehabt», sagt der Assistenzarzt, der Nicki den Magen ausgepumpt hat, in nüchternem Tonfall. Seit ihrer Einlieferung ist rund eine Stunde vergangen. «Ich hab gedacht, sie hätte keine Chance.»

Leo, der neben mir steht, sagt kein Wort, aber ich spüre die Anspannung und die Erleichterung, die er ausstrahlt. Ich hatte ihn sofort angerufen, als ich im Krankenhaus eintraf. Wegen der Rushhour brauchte er von Cambridge aus fast zwanzig Minuten. Ich war froh über die Verzögerung, weil wir deshalb nicht ganz so lange verkrampft miteinander reden mussten.

Wie sich herausstellte, war meine Sorge unbegründet gewesen. Nachdem Hutch die Geschehnisse noch einmal geschildert hatte, zog Leo es vor, mich geflissentlich zu übersehen. Jack und Hutch blieben noch kurz bei mir, doch dann schickte ich sie zurück ins Zentrum, um sich dort um alles zu kümmern.

«Ich habe jede Menge alte Einstichnarben gefunden», fährt der junge Arzt fort. «Aber nur einen einzigen frischen Einstich. Bei jemandem, der so viel Erfahrung mit Heroin hat wie sie, wundert es mich, dass sie sich einen so großen Schuss setzt, nachdem sie so lange nichts mehr genommen hat. Das ist blanker Selbstmord.»

Aus den Augenwinkeln sehe ich, wie Leos Mund schmal wird. Glaubt er, dass Nicki sich umbringen wollte? Macht er sich Vorwürfe? Fühlt er sich mitverantwortlich für das, was sie getan hat? Oder zumindest versucht hat?

«Kann ich zu ihr?», fragt er knapp.

Der Arzt macht einen Schritt weg von der geschlossenen Tür. «Es geht ihr nicht gerade prächtig, aber das ist ja auch kein Wunder.»

Leo geht in Nickis Zimmer. Ich folge ihm. Er wirft mir über die Schulter einen raschen Blick zu, und obwohl er nichts sagt, ist ihm deutlich anzusehen, dass ihn meine Anwesenheit nicht gerade erfreut.

Aber im Augenblick steht mir der Sinn weiß Gott nicht danach, Leo Coscarelli zu erfreuen.

Als Nicki Leo auf ihr Bett zukommen sieht, füllen sich ihre Augen mit Tränen. Sie will etwas sagen, doch ihre Lippen zittern so stark, dass sie sie zusammenpresst, ohne ein Wort herauszubekommen.

Leo nimmt ihre Hand. «Ist ja gut», sagt er leise.

Jetzt kommen mir gleich die Tränen.

«Leo, ich hab es nicht ...», bringt sie heiser flüsternd hervor.

«Nicht jetzt, Nicki. Wir reden später –»

Sie dreht schwach den Kopf hin und her. «Aber ich hab es nicht ...»

«Pssst.»

Ich trete hinter Leo. Als Nicki mich sieht, werden ihre tränennassen Augen groß vor Entsetzen. «Nein. Nein, bitte ...», wimmert sie. «Nicht ... zurück...schicken.»

Obwohl sie noch unter Drogen steht, weiß Nicki ganz genau, welche Folgen es hat, dass sie rückfällig geworden ist. Sie wird wieder nach Grafton geschickt werden. Das ist so gut wie sicher.

In den letzten sechs Monaten mussten wir niemanden zurückschicken, und plötzlich sind es gleich zwei an einem Tag. Zuerst Michael Simmons, jetzt Nicki Holden. Ich habe nicht den geringsten Zweifel, dass der Disziplinarausschuss sie beide einstimmig wieder hinter Schloss und Riegel schicken wird.

Ich bin wütend auf beide, weil sie einen Riesenmist gebaut haben. Weil sie sich selbst und das Horizon House in Gefahr gebracht haben. Jedes Mal, wenn ein Insasse des Entlassungsvorbereitungszentrums eklatant gegen die Regeln verstößt, wird bei den maßgeblichen Stellen besorgt die Stirn gerunzelt. Und jeder neue Vorfall fällt umso mehr ins Gewicht, da wir seit dem Überfall auf Lynn Ingram im Mittelpunkt des Medieninteresses stehen.

Ich schaue auf Nicki runter und würde sie am liebsten schütteln. Aber sie sieht so zerbrechlich aus. So hilflos. Hat sie sich die Heroinnadel in den Arm gedrückt, um sich das Leben zu nehmen? Falls ja, warum? Warum jetzt? War das eine Art selbstloser Schritt, um zu verhindern, dass Leo wieder tiefere Gefühle für sie entwickelt? War ihr klar geworden, dass sie es auf Dauer nie schaffen würde, clean zu bleiben, und dass sie nicht nur Leo, sondern auch Jakey schreckliches Leid antun würde? Hatte sie Leo deshalb gesagt, sie wolle vorerst keinen Besuch von ihrem kleinen Jungen? Als einen ersten Schritt in Richtung *dauerhafte* Trennung?

Meine Wut auf Nicki weicht rasch, und an ihre Stelle tritt Traurigkeit und Mitgefühl. Ich betrachte sie und sehe eine leidende Frau, die Hilfe braucht. Selbst wenn es doch kein Selbstmordversuch war. Selbst wenn sie nur high werden wollte. Ich bin längst der Ansicht, dass Drogensucht nicht als Straftat, sondern als Krankheit gesehen werden sollte, die medizinischer und psychologischer Behandlung bedarf. Aber die Realität ist nun einmal die, dass Drogenmissbrauch in unserem Land eine Straftat darstellt. Die mit Gefängnis geahndet wird.

«Jemand ... war da», röchelt Nicki.

«Nicht jetzt», sagt Leo beruhigend.

Ich trete näher ans Bett. «Jemand war *wo?*», frage ich und denke dabei – *klar war jemand da. Dein Dealer.*

Leo wirft mir einen scharfen Blick zu. Papa Bär beschützt sein verletztes Junges.

Ich korrigiere mich. Papa Bär beschützt Mama Bär.

«Hinten ... im Laden. Deshalb ... bin ich ...»

Leo blickt mich wieder an. Doch nicht mehr böse, sondern hellwach.

«Wer war da?» Jetzt stellt Leo die Fragen.

Sie schüttelt noch heftiger den Kopf, obwohl es ihr Schmerzen verursacht, denn ich sehe, dass sie das Gesicht verzieht.

«Konnte ich ... nicht sehen. Eine Maske. Er ... trug eine Maske. Und ... Handschuhe. Er hatte ... Handschuhe ... an. Ich hab gesehen ... Nein, nein, ich hab gespürt wie ... irgendwas auf meinem Mund ... Schrecklicher Geruch ... Konnte nicht atmen. Konnte nicht ... So schwindlig ... Oh, mein Kopf ...» Sie legt eine Hand über die Augen. «So gut ... einfach ... loszulassen. Aber ... aber ich ... wollte nicht ... hab versucht dagegen ... anzukämpfen ... aber ich ... konnte nicht.» Sie atmet schwer und schnell. Ihr Körper zuckt vor Aufregung.

«Nicki, hör zu», sagt Leo, mit erhobener Stimme. «Es ist vorbei. Es ist gut. Wir kriegen das wieder hin. Bleib ganz ruhig.»

Sie scheint ihn nicht zu hören. Sie ist kurz davor zu hyperventilieren.

Eine Krankenschwester kommt herein. Sie wirft einen Blick auf die Patientin und wird plötzlich selbst ganz aufgeregt. «Raus», befiehlt sie, als wären wir störende Kinder.

«Sind Sie sicher ... dass nichts verändert wurde?»

«Ich habe dem Beamten von der Bostoner Polizei schon gesagt, dass der Laden genauso aussieht wie immer, Detective Coscarelli.» Joan Hayward verliert zusehends die Geduld. Es ist kurz vor acht, und sie ist noch sichtlich gezeichnet von dem Drama am Nachmittag. Ich kann mir gut vorstellen, dass sie nichts sehnlicher möchte als nach Hause fahren, ein schönes, heißes Bad nehmen und sich einen starken Drink eingießen.

Aber vielleicht projiziere ich ja meine eigenen Wünsche auf Joan.

Leo überprüft erneut das Schloss an der Hintertür, die auf eine Gasse hinter der Newbury Street führt. «Und die Tür war ganz sicher abgeschlossen?»

Joan verlagert ihr Gewicht von einem Bein aufs andere, die Hände vor der Brust gefaltet. «Noch einmal. Ja, Detective. Falls jemand da reingekommen ist, hat Nicki ihn reingelassen.»

Sie hält inne, schaut jetzt zu mir hinüber. «Ich kann sie nicht wieder nehmen. Ich hoffe, Sie verstehen –»

«Machen Sie sich keine Gedanken», sage ich leise.

«Das soll nicht heißen, dass sie mir nicht Leid tut. Ich habe sehr große Hoffnungen in Nicki gesetzt. Sie hatte viel Stilgefühl. Und sie konnte gut mit den Kundinnen umgehen. Hilfreich, ohne aufdringlich zu sein. Das kann nicht jede, glauben Sie mir. Nicki war ein Naturtalent.»

Hayward spricht weiter von Nicki Holden in der Vergangenheitsform. Als wäre sie tatsächlich an der Überdosis gestorben.

Vielleicht ist sie das in gewisser Weise ja auch.

«Übrigens, hat der Pannendienst Ihren Wagen wieder flottgekriegt?», frage ich, als Joan die Ladentür öffnet, um uns möglichst schnell loszuwerden, damit sie endlich abschließen und nach Hause fahren kann.

Ihre Miene verfinstert sich. «Ja. Zwei Zündkerzen waren locker. Wenn ich mich mit Autos auskennen würde, hätte ich das im Nu selbst erledigen können. Aber in technischen Dingen bin ich eine Niete.» Sie zuckt die Achseln. «Ich weiß nicht mal, wie sich Zündkerzen überhaupt von allein lockern können.»

«Hör zu, Leo. Ich weiß, was du denkst. Aber du weißt besser als ich, dass ich ohne Beweise –»

«Ja, ich weiß.» Er hat vor meinem Haus gehalten. «Ich weiß auch, dass Lynns Psychiater angegriffen wurde und eine Warnung erhalten hat. Du hast als Warnung diese schauerliche Zeichnung bekommen. Und jetzt Nicki –»

«Ich brauche Beweise, Leo. Ohne Beweise kommt sie mit Sicherheit zurück nach Grafton. Heute Nachmittag hat sich einer meiner Insassen mit einem Exhäftling angelegt, und der Vorfall landet demnächst vor unserem Disziplinarausschuss. So schlimm die Sache auch ist – schlimm genug, um ihn zurück nach Norton zu schicken –, das ist harmlos im Vergleich zu einem Verstoß gegen das Drogengesetz. Ich kann da nicht einfach ein Auge zudrücken, nur weil es Nicki ist. Ich kann für sie keine anderen Regeln gelten lassen. Ich würde meine ganze Glaubwürdigkeit bei den Insassen, beim Personal verlieren. Und selbst wenn ich bereit wäre, das alles auf mich zu nehmen, meine vorgesetzte Behörde würde das niemals durchgehen lassen. Glaub mir, da käme postwendend von oben die Dienstanweisung –»

Leo fällt mir ins Wort. «Wenn Nicki zurückmuss, geht sie kaputt.»

Auf einmal begreife ich. Es ist Leo gar nicht unbedingt wichtig, ob Nicki die Wahrheit sagt. Ob sie sich den Schuss aus eigenem Entschluss gesetzt hat oder nicht, er will sie beschützen. Dafür muss man jemanden schon sehr gern haben. Ein überwältigendes Verlustgefühl überschwemmt mich wie eine Flutwelle.

Ohne ein Wort öffne ich die Autotür.

«Natalie.»

Ich schließe die Augen. «Vierundzwanzig Stunden, Leo. So lange kann ich sie im Krankenhaus lassen. Wenn ihr bis dahin nichts auftreibt, was ihre Aussage stützt –» Ich muss den Satz nicht beenden. Wir beide kennen den Rest.

Ich will nicht hier drin sterben. Und der drohende Tod ist allgegenwärtig.

Lynn Ingram
Gefängnistagebuch

20

Es ist kurz nach acht Uhr morgens, als ich ins Boston General komme. Über zweiundsiebzig Stunden nach dem Überfall. Dr. Madison sagt zwar, dass Lynn die kritischste Phase überstanden hat, aber sie ist noch lange nicht über den Berg.

Ein Blick auf die Patientin genügt, um mir das zu bestätigen.

«Wie geht es Ihnen, Lynn?»

Sie schaut mich ausdruckslos an, die Augen noch immer glasig. «Mein Mund ... ist trocken.»

Ich werfe der extra für Lynn abgestellten Krankenschwester, die hinter mir sitzt, einen Blick zu. Sie nickt. Ich beuge mich zum Nachttisch und nehme ein Glas Wasser mit einem Strohhalm darin. Ich halte Lynn den Trinkhalm an die aufgeplatzten Lippen. Sie nimmt einen kleinen Schluck. Schon das scheint sie enorm viel Energie zu kosten.

«Sie sehen schon besser aus», lüge ich.

Lynn versteht entweder nicht, was ich sage, oder es ist ihr gleichgültig. Ich weiß, dass sie noch unter starken Schmerzmitteln steht.

«Ich soll Sie von Harrison Bell grüßen.»

Lynn blinzelt.

Ist das ein reiner Reflex oder hat es etwas zu bedeuten? Und wenn ja, was?

«Ach ja. Gestern hab ich mit Ihrer Mom über Bethany gesprochen.» Ich beobachte Lynn genau. Ich weiß, dass die Krankenschwester hinter mir alarmiert ist. Ich bin ermahnt worden, der Patientin keine Informationen zu entlocken. So bleibt mir nichts anderes übrig, als blind die Fühler auszustrecken, in der Hoffnung, dass sie auf irgendetwas stoßen.

Lynn schließt die Augen. Einen Moment lang denke ich, dass sie wegdriftet, doch dann sehe ich unter ihren geschlossenen Lidern Tränen hervorquellen, die ihr das verbundene Gesicht hinabrollen.

Mitgefühl erfasst mich, und ich lege meine Hand leicht auf ihre. «Kann ich irgendwas für Sie tun, Lynn?»

Sie antwortet nicht sofort. Und als die Antwort kommt, bricht es mir fast das Herz. «Meine Mommy soll kommen.»

«Ruth?»

«Wer spricht denn –» Sie hält abrupt inne, als sie meine Stimme erkennt.

«Ich habe Ihnen nichts mehr zu sagen, Superintendent. Und mein Mann sagt, wenn Sie uns weiter behelligen, zeigt er Sie wegen Nötigung an.»

Sie hat ihm also von meinem letzten Anruf erzählt. Und hat sehr wahrscheinlich einiges von ihm zu hören bekommen. Vielleicht nicht nur zu hören.

«Ich rufe wegen Lynn an.»

«Ist was passiert? Was ist mit ... mit ihr?»

Ich höre, wie die Kälte in Ruths Stimme Angst weicht. Der Angst einer verzweifelten Mutter um ihr Kind. Aber ich höre auch die Anspannung, die Beklommenheit, das Unbehagen.

«Sie fragt nach Ihnen, Ruth. Sie möchte Sie sehen.»

«Ich ... kann nicht.»

«Natürlich können Sie.» Ich kann nur mühsam die Wut aus meiner Stimme heraushalten. Ich reagiere nun mal besonders empfindlich, wenn Eltern ihre Kinder im Stich lassen, ob nun physisch oder emotional. Und Lynns Eltern ist beides gelungen.

«Ich war gerade bei Ihrer Tochter, Ruth, ich habe ihre genauen Worte also noch frisch in Erinnerung. Und die lauteten: *Meine Mommy soll kommen.*» Zugegeben, etwas von meiner Wut macht sich doch in meiner Stimme bemerkbar. Ich kann es nicht ändern. Ich kann mir zwar durchaus vorstellen, dass es für Ruth Ingram emotional belastend war, mit der Transsexualität ihres Kindes klarzukommen – oder *nicht* klarzukommen. Aber Scham und Peinlichkeit und den Zorn ihres Mannes lasse ich nicht als hinreichenden Grund gelten, dass sie ihre Tochter aus ihrem Leben verbannt hat. Dass sie ihr Kind nicht einmal jetzt besucht, wo es im Krankenhaus um sein Leben kämpft und sehr wahrscheinlich für immer entstellt ist.

Und ja, ich weiß, dass mir die Sache deshalb so nahe geht, weil ich selbst einen tiefen, sehnsüchtigen Wunsch nach einem Kind habe. Ich möchte Mutter sein. Die Art von Mutter, die ich selbst gern gehabt hätte –

Am anderen Ende der Leitung herrscht Schweigen. Einen Moment lang denke ich, dass Ruth Ingram aufgelegt hat. Doch dann höre ich gedämpfte Laute.

Sie muss die Hand auf die Sprechmuschel gelegt haben, doch ihr herzzerreißendes Schluchzen ist trotzdem noch zu hören.

Meine Stimme wird weicher. «Bitte gehen Sie zu ihr, Ruth. Ich weiß, dass Sie das wollen. Ihr Mann muss es ja nicht erfahren. Sie brauchen ihm nichts zu erzählen, wenn Sie das nicht möchten», füge ich deutlich hinzu.

Ihr Weinen ist jetzt lauter zu hören. Die Hand muss von der Sprechmuschel gerutscht sein.

«Sie ... verstehen das nicht», bringt sie schluchzend hervor.

«Darum geht es nicht. *Sie* verstehen es. Sie verstehen sehr gut, dass Ihr Kind seine Mutter braucht.»

Im Hintergrund höre ich eine Männerstimme. *«Wer ist denn da am Apparat? Was ist los? Was ist passiert?»*

Anscheinend hält Ruth wieder die Sprechmuschel zu, denn ihre Antwort klingt gedämpft. *«Nichts. Nichts ist passiert.»*

«Ruth, ich bin in meinem Büro. Sie haben die Nummer. Rufen Sie mich zurück, wenn Sie ungestört sprechen können.»

Ein deutliches Klicken erfolgt. Diesmal hat Ruth wirklich aufgelegt.

Und mich – und ihre Tochter – zum Warten verdammt.

«Superintendent?»

Paul Lamotte steht in meiner Bürotür. Er blickt unbehaglich.

«Was gibt's?»

«Hier ist –»

Doch bevor er zu Ende sprechen kann, wird mein Gehilfe beiseite geschoben, und ein stattlicher, zorniger Mann mittleren Alters in einem dunkelgrauen Anzug kommt hereingestürmt.

Ich fahre aus meinem Sessel hoch, empört über den unverschämten Eindringling. «Was glauben Sie eigentlich –»

«Verschwinden Sie», befiehlt der Eindringling meinem Gehilfen, ohne den Blick von mir abzuwenden.

In Paul Lamottes Augen glimmt eine Wut, wie ich sie noch nie bei ihm gesehen habe. Einen Augenblick lang fürchte ich, dass er die Beherrschung verliert. Was unter keinen Umständen passieren darf. Falls Lamotte handgreiflich würde, selbst in Notwehr – oder, wie in diesem Fall, um *mich* zu schützen –, wäre sein Status als Vertrauensmann dahin und er würde wieder zurück in die geschlossene Strafanstalt geschickt.

«Schon gut, Paul. Ich kenne den Mann. Sie können gehen.»

Paul bleibt misstrauisch. «Soll ich nicht lieber Verstärkung holen und den Verrückten vor die Tür setzen?»

«Ich bin sicher, der Stadtverordnete Milburne wird sich zusammenreißen», sage ich mit mehr Zuversicht, als ich fühle. Ich befürchte zwar nicht, dass der Politiker mich tatsächlich attackieren wird. So dumm ist kein Politiker. Und Milburne mag zwar vieles sein, aber ein Idiot ist er sicherlich nicht. Eine verbale Ausfälligkeit traue ich ihm allerdings zu, daher waren meine Worte an Lamotte im Grunde als Anweisung für den aufgebrachten Stadtverordneten gemeint.

Paul zögert ein paar Sekunden, geht dann aber hinaus und lässt die Tür absichtlich offen.

Milburne knallt sie zu.

Ich stehe noch immer. Möchte mich nur ungern wieder hinsetzen, solange Milburne steht. Ich halte es für besser, wenn wir auf Augenhöhe bleiben. Besser für mich jedenfalls.

«Sie sind wirklich das Unverfrorenste, was mir je begegnet ist.»

Ich erwidere nichts, sondern taxiere den Politiker bloß schweigend. Es ist das erste Mal, dass ich dem Mann von Angesicht zu Angesicht gegenüberstehe, aber ich kenne ihn aus dem Fernsehen und der Presse. Daniel Milburne scheint das Rampenlicht nicht nur zu genießen, er sucht es regelrecht, wann immer sich Gelegenheit dazu bietet.

Nicht, dass Milburne besonders fotogen wäre. Der siebenundvierzigjährige Stadtverordnete ist kein gut aussehender Mann. Sein Gesicht ist übersät mit Aknenarben. Seine Nase ist breit. Sein Haar ist schütter. Die Augen sind so schmale Schlitze, dass es aussieht, als würde er sie ständig zusammenkneifen.

Aber Daniel Milburne ist ohne Frage imposant. Erst recht, wenn er sich zu seiner vollen Größe von einem Meter neunzig aufrichtet und seine breite Ex-Football-Spieler-Brust wölbt, bis die Knöpfe am Jackett beinahe abspringen.

Er gibt sich gern als Mann des Volkes. Hält die Familie hoch. Ist strikt gegen Drogen. Für eine harte Hand in der Verbrechensbekämpfung. Und ein vehementer Verfechter der Todesstrafe.

Und das bei einem Mann, der zum dritten Mal verheiratet ist. Der – wenn man der Boulevardpresse glauben darf – mit seinem Sohn aus erster Ehe gebrochen hat und dessen Tochter aus zweiter Ehe seit Jahren wiederholt auf Drogenentzug ist. Milburne ist auch ein Mann, der einige Mühe hatte, einen kürzlich aufgenommenen Schnappschuss zu erklären, der in den Bostoner Zeitungen erschien und ihn bei einem lauschigen Abendessen in einem schicken South-End-Restaurant zusammen mit Louis Ferrara zeigte, einem reichen Geschäftsmann, der als eine der Schlüsselfiguren des organisierten Verbrechens im Raum Boston gilt.

Es wäre ein Leichtes für Milburne, von seinem Mafia-Kumpel jemanden aus dem Weg räumen zu lassen. Vermutlich ohne dass Fragen gestellt würden.

«Ich weiß nicht, was Sie im Schilde führen, aber damit eins klar ist: Halten Sie sich von meiner Frau fern. Ich schwöre Ihnen, wenn Sie ihr noch einmal schreiben, sie anrufen oder sich im Umkreis von zehn Meilen von ihr blicken lassen, dann», sagt er und richtet einen Finger auf mich wie eine Pistole, «verklage ich Sie wegen Nötigung und versuchter Erpressung, bevor Sie auch nur sagen können –»

«Bethany Graham?»

«Was haben Sie für ein verdammtes Problem?»

«Ich habe kein Problem, Dan», sage ich munter. «Und ich weiß von keinen Briefen oder Anrufen.»

«Ach ja? Und wie kommt es dann, dass meine Frau letzte Woche einen Brief in der Post findet, der an *Bethany* Milburne adressiert ist? Meine Frau wird Beth genannt, aber ihr vollständiger Name ist *Elizabeth*, nicht *Bethany*. Das weiß jeder. Jeder außer Ihnen.»

«Was stand in dem Brief?»

Milburne schnaubt höhnisch.

«Sagen Sie schon, Dan.»

Er nestelt an seiner blaurot karierten Krawatte. «Zwei Zeilen. *Ich weiß, wer Sie sind. Und sagen Sie Ihrem Mann, alle werden es erfahren, wenn er nicht gesteht.*»

«Keine Unterschrift?»

«Nein, die haben Sie wohl vergessen. Und bevor Sie fragen, der Absender fehlte auch. Es war ganz normales, weißes Briefpapier. Die Drohung und die Adresse auf dem Umschlag waren mit dem Computer geschrieben. Beth konnte sich das nicht erklären.»

«Ach nein?»

Milburne geht nicht darauf ein.

«Und gestern Morgen erhält sie plötzlich einen Anruf von einem Mädchen. Das *Bethany* sprechen wollte. Als Beth erklärte, ihr Name sei Beth, sagt das Mädchen zu ihr: *Ihr Mann ist ein böser Mensch*. Dann legte es auf.»

«Ich bin kein junges Mädchen, Mr. Milburne.»

«Nein, aber vielleicht haben Sie ja eine Tochter. Ich weiß nur, dass Sie am Samstag auf der Wohltätigkeitsveranstaltung waren. Dass Sie meine Frau *Bethany* genannt haben. Irgendeine hanebüchene Geschichte erzählt haben, ihre Mutter käme aus San Diego –»

«San Jose», korrigiere ich ihn ruhig.

Milburne ballt die fleischigen Hände zu Fäusten. «Jedenfalls lasse ich mir diese Scheiße nicht gefallen. Also, ich warne Sie.»

Ja, denke ich und habe wieder die schauerliche Zeichnung vor Augen, *und vielleicht nicht zum ersten Mal.*

Bevor ich in Schutzhaft kam, beging eine junge Frau, die zwei Zimmer weiter untergebracht war, Selbstmord. Sie schnitt sich die Pulsadern auf, mit einem Messer, das sie aus dem Speisesaal gestohlen hatte. Es wurde gemunkelt, dass sie einige Wochen zuvor Beschwerde wegen sexueller Belästigung eingereicht hatte. Danach wurde sie ständig schikaniert, mit Leibesvisitationen, mit grundlosen Disziplinarstrafen, und irgendwann hieß es, sie sollte in Einzelhaft kommen. Man hat sie fertig gemacht, in den Selbstmord getrieben.
So etwas wirst du nicht mehr los. Es verfolgt dich. Erinnert dich daran, wie allein und verletzlich du im Grunde bist.

Lynn Ingram
Gefängnistagebuch

21

Als die Krankenschwester im Mercy mir sagt, dass Nicki Holden Besuch hat, nehme ich sofort an, dass es Leo ist.

Ich irre mich. Nicht Leo, sondern Ross Varda sitzt auf dem orangefarbenen Plastikstuhl an ihrem Bett.

«Sie scheinen überrascht zu sein», sagt er.

Um das zu merken, muss man weiß Gott kein Psychiater sein.

«Eine von den Krankenschwestern hat mich angerufen und mir ausgerichtet, dass Nicki mich sehen wollte», erklärt Varda. «Mit meinem Gefängnisausweis hat mich der Beamte draußen reingelassen.»

«Ich wusste gar nicht, dass Sie beide sich kennen.»

«Nicki war für kurze Zeit in einer meiner Therapiegruppen in Grafton.»

Varda steht auf und bietet mir den Stuhl an. Ich lehne ab, und wir bleiben beide stehen.

«Nicki hat mir erzählt, was sie Schreckliches erlebt hat. Dass jemand sie überfallen hat –»

«Sie glaubt mir nicht», sagt Nicki klagend. «Niemand glaubt mir.»

«Aber, aber, Nicki», sagt Varda beschwichtigend.

«Niemand bestreitet Ihre Geschichte», sage ich. «Die Polizei untersucht die Sache ganz genau.»

Ein Hoffnungsschimmer flackert in ihren Augen auf. «Leo wird beweisen, dass ich die Wahrheit sage. Ganz bestimmt. Er muss es einfach.»

Als ich seinen Namen aus ihrem Mund höre, krampft sich mir der Magen zusammen.

«Sie sehen müde aus, Nicki. Versuchen Sie doch, ein wenig zu schlafen.» Varda sieht mich an. «Sie sagt, sie hat in den letzten beiden Nächten kein Auge zugetan.»

«Die wollen mir hier nicht mal was gegen Kopfschmerzen geben. Auf meiner Karte steht dick und fett – KEINE MEDIKA-

MENTE. Was soll das? Meinen die, ich nehme eine Überdosis Aspirin?»

«Ich spreche mal mit der Stationsschwester», sagt Varda. Er bleibt an der Tür stehen. «Bleiben Sie nicht zu lange, Superintendent. Nicki braucht viel Ruhe.»

Sobald er gegangen ist, setze ich mich auf den Stuhl.

«Ich hatte heute Besuch von Daniel Milburne, Nicki.»

Sie schaut mich ausdruckslos an.

«Er war sehr wütend. Er hat gesagt, eine Frau bedroht ihn. Sie hat vor einigen Tagen einen Brief an seine Frau geschrieben. Gestern hat sie angerufen. Er glaubt, ich stecke dahinter.»

Nicki zuckt die Achseln.

«Diese Frau hat seine Frau *Bethany* genannt. Was interessant ist, denn sie benutzt den Namen schon lange nicht mehr.»

Nicki blickt weg.

«Es ist sogar so, dass kaum jemand weiß, dass sie früher Bethany hieß. Aber Sie wussten es, nicht?»

Nicki weicht meinem Blick weiter aus. «Ich weiß nicht, wovon Sie reden.»

«Hat Lynn Ihnen nie von Bethany erzählt?»

«Nein.» Nickis schroffe Antwort erfolgt ein wenig zu rasch.

«Bethany Graham?»

«Nein.»

«Das ist wirklich merkwürdig, Nicki. Weil nämlich nur sehr wenige Leute außer mir von Bethany Graham wissen. Und da ich sie nicht bedroht habe –»

«Ich war es nicht. Verdammt. Erst beschuldigen Sie mich, wieder Drogen zu nehmen. Jetzt wollen Sie mir auch noch eine Erpressung anhängen –»

«Ich habe nicht von Erpressung gesprochen.»

«Egal. Ich war es jedenfalls nicht. Schluss, aus.»

«Tja, was mir Sorgen macht, ist, dass Milburne denken könnte, Sie wissen vielleicht noch mehr. Er könnte denken, dass Lynn mit Ihnen über Bethany gesprochen hat. Und, glauben Sie mir, er will absolut nicht, dass irgendjemand über seine Frau spricht. Lynn. Lynns Eltern. Sie. Keiner.»

Nicki fährt sich mit der Zunge über die trockenen Lippen,

während sie mich forschend ansieht. «Sie denken, er ist derjenige, der mich überfallen und mir den Schuss gesetzt hat? Dann glauben Sie also, dass ich die Wahrheit sage?»

«Es geht nicht darum, was ich glaube. Wir brauchen Beweise.»

«Hören Sie», sagt sie flehentlich, «ich habe nicht gesehen, wer es war. Ich schwöre es.»

«Und Sie haben auch keinen Verdacht, wer es gewesen sein könnte? Oder warum Ihnen das jemand antun will?»

«Nein», sagt sie verstockt. Oder ist es eher Angst als Verstocktheit?

Ich spüre, wie meine Ungeduld wächst. «Als Sie letzte Woche erfahren haben, dass Lynn um ein Haar umgebracht worden wäre, da ist Ihnen Milburne also nicht in den Sinn gekommen?»

«Ich sage Ihnen doch, ich kenne den Mann nicht», faucht sie.

«Wer ist Ihnen denn dann in den Sinn gekommen?», kontere ich sofort.

Sie schließt die Augen. «Niemand.»

«Ich glaube Ihnen nicht. Sein Name ist Ihnen gerade eben wieder in den Sinn gekommen, als ich die Frage gestellt habe.»

«Lassen Sie mich in Ruhe.»

«Sie hätten sterben können, Nicki. Hutch sagt, Sie waren schon fast tot, als er Sie fand.» Ich mache eine Pause, bevor ich hinzufüge: «Falls Ihnen das jemand angetan hat, dann wollte er sehr wahrscheinlich, dass Sie sterben.»

Sie presst sich die Hände auf die Ohren. «Aufhören. Hören Sie doch endlich auf.»

«Ich möchte nicht, dass Ihnen was passiert.»

Ihre Augen öffnen sich jäh, und sie starrt mich mit einem flackernden Blick an. «Wirklich nicht?»

Die Frage bringt mich aus der Fassung. «Nicki –»

«Wenn ich raus aus dem Rennen bin, muss Leo sich nicht entscheiden zwischen –»

Ich packe sie so fest an den Schultern, dass sie zusammenzuckt. Aber ich lasse nicht los. Ich bin zu wütend. «Jetzt hören Sie mir mal gut zu, Nicki. Wenn man einen Menschen liebt, dann möchte man ihm auf keinen Fall Kummer und Leid zufügen. Wenn Leo nicht weiß, was er will –», und ich mache mir nichts vor, ich glaube wirklich, dass er zwischen uns beiden hin- und hergerissen ist – «dann muss er allein herausfinden, was er will. Wenn das, was uns verbindet, nicht stark genug ist, ihn zu halten, dann ... dann ist das eben so. Es hat nichts – hören Sie – rein gar nichts mit Ihnen zu tun. Das ist eine Sache zwischen Leo und mir.»

«Prima.»

«Also, lassen wir Leo aus dem Spiel, ja?»

«Schon gut, schon gut. Tut mir Leid.»

Ich lasse meine Hände sinken. «Sie wissen, dass Sie vor den Disziplinarausschuss müssen, wenn Sie aus dem Krankenhaus kommen.»

«Sie dürfen mich nicht zurück nach Grafton schicken. Das dürfen Sie nicht. Ich bin schon so lange clean. Nie im Leben hätte ich so was Blödes gemacht. Jetzt erst recht nicht. Wo ich langsam wieder Licht am Horizont sehe.»

Licht am Horizont. Sieht sie dort auch Leo? Aber ich wollte Leo ja aus dem Spiel lassen.

«Bitte, schicken Sie mich nicht zurück», fleht sie. «Ich sterbe, wenn ich zurückmuss.»

«Das Risiko, dass Sie sterben, ist größer, wenn Sie uns nicht helfen, den Mistkerl zu schnappen.»

«Ich kann nicht. Ich kann nicht. Verstehen Sie das denn nicht? Ich kann nicht.»

«Doch, Sie können. Sagen Sie es ihr, Nicki. Sie müssen.»

Die Stimme, die von der Tür kommt, erschreckt uns beide.

Ross Varda geht zielstrebig auf das Bett zu. «Zu Ihrer eigenen Sicherheit, Nicki.»

Ich sehe ihn an, frage mich, wie lange er schon dort gestanden und zugehört hat.

Varda hält den Blick unverwandt auf seine Patientin gerichtet. Und ihre Augen kleben förmlich an seinen. «Ich ... kann nicht», sagt sie heiser.

«Doch, Sie können, Nicki», sagt er sanft und tritt noch näher.

Sie hebt die Hände ans Gesicht, und ich sehe, dass sie zittern.

«Als Sie und Lynn zusammen in Grafton waren, ist etwas passiert, nicht wahr, Nicki?», sagt er auffordernd.

Nicki nickt, die Augen weiter wie gebannt auf seine gerichtet. «Ja.»

«Was ist passiert?»

«Lynn wurde ... vergewaltigt.»

«Weiter», sagt er.

«Lynn hatte Angst.» Nicki schluckt schwer. «Sie hat mir gesagt, dass sie Angst hat.»

Ich beuge mich zu Nicki vor. «Vor wem hatte sie Angst, Nicki? Wer hat sie vergewaltigt?»

Sie presst die Lippen zusammen.

«Hat er Sie auch vergewaltigt?», frage ich leise.

«Nein, nein, das ... hat er nicht. Er war gut zu mir. Er mochte mich.» Sie wirft Varda einen Blick zu. Als wollte sie Bestätigung.

«Nicki», sagt er freundlich. «Sie werden nie ganz gesund werden, wenn Sie das alles mit sich selbst ausmachen. Darüber haben wir doch schon gesprochen, nicht wahr?»

Sie beißt sich so fest auf die rissige Unterlippe, dass sie blutet. «Er ist kein schlechter Mensch. Er hat auf mich aufgepasst. Ohne ihn wäre es viel schlimmer gewesen.»

Ein Frösteln kriecht in mir hoch. Es wäre nicht das erste Mal, dass ein Häftling, vor allem ein weiblicher Häftling, dem Irrglauben verfällt, der Peiniger sei in Wahrheit ein guter Mensch. Es gibt sogar einen Namen für dieses psychische Phänomen. Das Stockholm-Syndrom.

«Vielleicht denken Sie, er hat Ihnen nichts Schlimmes angetan, aber das hat er. Und vor zwei Tagen hat er Sie beinahe umgebracht.»

«Hören Sie auf.»

«Und was ist mit Lynn? Lynn hat er eindeutig etwas Schlimmes angetan. Sie hat Ihnen erzählt, dass sie Angst vor ihm hat. Und sie hatte allen Grund, Angst zu haben, Nicki. Es würde Ihnen das Herz brechen, wenn Sie sie jetzt sehen könnten. Ihr Gesicht ist voller Schnittwunden, ihre Brüste, ihre –»

«Hören Sie auf!», schreit sie.

Aber ich zwinge sie, der Wahrheit ins Gesicht zu sehen. «Als der Mistkerl mit dem Verstümmeln fertig war, dachte er, sie wäre tot, und hat ihren geschundenen Körper in einen Müllcontainer geworfen.»

Nicki blickt Varda flehend an. «Sagen Sie ihr, sie soll aufhören.»

«Bitte, Superintendent. Sie sehen ja, dass das zu viel für Nicki ist. Und sie hat große Angst. Zu Recht.»

«Genau deshalb muss sie mir sagen, wer der Mistkerl ist.»

Varda ergreift Nickis Hand. «Sagen Sie Ms. Price, wie der Mann heißt, Nicki. Schon gut. Sobald sie es weiß, sind Sie außer Gefahr. Versprochen.»

Als sie den Namen schließlich ausspricht, sagt sie ihn so leise, dass ich ihn nicht verstehe. Ich blicke Varda an.

«Joe Parker», wiederholt er mit belegter Stimme. Entweder hat er ein besseres Gehör als ich, oder Nicki hat ihm den Namen schon vorher genannt.

Ich wende mich wieder Nicki zu, die jetzt leise weint. «Es war richtig von Ihnen», sage ich. Und in psychologischer Hinsicht heilsam, denke ich. Es ist der erste Schritt, das Syndrom zu überwinden.

«Ich sage nicht, dass er es war», stößt Nicki ängstlich hervor. «Vielleicht war er es nicht. Vielleicht war es ja doch der andere, dieser Milburne. Ich meine, verdammt, ich war nicht dabei, als Lynn überfallen wurde. Und ich habe nicht erkannt, wer mich überfallen hat. Sie wissen nicht, dass es nicht Milburne war, stimmt's?»

Varda wirft mir einen erstaunten Blick zu. Er fragt sich sicher, wer Milburne ist und was er mit dem Fall zu tun hat. Allmählich glaube ich auch, dass er nichts damit zu hat.

«Aber Sie sind sicher, dass dieser Joe Parker Lynn in Grafton vergewaltigt hat? Hat sie Ihnen gesagt, dass es Parker war?» Ich möchte eine Bestätigung von Nicki.

Tränen rollen ihr die Wangen runter. «Nein. Sie hat es mir nicht gesagt.»

«*Er* selbst hat es Ihnen gesagt? Parker hat Ihnen gesagt, dass er es getan hat?»

Nicki legt beide Hände über die Augen.

Varda blickt mich müde an. «Er musste es ihr nicht *sagen*.»

Ich brauche ein paar Sekunden, bis ich begreife, was die Worte des Psychiaters bedeuten. Dass sie es nämlich *gesehen* hat. Nicki Holden hat mit eigenen Augen gesehen, wie Joe Parker Lynn Ingram vergewaltigte.

«Er ist kein schlechter Mensch», keucht Nicki. «Er ... konnte nicht anders. Hinterher ... hat es ihm Leid getan. Richtig ... Leid.»

Ich dachte, ich käme damit klar. Ich dachte, ich könnte es ausblenden – dass Wärter nach Lust und Laune in mein Zimmer marschiert kommen, mich ohne Grund filzen, mir beim Duschen zuschauen, zotige Bemerkungen machen … Ja, klar, so was haben alle Frauen hier mitgemacht, aber ich weiß, dass man mich besonders auf dem Kieker hatte. Alle Frauen wussten, dass ich ein beliebtes Ziel war. Sogar für die Wärterinnen. Die waren zum Teil noch schlimmer als die Männer. Aber ihre Schikanen waren anders. Spott, Ekel, Häme, ungerechte Disziplinarmaßnahmen. Ich kriegte es von allen Seiten ab – und zwar im übertragenen wie auch im wörtlichen Sinn.
Einige Häftlinge hatten Mitleid mit mir. Meine Zimmergenossin ganz bestimmt. Aber was hätte sie machen können? Was hätte ich machen können? Was hätte irgendeine von uns machen können? Selbst wenn ich mich schriftlich beschwert hätte, wäre es ihr Wort gegen meines gewesen. Und die Wahrheit ist, dass ich nicht den Mut habe, mich zu beschweren. Ich habe schreckliche Angst. Und das aus gutem Grund …

Lynn Ingram
Gefängnistagebuch

22

Mein Handy klingelt, als ich im Mercy Medical Center auf dem Weg nach draußen bin. Es ist Leo.

«Bist du noch bei Nicki?»

«Woher weißt du ...?» Aber dann fällt mir der Cop ein, der vor Nickis Tür postiert ist. Wahrscheinlich muss er Leo jeden Besucher melden.

«Wir haben was. Ich bin im Präsidium in der Madison Street. Kannst du herkommen?»

«Bin schon unterwegs.» Fast hätte ich gesagt, dass ich auch was habe. Doch meine schockierende Neuigkeit will ich nicht am Telefon verraten. Und dann kommt mir der beunruhigende Gedanke, wie es wohl für Leo sein wird, wie er reagieren wird, wenn er das mit Nicki und Joe Parker erfährt. Ich habe keinen Zweifel, dass Parker ihren *Daddy* gespielt hat, als sie in Grafton war. Mag sein, dass er sie beschützt hat, aber Nicki hat bestimmt einen immensen Preis dafür bezahlt. Hat sie wirklich gedacht, dass das, was er ihr angetan hat, *keine* Vergewaltigung war?

Diese ganze hässliche Geschichte wird von Minute zu Minute persönlicher.

Ich wähle Jack Dwyers Durchwahl im Horizon House. «Joe Parker», sage ich abrupt. «Kennst du den?»

«Wen?»

«Joe Parker. Vollzugsbeamter in Grafton.» Erst jetzt fällt mir ein, dass ich mir von Nicki gar nicht habe bestätigen lassen, dass Parker Vollzugsbeamter ist. Er konnte genauso gut Lehrer in der Weiterbildung oder in der Werkstatt sein, Psychologe ...

«Wieso willst du das wissen?»

«Nicki ist zusammengebrochen und hat seinen Namen genannt – Ross Varda hat ein bisschen nachgeholfen. Nicki hat gesehen, wie dieser Joe Parker Lynn in Grafton vergewaltigt hat. Sie hat gesagt, Lynn hätte Todesangst vor ihm gehabt.»

«Joe Parker?», wiederholt Jack langsam. Der ungläubige Tonfall ist nicht zu überhören.

«Ja, genau», sage ich ungeduldig. «Joe Parker.»

«Nie im Leben», sagt Jack mit eiserner Überzeugung. «Glaub mir, Nat –»

«Dann kennst du ihn also. Ist er Vollzugsbeamter?»

Jack antwortet nicht sofort. «Nat, Joe Parker ist ein guter Freund von Hutch. Die beiden kennen sich seit einer Ewigkeit.»

«Das macht die Sache unangenehm, ändert aber nichts an der Tatsache.»

«Er ist Geistlicher, Nat.»

Mein Unterkiefer fällt runter. «Was?»

«Er ist katholischer Priester. Er und Hutch sind zusammen in Dorchester aufgewachsen. Hutch und seine Familie sind seit Jahren bei ihm in der Gemeinde. Kerry, Hutchs älteste Tochter, wurde von Father Joe getraut. Ich war auf der Hochzeit. Glaub mir, Nat, du musst dich irren.»

Ich bin sprachlos. Als ich meine Stimme wiederfinde, sage ich: «Dann muss es zwei Joe Parker geben. Ich meine, so selten ist der Name nun auch wieder nicht. Und Nicki hat ihn nicht *Father* genannt.»

Beklommenes Schweigen.

«Ich hoffe inständig, dass es einen zweiten gibt», murmelt Jack, bevor er auflegt.

Leo sitzt hinter dem Schreibtisch von Detective David Marcus in einem kleinen Büro des Morddezernats. Der Platz ist so beengt wie bei den abgetrennten Arbeitsplätzen in einem Großraumbüro, doch es gibt vier Wände, die bis zur Decke reichen, und eine richtige Tür, die ein gewisses Maß an Ungestörtheit garantiert. Die Tür hat eine Glasscheibe, durch die man in den großen Einsatzraum blicken kann und umgekehrt.

Marcus ist nicht nur der Leiter der Bostoner Mordkommission, sondern auch ein alter Freund von Leo. Sie waren in den achtziger Jahren zusammen auf der Polizeiakademie und haben im Lauf der Jahre gemeinsam an einigen Fällen gearbeitet. Da der angebliche Überfall auf Nicki Holden in Boston stattgefunden hat, ist für die Ermittlungen offiziell die Bostoner Polizei zuständig. Da aber möglicherweise eine Verbindung zu dem Überfall auf Lynn Ingram besteht, von Leos persönlicher Beziehung zu Nicki ganz zu schweigen, bin ich nicht überrascht, dass Leo mit seinem alten Freund zusammenarbeitet. Was nicht heißen muss, dass diese Zusammenarbeit offiziell abgesegnet ist.

Marcus ist angeblich Kaffee holen gegangen, aber ich bin ziemlich sicher, dass sein Weggehen einen anderen Grund hat. Vielleicht hat Leo ihn gebeten, uns kurz allein zu lassen, oder vielleicht hat Marcus sich gedacht, wir wären ganz gern allein.

David Marcus weiß alles über Leos private Beziehung zu Nicki. Ebenso über Leos Beziehung zu mir. Leo und ich waren mehrmals mit David Marcus und seiner Frau essen. Ich mag sie beide. Sie mögen mich. Ich denke, sie hätten es ganz gern, wenn es mit mir und Leo klappen würde.

Die Chancen dafür verschlechtern sich allerdings zusehends.

Leo begrüßt mich flüchtig. Ein Mann, der den Kopf voll hat. Wie viele von seinen Gedanken beschäftigen sich wohl mit mir? Es ist mir zu riskant, Leo diese Frage zu stellen. Weil ich Angst vor der Antwort habe.

Leo kommt gleich zur Sache und legt einen Beweismittelbeutel auf Marcus' Schreibtisch.

Na ja, denke ich, immer noch besser als verkrampfter, banaler Smalltalk. Wenn wir uns nichts Bedeutsames mehr zu sagen haben, dann lieber gar nichts sagen.

Ich richte meinen Blick auf den durchsichtigen Plastikbeutel. Er enthält ein zerknittertes, schwarzes Stück Stoff.

Ich blicke Leo an. «Was ist das?»

«Ein Stofflappen.»

«Das seh ich selbst.»

«Ein Lappen, der laut unseren Jungs vom Labor Spuren von Äther aufweist.»

Ich hab gespürt wie … irgendwas auf meinem Mund … Schrecklicher Geruch … Konnte nicht atmen. Konnte nicht … So schwindlig …

«Wo habt ihr ihn gefunden?»

«Einer von Marcus' Leuten hat ihn aus einem Müllcontainer

gefischt.» Er hält inne. «Der Container steht in der Gasse hinter der Boutique.»

Ich höre einen triumphierenden Unterton in seiner Stimme. Ich wollte Beweise, er liefert sie mir.

«Ich habe die Wache vor Nickis Zimmer im Krankenhaus verdoppelt», sagt er unvermittelt. Mir fällt wieder ein, dass mir auf dem Korridor ein zweiter Polizist entgegengekommen ist, als ich Nickis Zimmer verließ.

«Nicki wird morgen früh entlassen», fährt er fort. «Ich möchte, dass sie unter Schutzhaft gestellt wird. Im Horizon House.»

Ich nicke langsam. Obwohl Leo und ich beide wissen, dass der Stofflappen noch kein zweifelsfreier Beweis für Nickis Geschichte ist, genügt er mir, um ihr Disziplinarverfahren auf Eis zu legen. Außerdem bin ich völlig Leos Meinung, dass Nicki im Horizon House bleiben sollte. Nach dem, was ich inzwischen weiß, schicke ich sie unter keinen Umständen zurück nach Grafton.

Ich will Leo gerade erzählen, was Nicki endlich mit Vardas Unterstützung verraten hat – ich werde nicht warten, bis Jack sich meldet, denn ich bin ziemlich sicher, dass Father Joe und der Joe Parker, den Nicki genannt hat, ein und dieselbe Person sind –, als ich von der schauerlichen Zeichnung abgelenkt werde, die Leo auf den Schreibtisch legt. *Die Warnung an mich.*

«Das ist eine Fotokopie», sagt Leo. «Zeig sie Varda. Sag ihm, ich bin auf seine Analyse neugierig. Ich bin gespannt, ob er zu den gleichen Ergebnissen kommt wie unser Psychologe Carl Miller. Willst du seinen Bericht lesen?»

«Ich nehm mir eine Kopie mit nach Hause. Erzähl mir das Wichtigste.»

Leo legt eine Kopie des Berichts neben die Zeichnung, aber er muss keinen Blick draufwerfen. «Interessanterweise hat Miller genau wie du festgestellt, dass die Zeichnung kindliche Züge hat. Er hält es sogar für möglich, dass ein Kind das Bild gemalt hat.»

Ich sehe Leo ungläubig an.

«Miller sagt, abgesehen von den grässlichen Einzelheiten sind

Linienführung und Kolorierung typisch für eine Kinderzeichnung. Aufschlussreich für Miller ist außerdem, dass in der Art der Ausführung keine Anzeichen für Wut oder Panik zu erkennen sind. Er erläutert haarklein, wie und warum er zu den Schlussfolgerungen gelangt ist.»

«Das ergibt doch keinen Sinn, Leo. Lynn wurde nicht von einem Kind überfallen.»

«Sagen wir mal, die Zeichnung stammt von einem Kind.» Leo tippt mit einem Finger auf die Fotokopie. «Es ist schließlich nicht gesagt, dass der Widerling, hinter dem wir her sind, das Bild selbst gemalt hat.»

«Er hat ein Kind gebeten, es zu malen?» Mein Tonfall ist unverhohlen skeptisch.

Leo zuckt die Achseln. «Ganz so abwegig ist das nicht. Er weiß, dass wir die Zeichnung analysieren lassen, und er will uns in die Irre führen.» Leo hält inne, bevor er fortfährt. «Miller hat auch noch gesagt, dass der Täter möglicherweise das Bedürfnis hat, jemand anderen in seinen Plan einzubeziehen. Einen Komplizen.»

Unsere Blicke treffen sich. «Ein Kind?»

«Der Kerl sagt dem Kind genau, was es zeichnen soll, gibt ihm ein paar Tipps –»

«So etwas macht man doch nicht mit irgendeinem wildfremden Kind. Denkt Miller, wir haben es mit einem Pädophilen zu tun?» Mein Magen krampft sich zusammen. Als wäre nicht ohnehin schon alles schlimm genug.

«Das habe ich Miller auch gefragt», sagt Leo ernst. Da spricht nicht nur der Cop aus ihm, sondern auch der Vater eines kleinen Jungen.

«Und?»

«Miller sagt, nicht unbedingt. Und er hat noch etwas anderes Interessantes festgestellt. So wie das Gesicht gezeichnet wurde, meint er, das Bild stammt wahrscheinlich eher von einem Mädchen als von einem Jungen. Er schätzt das Alter auf etwa sieben bis zehn Jahre.» Er hält inne. Wartet, dass ich von allein den gleichen Schluss ziehe wie er.

«Harrison Bell hat eine kleine Tochter.»

«Daphne. Vier Jahre alt. Wird im November fünf.» Offensichtlich ist er seine Notizen zu Bell noch einmal durchgegangen.

«Ich nehme an, du hast auch überprüft, ob Milburne oder Rodney Bartlett kleine Kinder haben.»

«Milburnes jüngstes Kind ist neunzehn. Er und Beth haben keine gemeinsamen Kinder. Bartlett hängt es nicht an die große Glocke, ist aber schwul. Zurzeit keinen Freund, keine Kinder. Jennifer und Matthew Slater waren ebenfalls kinderlos. Ach ja, was die Bestätigung angeht, dass Bartlett die Beerdigung früher verlassen hat. Die Zeugin, die ziemlich sicher war, sagt jetzt, dass es doch nicht Bartlett gewesen war, sondern ein anderer Mann, der näher am Gang gesessen hat.»

«Ein Freund von Bartlett?»

«Nein. Ein Arzt, der angepiept wurde und ins Krankenhaus musste.»

«Vielleicht hat Bartlett die Zeugin bestochen.»

«Kann sein.» Diese Möglichkeit findet Leo anscheinend nicht sehr überzeugend. Ich glaube, er ist bereits zu einem Schluss gelangt. *Mal sehen, wie lange noch.*

«Ich weiß nicht, Leo.» Zugegeben, Bell stand auch bei mir ganz oben auf der Verdächtigenliste, bis zu dem Gespräch heute Morgen mit Nicki. Jetzt ist er plötzlich ganz nach unten gerutscht, ebenso wie Daniel Milburne und Rodney Bartlett. Ich denke an Father Joe Parker. Der Priester hat bestimmt keine Kinder – wenn er nicht der heimliche Vater von einem ist –, aber er hat sicherlich über die Kirche reichlich Kontakt zu Kindern. Kinder, die zu ihrem Priester aufblicken. Die alles tun, worum er sie bittet …

Ich merke, dass ich schon viel zu weit denke. Schließlich könnte der Priester ja auch ein wasserdichtes Alibi für den Zeitpunkt des Überfalls auf Ingram haben. Ich muss unvoreingenommen bleiben. Aber es fällt mir schwer.

«Laut Bells Sekretärin», sagt Leo, «hat Bell die Klinik um vier Uhr am Samstag verlassen. Er hatte also reichlich Zeit, um zur Boutique in der Newbury Street zu rasen. Außerdem hat er ja wohl keinerlei Probleme, an eine Spritze und Drogen zu kommen.»

«An Dope plus Zubehör zu kommen ist auch für andere kein Problem», murmle ich.

Aber Leo lässt sich nicht beirren. «Das Beste hab ich bis zum Schluss aufgespart. Hör dir das mal an.»

Ich spüre die Erregung in Leos Stimme. Leo denkt offenbar, dass er etwas Wichtiges in petto hat. Aber ich bezweifle, dass es so wichtig ist wie das, was ich in petto habe.

Er öffnet die obere Schreibtischschublade und holt einen kleinen Kassettenrekorder und einen zweiten Beweismittelbeutel – mit einer Kassette drin – hervor. «Das hier habe ich heute Morgen mit der Post bekommen. Ich möchte es dir vorspielen.»

Ich nicke langsam, spüre, wie die Spannung in mir wächst.

Er zaubert ein Paar Plastikhandschuhe aus seiner Jackentasche und zieht sie über, ehe er die Kassette herausnimmt und sie in den Rekorder einlegt.

Er drückt auf *Play*. Die Stimme einer Frau ertönt, heiser, als wäre sie schwer erkältet –

Ich bin eine Patientin von Dr. Harrison Bell. Das heißt … ich war seine Patientin. Ich möchte meinen Namen nicht nennen, weil ich mit dieser ganzen widerwärtigen Angelegenheit nichts zu tun haben will. Aber ich halte es für meine Pflicht, Ihnen Folgendes mitzuteilen: Bei meinem, wie sich herausgestellt hat, letzten Termin bei Dr. Bell … das war vor zwei Wochen … habe ich in seinem Untersuchungszimmer gewartet, als ich nebenan einen Streit hörte. In Dr. Bells Büro. Ich habe seine Stimme gleich erkannt. Es hat ein wenig länger gedauert, bis ich die Stimme … der Frau erkannt habe. Es war Dr. Ingram. Ich war ein paar Mal während meiner Schmerztherapie bei … ihr. Ich habe … aber das tut hier nichts zur Sache. Bei dem Streit, den sie hatten, ging es um … sehr private Dinge. Dr. Bell hat Dr. Ingram angeschrien, und ich konnte ihn deutlich verstehen. Er hat geschrien – du kannst doch nicht einfach Schluss machen. Wo uns so viel verbindet, wo wir einander so viel bedeuten. Dr. Ingram … sie hat eigentlich nicht richtig geschrien, sondern … na ja, ich würde sagen, sie hat eher beschwörend auf ihn eingeredet – zuerst, dass er leiser sein soll, doch als er weiter geschrien hat, da hat sie gesagt – du lässt mir keine andere Wahl. So geht es einfach nicht mehr weiter. Und dann hat sie gesagt –

da klang es dann so, als würde sie weinen – das heißt nicht, dass ich dich nicht liebe. Ich werde dich immer lieben. Aber Dr. Bell wurde nur noch wütender. Hat noch lauter gebrüllt – ich lasse dich nicht gehen. Nicht jetzt. Niemals. Und dann hat Dr. Ingram eindeutig geweint. Ich habe gedacht, sie weint, weil das Ganze sie so mitnimmt, aber dann hat sie gesagt – (eine lange Pause) – *hör auf, du tust mir weh, Harrison. Ich vermute, er hat dann aufgehört, denn Sekunden später hab ich gehört, wie die Tür von seinem Büro zufiel, und fast im selben Moment kam er auch schon ins Untersuchungszimmer gerauscht, als ob … als ob nichts gewesen wäre. Er hat mich mit einem herzlichen Lächeln begrüßt, und er wirkte … völlig gelassen.*

Leo drückt die Stopp-Taste und schaut mich erwartungsvoll an, als müsste ich fassungslos und überwältigt zugleich reagieren. Als nichts dergleichen geschieht, schaut er mich weiter an, aber jetzt auf seine typische, forschende Art.

Er weiß, dass mir etwas anderes durch den Kopf geht, und es muss etwas enorm Wichtiges sein, weil ich diesen belastenden Beweis gegen Harrison Bell nicht begeistert akzeptiere. Vor meinem heutigen Besuch bei Nicki hätte mich die Tonbandaufnahme wohl so gut wie überzeugt, dass Bell unser Mann ist.

Also kann Leo sich denken, dass mich etwas Ernstes beschäftigt. Ich sehe ihm förmlich an, wie er hin und her überlegt, ob er fragen soll. Vielleicht denkt er, dass das, worüber ich nachgrüble, irgendwie mit unserer Beziehung zu tun hat.

Was in gewisser Weise ja auch stimmt.

«Ich habe einen neuen Verdächtigen für dich, Leo. Ich bin ziemlich sicher, dass Bell auf deiner Liste ein Stück nach unten rutschen wird.»

Leo steht auf und tigert auf und ab, wozu in Marcus' kleinem Büro nicht viel Platz ist. Mit wenigen Schritten ist er an der Wand, macht dann kehrt. Er sieht grimmig aus. Seine Stirn ist gefurcht. Er hat die Augen auf den Boden gesenkt, als würde er etwas suchen, was ihm runtergefallen ist.

Die Spannung im Büro ist greifbar.

Leo bleibt einen Moment stehen, wirft mir einen Blick zu. Er öffnet den Mund, um etwas zu sagen, schließt ihn dann jedoch wieder.

«Ich weiß, es ist schwer zu glauben», sage ich leise. Es ist immer schwierig, sich vorzustellen, geschweige denn, es als Tatsache zu akzeptieren, dass ein Geistlicher, ganz gleich welcher Konfession, zu einem so scheußlichen Verbrechen fähig sein kann. Ich bin sicher, dass es für Leo, der ja katholisch ist, besonders schwer ist. Er geht zwar nicht regelmäßig in die Kirche, doch ich weiß von seiner Mutter, dass Jakey getauft ist, und ich weiß auch, dass sie mit dem Kleinen ein- oder zweimal im Monat in die Kirche geht. Einmal bin ich sogar mit ihnen gegangen, obwohl ich nicht katholisch bin. Ich bin nicht religiös erzogen worden. Meine Mutter glaubte nur an ihre Wahnvorstellungen, mein Vater an die Flasche. Und beide wurden sie von ihren Göttern ins Verderben gerissen.

Und woran glaube ich? Über diese Frage habe ich im Lauf der Jahre schon oft nachgedacht. Manchmal meinte ich es zu wissen, doch bislang hat es sich immer als Irrtum herausgestellt. Eine dauerhafte Antwort lässt noch auf sich warten.

Leo stoppt das Hin- und Herlaufen und lässt sich wieder in Marcus' Schreibtischstuhl sinken. Noch immer sagt er kein Wort. Denkt er daran, was der Priester Lynn angetan hat? Oder überlegt er, was für eine Art von Beziehung Nicki zu Father Joe hatte? Aber das kann er sich unschwer denken.

«Es tut mir so Leid, Leo», sage ich schließlich, weil mir sein anhaltendes Schweigen an die Nieren geht.

Er zuckt anscheinend gleichgültig die Achseln – ich kaufe ihm nicht ab, dass er so empfindet –, öffnet dann die obere Schublade von Marcus' Schreibtisch und nimmt eine geöffnete Packung Lucky Strikes heraus. Er klopft eine filterlose Zigarette heraus, steckt sie sich zwischen die Lippen, kramt in der Schublade, bis er Streichhölzer findet, zündet sich die Zigarette an.

Direkt hinter ihm an der Wand klebt das allgegenwärtige RAUCHEN VERBOTEN-Schild.

Ich bin nicht sonderlich erstaunt, dass Leo sich davon nicht beeindrucken lässt.

Was mich allerdings erstaunt, ist die Tatsache, dass Leo überhaupt raucht. Ich kenne ihn nur als Nichtraucher – er hat mir erzählt, er habe unmittelbar nach der Geburt von Jakey aufgehört, weil er sein Kind nicht durch Passivrauchen gefährden wollte. Da muss schon viel zusammenkommen, dass Leo sich wieder eine anzündet.

Ich halte es für klüger, nichts dazu zu sagen.

Ich halte es für klüger, überhaupt nichts zu sagen.

Vergewaltigung von Häftlingen durch Vollzugsbeamte gilt nach dem Völkerrecht als Folter. Andere Formen von sexuellem Missbrauch verletzen das international anerkannte Verbot grausamer, unmenschlicher oder entwürdigender Behandlungsmethoden oder Strafmaßnahmen. Vergewaltigung und sexuelle Gewalt im Allgemeinen verstoßen gegen die bundes- und einzelstaatlichen Strafgesetze der USA. Darüber hinaus gelten in 36 Staaten, im District of Columbia sowie auf Bundesebene spezielle Gesetze, die eine sexuelle Beziehung zwischen Bediensteten im Strafvollzug und Häftlingen untersagen. Einige dieser Gesetze verbieten jeden sexuellen Kontakt zwischen Vollzugsbediensteten und Häftlingen, auch wenn er mit Einverständnis der Häftlinge erfolgt, da aufgrund der Macht des Personals über die Häftlinge von einem wahren Einverständnis nicht die Rede sein kann …

Amnesty International

23

Ich bin gelinde gesagt verblüfft, als Melissa Raymond sich an der Tür des Pfarrhauses vorstellt. Sie entspricht ganz und gar nicht dem Klischee der Haushälterin eines Geistlichen. Ich hatte eine unscheinbare Frau in mittlerem Alter mit breitem Gesicht und stahlgrauem Haar erwartet, angetan mit einem Kleid in würdigem Schwarz und einem großen silbernen oder goldenen Kreuz an einer Kette um den Hals.

Melissa Raymonds Kreuz – wenn sie überhaupt eins trägt – ist jedenfalls nicht zu sehen. Sie ist eine gertenschlanke Frau von schätzungsweise Mitte dreißig, modisch gekleidet mit einer gut sitzenden, anthrazitfarbenen Hose und einem smaragdgrünen Pullover, der ihre grünen Augen betont – und auch eng an einem wohlgeformten Busen anliegt. Das kastanienbraune Haar fällt ihr glatt bis auf die Schultern.

Ich frage mich amüsiert, wie gründlich sie wohl das Haus putzt.

«Father Joe arbeitet an seiner Sonntagspredigt, und er hasst es, dabei gestört zu werden», sagt sie in forschem, gebieterischem Ton.

Leo hält ihr seine Dienstmarke unter die Nase. Melissas Augen werden ein wenig größer, aber ansonsten lässt ihr Gesicht keinerlei Beunruhigung erkennen.

«Geht es um Tommy Matthews?», fragt sie und senkt dabei leicht die Stimme. «Father Joe fürchtet seit Wochen, dass der Junge irgendwann –»

«Es geht nicht um Tommy Matthews», schneidet Leo ihr schroff das Wort ab.

Melissas helle und makellose Haut verfärbt sich leicht rot.

«Oh», murmelt sie. «Tja, dann werde ich ... Father Joe wohl doch stören müssen.»

«Allerdings», sagt Leo.

Ihre Röte vertieft sich.

Leo und ich sehen einander an, als Melissa davonhastet und uns im düsteren und stickigen Foyer des großen Pfarrhauses neben der St. Bartholomew's Church stehen lässt, einem Natur- und Backsteinbau aus dem späten 19. Jahrhundert.

Kaum dreißig Sekunden später kommt Father Joe aus seinem Büro auf uns zugeeilt.

Wenn mich die Haushälterin schon erstaunt hat, so überrascht mich Father Joe erst recht. Ich hatte mir zwar kein klares Bild davon gemacht, wie ein Priester/Sexualtäter/Psychopath aussehen würde, aber ich hatte mir ganz sicher nicht diesen kleinen, dicklichen Mann von über fünfzig mit grau meliertem Haar und freundlicher Ausstrahlung vorgestellt, der sich uns in ausgebeulter Kaki-Hose und einem marineblauen T-Shirt nähert.

Beim Anblick des kleinen, untersetzten Mannes kann ich mir kaum vorstellen, dass er stark genug wäre, die über ein Meter achtzig große Lynn Ingram zu überfallen, geschweige denn in der Lage wäre, ihren leblosen Körper in einen Müllcontainer zu werfen.

Doch andererseits sind mir im Gefängnis schon einige Männer – und Frauen – begegnet, deren Körpergröße und vermeintlich mangelnde Körperkraft sie nicht davon abgehalten hatte, an offensichtlich größeren und stärkeren Menschen furchtbare Verbrechen zu begehen. Es ist erstaunlich, was für Kräfte ein Mensch vor Wut oder im Affekt entwickeln kann, wenn das Adrenalin richtig fließt.

Father Joe lächelt milde, doch ich sehe einen leicht besorgten Ausdruck in seinem Gesicht.

«Bitte», sagt er ein wenig außer Atem, «verzeihen Sie meine Aufmachung. Ich hatte nicht erwartet –» Er hält inne. «Ja, natürlich hatte ich Sie nicht erwartet.» Er streckt mir eine Hand entgegen. Ich schüttle sie flüchtig. Leo ebenso, als er an der Reihe ist.

«Bitte kommen Sie mit in den Salon», sagt Father Joe Parker und strebt bereits auf die Mahagonischiebetüren zu unserer Rechten zu. Als er sie öffnet, schaut er zu uns zurück. «Ich habe Melissa gebeten, uns Tee zu bringen. Ich hoffe, Sie mögen Tee. Wenn Sie natürlich Kaffee bevorzugen –»

«Für mich gar nichts.» Leo bedeutet dem Priester einzutreten. Wir folgen ihm. Leo schließt die Türen.

Der dunkel getäfelte Raum, den Father Joe als Salon bezeichnet, ähnelt eher einer Bibliothek. An zwei Wänden reichen Bücherregale vom Boden bis zur Decke. Schwere, dunkelbraune Vorhänge bedecken fast das ganze Erkerfenster, das auf die Straße geht, sodass nur dünne Lichtstreifen hereinfallen. Auf dem Fußboden liegt ein dezenter Perserteppich. Die Möbel sehen wie echte viktorianische Antiquitäten aus – ein dunkelblaues Samtsofa, zwei brokatbezogene Sessel, ein großer, mit kunstvollen Schnitzereien verzierter Mahagonischreibtisch. Father Joe schaltet die Lampe auf dem Schreibtisch an. Dann, nach einer Pause – in der er vermutlich festgestellt hat, dass die Lichtquelle den Raum nicht gerade in Helligkeit taucht – geht er zu einer Stehlampe beim Sofa und knipst auch die an. Obwohl das Licht für unsere Zwecke reicht, wirkt der Raum nach wie vor dämmrig.

Eines fällt mir sofort auf – es ist hier peinlich sauber und aufgeräumt, und es duftet noch leicht nach Möbelpolitur. Melissa sieht zwar nicht aus wie eine Haushälterin, aber der Schein kann trügen, wie ich sehr wohl weiß. Auch bei dem bescheiden wirkenden Priester muss ich mir das vor Augen halten.

Father Joe geleitet uns zu den beiden Sesseln und entscheidet sich selbst für das Sofa. Er setzt sich, ehe er etwas sagt.

«Also, wie kann ich Ihnen helfen?» Seine warmen, braunen Augen blicken von Leo zu mir und wieder zurück zu Leo.

«Sie arbeiten ehrenamtlich in der Strafanstalt Grafton», kommt Leo ohne Umschweife zur Sache.

«Ja, das ist richtig. Dienstagmorgens und donnerstagabends, ich nehme die Beichte ab und mache Beratungen. Ein Kollege von mir, Father Eliot, hält sonntags die Messe, aber seine Zeit ist recht beschränkt –»

«Hat Nicki Holden sich schon mal von Ihnen *beraten* lassen?»

Dem Priester ist weder die geringste Beunruhigung noch Argwohn anzumerken. «Nicki Holden? Lassen Sie mich überlegen. Ich gehe dort schon seit etlichen Jahren hin. So viele Frauen ...»

«Nicki Holden kann sich sehr genau an Sie erinnern.»

«Ist das wahr?» Er sagt das in einem Tonfall, der reine Neugier ausdrückt, denkt dann wieder laut über den Namen nach. Einige Sekunden später schnippt er mit den Fingern. «Natürlich, Nicki. Ja. Ja, ja. Tut mir Leid. Ich hätte mich gleich an Nicki erinnern müssen.»

Mein Magen krampft sich zusammen. *Ja, das hättest du wirklich.*

«Sie hatte große Probleme. Sie hat einen kleinen Jungen, wissen Sie. Jetzt fällt mir alles wieder ein. Ist sie nicht vor ein paar Monaten entlassen worden? Nein, warten Sie, sie wurde verlegt. Ja, jetzt erinnere ich mich. Sie ist in ein Entlassungsvorbereitungszentrum gekommen. Ich hoffe, es ist ihr nichts Schlimmes passiert. Ihr geht es doch gut, oder?»

Leo ignoriert die Frage. «Was fällt Ihnen sonst noch alles wieder ein?»

Father Joe runzelt nachdenklich die Stirn. «Ständig hat sie von ihrem Sohn erzählt. Was für ein süßes und kluges Kerlchen er ist. Nicki hat mir immer Fotos von dem Jungen gezeigt. Ach ja, und Bilder, die er für sie gemalt hat, wenn er sie besucht hat.»

Ich blicke verstohlen zu Leo hinüber, um zu sehen, wie er reagiert. Sein Pokerface ist unverändert, aber ich vermute, dass es ihn einige Anstrengung kostet. Hat er gewusst, wie viel Jakey Nicki bedeutet? Wie stolz sie auf ihr Kind ist?

Ihr Kind. Ich spüre ein Ziehen in der Brust. Und ich bin sicher, dass es mir nicht annähernd so gut gelingt wie Leo, eine unbeteiligte Miene zu bewahren.

«Sie sagten, sie habe große Probleme gehabt», wiederholt Leo.

Sein Gesicht mag ja nichts über seine Gefühle verraten, aber die Anspannung in Leos Stimme ist unüberhörbar. Ich bin sicher, dass es auch Father Joe nicht entgeht. Die nächste Frage des Priesters bestätigt das.

«Darf ich fragen, worum es hier eigentlich geht? Ist Nicki in Schwierigkeiten? Ich weiß, dass sie ein Drogenproblem hatte. Weshalb sie sich zum Beispiel Sorgen gemacht hat, dass sie die Veranlagung an ihren kleinen Jungen weitergegeben haben könnte und dass er später auch drogensüchtig wird. Geht es ihr gut?»

«Nein», sagt Leo knapp.

Der Priester blickt ehrlich besorgt. «Ist sie wieder auf Drogen?»

Ich beiße die Zähne zusammen, um nicht aus meinem Sessel zu springen und meine Faust in Father Joes Gesicht zu rammen.

Aber Leo bleibt offenbar weiter kühl und gefasst. «Was ist mit Lynn Ingram? Erinnern Sie sich an sie?»

Father Joe legt sich die kleinen Hände auf den dicken Bauch. Unwillkürlich betrachte ich die Hände mit ihren kurzen, dicklichen Fingern.

Ist es wirklich möglich, dass diese Hände zu einer solchen Tat fähig sind? Ist dieser Gottesmann imstande, eine Frau brutal mit einem Messer zu verstümmeln? Ihren leblosen Körper in einen Müllcontainer zu werfen? Sind das die Hände, die einer rekonvaleszenten Drogensüchtigen eine Spritze voll mit Heroin in die Vene stechen würden?

«Ja. Ja, und ob ich mich an Lynn Ingram erinnere», erwidert Father Joe nach kaum merklichem Zögern. «Und ich habe natürlich von dem tragischen Ereignis gehört –» Er verzieht das Gesicht, als wären ihre Schmerzen seine Schmerzen. «Ich habe täglich für sie gebetet.»

Er legt die Handflächen aneinander, als wollte er betende Hände demonstrieren. Oder spricht er genau in diesem Augenblick ein stummes Gebet? Bestimmt nicht, damit Lynn wieder gesund wird. Wenn überhaupt, betet er, dass sie stirbt. Betet, dass er das nächste Mal bei Nicki mehr Glück hat. Betet, dass er als Täter unentdeckt bleibt.

Falls Leo und ich etwas dazu beitragen können, wird keines dieser Gebete erhört werden.

Father Joe lässt seine Hände wieder auf den Bauch sinken. «Ich höre ständig die Nachrichten, lese die Tageszeitung in der Hoffnung, etwas über ihren Zustand zu erfahren, aber es wird absolut nichts berichtet. Gütiger Gott, sie ... lebt doch noch, nicht wahr?»

Bisher ist es uns gelungen, die Medien darüber im Dunkeln zu lassen, dass Lynn wieder bei Bewusstsein ist. Leo meint, so würden wir etwas Zeit gewinnen. Genauer gesagt, Lynn würde Zeit gewinnen. Solange der Täter glaubt, dass sie noch bewusstlos ist, stellt sie für ihn keine Gefahr dar. Was bedeutet, dass er vielleicht nicht ganz so extrem auf der Hut ist. Unvorsichtig wird er am ehesten dann, wenn er sich in Sicherheit wähnt. Darauf hofft Leo bestimmt. Aber wir wissen beide, dass das reines Wunschdenken sein könnte.

Wieder mustere ich den kleinen Priester. Ist er unser Mann? Und wenn ja, wähnt er sich in Sicherheit? Begeht er einen Fehler? Kann Leo ihn dazu bringen? Werden wir sogar ein Geständnis aus ihm rauskriegen? Wird das hier das Ende unserer Suche?

Leo sieht den Priester durchdringend an. Würde er mich so ansehen, ich würde nervös werden. Nicht so Father Joe. Jedenfalls ist ihm nichts anzumerken. «Wie würden Sie Ihr Verhältnis zu Nicki Holden und Lynn Ingram beschreiben?», fragt Leo.

Father Joe schaut Leo nur verunsichert an. Doch bevor er antworten kann – vermutlich nur mit einer Gegenfrage –, klopft es laut an der Tür.

«Ja, kommen Sie herein, Melissa», sagt Father Joe in Richtung der geschlossenen Schiebetüren.

Die Türen öffnen sich. Es ist wirklich Melissa. Ihre Augen richten sich sofort auf den Priester. Er lächelt freundlich. «Sie können den Tee hereinbringen, meine Liebe.»

Sie verschwindet kurz und taucht dann wieder mit einem silbernen Teeservice auf einem silbernen Tablett auf, das sie wohl auf einem Tisch in der Nähe abgestellt hatte.

Ich sehe, dass sie erneut den Blick des Priesters sucht, als sie das Tablett auf den Couchtisch stellt. «Kann ich sonst noch etwas tun?», fragt sie.

«Nein, Melissa.» Er schaut auf die Uhr. «Es ist gleich Mittag. Sie müssen los, der Kindergarten ist aus.»

Jetzt tauschen Leo und ich Blicke.

«Sie haben ein Kind?», frage ich Melissa, als sie schon auf dem Weg zur Tür ist.

Sie richtet sich kerzengerade auf und sieht mich an. «Ja. Eine Tochter.» In ihrer Stimme schwingt ein leicht trotziger Unterton mit. Instinktiv fällt mein Blick auf ihre Hand. Kein Ehering. Ich vermute, es hat nie einen gegeben.

Aber nicht Melissas Familienstand geht mir durch den Kopf. Sondern die Tatsache, dass sie ein Kind hat. Eine Tochter. Eine Tochter, die wahrscheinlich ein sehr enges Verhältnis zu Father Joe hat. Und wenn er sie bitten würde, für ihn ein Bild zu malen ...

«Melissa und Emily leben hier im Pfarrhaus», sagt der Priester gerade. «Emily ist ein entzückendes kleines Mädchen. Intelligent, hübsch und ausgesprochen wohlerzogen.»

Ja, dass sie wohlerzogen ist, darauf gehe ich jede Wette ein.

Melissa entfernt sich rasch, während Father Joe redet, und schließt fest die Türen hinter sich.

«Wie lange leben die beiden schon hier?», frage ich den Priester.

Father Joe überlegt. «Lassen Sie mich nachdenken. Das müssen jetzt gut neun Jahre sein. Ja, Melissa ist gerade dreiunddreißig geworden. Als sie hier anfing, war sie vierundzwanzig. Ja, das sind neun Jahre.»

Meine Gedanken überschlagen sich. *Neun Jahre. Und Emily geht in den Kindergarten. Dann muss Melissa schwanger geworden sein, als sie schon im Pfarrhaus wohnte. Ist sie im Pfarrhaus schwanger geworden? Hatte ich richtig gelegen, als ich die Möglichkeit in Erwägung zog, dass der Priester heimlich Vater eines Kindes ist? Ist Emily seine Tochter?*

«Wer ist der Vater?», frage ich rundheraus.

«Wie bitte?», sagt Father Joe, zum ersten Mal sichtlich schockiert.

Leo schaut mich an. Ich sehe kurz zu ihm hinüber, um mich zu vergewissern, dass er mich nicht mit dem finsteren, missbilligenden Blick bedenkt, den ich inzwischen so gut kenne. Keine Frage, hier sind wir beide uns völlig einig.

«Sie hat Sie gefragt, wer Emilys Vater ist», wiederholt Leo.

«Also, die Frage kann ich ... beim besten Willen nicht ... beantworten ... Ich meine, das steht mir nicht zu.» Endlich ein Riss in der Fassade.

«Dann warten wir eben, bis Ihre Haushälterin wieder da ist, und fragen sie», sagt Leo gelangweilt. «Kommen wir auf meine Frage von vorhin zurück.»

«Wie lautete die noch mal?» Father Joe wirkt jetzt ziemlich durcheinander. Ich habe langsam das Gefühl, dass wir tatsächlich weiterkommen.

«Wie würden Sie Ihr Verhältnis zu Nicki Holden und Lynn Ingram beschreiben?» Jetzt klingt Leos Stimme alles andere als gelangweilt.

«Ich war ihr geistlicher Beistand, Detective.» Er rutscht unbehaglich auf dem Sofa hin und her. «Ich verstehe nicht, warum Sie mich nach den beiden Frauen fragen. Ich habe beide seit ... Monaten nicht gesehen.»

«Stimmt das?», fragt Leo mit bohrendem Blick.

Der Priester schaut weg, richtet die Augen auf das Teeservice. Er macht allerdings keinerlei Anstalten, den Tee einzuschenken. Obwohl er jetzt bestimmt was zu trinken gebrauchen könnte. Aber wahrscheinlich keinen Tee.

Es folgt längeres Schweigen.

Leo durchbricht es mit einem Paukenschlag. «Nicki Holden hat gesehen, wie Sie Lynn Ingram in Grafton vergewaltigt haben.»

Der Priester starrt Leo an, wie vor den Kopf geschlagen.

Leo fixiert ihn. «Sie haben auch Nicki vergewaltigt. Vielleicht haben Sie es nicht Vergewaltigung genannt. Wahrscheinlich nicht. Wahrscheinlich haben Sie sich selbst – und ihr – eingeredet, Sie würden sich bloß um ihre körperlichen und geistigen Bedürfnisse kümmern, wenn Sie sie gevögelt haben oder sie Ihnen einen blasen musste.»

Der Priester wirkt nicht halb so erschüttert durch diese heftigen Anschuldigungen wie Leo, während er sie ihm entgegenschleudert. Von seiner Gefasstheit ist nichts mehr übrig. Ich mache mir Sorgen, dass Leo jeden Augenblick auf die Idee kommen könnte, sich um seine eigenen *körperlichen* Bedürfnisse zu kümmern. Ich habe nicht den geringsten Zweifel, dass Leo Father Joe liebend gern grün und blau schlagen würde.

Father Joe erhebt sich langsam. Es scheint ihn kolossale Mühe zu kosten. Als wäre er in den letzten paar Minuten um zwanzig Jahre gealtert.

«Die Anschuldigungen der armen Frau entbehren jeder

Grundlage und machen mich sehr traurig. Am meisten betrübt mich jedoch, dass sie sicherlich selbst sehr unter ihren Lügen leidet. Und Nicki hat schon so viel gelitten. Möge Gott ihr vergeben.» Er hält einen Moment lang inne. «Bitte sagen Sie ihr, wenn Sie sie das nächste Mal sehen, dass ich sie verstehe und ihr vergebe.»

Ohne ein weiteres Wort durchquert Father Joe den Raum, mit hängenden Schultern und müdem Schritt.

«Wo waren Sie Samstagnachmittag um Viertel vor fünf?», fragt Leo scharf, als Father Joe gerade die Türen öffnen will.

Der Priester bleibt stehen, aber er dreht sich nicht um. «Ich war hier im Pfarrhaus.»

«Kann jemand Ihr Alibi bestätigen?»

Der Priester dreht sich langsam um und blickt Leo an. «Mein Alibi?» Er nickt traurig. «Ich habe meine Predigt noch einmal überarbeitet. Ich glaube, Melissa war da – nein, Moment, tut mir Leid. Das Ganze ... ich bin ... ein wenig durcheinander.»

Er wirkt auf mich mehr als nur durcheinander. Er wirkt fast panisch.

«Samstags hat Melissa ihren freien Tag. Sie ist mit Emily in den Zoo gegangen. Emily war ganz aufgedreht, als sie zurückkamen. Sie hat einen Affen nachgemacht und ist im Zimmer herumgesprungen –»

«Wann waren sie wieder zu Hause?» Leos Stimme ist so versteinert wie seine Miene.

Father Joe seufzt. Nach kurzem Zögern sagt er: «Ich glaube, das war irgendwann nach sechs. Als besondere Überraschung ist Melissa mit Emily zu McDonald's gegangen. Emily ist ganz verrückt nach den ‹Happy Meals›, aber ich glaube vor allem wegen der kleinen Spielsachen, die da drin versteckt sind. Und wegen der Pommes frites. Ich glaube, sie mag die Pommes frites –»

«Und letzten Donnerstag zwischen elf und dreizehn Uhr?», fährt Leo in dem gleichen unerbittlichen Ton fort.

Father Joe richtet einen müden Blick auf Leo. «Ein Alibi für die Zeit, in der Lynn überfallen wurde?»

Leo sagt nichts.

«Ich kann mich nicht genau erinnern –»

Leo verschränkt die Arme vor der Brust. «Denken Sie nach. Ich habe viel Zeit.»

Der Priester wirft mir einen raschen Blick zu. Ich bleibe stumm und todernst.

«Ich glaube, ich war auch in der Zeit hier im Pfarrhaus.» Er nickt langsam. «Ja, ich war hier bis kurz vor drei Uhr.» Ein gequälter Ausdruck überschattet sein Gesicht.

«Und nach drei?»

«Ironischerweise im Boston General, wo ich eins meiner Gemeindemitglieder besucht habe. Da wusste ich noch nicht, dass auch Lynn dort ist.»

Nein, das glaube ich dir gern, denke ich. Du hast gedacht, sie läge noch im Müllcontainer. Und würde verbluten. Du hast dich darauf verlassen, dass sie erst am nächsten Morgen von den Müllmännern gefunden würde. Wenn sie mit Sicherheit längst tot wäre.

«Ich habe keiner von den beiden Frauen je ein Haar gekrümmt, Detective. Ich schwöre es –»

«Bei Gott?», vollendet Leo beißend den Satz.

Father Joe lächelt traurig. «Ja, denn bei dem, was Sie mir unterstellen, bleibt mir sonst nichts mehr.»

Leo blickt dem Priester unverwandt in die Augen. «Möchten Sie mir sonst noch etwas sagen?»

Father Joe hält seinem Blick stand, ohne mit der Wimper zu zucken. «Ich kann Ihnen nicht mehr sagen, Detective.» Es folgt eine gewichtige Pause. «Werden Sie mich festnehmen?»

«Noch nicht. Aber verlassen Sie nicht die Stadt. Ich komme wieder.»

Father Joe nickt. «Ja, davon gehe ich aus.» Er dreht sich um und zieht die Türen auf. Doch bevor er rausgeht, sieht er uns noch einmal an.

«Bitte. Vergessen Sie nicht, Nicki auszurichten, was ich gesagt habe. Sie hat schon genug Kummer und Schuldgefühle zu tragen, ich möchte sie nicht noch mehr belasten.»

Ich werfe ihm einen vernichtenden Blick zu. «Was ist mit Ihren Schuldgefühlen, Father? Ihrem Kummer?»

Heute haben wir darüber gesprochen, welche Ängste Lynn davor hat, ihren Gefühlen Luft zu machen. Vertrauen ist und bleibt ein zentrales Thema. Sie ist von so vielen Menschen verraten worden, selbst von solchen, die sie für ihre Freunde gehalten hat …

Dr. Ross Varda
Notizen über die Patientin Ingram

24

Gegen Abend bin ich wieder bei Lynn im Krankenhaus. Als ich mich ihrem Bett nähere, sehe ich, dass ihre Augen an mir vorbeisehen. Als wollte sie überprüfen, ob ich allein bin oder nicht. Als sie sieht, dass niemand bei mir ist, scheint sie sich ein wenig zu entspannen. Ich frage mich natürlich, wen sie nicht sehen möchte.

«Gute Nachrichten. Die Ärztin meint, ich komme vielleicht Ende der Woche auf die normale Station», sagt Lynn, sichtlich erfreut über die Aussicht.

Ich bin weniger erfreut. Auf der Intensivstation, wo jeder, der kommt oder geht – ob Besuch oder Personal –, streng kontrolliert wird, ist sie leichter zu beschützen. Wenn sie verlegt wird, erhöht Leo sicherlich die Zahl der Wachposten.

«Ich seh ganz schön schlimm aus, was?», sagt sie leise.

Die Wahrheit? Sie sieht fürchterlich aus. Die wenigen nicht verbundenen Stellen ihres Gesichts sind geschwollen und verfärbt. Ihr Haar ist verfilzt. Die Augen sind noch immer so blutunterlaufen, dass das Weiße nicht zu sehen ist. Ihre Lippen sind tief eingerissen. Hat Lynn sich schon im Spiegel gesehen? Ich weiß, dass die Ärztin ihr vorsichtig beigebracht hat, wie es um sie steht, aber hat sie das wirklich begriffen? Wie wird es ihr ergehen, wenn sie es begreift?

«Sie sehen schon erheblich besser aus als letzten Donnerstag», sage ich. Wenn sie jetzt schlechter aussähe als an jenem Tag, dann wäre sie wohl kaum noch am Leben.

«Ja, wahrscheinlich schon.» Sie versucht ein Lächeln, bringt es aber nicht ganz zustande. «Ach, und meine Mutter hat heute Morgen angerufen, nachdem Sie gegangen waren. Ich war ... total überrascht.»

Ich bin erleichtert, dass Ruth Ingram ihre Tochter zumindest angerufen hat. Bestimmt, als ihr Mann aus dem Haus war.

«Ihre Mutter war an dem Tag hier, als Sie eingeliefert wurden», sage ich in der Hoffnung, dass Lynn sich darüber freut.

«Ja, Dr. Varda hat es mir erzählt. Ich konnte es gar nicht glauben. Wir hatten, na ja, nicht gerade viel Kontakt in den letzten Jahren.» Der schmerzerfüllte Ausdruck ihrer Augen spricht Bände. «Sie will versuchen, mich zu besuchen. Ich habe ihr gesagt, das sei nicht nötig. Mein Dad –» Sie lässt den Rest unausgesprochen.

«Ja, ich weiß.»

Lynn nickt, blinzelt, um die Tränen zurückzuhalten.

«Harrison hat auch angerufen. Aber sie durften ihn nicht durchstellen.» Die Enttäuschung in ihrer Stimme ist unüberhörbar. Wenn Harrison Bell der Täter wäre, würde sie seinen Namen jetzt wohl kaum mit einem so deutlichen Anflug von Sehnsucht aussprechen. Aber dann fällt mir ein, dass Lynns Erinnerung an den Überfall tief verschüttet ist. Vielleicht kann sie sich nicht einmal an den Streit erinnern, mit dem sie die Beziehung zu Bell beendet hat – falls es überhaupt eine Beziehung war. Die Frau auf dem Tonband hat präzise angegeben, wann der Streit stattgefunden hat.

Bells anonyme Expatientin hat aber offenbar nicht mitbekommen, *warum* Lynn Schluss gemacht hat. War es die altbekannte Geschichte, dass eine junge Frau sich in einen verheirateten Mann verliebt – der ihr immer wieder verspricht, dass er sich scheiden lassen wird, um sie zu heiraten? War Lynns Beziehung zu Harrison genau wie die zu Matthew Slater? War sie schließlich zur Vernunft gekommen und hatte begriffen, dass Harrison, genau wie Slater, gar nicht daran dachte, seine Frau zu verlassen? Wichtiger noch, dass er gar nicht daran dachte, seine Beziehung zu ihr öffentlich zu machen? Es ist eine Sache, ein heimliche Affäre mit einer Transsexuellen zu haben, mit ihr offiziell liiert zu sein, eine ganz andere.

Und als Lynn schließlich mit ihm Schluss gemacht hat, war Bell da vielleicht nicht gewillt, sie gehen zu lassen? War er –? Ich höre jäh mit meinen Spekulationen auf, als mir einfällt, dass Bell ja gar nicht mehr unser Hauptverdächtiger ist. Ein katholischer Priester ist an seine Stelle gerückt.

Ein katholischer Priester, der weder für den Überfall auf Lynn noch für den auf Nicki ein Alibi hat.

Ich konzentriere mich wieder auf Lynn, die anscheinend ebenfalls ihren Gedanken nachhängt.

«Ich habe heute Father Joe besucht.»

«Wen?»

«Father Joe Parker», sage ich und achte aufmerksam auf Anzeichen von – von was? Ich weiß gar nicht genau, welche Reaktion ich von Lynn erwartet habe, aber bestimmt nicht diesen leeren Blick. Wie weit zurück geht ihr Gedächtnisverlust?

«Erinnern Sie sich an Father Joe?», hake ich nach. «Aus der Zeit in Grafton?»

Ein verwirrter Blick ersetzt die Leere. «Ach ja. Ja, ich ... glaub schon. Es ist alles ... noch ein bisschen verschwommen ... in meinem Kopf.» Verschwommen oder angstbesetzt?

Ich rücke einen Stuhl dicht an ihr Bett. «Was fällt Ihnen bei Father Joe ein?»

Lynn antwortet nicht sofort. Ihre Augen huschen wieder im Raum umher. Sie scheint sich eindeutig aufzuregen. Mich überkommt ein schlechtes Gewissen. Ist Lynn schon so weit? Mute ich ihr zu früh zu viel zu? Aber die Zeit läuft mir davon. Uns allen. Menschen sind in Lebensgefahr – Lynn, Nicki, Ross Varda, ich selbst. Je länger es dauert, den Täter zu fassen, desto größer wird die Gefahr für uns alle.

«Lynn», sage ich sanft, «Nicki Holden hat mir bereits von Father Joe erzählt.»

«Nicki?»

«Es ist etwas passiert, Lynn.»

«Nicki? Was ist mit ihr?» Lynns Aufregung ist offensichtlich. Na, zumindest kann sie sich an ihre Zimmergenossin erinnern.

«Es geht ihr gut», beruhige ich sie rasch. «Aber sie wäre fast an einer Überdosis gestorben.»

Lynn schaut mich ungläubig an. «Nein. Nein, das ist unmöglich. Doch nicht Nicki. Sie würde niemals wieder ...»

«Sie sagt, sie hat nichts genommen. Sie sagt, ein Unbekannter habe sie betäubt und sie dann mit Heroin voll gepumpt, um sie umzubringen.»

Lynn stößt einen kleinen, erstickten Schrei aus. «Nein, nein, nein ...»

«Sie hat mir von Father Joe erzählt. Verstehen Sie, was ich sage? Sie hat mir erzählt, was er getan hat. Was er ihr angetan hat. Ihnen. Ich habe mit ihm gesprochen. Lynn, ich weiß, dass es schwer für Sie ist, aber bitte, bitte, versuchen Sie, sich zu erinnern.»

«Nein, nein ...»

«Was ist hier los?» Carol Jacobson, die Oberschwester der Intensivstation, kommt wutschnaubend hereingestürmt. «Schluss jetzt, sofort. Und raus mit Ihnen.» Sie zeigt mit einem Finger auf mich, als wäre er eine Pistole. Als würde sie mich über den Haufen schießen, wenn ich nicht auf der Stelle gehe.

Ich stehe auf, doch ich entschuldige mich noch rasch bei Lynn und füge hinzu: «Es wird alles gut. Keine Sorge.» Meine Worte klingen selbst für mich hohl.

Ich spüre förmlich den erbosten Blick der Schwester im Rücken, als ich den Raum verlasse.

Ross Varda kommt mir auf dem Flur entgegen. Wie gerufen.

«Ich muss Sie sprechen», sage ich.

«Hat das nicht Zeit, bis –»

«Nein.»

«Ich hoffe, Ihnen ist klar, dass Sie möglicherweise einen nicht wieder gutzumachenden Schaden angerichtet haben», sagt Varda streng.

«Ich habe mir Ihre Notizen über die Therapiesitzungen mit Lynn angesehen. Father Joe wird mit keinem Wort erwähnt. Auch sonst kein Priester. Sie muss doch über ihn gesprochen haben. Ein solches Trauma –»

«Hören Sie mir überhaupt zu, Superintendent?»

«Was ich gemacht habe, ist nichts im Vergleich zu dem, was Lynn passieren könnte, wenn der Mistkerl nicht geschnappt wird.»

Er seufzt schwer. «Ja. Das stimmt natürlich.»

«Wir haben aus dem Priester nichts rausgekriegt.»

«Nein?», sagt Varda. «Hätte mich auch gewundert.»

Ich hole eine Kopie der grausigen Zeichnung hervor, die ich erhalten haben. «Glauben Sie, ein Kind könnte so was malen?»

Varda ist entgeistert. Ich bin nicht sicher, ob über meine Frage oder über die Zeichnung. Er nimmt die Fotokopie. «Ist das –»

«Ja. Scheußlich, nicht?»

Er betrachtet das Bild genauer. «Wieso fragen Sie, ob ich glaube, dass ein Kind das gemalt haben könnte?»

«Das ist die Meinung eines Experten. Was meinen Sie?»

«Ich bin kein Kinderpsychologe, aber ich habe vor Jahren Tests mit Kindern gemacht. In meiner Ausbildung. Mithilfe von Zeichnungen kann man zu ihren tiefer liegenden Gefühlen vordringen. Die Zeichnungen sind oft unbeholfen und manchmal schockierend anschaulich.»

«Wie die hier?»

Er nickt. «Ja. Sie könnte durchaus von einem Kind stammen. Aber –»

«Father Joes Haushälterin hat eine fünf Jahre alte Tochter. Mutter und Kind wohnen im Pfarrhaus.»

Ross Varda starrt weiter auf die Kinderzeichnung.

«Father Joe serviert uns sein Geständnis nicht gerade auf einem Silbertablett, Ross.»

«Ich weiß wirklich nicht, was ich Ihnen sagen kann.»

«Sie zweifeln doch nicht daran, dass es Parker ist, nicht? Sie sind überzeugt, dass er Lynn überfallen hat?»

Er zuckt hilflos mit den Schultern. «Ich weiß nicht.»

«Aber Sie wissen, dass er Lynn in Grafton vergewaltigt hat. Nicki hat es Ihnen gesagt. Vielleicht hat Lynn es Ihnen ja auch erzählt.»

Er meidet bewusst den Blickkontakt mit mir.

«Herrje, warum haben Sie nichts unternommen? Warum haben Sie ihn nicht gemeldet? Wenigstens dafür gesorgt, dass er das Gefängnis nicht mehr betritt? Dann wäre er zumindest nicht mehr an die Frauen rangekommen. Und er hätte keine Möglichkeit mehr gehabt – mein Gott, wahrscheinlich konnte er auch zu Lynn, als sie in Einzelhaft war. Und Sie haben nichts unternommen. Gar nichts.»

Varda hebt eine Hand, als wollte er sich gegen meinen verbalen Angriff schützen.

«Ich weiß, ich weiß», sage ich wütend. «Sie unterliegen der

Schweigepflicht. Aber Sie hätten mit dem Priester sprechen können. Ohne Namen zu nennen. Vielleicht hätte er alles gestanden, und dann hätten Sie –»

«Ich habe mit ihm gesprochen», sagt Varda müde. «Er ist zu mir gekommen. Absurd nicht?»

«Er ist zu Ihnen gekommen? Wieso?»

Varda blickt mir direkt in die Augen. «Weil er Hilfe brauchte. Er war mein Patient.»

Ich starre ihn an, sprachlos – ein Zustand, den ich zurzeit viel zu oft erlebe.

Ich höre mein angestrengtes Atmen, rieche eine Mischung aus abgestandener Luft und Benzin. Ich spüre, wie es um mich herum immer dunkler wird. Ich versuche, mich loszureißen, aber irgendetwas hält mich fest. Drückt mich nach unten. Nein, nicht etwas. Jemand. Eisige Finger graben sich in mein Fleisch. Ich habe eine Gänsehaut vor Ekel. Ein kalter Gegenstand wird mir auf die Lippen gepresst.

Ein Kreuz.

Bete um Erlösung, Natalie.

Ich will schreien, aber es kommt kein Ton heraus. Und dann begreife ich mit Entsetzen, warum.

Meine Zunge ist nicht mehr da. Sie ist abgeschnitten worden. Ich schmecke Blut. Langsam füllt es meinen Mund. Ich muss würgen.

Und die Dunkelheit ... aber ich bin nicht im Kofferraum eines Wagens eingesperrt, wie ich zuerst gedacht habe. Wie ich es einmal erlebt habe. Es riecht auch nicht nach Benzin. Es riecht nach Äther –

Und die Dunkelheit ist nicht draußen. Sie ist nicht um mich herum. Sie ist in mir drin. Es ist dunkel, weil ich nicht sehen kann. Ich bin blind. Meine Augen – oh Gott, meine Augen sind ausgestochen worden.

Ich weine blutige Tränen.

«Du klingst außer Atem.»

Ich schiele auf meinen Wecker. Es ist ein paar Minuten vor sieben, die Uhrzeit, um die mein Wecker morgens klingelt.

«Bloß schlecht geträumt», murmle ich, froh über den Anruf von Leo. Dankbar, aus dem Albtraum gerissen worden zu sein.

«Kein Wunder», sagt er ernst. «Bei dem, was zurzeit alles passiert.»

«Was gibt's?» Leo würde mich nicht ohne Grund so früh am Morgen anrufen.

Es folgt eine kurze Pause, bevor er antwortet. «Ich bin im Pfarrhaus.»

Ein Bild des kalten Metallkreuzes schießt durch meinen Kopf.

«Hast du Father Joe festgenommen?»

«Nein. Das ist nicht mehr nötig.»

Weil ich noch verschlafen bin und mir der Albtraum noch im Kopf herumspukt, brauche ich ein paar Sekunden, bis ich begreife, was Leo da sagt.

«Ist er tot?»

«Die kleine Tochter der Haushälterin hat ihn gefunden», sagt Leo grimmig.

«Oh nein.» Jetzt bin ich hellwach.

«Wie's aussieht, durfte Emily, mit Moms Erlaubnis, dem Priester jeden Morgen seinen Tee bringen. Er war wohl ein Frühaufsteher – bei Sonnenaufgang auf den Beinen und meistens schon um sechs Uhr in seinem Büro.»

Ich höre den bedrückten Ton in Leos Stimme. Ich bin sicher, es nimmt ihn genauso sehr mit wie mich, dass ausgerechnet das kleine Mädchen den toten Priester gefunden hat. Das Bild wird die Kleine bis ans Ende ihres Lebens verfolgen.

«Wie ist er gestorben?», frage ich, mit Angst vor der Antwort. Wie grausam war der Anblick?

«Er hing am Kronleuchter. Um den Hals hatte er die Kordel von den Vorhängen im Zimmer. Als wir eintrafen, setzte schon die Totenstarre ein. Er muss mehrere Stunden da gehangen haben.»

«Hat er einen Abschiedsbrief hinterlassen?»

«Ja, wir haben einen Zettel gefunden», sagt Leo.

«Was stand drauf?»

«Möge Gott unseren Seelen gnädig sein.»

Lynn war heute sehr aufgewühlt. Sie wollte die Sitzung früher beenden. Ich habe ihr zugeredet, trotzdem zu bleiben. Sie begann zu weinen. Als ich sie fragte, was los sei, hat sie gefragt: «Glauben Sie an Gott?»

Dr. Ross Varda

Notizen über die Patientin Ingram

25

Meine Bürotür knallt so laut zu, dass es im ganzen Haus zu hören sein muss. Ich halte die Luft an, denn hier im Horizon House bin ich instinktiv immer im Alarmzustand. Ich atme wieder aus, als ich sehe, dass es Hutch ist und kein Amok laufender Häftling, der in mein Zimmer gestürmt kommt. Was nicht heißt, dass sich meine Nervosität legt. Mein leitender Vollzugsbeamter hat ein hitziges Temperament, das er normalerweise zu bändigen vermag. Es muss schon einiges passieren, damit er aus der Haut fährt. So wütend wie jetzt habe ich ihn noch nie erlebt.

«Bist du eigentlich wahnsinnig geworden? Weißt du, was du getan hast? Du hast einen Menschen in den Selbstmord getrieben. Nicht irgendeinen Menschen. Einen der besten, anständigsten, gütigsten Menschen, die ich das Glück hatte zu kennen. Einen Priester, Nat. Einen Priester.» Er schlägt donnernd mit der Faust auf meinen Schreibtisch. Ich bin sicher, er hätte sie lieber gegen mein Kinn als auf Holz krachen lassen. Aber so weit hat er sich noch im Griff. Bis jetzt jedenfalls.

«Hutch, hör mir –»

«Nein, verdammt. Du hörst mir zu. Father Joe hat mir die ganze Geschichte erzählt, und sie ist ausgemachter Blödsinn. Er hätte keiner Fliege was zuleide tun können. Also, es ist mir scheißegal, was du zu wissen glaubst. Du liegst falsch.» Vor Wut und Schmerz stehen ihm Tränen in den Augen. Seine Stimme bebt vor Zorn.

«Wenn ich falsch liege, Hutch, warum hat er sich dann umgebracht?»

Er starrt mich an, als wäre ich geistig zurückgeblieben. «Glaubst du an Gott, Nat?»

Mich schaudert, denn erst heute Morgen habe ich gelesen, dass Lynn Ingram genau die gleiche Frage an Ross Varda gerichtet hat. «Ist es für einen Priester nicht Sünde, wenn er sich das Leben nimmt?»

«Ich glaube nicht, dass er bei klarem Verstand war, als er es getan hat. Als du ihn dazu getrieben hast», fügt Hutch anklagend hinzu. «Du hast seinen Tod auf dem Gewissen, Nat. Dein Leben lang. Du tust mir Leid.» Doch in seiner Stimme ist nicht eine Spur von Mitleid zu erkennen.

«Die Menschen sind nicht immer so, wie sie zu sein scheinen, Hutch. Auch Priester nicht.»

«Auch Superintendents nicht», kontert er, bevor er sich umdreht und rausmarschiert. Und mich mit dem stechenden Schmerz seiner letzten Worte zurücklässt.

Ich möchte glauben, dass es vorbei ist. Aber das ist es natürlich nicht. Noch immer ist nicht zweifelsfrei bewiesen, dass Father Joe Lynn Ingram überfallen und verstümmelt hat. Oder dass er Nicki eine beinahe tödliche Dosis Heroin gespritzt hat. Als er noch am Leben war, bestand wenigstens die Hoffnung, dass er irgendwann gestehen würde. Aber er hat nicht gestanden. Und seine Abschiedsworte auf dem Zettel bringen uns auch nicht weiter. Nicht einmal Nicki Holdens Geständnis, dass sie gesehen hat, wie Lynn im Gefängnis von Father Joe vergewaltigt wurde, ist ein Beweis dafür, dass er sie letzten Donnerstag verstümmelt und versucht hat, sie umzubringen. Der Priester ist tot, aber die Ermittlungen gehen weiter. Wird der Fall je gelöst werden? Unsere einzige Hoffnung ist jetzt noch Lynn. Wenn bloß ihre Erinnerung wiederkäme –

Ich habe mich noch nicht ganz von meinem Zusammenprall mit Hutch erholt, als Leo mit Nicki im Schlepptau eintrifft. Er hat sie persönlich vom Krankenhaus hergebracht. Zusammen mit einem uniformierten Kollegen, der vor Nickis Zimmer Wache stehen soll. Leo will kein Risiko eingehen. Ein deutlicher Hinweis darauf, dass der Fall noch nicht abgeschlossen ist.

Nicki wirkt blass und zittrig. Kein Wunder, nach dem, was sie durchgemacht hat. Mich wundert allerdings, dass sie sich verkrampft, als Leo ihr leicht eine Hand auf den Rücken legt, während er sie zur Treppe geleitet. Ich bin sicher, diese Reaktion wundert auch Leo. Und irritiert ihn.

Knapp eine halbe Stunde später steht Leo in der Tür zu meinem Büro. Was hat er so lange da oben bei Nicki gemacht?

«Weiß sie über Father Joes Selbstmord Bescheid?», frage ich.

Leo nickt. «Ich habe gedacht, es beruhigt sie vielleicht ein bisschen. Ich meine, wenn sie weiß, dass er keine Gefahr mehr darstellt.»

«Und? Hat es sie beruhigt?»

«Nein.»

Ich bin nicht überrascht. Es passt zu meiner Überzeugung, dass Nicki am Stockholm-Syndrom leidet; sie fühlt sich schuldig, dass sie einen Mann verraten hat, der in ihren Augen ihr Beschützer war. Und sehr wahrscheinlich ihr Liebhaber. Ich bin sicher, dass Leo zu dem gleichen Schluss gelangt ist.

«Vielleicht sollte ich Ross Varda anrufen. Damit er herkommt und mit ihr redet», schlage ich vor.

«Sie sagt, sie will mit niemandem reden.»

«Sie hat ganz schön was durchgemacht, Leo.»

«Ja.» Er lässt sich auf einen Stuhl vor meinem Schreibtisch fallen.

«Wir haben alle ganz schön was durchgemacht», füge ich hinzu.

Er sieht mich an, aber er erwidert nichts.

Ich sitze da mit seinem Schweigen, bis ich es nicht mehr aushalte. «Was ist mit dem Mädchen? Emily?»

«Ihre Mutter ist mit ihr erst mal zu einer Freundin gezogen. Ich muss der Kleinen die Zeichnung zeigen, aber das kann warten. Sie ist nicht in der Verfassung, Fragen zu beantworten.»

«Was ist mit Melissa Raymond? Hast du sie vernommen?»

«Ja, aber ich hab keine Antworten aus ihr rausgekriegt. Sie ist nicht gerade in kooperativer Stimmung.»

Ich erzähle Leo von Hutchs Stimmung.

«Keiner will seinen Priester als Vergewaltiger sehen», sagt Leo niedergeschlagen.

«Was passiert als Nächstes?», frage ich.

«Ich bin heute Vormittag bei der Autopsie dabei, und heute Nachmittag fahre ich nach Grafton und rede mit dem Personal und den Häftlingen. So etwas passiert nicht im luftleeren Raum.

Wenn Father Joe Lynn Ingram vergewaltigt hat, dann wahrscheinlich auch noch andere.»

Mir fällt auf, dass er Nickis Namen nicht erwähnt. «Das heißt aber immer noch nicht, dass er Lynn oder Nicki oder beide überfallen hat.»

«Nein, da tappen wir immer noch im Dunkeln. Aber eins nach dem anderen.»

Und dann fällt mir etwas ein. «Leo, wir müssen unbedingt Ross Varda herkommen lassen.»

Er verdreht die Augen. «Ich hab dir doch gesagt, Nicki will niemanden –»

«Nicht für Nicki. Father Joe war bei ihm.»

Leo beugt sich vor. «Wie meinst du das?»

Ich drücke den Knopf meiner Sprechanlage. «Paul, rufen Sie Ross Varda an. Ich muss ihn sprechen. Es ist dringend.»

Leo begreift. «Soll das heißen, der Priester war ein Patient von Varda?»

Ich lächle. Dabei dachte ich, ich würde vorläufig nicht mehr lächeln. «Und Varda unterliegt jetzt nicht mehr der Schweigepflicht. Sie endet mit dem Tod.»

«Tut mir Leid», entschuldigt sich Ross Varda, als er am Nachmittag endlich in meinem Büro erscheint. «Meine Schwester ist krank geworden, und ich musste sie zum Arzt bringen.»

«Ich hoffe, es ist nichts Ernstes», sage ich.

Er lächelt, aber ich bemerke einen Anflug von Sorge in seinem Gesicht. Ich frage mich, wie krank seine Schwester wohl ist, aber die Reaktion des Psychiaters sagt mir, dass er nicht darüber sprechen möchte.

Ich bedeute ihm, Platz zu nehmen. Er bleibt stehen.

«Ich nehme an, Sie haben mich kommen lassen, damit ich mit Nicki rede. Ich habe vom Krankenhaus erfahren, dass sie heute Morgen entlassen wurde», sagt er. «Ich nehme an, sie weiß vom Selbstmord des Priesters. Es ist ja in allen Nachrichten, obwohl nicht gesagt wird, warum –»

«Die Polizei möchte möglichst wenige Informationen an die Presse geben, bis sie weitere Fakten gesammelt hat.» Diesmal fordere ich ihn mit Worten auf, Platz zu nehmen. Er tut es, wenn auch widerwillig. «Ich möchte so bald wie möglich mit Nicki reden.»

«Sie will zurzeit niemanden sehen.»

«Warum bin ich dann hier?» Seine Stimme klingt leicht gereizt.

Ohne direkt zu antworten, drücke ich den Knopf meiner Sprechanlage und bitte Paul, Leo zu verständigen, dass Ross Varda hier ist. «Sie erreichen ihn vermutlich in Grafton», füge ich hinzu.

Ich weiß, dass ich Varda erst in Leos Beisein befragen sollte, aber es kann lange dauern, bis er hier ist. Ich kann ihn ja anschließend auf den Stand der Dinge bringen. Außerdem sind Leo und der Psychiater sich nicht unbedingt grün. Ich kriege vielleicht mehr aus Varda heraus, wenn ich allein mit ihm rede.

«Ich nehme an, es geht um Father Joe Parker.»

«Sie haben mir erzählt, dass er Ihr Patient war.»

Varda hebt eine Augenbraue, erwidert aber nichts. Welcher Psychiater hat sich je als redselig erwiesen, ohne dass man ein wenig nachhelfen musste?

«Hat er gestanden, Lynn im Gefängnis vergewaltigt zu haben?» Ich denke mir, ich gehe am besten mit einer direkten Frage in die Offensive.

«Nicht wörtlich», sagt Varda nach längerem Zögern.

«Er hat gewusst, dass Nicki ihn dabei gesehen hat –»

Varda sieht plötzlich müde aus. «Er war sicher, dass er von Nicki nichts zu befürchten hatte.»

«Weil sie Angst vor ihm hatte?», frage ich. «Oder weil sie dachte, sie würde ihn lieben?»

«Manchmal ist die Grenze zwischen Angst und Liebe verschwommen.»

«Glauben Sie, die Grenze ist immer noch verschwommen?», hake ich nach. «Schließlich hat Nicki wenigstens teilweise zugegeben, was passiert ist.» Während ich das sage, fällt mir ein, dass Nicki ja gar nicht deutlich gesagt hat, was für eine Beziehung sie zu dem Priester hatte.

«Um diese Frage beantworten zu können, muss ich erst mit Nicki sprechen», sagt Varda. «Ich mache mir ernsthafte Sorgen um ihren psychischen Zustand. Nach dem Selbstmord des Priesters durchlebt sie jetzt sicherlich einen Strudel widerstreitender Gefühle. Bestimmt gibt sie sich in gewisser Weise die Schuld an seinem Tod, weil sie ihn verraten hat. Und dann ist da das Gefühl von Verlust, Verlassensein –»

«Aber sie wird doch bestimmt auch so etwas wie Erleichterung empfinden», falle ich ihm ins Wort. Unsicher, ob ich im Augenblick auf Nicki wütend bin oder auf Varda. Wahrscheinlich auf beide. Auf Nicki, weil sie solche Gefühle hegt. Und auf Varda, weil er so verflucht ruhig und verständnisvoll ist.

«Ich bin überzeugt, dass die Erleichterung noch kommen wird, aber erst muss sie diese anderen Emotionen verarbeiten. Ich hoffe, Sie tun, was in Ihrer Macht steht, um Nicki dazu zu bringen, möglichst bald mit mir zu sprechen.»

«Ich tue, was ich kann, aber entscheiden muss sie selbst», entgegne ich.

Varda nickt.

«Sie behandeln auch andere Frauen in Grafton. Sind noch mehr von Father Joe vergewaltigt worden?» Obwohl Leo wahrscheinlich gerade dabei ist, die Antwort auf diese Frage zu finden, denke ich mir, dass es nicht schaden kann, wenn ich Varda direkt danach frage.

«Wie Sie wissen, darf ich nicht –»

«Sie müssen ja keine Namen nennen», sage ich ungeduldig. «Hat Father Joe Ihnen von anderen Frauen erzählt –»

«Ich glaube, Sie haben einen falschen Eindruck von dem Priester, Superintendent. Father Joe war kein typischer Triebtäter, der seine Position innerhalb des Gefängnisses ausgenutzt hat, um mit jeder hübschen Insassin, mit der er zu tun hatte, ein sexuelles Verhältnis anzufangen.»

«Ein sexuelles Verhältnis anzufangen? Es geht hier um *Vergewaltigung*.»

Varda sieht unruhig weg. «Wir alle haben eine dunkle Seite, Superintendent. Sogar Priester.»

«Mag sein, aber die meisten von uns schaffen es, diese dunkle Seite unter Kontrolle zu halten. Erst recht Priester.»

«Er war ein kranker Mann. Ich dachte, ich könnte ihm helfen. Ich bin gescheitert.»

«Sie sind nicht nur gescheitert. Sie haben auch tatenlos zugelassen, dass er zwei von Ihren Patientinnen vergewaltigt.»

Er wirkt kurz verwirrt, aber dann nickt er. «Sie meinen Nicki.»

«Stimmt das nicht?»

Er zögert. «Ich glaube nicht, dass Nicki es Vergewaltigung nennen würde. Sie hatte nie das Gefühl, dass er sie zum Sex gezwungen hat.»

Ich lache bitter auf.

«Ja, ich weiß», sagt er düster. «In einer solchen Situation ist es immer Vergewaltigung. Aber Nicki hatte wirklich das Gefühl, dass er sie mochte. Und ich glaube, sie hatte Recht.»

«Hat Father Joe Ihnen das erzählt? Dass er sie *mochte*?»

«Ja.»

Wut und Ekel brodeln in mir. «Und was ist mit Lynn? Hat er sie auch *gemocht*?»

Varda seufzt. «Die Gefühle des Priesters waren kompliziert, gelinde gesagt. Father Joe hatte nur ein paar Sitzungen bei mir. Viel zu wenige, um seine Gefühle auch nur ansatzweise zu entwirren.»

«Hat er Ihnen gestanden, dass er Lynn niedergestochen hat? Hat er gesagt, warum?»

«Father Joe hat die Therapie bei mir vor Monaten abgebrochen. Seitdem hatte ich keinen Kontakt mehr zu ihm.»

«Haben Sie nach dem Überfall auf Lynn versucht, mit Father Joe Kontakt aufzunehmen?»

Varda schüttelt den Kopf.

«Aber Sie halten es für möglich, dass er es war», hake ich nach.

«Ich hatte gehofft, er würde sich mit mir in Verbindung setzen, aber das hat er nicht getan.»

«Hofften Sie, Father Joe würde Ihnen den Mordversuch an Lynn beichten?»

«Falls er das getan hätte, hätte ich nur versuchen können, ihn dazu zu bringen, dass er sich stellt.»

«Glauben Sie, Sie hätten ihn überzeugen können?»

Varda schaut mich lange an, bevor er antwortet. «Nein.»

Er sieht verzweifelt aus. «Ich wünschte, ich hätte mehr tun können. Man hört ja häufig, wir Ärzte würden uns für Götter halten. Glauben Sie mir, ich habe mich nie so gesehen. Als Psychiater lernt man vor allem Demut. Manchmal stürzt mein Beruf mich in pure Verzweiflung, und ich fühle mich wie ein entsetzlicher Versager. Dann frage ich mich, warum ich überhaupt noch weitermache.»

Varda blickt auf seine Uhr. «Ich muss los, meine Schwester erwartet mich zum Essen. Ich fürchte, mehr kann ich Ihnen auch nicht sagen, Superintendent.»

Er streicht sein graues Jackett glatt und rückt seine Krawatte gerade. «Würden Sie Nicki bitte ausrichten, dass ich mich nach ihr erkundigt habe? Und dass ich für sie da bin, wann immer sie mich sprechen will?»

«Natürlich», sage ich. Mein Telefon klingelt. «Moment noch. Das könnte Detective Coscarelli sein. Vielleicht hat er ja noch ein paar Fragen –», sage ich, als ich zum Hörer greife.

«Superintendent Price?»

Es ist die Stimme einer Frau. Sie kommt mir vage bekannt vor. «Ja?»

«Hier spricht Claire Fisher. Die Krankenschwester von Dr. Bell.» Ihre Stimme hat einen dringlichen Unterton.

«Ach ja, natürlich. Stimmt was nicht, Claire?»

«Ja, also ... ich weiß nicht. Ich habe die Ablage ausgemistet, wissen Sie ... Und da habe ich hinter einer von Lynns alten Akten was gefunden –»

«Was haben Sie gefunden, Claire?»

«Eine Hülle mit einem dicken Stoß handbeschriebener Seiten drin.»

«Lynns Handschrift?»

«Ja, ich glaube schon.»

«Weiß sonst noch jemand von Ihrem Fund?»

Sie zögert. «Ich ... ich weiß nicht genau.» Sie klingt jetzt eindeutig ängstlich.

«Was soll das heißen?»

«Na ja ... Dr. Bell war mit mir zusammen im Aktenraum, als ... Ich weiß nicht, ob er was gesehen hat.»

«Sie haben es ihm nicht gezeigt?»

Wieder zögert sie. «Nein. Nein ... ich ... Es gibt da einiges, was ich Ihnen nicht erzählt habe ...»

Ja, denke ich, das glaube ich gern. Zum Beispiel, dass Lynn und Harrison Bell eine Affäre hatten. Plötzlich kommt mir der Gedanke, dass die Stimme auf dem Tonband, das Leo mir im Präsidium vorgespielt hat, vielleicht gar nicht einer Expatientin von Bell gehört. Vielleicht sollte uns das, was sie berichtete, nur in die Irre führen. Könnte es sein, dass die Frau auf dem Band ihre Stimme verstellt hat, damit wir sie nicht erkennen? Könnte es Claire Fisher gewesen sein?

«Hören Sie, ich würde lieber nicht am Telefon mit Ihnen sprechen», sagt sie leise. «Könnten Sie nicht heute Abend zu mir in die Wohnung kommen? Ich nehme ... die Seiten ... mit nach Hause und gebe sie Ihnen dort.»

«Klar. Um welche Zeit?»

«Ich muss noch ein paar Besorgungen machen, wenn ich hier rauskomme. Passt Ihnen sieben?»

«Ausgezeichnet. Geben Sie mir Ihre Adresse.»

Während sie sie durchgibt und ich mitschreibe, höre ich im Hintergrund eine männliche Stimme – von Harrison Bell? –, und Claire legt abrupt auf.

Varda mustert mich aufmerksam.

«Lynns Tagebuch?», fragt er.

«Möglich.»

Er nickt. «Gut. Gut, dass es aufgetaucht ist.»

«Ja», sage ich. «Könnte hilfreich sein. Aber es gibt natürlich keine Eintragungen seit dem Überfall. Selbst wenn was über Father Joe drinsteht und sie aufgeschrieben hat, was er ihr im Gefängnis angetan hat, beweist das nicht, dass er derjenige ist, der versucht hat, sie umzubringen. Oder Nicki.»

«Nein», sagt Varda. «Leider wahr.»

«Aber es könnte immerhin drinstehen, ob der Priester sich mit ihr in Verbindung gesetzt hat, seit sie ins Entlassungsvorbereitungszentrum verlegt wurde. Ob er sie vielleicht bedroht hat, damit sie nicht verrät, was er mit ihr gemacht hat.»

«Möglich», sagt Varda.

Meine Gedanken überschlagen sich. «Andererseits könnte sie über jemand anderen geschrieben haben, vor dem sie Angst hatte. Der Fall ist weiß Gott nicht klar.»

Das US-Bundesgesetz zum Schutz von Behinderten schließt Transsexualität ebenso aus wie Pädophilie, Exhibitionismus, Voyeurismus und «andere sexuelle Verhaltensstörungen». Entscheidend ist jedoch, dass Transsexualität im Unterschied zu den anderen Störungen nicht gegen das Gesetz verstößt und daher als Behinderung betrachtet werden müsste.

Dr. Karen Fields
Geschlechtsumgewandelte Ärztin

26

«Es war reine Zeitverschwendung», sagt Leo niedergeschlagen. Es ist kurz vor sechs Uhr abends, und er ist soeben aus Grafton zurückgekehrt, wo er fast den ganzen Nachmittag verbracht hat. «Falls der Priester sich auch noch an anderen Frauen vergangen hat, dann schweigen die jedenfalls. Die Mitarbeiter sind offenbar alle ehrlich entsetzt über den Selbstmord. Und alle konnten sie über Father Joe nur Gutes sagen», erzählt Leo verdrossen.

Er geht zur Tür.

«Leo –»

«Später. Ich muss noch mal mit Nicki sprechen», sagt er knapp.

Ich eile ihm nach, halte ihn am Jackenärmel fest. «Warte lieber damit, Leo. Bis du in einer anderen Stimmung bist. Außerdem habe ich was Wichtiges –»

«Sag mir nicht, wie ich meinen Job zu machen habe, Natalie.»

«Es hat nichts mit deinem Job zu tun. Es ist privat.»

«Na, dann misch dich auch nicht in mein Privatleben», zischt er.

Seine Worte treffen mich wie ein Schlag ins Gesicht. Ich lasse seinen Ärmel los und trete zurück.

Leo verzieht das Gesicht. «Es tut mir Leid, Natalie. Das ist mir so rausgerutscht... Das habe ich nicht so – ach, Scheiße.»

Ein heftiges Klopfen an meiner Tür erschreckt uns beide.

Es ist Jack. Er kommt in mein Büro, schaut von mir zu Leo und wieder zu mir. «Alles in Ordnung?»

So viel dazu, wie ich meine Gefühle verbergen kann. «Was gibt's, Jack?»

Jack richtet seinen Blick langsam wieder auf Leo. «Ihr Partner ist hier. Er sucht Sie.»

Mitchell Oates, der im Vorzimmer wartet, kommt in mein Büro, als er Leo sieht.

«Was ist los?» Leo ist sofort wieder dienstlich.

«Wir müssen zum Einsatz», sagt Oates knapp. «Sofort. Wir haben einen Notruf von einer Ärztin in der Wohnung von Claire Fisher –»

Mein Mund wird trocken. «Claire Fisher? Was ist passiert?»

Claire Fishers Zwei-Zimmer-Wohnung liegt im dritten Stock eines vornehmen alten Stadthauses in South Boston, das vor rund zehn Jahren in ein Apartmenthaus umgewandelt worden ist. Sie ist klein, aber hell dank der großen Fenster, der hohen Decken und der weißen Wände. Die Einrichtung ist schlicht, aber geschmackvoll. Eine braungraue Sitzgruppe, ein Berberteppich auf hellem Holzboden, ein alter Schrankkoffer als Couchtisch, darauf ein großer Kunstband über impressionistische Malerei und eine mundgeblasene Glasvase mit einem Strauß kleiner gelber Rosen und weißer Margeriten, der höchstens ein oder zwei Tage alt sein kann.

Dr. Julie Morganstein, die Frau, die Claires Leiche gefunden hat, ist die Besitzerin der Wohnung. Claire Fisher war nicht nur ihre Mieterin, sondern auch eine gute Bekannte. Sie lernten sich kennen, als Julie Assistenzärztin in der Schmerzklinik von Cambridge war.

«Wir waren nicht eng befreundet», sagt die Ärztin gerade, ihre Stimme ein wenig zittrig, ihr heller Teint aschfahl. Sie ist eine zierliche Frau mit glatten braunen Haaren, die sie straff nach hinten aus dem Gesicht gekämmt und mit einfachen, silbernen Spangen festgesteckt hat. Sie trägt einen schwarzen Hosenanzug aus leichter Wolle. Der Blazer ist offen, und ich bemerke mehrere rote Flecken auf der weißen Seidenbluse. Blut. Ich bemerke auch ihren leicht gerundeten Bauch. Da sie ansonsten eine schlanke, ja fast kindliche Figur hat, ziehe ich rasch den Schluss, dass die Frau schwanger sein muss. Vermutlich im dritten oder vierten Monat. Sofort mache ich mir Sorgen, dass das Trauma, das sie hier erlebt hat, sich schädlich auf die Schwangerschaft auswirken könnte.

«Ich mache Ihnen ein Tasse Tee», biete ich an, obwohl ich glaube, dass sie besser einen Whiskey gebrauchen könnte. Aber für Schwangere ist Alkohol tabu. Dann eben Tee. Doch sie schüttelt den Kopf.

«Mir geht's gut.» Sie lächelt matt. «Na ja, gut natürlich nicht, aber ... ich kann wirklich nichts trinken.»

Ihre Augen wandern zu der geschlossenen Schlafzimmertür. Auf der anderen Seite dieser Tür liegt Claire Fishers Leichnam in einer kleinen Blutlache auf dem beigefarbenen Teppichboden, zwei Kugeln in der Brust, von denen mindestens eine tödlich war.

«Ich wollte ihr was bringen ...» Die Augen der Ärztin richten sich auf einen großen Karton neben der Wohnungstür. «Eine neue Lampe für das Esszimmer.» Ihre Lippen zittern. «Die alte hatte einen Kurzschluss. Man hätte sie reparieren können, aber ... aber das war Claire zu ... riskant.»

Die Ärztin schließt einen Moment lang fest die Augen, hat sich dann aber wieder unter Kontrolle. «Ich habe die Lampe abgeholt und dann Claire angerufen, um ihr zu sagen, dass ich sie vorbeibringe. Sie war nicht ... Sie ist nicht ...» Julie beißt sich so fest auf die Unterlippe, dass sie blutet. Sie merkt es nicht einmal und spricht schnell weiter. «Ich hab ihr auf den Anrufbeantworter gesprochen, dass ich die Lampe vorbeibringen würde. Ich habe einen Schlüssel, aber ich hab natürlich vorher geklingelt. Als Claire nicht aufgemacht hat, habe ich ... habe ich angenommen, dass sie nicht da ist –»

Wieder presst Julie die Augen ein paar Sekunden zu, doch diesmal verliert sie den Kampf gegen die Tränen. Sie laufen ihr das Gesicht hinunter. Sie achtet nicht darauf und zwingt sich weiterzusprechen. «Ich wollte mit dem Schlüssel öffnen, aber die Tür war nicht abgeschlossen. Und die Schlafzimmertür war ... einen Spalt offen. Ich dachte, Claire ist unter der Dusche.» Ihr läuft die Nase, und sie schnieft, während sie in ihrer Handtasche nach einem Taschentuch kramt.

Mitchell Oates, der jetzt wieder mit uns im Wohnzimmer sitzt, zieht ein frisches Taschentuch aus seiner Brusttasche und reicht es ihr. Julie nimmt es dankbar, tupft sich vergeblich das Gesicht ab und putzt sich die Nase. Ohne nachzudenken will sie dem Detective das Taschentuch zurückgeben, wird dann rot. «Ich ... wasche es für Sie.»

Er lächelt freundlich. Ein Ausdruck, den ich persönlich noch nie im Gesicht des gut aussehenden, aber meist mürrischen Detective erlebt habe. «Behalten Sie's», sagt er warmherzig. «Ich hab eine ganze Schublade voll davon.»

Sie bringt ein kleines, dankbares Lächeln zustande. «Vielen Dank.»

Nur wir drei sind im Wohnzimmer. Leo ist mit David Marcus, der Spurensicherung und dem Coroner noch in Claires Schlafzimmer. Zwei Uniformierte stehen draußen vor der Wohnungstür. Zwei Detectives befragen alle Nachbarn in der Hoffnung, dass jemand gesehen hat, wie Claire vielleicht in Begleitung nach Hause gekommen ist oder wie jemand das Gebäude vor oder nach ihrer Ankunft betreten hat.

Dr. Julie Morganstein seufzt schwer. «Das muss ein Rauschgiftsüchtiger gewesen sein», sagt sie, knüllt das Taschentuch zusammen, faltet es dann auseinander, um es erneut zu zerknüllen. «Jemand, der wusste, dass Claire Krankenschwester war. Was hatte das mit dem Tagebuch zu bedeuten, nach dem der andere Detective mich gefragt hat?» Sie blickt von Oates zu mir.

Keiner von uns antwortet.

«Ich meine, es kann doch nur ein Fremder gewesen sein, nicht? Ich kann mir nicht vorstellen, dass Claire Feinde hatte.»

«Es deutet nichts auf ein gewaltsames Eindringen hin», sagt Mitchell Oates.

Julie hält sich die Hand vor den Mund. «Oh Gott. Sie denken, Claire hat den Mörder hereingelassen? Dass ... dass sie ihn kannte? Aber ... wer?»

Es gibt nur einen Namen, der mir sofort einfällt. Dr. Harrison Bell. Bell wusste, dass Claire das Tagebuch gefunden hatte. Ich habe Leo auf der Fahrt hierher von Fishers Anruf erzählt. Da er nicht wusste, wo der Arzt um diese Uhrzeit anzutreffen sein würde, gab Leo über Funk Anweisung, dass zwei Streifenbeamte zur Klinik und zwei weitere zu Bell nach Hause fahren. Harrison Bell wird jetzt gesucht, um wegen des Mordes an seiner Krankenschwester Claire Fisher Rede und Antwort zu stehen.

Das Problem ist, dass Bell bislang unauffindbar ist. Er hat die Klinik frühzeitig verlassen, aber laut Carol Bell ist er nicht nach

Hause gekommen. Sie behauptet, keine Ahnung zu haben, wo er ist. Möglicherweise bei einem Symposium, von dem er vergessen hat, ihr zu erzählen.

Das Tagebuch ist in Fishers Wohnung nicht gefunden worden. Ich bin sicher, dass Claire Fishers Mörder es mitgenommen hat. Ich bin ebenfalls sicher, dass die Krankenschwester ermordet wurde, weil sie das Pech hatte, das Tagebuch zu finden.

Ist Bell in Panik geraten, weil etwas über seine Affäre mit Lynn drinstehen könnte? Über die Trennung? Hat Lynn aufgeschrieben, dass er sie bedroht hat? Dass sie Angst vor ihm hat? Angst um ihr Leben?

Fürchtete Bell, dass er als Hauptverdächtiger für den Überfall auf Lynn gelten würde, wenn die Polizei das Tagebuch in die Hände bekäme – ob er nun der Täter war oder nicht? Dass man ihn verhaften würde? Vor Gericht stellen? Für schuldig befinden?

Und wenn Harrison Bell wirklich schuldig ist?

Aber wie passt da Father Joe Parker ins Bild?

Mein Gott, und wenn der Priester tatsächlich nichts mit der Sache zu tun hatte?

Ich sage mir rasch, dass der Priester alles andere als unschuldig war. Ganz gleich, was er sonst noch auf dem Kerbholz hatte oder nicht, er hatte auf jeden Fall Lynn Ingram im Gefängnis vergewaltigt. Er hatte auch geschickt und systematisch Nicki Holden beeinflusst, sodass sie ihn während ihrer gesamten Zeit in Grafton nicht verraten hatte. Und wenn es Ross Varda nicht gelungen wäre, ihren Schutzwall zu durchbrechen, hätten wir die Wahrheit über den Priester womöglich nie erfahren.

Leo erscheint ernst in der Tür und winkt seinen Partner zu sich. Widerwillig steht Oates von seinem Stuhl auf und geht ins Schlafzimmer. Ich weiß, dass er mich nicht gern mit der jungen Ärztin allein lässt.

Ich warte, bis Oates im Schlafzimmer verschwunden und die Tür wieder geschlossen ist, bevor ich Julie anschaue. Ich sehe, dass sie sich wieder im Griff hat.

«Sie haben erwähnt, dass Sie mal in der Schmerzklinik gearbeitet haben.»

Sie nickt. «Das ist aber schon fast fünf Jahre her.»

«Sie haben mit Dr. Harrison Bell zusammengearbeitet?»

«Ja», sagt Julie vorsichtig.

«Und war nicht auch Dr. Lynn Ingram zu dieser Zeit dort beschäftigt?»

«Ja.» Sie fängt wieder an, das Taschentuch zusammenzuknüllen.

«Sie wissen, dass Lynn Ingram im Boston General auf der Intensivstation liegt?» Das Boston General ist das Krankenhaus, in dem Julie Morganstein arbeitet.

«Ja.» Sie stockt. «Gibt es da ... einen Zusammenhang? Zwischen dem, was Lynn Ingram passiert ist, und dem, was ... was ... Claire passiert ist?»

«Was glauben Sie?», frage ich und denke, dass Ross Varda von meiner therapeutischen Annäherung beeindruckt wäre. Beantworte eine Frage mit einer Gegenfrage und du erfährst mehr über die Patientin. Natürlich bin ich keine Therapeutin. Und Julie Morganstein ist keine Patientin. Trotzdem –

«Ich kannte Lynn nicht wirklich gut. Ich habe drei Monate mit ihr in der Klinik zusammengearbeitet, und wir hatten ein paar gemeinsame Patienten, aber privat hatten wir eigentlich wenig miteinander zu tun. Ich hatte nichts gegen sie. Sie war fachlich sehr kompetent. Aber sie blieb immer ziemlich für sich.»

«Haben Sie damals gewusst, dass sie transsexuell ist?»

«Nein. Das habe ich erst durch ihren Prozess erfahren.»

«Hatten Sie den Eindruck, dass Lynn und Dr. Bell eine Affäre hatten?»

Morganstein blickt mich entgeistert an.

«Heißt das Ja oder Nein?», frage ich.

Wieder zögert sie. «Mir ist zwar nicht ganz wohl, wenn ich Ihnen das sage. Aber jetzt –» Sie stockt, schaut rasch zu der geschlossenen Tür von Claire Fishers Schlafzimmer, dann genauso schnell wieder weg. «Wissen Sie, Claire war diejenige, die was mit Dr. Bell hatte.»

Jetzt bin ich entgeistert. Ich hatte ja geahnt, dass Claire in ihren Chef verknallt war, aber ich hätte nicht gedacht, dass er ihre Gefühle erwiderte.

«Woher wissen Sie das?»

«Sie hat es mir erzählt.»

«Wann?»

«Wann sie es mir erzählt hat oder wann sie mit ihm eine Affäre hatte?»

«Sowohl als auch», erwidere ich.

«Sie hat es mir erzählt, als ich in der Klinik gearbeitet habe. Also vor einigen Jahren. Aber ich weiß, dass die Sache bis vor ein oder zwei Monaten noch lief.»

Ging die Affäre zu Ende, als Lynn Ingram wieder in der Klinik anfing? Hat Claire Schluss gemacht? Oder Bell?

«Hat sie Ihnen erzählt, dass es vorbei war?»

«Na ja, von sich aus hat sie es mir nicht erzählt. Aber vor ein paar Wochen war ich bei ihr – es musste einiges in der Wohnung gemacht werden, und ich wollte das mit Claire besprechen –, und da kam sie mir ziemlich niedergeschlagen vor.»

«Sie haben vermutet, dass sie und Bell sich getrennt hatten?»

«Ja. Und sie hat es bestätigt.»

«Hat sie Ihnen erzählt, was passiert war? Wer Schluss gemacht hat? Warum?»

«Nein, sie wollte nicht darüber reden.»

«Kennen Sie Carol Bell?»

«Dr. Bells Frau? Ja, ich bin ihr ein paar Mal in der Klinik begegnet, als ich dort Assistenzärztin war. Sie hat ihren Mann manchmal zum Lunch abgeholt.»

«War sie dann mit ihm verabredet?»

«Ich weiß nicht. Ich schätze, ja.» Doch nach einer kurzen Pause sagt sie: «Nicht immer. Manchmal hat sie ihn überrascht.»

«Glauben Sie, sie wollte ihn kontrollieren?»

«Das weiß ich wirklich nicht.» Julie zögert. «Claire hat mal gesagt, sie habe die Befürchtung, dass Carol was ahnt. Ich weiß, dass sie deshalb ziemlich aufgewühlt war.»

Ich bin sicher, dass Carol Bell auch aufgewühlt war. Die betrogene Frau des Arztes tut mir langsam richtig Leid. Ich weiß nicht, wie viele Geliebte Bell im Laufe der Jahre hatte, aber zwei von ihnen sind mir jetzt bekannt. Claire Fisher und Lynn Ingram.

Plötzlich habe ich das Familienfoto der Bells vor Augen. Das kleine vierjährige Mädchen auf dem Arm seines Vaters. Daphne. *Daphne. Hast du für deinen Daddy ein Bild gemalt? Das Gesicht einer Frau? Und hat er dir erzählt, es sei ein lustiges Monster, und brachte er dich zum Lachen?*

«Sie denken doch nicht etwa ... Die Polizei denkt doch nicht etwa ... dass Dr. Bell Claire erschossen hat? Das kann ich nicht glauben. Das ist zu schrecklich. Unvorstellbar.» Sie legt beide Hände flach auf den Bauch und schließt die Augen.

«Im wievielten Monat sind Sie?», frage ich.

«Im fünften.» Ihre Lippen zittern wieder. «Es ist ein Junge. Ich habe es eben erfahren.» Wieder kommen ihr die Tränen.

«Ich mache Ihnen doch eine Tasse Tee.»

Diesmal lehnt sie mein Angebot nicht ab.

Gedächtnisverlust als Folge eines physischen Traumas kann vorübergehend oder permanent sein. Die Rückkehr der Erinnerung an ein traumatisches Erlebnis wird zusätzlich erschwert, wenn es mit einem starken emotionalen Trauma einhergeht. In solchen Fällen benötigt der Patient sowohl psychiatrische als auch medizinische Hilfe.

Dr. Philip Baker
Trauma-Spezialist

27

Carrie Li fängt mich auf dem Korridor der Intensivstation ab, als ich am nächsten Morgen um kurz nach neun auf dem Weg zu Lynn Ingrams Zimmer bin.

Sofort bin ich beunruhigt. «Wie geht es ihr?»

«Körperlich den Umständen entsprechend», sagt die junge Krankenschwester. «Emotional nicht so gut. Dr. Varda ist bei ihr.»

«Was ist passiert?»

«Allmählich begreift sie, was für schwere Verletzungen sie hat. Sie hat einen Pfleger um einen Spiegel gebeten. Der Blödmann hat ihr einen gegeben, ohne vorher zu fragen –» Sie sieht verärgert aus. «Sie hat sich den Verband vom Gesicht gerissen und nur noch geschrien. Der Polizist draußen vor ihrer Tür ist ins Zimmer gestürzt, ich und eine Kollegin hinterher. Zu dritt haben wir es nur mit Mühe geschafft, die arme Frau zu bändigen. Ich hab ihr Valium gespritzt, und sie hat sich etwas beruhigt. Wir haben ihr das Gesicht frisch verbunden, und Dr. Madison hat ein paar Minuten mit ihr gesprochen. Dann hat die Ärztin mich gebeten, Dr. Varda zu verständigen, damit er herkommt und mit Lynn redet. Er ist seit zwanzig Minuten bei ihr. Es ist jetzt ziemlich still da drin.»

«Ich warte im Ärztezimmer, bis er rauskommt. Können Sie ihn abpassen und ihm sagen, dass ich noch mit ihm sprechen möchte, bevor er geht?»

Carrie lächelt. «Natürlich.»

Mein Handy klingelt, als ich ins Ärztezimmer gehe. Es ist Leo.

«Habt ihr Bell gefunden?», frage ich sofort.

«Nein. Aber Carol Bell hat gegen zehn Uhr abends auf dem Revier angerufen. Sie hat gesagt, sie wäre mit den Kindern einkaufen gewesen und hätte anschließend eine Nachricht von ihrem Mann auf dem Anrufbeantworter vorgefunden. Er hat gesagt, er sei irgendwo in Rhode Island –»

«Rhode Island?»

«Auf der Rückfahrt von New York.»

«Was hat er denn in New York gemacht?»

«Carol sagt, er hätte nur gesagt, seiner Mutter gehe es doch gut. Das Ganze sei ein Irrtum gewesen.»

«Seiner Mutter?»

«Carol sagt, ihre Schwiegermutter sei in einem Pflegeheim in Brooklyn.»

Ich verdrehe die Augen. «Ach, komm, Leo. Das ist Bells Alibi?»

«Na, wir müssen abwarten, was er selbst sagt.»

«Und wo ist er?»

«Keine Ahnung. Auf dem Anrufbeantworter soll er gesagt haben, er sei müde und würde in einem Motel übernachten und käme irgendwann heute Vormittag zurück.»

«Kein Wort über den Mord an Claire Fisher?»

«Seine Frau sagt, nein. Ihr Mann wisse anscheinend noch nichts davon.»

«Ja, klar.»

«Es kommt noch besser. Ich habe Mrs. Bell gesagt, ich würde sofort kommen, um das Band mit der Nachricht abzuholen, und da erklärte sie, das ginge nicht. Ihr Sohn Billy hätte es *aus Versehen* gelöscht.»

«Meinst du, sie hat das alles erfunden? Meinst du, Carol Bell will ihren Mann decken?»

«Sie wäre nicht die erste Ehefrau, die für ihren Mann ein Alibi erfindet.»

«Nein», sage ich, und diesmal hat Leo mich daran erinnert, wie ich für Ethan gelogen habe. «Wäre sie nicht.»

Peinliches Schweigen.

«Wo bist du gerade?», frage ich, um das Thema zu wechseln.

«Im Horizon House.»

Mein erster Gedanke ist, dass er zu mir wollte. Doch mein nächster und beunruhigender Gedanke ist, dass er Nicki besuchen will.

«Wo bist du?», fragt Leo.

«Boston General. Varda spricht gerade mit Lynn.» Ich erzähle ihm, was passiert ist.

«Er hat das mit Claire Fisher bestimmt schon gehört. Es war in allen Nachrichten. Er müsste eigentlich Todesangst haben. Du auch, Natalie.»

«Mir geht's gut.»

«Bis wir Bell geschnappt haben, möchte ich nicht, dass du irgendwo herumschnüffelst. Hast du mich verstanden?»

«Die Telefonverbindung ist gut, Leo.»

«Glaubst du, Lynn weiß das mit Fisher?», fragt Leo.

«Nicht, wenn Varda es ihr nicht erzählt hat. Und das kann ich mir kaum vorstellen.»

«Wie lange bleibst du noch da?», fragt er.

«Weiß ich nicht. Warum?»

«Ich hab gedacht, wir fahren zum Lunch zu mir. Meine Mom hat Lasagne gemacht. Sie weiß, dass das deine Leibspeise ist. Und Jakey kann es kaum erwarten, dir seine neue Eisenbahn zu zeigen.»

Ich schlucke schwer. Ich vermisse Jakey. Ich vermisse Marie. Ich vermisse die Wärme und Geborgenheit, die ich immer im Haus der Coscarellis gefühlt habe. Und am allermeisten vermisse ich Leo.

Mein verschwommener Blick fällt auf die Wanduhr. «Es ist jetzt Viertel nach neun. Ich müsste um elf wieder im Horizon House sein. Bleibst du noch länger da?»

«Nein», sagt er. «Ich wollte gerade gehen. Wie wär's, wenn ich dich gegen zwölf abhole?»

«Ja, einverstanden», antworte ich, während ich mir zugleich sage, dass das keine gute Idee ist.

«Gut», sagt Leo und klingt ehrlich erfreut.

«Wie geht es ihr?», frage ich, bevor er auflegen kann.

«Nicki?» Er wartet nicht auf meine Bestätigung. «Sie ist ziemlich verschlossen.»

«Hat sie das mit Claire Fisher erfahren?»

«Ja.»

«Und hast du ihr erzählt, dass das Tagebuch verschwunden ist?»

«Ja.»

«Was hat sie gesagt?»

«Nichts.»

«Irgendwas muss sie doch gesagt haben, Leo.»

«Also schön, sie hat was gesagt», erwidert er grimmig. «Sie hat gesagt, dass sie sich noch nie im Leben so sehnsüchtig einen Schuss gewünscht hat.»

«Ihr helfen, sich zu erinnern? Ich fürchte, das könnte genau das Gegenteil bewirken», sagt Varda zu mir. «Der Anblick ihres entstellten Gesichts hat ihr Trauma noch verstärkt. Diesen dämlichen Pfleger würde ich mir gerne mal persönlich vorknöpfen.»

«Hat sie irgendwas über den Überfall gesagt? Hat sie irgendwelche Fragen gestellt?»

Er schüttelt den Kopf. «Sie zieht sich mehr und mehr in sich zurück. Das alles ist einfach zu viel für sie. Es wird seine Zeit dauern.»

«Wie viel Zeit?» Ich werde immer ungeduldiger. Als erfahrener Psychiater müsste Varda doch wohl wissen, wie Lynns Schutzwall zu durchbrechen ist.

«Ich weiß es nicht.»

«Was ist mit Hypnose?»

Er nickt. «Wenn es so weit ist, ja, dann wäre das eine Möglichkeit.»

«Wenn es so weit ist?»

«Wenn Lynn emotional und physisch stärker ist. Zum jetzigen Zeitpunkt wäre das Risiko viel zu groß.»

«Und was ist mit dem Risiko, getötet zu werden?», entgegne ich wütend. Ich bin sicher, Varda weiß genau, dass ich nicht nur an Lynn denke, sondern auch an ihn und mich. Er weiß, was mit Claire Fisher passiert ist, und obwohl der Psychiater bemüht ist, eine professionelle Haltung zu bewahren, sehe ich Furcht in seinen Augen flackern. Er hat Angst. Ich habe Angst. Leo hat Angst. Und irgendwo da draußen hat Dr. Harrison Bell wahrscheinlich auch Angst. Zumindest Angst davor, geschnappt zu werden.

Obwohl nicht auszuschließen ist, dass er ungestraft davonkommt. Im Augenblick haben die Cops nur einen dringenden Verdacht. Ohne stichhaltige Beweise können sie Bell, selbst wenn sie ihn finden, nicht länger als vierundzwanzig Stunden festhalten. Und selbst wenn Beweismittel auftauchen und ihm der Mord an Claire Fisher nachgewiesen werden kann, bleibt es noch immer reine Mutmaßung, dass Bell und nicht Father Joe Parker – oder jemand ganz anderes – für die Mordversuche an Lynn Ingram und Nicki Holden verantwortlich ist.

Unsere einzige echte Hoffnung ist die, dass Lynn Ingram ihren Angreifer nicht nur gesehen, sondern auch erkannt hat. Und dass sich ihre Erinnerung irgendwie zurückholen lässt, bevor noch jemand verletzt wird – oder Schlimmeres passiert.

«Verschlafen?», fragt Jack ironisch, als ich ein paar Minuten nach elf im Horizon House eintreffe. Ross Varda ist bei mir. Nachdem ich ihm von Nickis Äußerung erzählt habe, dass sie sich verzweifelt nach einem Schuss Heroin sehnt, hielt Varda es für besser, mit mir ins Zentrum zu fahren und Nicki ein Gespräch anzubieten. Ich hielt es auch für besser.

Während einer meiner Vollzugsbeamten den Psychiater nach oben zu Nickis Zimmer begleitet, gehe ich in mein Büro. Jack folgt mir.

«Wo warst du?»

«Boston General.» Ich ziehe meinen grauen Blazer aus, hänge ihn an die Garderobe bei der Tür, stelle meine Umhängetasche neben den Schreibtisch und lasse mich in meinen Sessel sinken.

Jack bleibt vor dem Schreibtisch stehen. «Hast du mit Lynn gesprochen?»

Ich schüttle den Kopf. «Sie wollte nicht reden.» Ich erzähle ihm von ihrer erschütternden Konfrontation mit dem Spiegel. «Ich habe mit der Ärztin gesprochen. In zwei Tagen will sie Lynn auf die normale Station verlegen. Ich habe ihr gesagt, ich fände es besser, wenn sie noch etwas länger damit warten würde. Ich finde einfach, dass Lynn auf der Intensivstation sicherer ist.»

«Irgendwelche Anzeichen, dass ihre Erinnerung wiederkommt?», fragt Jack.

«Nicht dass ich wüsste.»

Ich sehe rasch den Stapel Telefonnachrichten durch und stelle erleichtert fest, dass niemand meinen sofortigen Rückruf erwartet.

Dennoch spüre ich eine nervöse Unruhe. Erstens, weil Michael Simmons gestern nach seiner Anhörung vor dem Disziplinarausschuss zurück nach Norton geschickt worden ist. Bei den seltenen Gelegenheiten, wo so etwas passiert, wirkt es sich jedes Mal auf alle Insassen im Horizon House aus, löst Angst, Zorn und Anspannung aus. Ich war einfach in letzter Zeit zu selten da, um zu wissen, wie unsere Schützlinge die Sache verkraften.

«Alles ruhig hier?», frage ich Jack.

«Einigermaßen.»

Ich fixiere ihn. «Was soll das heißen?»

«Entspann dich, Nat. Hier ist alles in Ordnung. Zwei, drei lautstarke Zankereien. Manuel Diaz wurde heute Morgen bei Commonwealth Granite kontrolliert, und er war nicht am Arbeitsplatz. Aber wie sich herausstellte, hatte sein Boss ihn auf eine Auslieferungsfahrt geschickt.» Jack setzt sich jetzt doch hin. «Was noch? Ach ja, Sharon hatte einigen Ärger mit der Chefin des Frisiersalons, in dem sie in den letzten beiden Jahren schon etliche von unseren Mädchen untergebracht hat. Nina Simms, die jetzt da arbeitet, ist gestern Abend auf die verrückte Idee gekommen, sich die Haare knallorange zu färben, und heute Morgen so zur Arbeit erschienen. Die Chefin hat sie prompt gefeuert. Simms ist dann auch ausgerastet und hat sich mit einem Frisörmesser auf der Toilette eingeschlossen. Die Chefin hat Sharon angerufen, die sofort zum Salon gerast ist und es schließlich geschafft hat, Simms wieder aus der Toilette rauszulocken. Simms mit einer komplett irren Stoppelfrisur. Inzwischen waren die ersten Kundinnen da, und die Chefin war völlig außer sich.»

«Und?»

Jack schmunzelt. «Zwei Kundinnen waren so begeistert über die Frisur, dass Simms ihnen auch so eine verpassen musste.»

«Simms bleibt also? Alles wieder im Lot?»

«Alles wieder im Lot.»

Ich lasse mich gegen die Lehne sacken.

Jack mustert mich. «Du siehst hundsmiserabel aus.»

«Nicht so miserabel, wie ich mich fühle. Das mit Claire Fisher hast du bestimmt gehört, oder?»

«Ja. Gestern Abend in den Sechs-Uhr-Nachrichten. Du hättest mich ruhig anrufen können.»

«Mir war nicht nach Reden», sage ich ehrlich. «Als ich nach Hause kam, wollte ich nur noch ins Bett und mir die Decke über den Kopf ziehen.»

«Hat Coscarelli dir dabei Gesellschaft geleistet?»

Ich bedenke Jack mit einem scharfen Blick.

«Schon gut, ich weiß. Geht mich nichts an.» Er lächelt, aber das Lächeln erstirbt schnell.

«Übrigens, Hutch hat mir erzählt, dass er gestern Abend bei Father Joes Haushälterin war.»

«Nachdem er das mit Claire Fisher gehört hatte?»

Jack nickt.

«Und jetzt ist er vollends überzeugt, dass Father Joe Lynn nicht niedergestochen hat?»

«Davon war er immer überzeugt», erwidert Jack. «Sagen wir, er hat es sich jetzt zu seiner persönlichen Aufgabe gemacht zu beweisen, dass der Priester sich rein gar nichts hat zuschulden kommen lassen.»

«Und was hat die Haushälterin ihm erzählt?»

«Sie hat beteuert, dass Father Joe zur Zeit des Überfalls auf Lynn im Pfarrhaus war.»

«Hat sie ihn gesehen?»

«Nein. Aber sie behauptet, jemand anders.»

«Wer?»

«Weiß sie nicht. Sie hört sich um.»

Ich sehe ihn skeptisch an. «Ich bitte dich, Jack. Sie hat Hutch erzählt, dass jemand mit dem Priester zusammen war, aber sie selbst war nicht da, und sie hat keine Ahnung, wer dieser Jemand ist?»

«So ungefähr.»

«Wieso hat Father Joe uns dann keinen Namen genannt? Wenn es jemanden gibt, der sein Alibi bestätigen könnte, warum hat er dann gesagt, er sei allein gewesen? Wieso hätte er eine so wichtige Information für sich behalten sollen?»

Jack zuckt die Achseln. «Ich weiß es nicht.»

«Ich glaube das nicht. Ich denke, Melissa Raymond fantasiert sich da was zusammen, um den Ruf des Priesters zu schützen. Aber sie weiß nicht, dass Father Joe, selbst wenn er entlastet wird, ein Sexualverbrechen begangen hat. Er hat schließlich Lynn in Grafton vergewaltigt –»

«He, du musst mich nicht so anschnauzen, Nat. Ich widerspreche dir doch gar nicht.»

«Wo ist Hutch?»

«Reg dich erst mal ein bisschen ab, Nat. Auch Hutch muss sich ein bisschen abregen.»

Ich will ihm widersprechen, aber ich weiß, dass Jack Recht hat. Hutch und ich würden uns doch nur gegenseitig anschreien, und es würde nichts bringen.

«Eins solltest du noch wissen, Nat. Hutch denkt daran, sich versetzen zu lassen.»

Ich bin wie vor den Kopf gestoßen. Hutch ist nicht nur ein zuverlässiger und tüchtiger Mitarbeiter, seit es das Horizon House gibt, sondern vor allem auch ein guter Freund.

Jack streicht mir über die Wange. «Er wird nicht gehen. Er ist doch genauso gern hier wie du. Wenn die ganze Geschichte erst mal geklärt ist –»

«Falls sie je geklärt wird», sage ich müde.

«Ich habe Nickis Antidepressiva-Dosis erhöht», sagt Varda zu mir, als er von Nicki zurückkommt. Er war über eine halbe Stunde bei ihr.

«Hat sie was gesagt?»

Varda lächelt ironisch.

«Ach ja. Ist ja vertraulich.» Ich spüre, wie mein Frust und meine Verärgerung den Siedepunkt erreichen.

«Tut mir Leid, Natalie.»

«Es tut Ihnen Leid? Tja, Ross, dann sag ich Ihnen jetzt mal was, worüber Sie nachdenken können. Es kann sein, dass Father Joe für den Tag, als Lynn niedergestochen wurde, ein Alibi hatte. Wissen Sie, was das bedeutet? Falls sich herausstellt, dass es stimmt?»

Die Farbe weicht aus seinem Gesicht. «Das bedeutet, dass wir noch immer in Gefahr sind.»

«Ausgezeichnete Analyse», sage ich hämisch. «Und ich bin sicher, Sie haben noch mehr zu bieten. Wenn nämlich Father Joe Lynn nicht überfallen hat, dann war er es wahrscheinlich auch nicht, der Nicki mit Heroin voll gepumpt hat. Oder der Sie überfallen, Ihre Wohnung verwüstet und Ihnen die Warnung auf den Badezimmerspiegel geschrieben hat. Oder der mir die grässliche Zeichnung geschickt hat.» Ich halte inne, um meine Worte wirken zu lassen. «Es sieht immer mehr danach aus, dass die Person, die Claire Fisher ermordet hat, auch alle anderen Taten begangen hat.»

«Harrison Bell», sagt Varda schwach.

«Sieht ganz danach aus, nicht? Bell hatte eine Affäre mit Lynn. Aber ich bin sicher, das wussten Sie schon. Neu für Sie ist vielleicht, dass Bell auch eine Affäre mit seiner Krankenschwester Claire Fisher hatte – die jetzt tot ist.»

Varda erwidert nichts. Seine Miene ist seltsam ausdruckslos.

«Verstehen Sie, was ich Ihnen sage?», schreie ich, als wäre er schwerhörig.

«Natürlich verstehe ich Sie», sagt er knapp.

«Schön, dann habe ich noch was für Sie, worüber Sie nachdenken können. Die Cops, die zurzeit hinter Bell her sind, haben nicht den geringsten stichhaltigen Beweis gegen ihn in der Hand. Wenn er nicht gesteht, werden sie ihn wieder laufen lassen müssen. Wenn Sie uns allerdings irgendwas Konkretes sagen oder uns einen nützlichen Hinweis geben können –»

Vardas Gesicht läuft rot an. «Meinen Sie etwa, ich habe keine Angst? Meinen Sie, ich möchte, dass dieses Monster weiter frei herumläuft, Menschen verstümmelt, umbringt? Es vielleicht auf mich abgesehen hat? Ich drehe mich schon dauernd um. Wenn das Telefon klingelt, bleibt mir das Herz stehen. Ich würde am liebsten in meinen Wagen steigen und wegfahren. Abhauen. Fliehen. Aber das kann ich nicht. Ich habe zwei Patientinnen, deren Leben ich in der Hand halte. Denn, damit eins klar ist, Lynn Ingram und Nicki Holden stehen beide an einem emotionalen Abgrund, und allein können sie sich nicht davon abhalten, zu springen und ihrem Elend ein Ende zu machen.»

Mein Magen, der ohnehin schon zusammengeschnürt ist, verkrampft sich heftig. «Wollen Sie damit sagen, sie sind beide selbstmordgefährdet?»

Varda hält meinem Blick stand. «Wären Sie das an ihrer Stelle nicht auch?»

In meiner Heimat glauben manche Menschen, dass wir Transsexuelle von Dämonen besessen sind. Andere glauben, wir büßen für böse Taten in einem früheren Leben.

Naijaira Kisari
Transsexuelle aus Bangkok

28

«Sie waren lange nicht mehr bei uns. Wir haben Sie vermisst, Natalie. Nicht wahr, Jakey?» Marie Coscarelli zerzaust ihrem Enkel, der sich an ihr Bein schmiegt, die dunklen Locken. Seine braunen Augen sind auf mich gerichtet, aber er lächelt nicht. Begrüßt mich nicht. Bestätigt nicht, dass er mich vermisst hat. Ich spüre, wie mein Herz sich zusammenkrampft. Ich war wirklich zu lange nicht mehr hier.

«Du bist nicht zu meinem Stück gekommen», sagt Jakey bockig. «Ich war Superkid. Der stärkste, coolste Superheld auf der Welt. Noch besser als Superman. Weil ich kleiner bin als er, aber genauso stark, deshalb kann ich noch viel mehr, hat mein Dad gesagt.»

Kein Lispeln mehr bei den Wörtern mit «S». Jakey wird größer. Und ich verpasse es. Aber welches Recht habe ich schon, im Leben dieses Kindes eine Rolle zu spielen? Ich versuche, den Kloß in meiner Kehle herunterzuschlucken. «Wow», ist alles, was ich herauskriege.

«Das war eine Aufführung im Kindergarten», erläutert Marie rasch. «Und Jakey, du weißt ganz genau, dass nur die Familie eingeladen war.»

Ihre Erklärung macht mich noch trauriger. Erinnert mich daran, dass ich nun mal nicht dazugehöre. Hat Leo Nicki gebeten, zu der Aufführung zu kommen? Ich werfe ihm einen Blick zu, doch er ist in der Küche beschäftigt und verteilt die sagenhafte Lasagne seiner Mutter großzügig auf Teller.

Ich gehe in die Hocke, auf Augenhöhe mit Jakey. «Ich hab eine Idee. Wie wär's, wenn du mir Superkid nach dem Essen vorstellst?»

Es dauert ein paar Sekunden, bis Jakey begreift, was ich sage, doch dann leuchten seine Augen auf. «Au ja, ich zieh schnell das Kostüm an –»

Schon saust er los, doch Marie ruft ihm nach: «Vorher wird gegessen, Jakey.»

«Superkid muss doch auch Lasagne essen, Granma. Damit er stark bleibt», ruft Jakey zurück.

Marie strahlt. «Ein richtiger Sonnenschein, was?»

«Ja», sage ich, den Kloß noch immer im Hals. Wieder gleiten meine Augen zu Leo hinüber. Diesmal treffen sich unsere Blicke, doch Leo wirkt deutlich verlegen und schaut gleich darauf wieder weg. Ich wünschte, ich hätte mich nicht auf dieses Familienessen eingelassen. Es lässt die Warnschrift an der Wand nur noch deutlicher hervortreten.

Es war gut, dass Jakey sein Kostüm noch vor dem Mittagessen angezogen hat, denn wir schaffen es nicht, in Ruhe zu Ende zu essen. Nach ein paar Bissen erhält Leo einen Anruf, dass Harrison Bell in der Schmerzklinik festgenommen worden ist.

Ich möchte natürlich bei der Vernehmung dabei sein, doch da in erster Linie die Bostoner Polizei für den Fall zuständig ist, darf nur Leo mit ins Vernehmungszimmer. Man erlaubt mir aber, von nebenan durch einen Einwegspiegel zuzuschauen.

Fast eine halbe Stunde lang beobachte ich das Verhör. Bells Mienenspiel verändert sich laufend, von wütend und abweisend zu sorgenvoll und verängstigt. Er sitzt mit seiner Anwältin an einer Seite des langen Holztisches. Ich kenne diese junge Frau namens Helen Katz nicht persönlich, aber ich weiß, dass sie in einer der auf Strafrecht spezialisierten Topkanzleien der Stadt arbeitet. Im Gegensatz zu ihrem Mandanten wirkt sie aalglatt und ist die Ruhe selbst, eine Frau, die alles unter Kontrolle hat. Ich bin nicht sicher, ob Bell das Auftreten seiner Anwältin als beruhigend empfindet, denn er ist sich natürlich sehr wohl darüber im Klaren, wie schnell die Dinge aus dem Ruder laufen können.

«Also das Ganze noch mal von vorn», sagt Detective David Marcus von der Bostoner Mordkommission. Er und Leo sitzen Bell und Katz genau gegenüber. Ein Videokamera an der Wand nimmt die Vernehmung auf.

Bell sieht seine Anwältin gequält an, doch sie nickt lediglich.

Er seufzt müde. «Gestern Nachmittag hat Claire ...» Er zuckt jedes Mal zusammen, wenn er ihren Namen sagen muss. «Sie sagte, sie hätte einen Anruf von jemand bekommen, der sich als Mark Berman, Pfleger im Westwood Manor in Brooklyn, vorgestellt habe. Er habe gesagt, der Zustand meiner Mutter, die dort untergebracht ist, habe sich verschlechtert – meine Mutter hat in den letzten zwei Jahren leider einige Schlaganfälle gehabt. Jedenfalls, wie schon gesagt, bin ich direkt von der Klinik aus nach New York gefahren. Auf dem Weg in die City bin ich im Berufsverkehr stecken geblieben und habe zwischendurch im Pflegeheim angerufen, um mich zu erkundigen, wie es meiner Mutter geht. Da hieß es dann plötzlich, es gehe ihr gut ... Na ja, jedenfalls so gut wie am Tag zuvor. Man sagte mir auch, dass es bei ihnen keinen Mark Berman gebe, weder als Pfleger noch als sonst was. Ich war verwirrt, verärgert und gleichzeitig natürlich auch erleichtert, dass es meiner Mutter anscheinend gut ging.»

«Aber Claire Fisher ging es nicht gut», sagt Marcus.

Bell fährt sich mit den Händen übers Gesicht. «Ich wusste nicht, was mit Claire passiert war.»

Marcus nimmt einen Schluck lauwarmen Kaffee. «Das kam aber schon um acht Uhr abends im Radio.»

Bells Tasse Kaffee bleibt weiterhin unangetastet. «Ich hatte das Radio nicht an. Außerdem wäre es in New York ja wohl kaum in den Nachrichten gekommen. Ich hatte jedenfalls keine Ahnung. Ich kann es noch immer nicht fassen. Wieso sollte jemand –»

«Und noch mal, Sie haben zwischendurch von einem Münztelefon im Pflegeheim angerufen», fällt ihm Marcus ins Wort.

«Ja. Ich hatte vergessen, mein Handy aufzuladen. Deshalb bin ich irgendwann von der Schnellstraße runter und hab von einem Münztelefon aus angerufen, dann bin ich noch ein Stück weitergefahren und hab was gegessen –»

«Das war irgendwo in Rye, New York? Wo Sie von der 191 runtergefahren sind?», unterbricht Marcus schon wieder.

«Hören Sie, wenn ich gewusst hätte, dass ich ein Alibi brauchen würde, hätte ich mir alles genau gemerkt. Es war ein Straßenrestaurant. Na ja, eigentlich nicht mal das. Eher eine schmuddlige Imbissbude. Ich hab mir einen Burger mit Pommes und eine Cola bestellt.»

«Und Sie haben bar bezahlt?», fragt Leo.

«Das hat sieben Dollar und noch was gekostet. Ich hab einen Zehn-Dollar-Schein hingelegt und bin gegangen. Dann habe ich mich auf den Rückweg gemacht, hab aber gemerkt, wie mir langsam die Augen zufielen. Ich hatte ja auch eine emotionale Achterbahnfahrt hinter mir. Ich hatte gedacht, meine Mutter liege im Sterben, Herrgott noch mal.»

«Sie haben doch wohl überprüft, dass er um ungefähr Viertel vor sechs im Westwood Manor angerufen hat?», sagt Ms. Katz mit einem leisen Anflug von Gereiztheit.

Marcus lehnt sich zurück. «Ja, das stimmt, Ms. Katz. Das Problem ist bloß, der Anruf hätte von überall her kommen können.» Er konzentriert sich wieder auf Bell. «Sie haben also Ihre Frau angerufen um – wie spät war das noch mal?»

«Genau weiß ich es nicht mehr – irgendwann nach neun Uhr abends.»

«Und Sie haben so lange gewartet, weil –»

«Ich habe gedacht, sie wüsste bereits, was passiert war. Ich hatte Claire gebeten, Carol anzurufen und ihr das mit meiner Mutter zu sagen. Ich weiß beim besten Willen nicht, warum Claire sie nicht angerufen hat. Vielleicht hat sie ja angerufen, aber Carol war nicht da.» Bell wischt sich die feuchte Stirn mit dem Handrücken ab.

«Hätte sie dann nicht eine Nachricht auf dem Anrufbeantworter hinterlassen?», fragt Marcus ungerührt. «Aber vielleicht wurde die ja auch *aus Versehen* gelöscht.»

«Ich weiß es nicht. Ich weiß es wirklich nicht.»

Helen Katz legt ihre Hand auf Bells Schulter. «Ganz ruhig. Der Detective fischt nur im Trüben.» Sie blickt Marcus an und fügt hinzu: «Und noch dazu ohne Köder, er wird also keinen Fang machen.»

Marcus scheint das nicht zu erschüttern. Leo ebenso wenig.

«Sprechen wir über die Nachricht, die Sie Ihrer Frau auf dem Anrufbeantworter hinterlassen haben. Um wie viel Uhr war das noch mal?»

«Gegen halb zehn, Viertel vor zehn.»

«Und da waren Sie in Providence, Rhode Island?»

«Kurz vor Providence.»

«Und angerufen haben Sie von –»

«Einer Tankstelle aus. Wo ich getankt habe. Die Quittung haben Sie doch, Herrgott noch mal.»

«Und warum sind Sie nicht direkt nach Hause gefahren?»

«Ich war hundemüde. Ich hab mir gedacht, es wäre besser, wenn ich Carol anrufe und ihr sage, dass ich wohl in einem Motel übernachten und am nächsten Morgen weiterfahren würde.»

«Und als Sie dann in diesem Holiday Inn waren, haben Sie es nicht für nötig befunden, Ihre Frau noch einmal anzurufen, um ihr zu sagen, wo Sie sind.»

«Ich hab Ihnen doch schon gesagt», faucht Bell und schlägt mit beiden Händen auf den Tisch, «ich war fix und fertig, als ich in meinem Zimmer war. Ich wollte mich nur kurz aufs Bett legen, noch vollständig angezogen, und einen Moment die Augen zumachen. Dann wollte ich zu Hause anrufen. Als ich wieder wach wurde, war es fast elf Uhr am nächsten Morgen.»

«Schlafen Sie immer so lange?»

«Herrje, ich war völlig erschöpft. Ich hab schon eine ganze Woche nicht mehr richtig geschlafen.»

Das schlechte Gewissen, denke ich.

«Also schön, Sie sind also um elf aufgestanden.»

«Ich hatte meine ersten beiden Termine verpasst. Ich war schon spät dran für den dritten –»

«Haben Sie nicht in Ihrem Büro angerufen?»

«Ich habe mehrmals angerufen, aber es war immer besetzt. Also bin ich rasch unter die Dusche, habe wieder die Kleider vom Vortag angezogen und bin direkt zur Klinik gefahren. Ich wollte Carol anrufen, sobald ich im Büro war. Aber ich bin gar nicht bis in mein Büro gekommen. Zwei Cops haben mich schon aus dem Wagen gezerrt, bevor ich auch nur den Motor abstellen konnte.»

«Kommen wir noch einmal auf das Tagebuch zu sprechen», sagt Marcus.

«Dazu hat Ihnen Dr. Bell bereits alles gesagt», schaltet Katz sich ein. «Er weiß nichts von einem Tagebuch. Sie können ihn bis in alle Ewigkeit danach fragen, und seine Antwort wird genauso ausfallen wie in der vergangenen Stunde. Seien wir ehrlich, Detective, Sie haben absolut nichts gegen Dr. Bell in der Hand, was für eine Mordanklage reichen würde. Also, wenn Sie keine Fragen mehr haben, würde ich meinen Mandanten jetzt gern nach Hause bringen.»

Leo beugt sich vor. Bisher hat er bloß den Beobachter gespielt und Marcus die Vernehmung überlassen. «Ich habe nur zwei Fragen an Sie, Dr. Bell. Wann genau war Ihre Affäre mit Claire Fisher zu Ende? Und wer hat sie beendet?»

Bell zuckt zusammen. Als hätte er einen Schlag in die Magengrube bekommen. «Was? Wer hat Ihnen das erzählt? Das ist eine Lüge. Wir hatten nie – Ich weiß nicht, wer Ihnen das erzählt hat, aber es ist gelogen. Ich schwöre –»

Carol Bell wartet auf dem Flur vor dem Vernehmungszimmer auf die Freilassung ihres Mannes. Nervös geht sie auf und ab, schaut immer wieder auf die Uhr. Sie bleibt abrupt stehen, als sie mich kommen sieht.

«Haben Sie meinen Mann gesehen? Was ist denn eigentlich los? Ich drehe hier noch durch.» Ihre Augen sind gerötet, und als sie sich das Haar ängstlich aus dem Gesicht streicht, fällt mir auf, dass ihre Fingernägel abgekaut sind. Als ich Carol zuletzt gesehen habe, waren die Nägel perfekt manikürt.

«Was halten Sie von einer Tasse Kaffee?», schlage ich vor.

Wieder schaut sie auf die Uhr. «Ich muss Josh in zwanzig Minuten von der Schule abholen. Er hat einen Zahnarzttermin. Er wollte heute nicht zur Schule gehen. Billy auch nicht. Zum Glück ist Daphne noch zu klein, um richtig zu verstehen, was los ist. Aber es war in allen Nachrichten. Ihr Vater wird gesucht, um im Zusammenhang mit der Ermordung seiner Mitarbeiterin befragt zu werden. Ein Albtraum. Ein absoluter Albtraum.»

«Soll ich Sie nicht lieber zu Joshs Schule fahren? Sie sehen aus, als hätten Sie nicht viel geschlafen, und die Rückfahrt nach Newton –»

«Cambridge.»

«Was?»

«Josh ist auf einer Privatschule. Brigham Academy. Trotzdem», sie schaut schon wieder auf die Uhr, «es könnte viel Verkehr sein. Ich muss jetzt los.»

Eine kleine Explosion findet in meinem Kopf statt. *Brigham Academy*. Moment mal, die Brigham Academy ist doch nur zwei Querstraßen von der Schmerzklinik entfernt. Carol Bell hatte zur Bestätigung des Alibis ihres Mannes ausgesagt, sie hätten miteinander telefoniert, als Lynn überfallen wurde, und zwar hätte sie ihren Mann von einer Telefonzelle aus angerufen, direkt gegenüber der Schule ihres Sohnes.

Als sie die Aussage machte, ging es uns allen nur um die Bestätigung des Alibis von Harrison Bell.

Aber was war mit Bells Frau?

Nach ihrer eigenen Aussage war Carol Bell höchstens zwei Querstraßen vom Tatort entfernt gewesen.

Mit einem Mal sehe ich Carol Bell in einem ganz neuen und höchst beunruhigenden Licht. Jetzt sehe ich sie als die betrogene Ehefrau. Als die überfürsorgliche Mutter, die über ihren betrügerischen Mann entsetzt ist. Als die gedemütigte Frau, die mit ansehen muss, wie sie ihren Mann verliert, nicht mal an eine andere Frau, sondern an eine Transsexuelle.

Und jetzt war Claire Fisher tot. Noch eine Geliebte ihres Mannes.

«Was haben Sie?», fragt Carol mich. «Sie sehen aus, als wäre irgendwas nicht in Ordnung.»

«Nein, alles in Ordnung», sage ich rasch, um mir nicht in die Karten schauen zu lassen.

Carol ist mit meiner nichts sagenden Antwort alles andere als zufrieden. Ihre Augen werden schmaler.

Ich muss an die grässliche Zeichnung denken, und mich fröstelt. Wenn ich mit Carol Bell Recht habe und sie ahnt, dass ich sie verdächtige, könnte das gefährlich für mich werden.

«Immer mit der Ruhe, Natalie.»

Wir sitzen in Leos Wagen draußen vor dem Horizon House.

«Zugegeben, es ist alles noch Spekulation, Leo. Aber du musst zugeben, theoretisch –»

«Theorien hab ich nun wirklich genug.»

«Wo war Carol gestern Abend zwischen fünf und Viertel nach sechs, Leo? Du kannst doch bestimmt herausfinden, ob sie für den Zeitpunkt des Mordes an Claire Fisher ein Alibi hat.»

«Okay, ich überprüfe das. Aber ich tippe nach wie vor auf den Ehemann. Er hat schließlich von dem Tagebuch gewusst, seine Frau nicht.»

«Vielleicht hat er Carol erzählt, dass es gefunden wurde.»

Leo schaut mich skeptisch an. «Wieso sollte er?»

«Genau darüber hab ich mir so meine Gedanken gemacht. Was, wenn Harrison Bell es gewusst hat?»

«Was gewusst hat?»

«Dass seine Frau Lynn überfallen hat. Überleg doch mal, Leo. Zum Beispiel das Telefonat, das Harrison und Carol, wie beide versichern, über ihren Sohn geführt haben, als Lynn in der Gasse niedergestochen wurde. Was, wenn das Telefonat gar nicht stattgefunden hat, wenn Carol und Harrison es sich bloß ausgedacht haben? Um sich gegenseitig ein Alibi zu verschaffen?»

«Da komm ich nicht mehr mit, Natalie.»

«Mal angenommen, es war Carol, die Lynn in der Gasse aufgelauert hat. Bell hat mir erzählt, dass Lynn fast jeden Tag im selben Restaurant gegessen hat. Carol wusste natürlich, wann Lynn ungefähr zum Lunch ging und auch wohin. Und es hat an dem Tag geregnet, sodass Carol so gut wie sicher sein konnte, dass Lynn die Abkürzung durch die Gasse nehmen würde.»

Ich sehe Leos Gesicht an, dass er allmählich begreift, was ich meine.

«Angenommen, Harrison verlässt die Klinik, um sich mit Lynn in dem Restaurant zu treffen, und er kommt durch die Gasse, wo seine Frau just in diesem Moment mit dem Messer auf Lynn einsticht, Leo. Seine *Frau.* Die Mutter seiner Kinder. Meinst du, er liefert sie der Polizei aus? Zerstört seine eigene Familie? Nie im Leben. Außerdem würde seine eigene Untreue publik. Stell dir bloß die Schlagzeilen vor: *Arzt von Schmerzklinik: Sexskandal mit Transsexueller.* Zudem», füge ich hinzu, «muss er sich eine gewisse Mitschuld geben.»

«Und ob», sagt Leo trocken, «weil er seinen Schwanz nicht in der Hose behalten konnte.»

«Und dann –»

«Ein Problem», fällt Leo mir ins Wort. «Die Frau aus der Klinikverwaltung, die vom Lunch kam? Die Bell und Lynn in der Gasse gesehen hat. Die hat Bells Frau nicht gesehen.»

«Carol hätte sich schnell hinter dem Müllcontainer versteckt haben können, ehe die Frau sie sah», erwidere ich prompt. «Und dann findet Claire das Tagebuch. Harrison muss sich vor Angst in die Hose gemacht haben. Er kriegt Panik, weil es jetzt für ihn brenzlig wird. Seine Frau zu schützen ist eine Sache, für sie den Kopf hinzuhalten eine ganz andere.»

«Du denkst also, er hat Carol angerufen und ihr gesagt, sie soll was wegen des Tagebuches unternehmen?»

«Ja, Leo, genau das denke ich.»

«Klingt einleuchtend. Jetzt müssen wir es bloß noch beweisen», sagt Leo düster.

War es eine Todsünde, dass ich Gottes Fehler operativ habe korrigieren lassen? Ist mein Seelenheil in Gefahr? Wenn ich ihn das frage, ermuntert er mich zu beten. Manchmal beten wir zusammen. Vielleicht stellen wir ja beide Gott infrage …

Lynn Ingram
Gefängnistagebuch

29

Zum zweiten Mal an einem Tag sitze ich in einem stickigen Raum vor einem Einwegspiegel, diesmal jedoch bei der Mordkommission der Polizei von Cambridge. Auf der anderen Seite des Spiegels, im angrenzenden fensterlosen Vernehmungszimmer, sitzen Leo und Mitchell Oates zwei Männern gegenüber. Der ältere der beiden Männer, korpulent und grauhaarig, trägt einen Priesterkragen. Er stellt sich als Bischof Edward Michaelson der Bostoner Diözese vor. Der jüngere Mann, blasse Haut, spindeldürr, zupft nervös an den Ärmelaufschlägen einer marineblauen Strickjacke und stellt sich als Alan Forest vor.

«Bitte wiederholen Sie die Aussage, die Sie vorhin mir gegenüber gemacht haben, Mr. Forest», sagt Mitchell Oates.

Forest wirft dem Bischof einen ängstlichen Blick zu, starrt dann nach unten auf den verkratzten Holztisch. «Ich war am Donnerstag, dem 27. September, mit Father Joe Parker zusammen», murmelt er.

«Ein bisschen lauter, Mr. Forest», sagt Oates.

Er wiederholt den Satz und fügt noch hinzu, dass er an diesem Tag kurz vor Mittag ins Pfarrhaus kam und kurz nach zwei Uhr wieder gegangen sei.

Ich sehe, dass Oates und Leo einen raschen Blick wechseln. Leo richtet sich auf seinem Stuhl auf.

Der Bischof beugt sich vor, faltet die Hände, die Finger ineinander verschlungen. «An besagtem Nachmittag kam Alan gegen halb drei zu mir in mein Büro und sagte, er komme direkt von einem Termin bei Father Joe.»

Leo runzelt die Stirn. «Warum hat Father Joe mir dann nichts von dem Termin gesagt, als ich ihn gefragt habe, wo er am 27. war?»

«Das konnte er Ihnen nicht sagen», erwidert Alan Forest traurig. «Ich war zur Beichte bei ihm.»

«Eine zweistündige Beichte? Mann, dann hatten Sie sich ja

eine ganze Menge von der Seele zu reden», sagt Leo sarkastisch.

Forest wird puterrot und sein Kopf sinkt herab, sodass ihm das Kinn regelrecht auf der Brust liegt. «Bis zum 27. September, Detective, war ich Priester. Ich habe Father Joe eine Todsünde gebeichtet. Ich habe gebeichtet, dass ich mit einem Gemeindemitglied eine Affäre hatte.» Sein Kopf schafft es irgendwie, noch tiefer zu sinken. «Einem männlichen Gemeindemitglied.»

Bischof Michaelson bleibt bemerkenswert gefasst. «Alan kam an dem Tag zu mir und hat mir gesagt, dass er nach einem ausführlichen und offenen Gespräch mit Father Joe beschlossen habe, die Kirche zu verlassen.»

Wieder sehe ich, wie Leo und Oates einen Blick wechseln.

«Wieso melden Sie sich erst jetzt?», fragt Leo.

«Ich hätte mich schon früher gemeldet, wenn ich gewusst hätte, dass Father Joe ein Alibi für die Zeit brauchte.» Forest hat den Kopf gehoben und blickt Leo direkt an. «Ich habe von Father Joes Selbstmord in der Zeitung gelesen, aber da stand nicht, dass die Polizei gegen ihn ermittelt hat. Ich dachte bloß, er wäre depressiv gewesen. Ich habe mir sogar Vorwürfe gemacht, weil ich seine Depression vielleicht noch verstärkt habe. Ich hatte keine Ahnung von den Hintergründen, bis der Bischof mich heute in Waltham bei meiner Mutter angerufen hat –»

Der Bischof unterbricht ihn. «Ich bin erst gestern Abend von einem einwöchigen Kongress in Washington zurückgekehrt. Wie immer erwartete mich ein ganzer Stapel Nachrichten auf meinem Schreibtisch. Wie sich herausstellte, war ein halbes Dutzend von Melissa Raymond.»

Leo zieht die Augenbrauen hoch. «Father Joes Haushälterin?»

«Ich habe sie heute Morgen gleich als Erstes angerufen. Ich kenne Melissa, seit sie ein Kind war. Sie war außer sich. Sie hat mir diese absurde Geschichte erzählt, dass Father Joe beschuldigt worden sei, eine Frau brutal niedergestochen und fast umgebracht zu haben – ich war fassungslos.»

Leo neigt den Kopf zur Seite. «Sie wussten, dass er sich aufgehängt hat.»

Der Bischof nickt. «Auch Priester sind nicht gegen schwere Depressionen gefeit, Detective Coscarelli. Ich wünschte bloß, ich hätte von seinen Sorgen gewusst.»

Ich spüre, wie ich mich vor Zorn verkrampfe. Am liebsten würde ich dem Bischof ein paar Takte erzählen. Auch wenn Father Joes Unschuld, was den Überfall auf Lynn am 27. September betrifft, hiermit feststand, so hatte der Priester wegen der Vergewaltigung von Lynn während ihrer Zeit im Gefängnis weiß Gott allen Grund, sich zu sorgen. Oder vielleicht war Father Joes einzige Sorge ja die, dass wir ihm dank Nicki auf die Schliche kommen würden.

Nach einer kurzen Pause fährt der Bischof fort: «Ich habe das Datum in meinem Terminkalender überprüft und gesehen, dass Alans Name für den 27. eingetragen war. Ich habe mich an das überaus emotionale Gespräch mit Alan erinnert und ihn angerufen. Er erklärte sich einverstanden, bei der Polizei eine Aussage zu machen, und bat mich, ihn zu begleiten. Und hier sind wir.»

«Ich will mich wirklich erinnern», sagt Lynn ernst. «Aber in meinem Kopf herrscht immer noch völlige Leere.»

Carrie Li kommt ins Zimmer, begrüßt mich herzlich, nickt Leo zu und geht dann ans Bett ihrer Patientin.

«Wie fühlen Sie sich?», fragt Carrie und schüttet zwei Kapseln aus einem kleinen Pappbecher auf Lynns Handfläche.

«Noch ein bisschen schwindlig.» Lynn steckt sich die Kapseln in den Mund, während Carrie das Plastikglas Wasser nimmt, einen frischen Trinkhalm hineintaucht und den Strohhalm an Lynns rissige Lippen hält.

«Was sind das für Pillen?», frage ich.

«Eine ist gegen die Schmerzen, die andere zur Beruhigung», sagt Carrie.

«Vielleicht machen die Medikamente sie schwindlig», mutmaßt Leo.

Und, so argwöhnt er sicherlich, trüben ihr Gedächtnis.

«Könnte sein. Gestern hat Dr. Madison die Schmerzmitteldosis reduziert. Und ich habe bei Dr. Varda, der das Beruhigungsmedikament verschrieben hat, anfragen lassen, ob er die Dosis neu einstellen will.»

Lynn schließt die Augen. «Dr. Varda hat versucht, mich darauf vorzubereiten, wie ich aussehen werde, wenn ... wenn die Verbände abgenommen werden. Ich sage mir ständig, dass ich das schon irgendwie schaffe. Ich muss mir immer wieder in Erinnerung rufen, dass ich großes Glück habe, überhaupt am Leben zu sein. Dr. Madison meint, es ist ein Wunder, dass ich durchgekommen bin. Also ... ich werde nicht mehr ...» Sie stockt, ihre Lippen zittern und sie kämpft gegen die Tränen an. «Hübsch ... sein. Na und?»

Sie bringt ein schwaches Lächeln zustande, ihre Augen öffnen sich und blicken mich an. «Frauen. Wir sind ja so eitel.»

Carrie Li legt leicht eine Hand auf Lynns Schulter. «Es braucht Zeit, Lynn, aber vergessen Sie nicht, was Dr. Madison gesagt hat, die plastische Chirurgie kann vieles bewirken. Sicher, Sie müssen noch so manche Tortur über sich ergehen –»

«Die schlimmste Tortur habe ich längst hinter mir», sagt Lynn heiser. «Und ich meine nicht das, was mir zuletzt passiert ist.»

Ich trete näher an ihr Bett. «Meinen Sie Ihre Zeit in Grafton, Lynn?», frage ich sanft.

«Ich meine die Zeit davor. Vor dem Gefängnis. Noch vor Matthew. Die schlimmste Tortur war die, den größten Teil meines Lebens im falschen Körper leben zu müssen. Etwas Schlimmeres kann es nicht geben. Lieber lebe ich bis ans Ende meiner Tage als fürchterlich entstellte Frau, als im Körper eines gut aussehenden Mannes gefangen zu sein.»

Carrie Li streicht Lynn eine feuchte Haarsträhne aus der Stirn. «Sie werden nicht fürchterlich entstellt sein», sagt sie mit professioneller Zuversicht. «Ich schaue später noch mal bei Ihnen rein.»

«Carrie?», rufe ich, bevor die Krankenschwester aus dem Raum ist. «Hat Harrison Bell noch einmal angerufen oder war er noch mal hier?»

«Nein», sagt die Krankenschwester. «Weder noch.»

Ich schaue Lynn an, sehe die Enttäuschung in ihrem Gesicht. Oder ist es mehr als nur Enttäuschung?

«Leo, könntest du versuchen, Dr. Madison zu finden?», sage ich. «Frag sie, wann sie Lynn auf die normale Station verlegen will.»

Ich rechne mit Widerspruch, doch der kommt nicht. Vielleicht ist Leo klar, dass die Erfolgsaussichten größer sind, wenn ich allein mit Lynn spreche.

Als nur noch ich und Lynn im Raum sind, rücke ich einen Stuhl ans Bett. Ich sehe, dass ihre Augen allmählich glasig werden. Die Medikamente fangen an zu wirken. Schon bald wird sie tief schlafen.

«Ich habe heute mit Harrison gesprochen, Lynn. Auch wenn er nicht angerufen hat, ich weiß, dass er sich Ihretwegen große Sorgen macht.»

«Ja?», fragt sie schwach. «Sagen Sie ihm ... sagen Sie ihm, mir geht es schon besser.»

«Möchten Sie ihn sehen?»

Sie schüttelt den Kopf. «Nein. Nicht so. Nicht so, wie ich jetzt aussehe.»

«Haben Sie Angst, er könnte nichts mehr von Ihnen wissen wollen?»

Lynn antwortet nicht.

«Sie lieben ihn.»

«Nein.»

«Haben Sie mit ihm Schluss gemacht, weil seine Frau von der Affäre erfahren hat?»

«Ich bin müde.»

«Lynn, Sie erinnern sich doch, dass Sie Schluss gemacht haben. In Harrisons Büro. Ihr seid belauscht worden. Er war sehr aufgebracht. Daran erinnern Sie sich doch.»

«Ich wollte ihm nicht wehtun. Aber es war nicht richtig. Es war nicht richtig.»

«Seine Frau wusste Bescheid, nicht wahr, Lynn? Hat sie Ihnen gedroht? War es Carol Bell, die Sie überfallen hat? Sie müssen sich erinnern, Lynn. Versuchen Sie's. Bitte.»

Sie schließt die Augen. Sie ist einige Augenblicke still. Ich denke, dass sie eingeschlafen ist.

«Er hat mich gebeten, ihn zu heiraten. Er ... hat mich angefleht. Aber ich habe Nein gesagt. Ich habe Nein gesagt, ich kann nicht. Ich habe ihm gesagt, dass ich ihn nicht liebe. Er wollte mir nicht glauben. Ich habe es ihm immer wieder gesagt. Aber er wollte nichts davon hören. Er ist richtig wütend geworden. Ich weiß, ich habe ihm wehgetan. Es tut mir Leid. Bitte sagen Sie ihm, dass es mir Leid tut.»

«Lynn –»

«Nein. Es reicht. Bitte gehen Sie. Bitte. Ich muss jetzt schlafen. Bitte.»

Nicki steht in meiner Bürotür, die Arme nervös um den Körper geschlungen, und lässt den Blick zwischen mir und Leo hin und her huschen. Sie sieht fürchterlich aus. Dunkle Ringe unter den Augen, die Haare sind nicht nur ungewaschen, sondern auch ungekämmt, die beigefarbene Bluse ist zerknittert. Sie trägt Pantoffeln, hat sich nicht mal die Mühe gemacht, Schuhe anzuziehen.

«Weshalb wollten Sie mich sprechen?» Ihre Stimme klingt so heiser wie bei jemandem, der gerade aufgewacht ist, dabei ist es Viertel nach sechs am Abend. Mir ist schon von meinen Vollzugsbeamten berichtet worden, dass Nicki die meiste Zeit schläft, seit sie das Haus nicht mehr verlassen kann. Ein typisches Symptom für Depressionen. Ich frage mich, wann die Antidepressiva, die Varda Nicki verschrieben hat, endlich wirken.

Leo geht zu ihr. «Nicki, wir müssen mit dir reden.» Er packt sie fest an der Schulter – in seiner Berührung liegt jetzt nichts Zärtliches – und bugsiert sie in den Raum, schiebt die Tür mit dem Schuhabsatz zu.

Nicki wirkt erschreckt über seine Schroffheit. Und noch nervöser.

«Nehmen Sie bitte Platz, Nicki», sage ich, mit bewusst freundlicherer Stimme, um ihre Angst zu besänftigen. Leo mag ja denken, er könnte sie durch Einschüchterung zum Reden bringen, aber ich bin nicht davon überzeugt. Nicki hat Angst. Wenn man sie grob behandelt, zieht sie sich nur noch mehr in sich zurück.

Leo gibt Nicki gar nicht erst die Möglichkeit, meiner Aufforderung von sich aus nachzukommen. Er stößt sie förmlich auf einen der Stühle vor meinem Schreibtisch. Dann bleibt er bei ihr stehen. Ich würde ihm gern sagen, er soll sich ebenfalls hinsetzen, doch dann würde er mir wohl den Kopf abreißen.

«Also», sagt er, und seine Augen durchbohren Nicki, «fangen wir bei Harrison Bell an. Du hast gewusst, dass er und Lynn eine Affäre hatten. Lynn hat es dir erzählt.» Er formuliert das alles bewusst als Feststellung, nicht als Frage.

Nicki starrt zu Boden, die Hände fest im Schoß zusammengepresst.

«Er hat sie gefragt, ob sie ihn heiratet. Das hat sie dir auch erzählt.»

«Stimmt das, Nicki?», frage ich, verärgert über Leos Kommandoton. «Hat Lynn Ihnen erzählt, dass Harrison sie heiraten wollte?»

«Er ist schon verheiratet», murmelt Nicki, die Augen weiter gesenkt.

«Da hast du Recht, Nicki. Er ist bereits verheiratet», wiederholt Leo barsch. «Er hätte also seine Frau abservieren müssen, wenn er Lynn heiraten wollte. Was meinst du, wie Carol das fand? Abserviert zu werden wegen einer anderen, die nicht einmal eine *richtige* Frau ist?»

Nickis Kopf schnellt hoch. Sie wirft Leo einen bösen Blick zu. «Lynn ist eine Frau. Sie ist durch und durch eine Frau.»

«Ja klar, du musst es ja wissen, du hast ja mit ihr in einem Zimmer gelebt», fährt Leo sie an. «Du weißt einiges über Lynn. Weil ihr befreundet seid, nicht? Ich meine, okay, du hast zwar weggesehen, als Father Joe sie im Knast vergewaltigt hat. Aber du und der Priester, ihr hattet ja auch eine ganz besondere Beziehung.»

Nicki zuckt zusammen, ihr bereits aschfahler Teint wird noch weißer.

«Leo, es reicht», sage ich.

Er ignoriert mich, Nickis Schweigen stachelt seine Wut und Frustration nur noch mehr an.

«Ich vermute, du weißt, dass wir den Priester im Verdacht

hatten, deine Freundin überfallen zu haben. Aber du wirst es nicht glauben, Nicki, Father Joe hatte ein Alibi. Wird ihm jetzt auch nichts mehr nützen, drei Meter unter der Erde. Oder sollte ich sagen, in der Hölle? Denn nach katholischem Glauben ist es eine Todsünde, sich das Leben zu nehmen. Das weißt du doch, Nicki. Ein Priester, der Selbstmord begeht, kommt nicht in den Himmel. Aber da wäre er ja sowieso nicht hingekommen, denn ich schätze, Vergewaltigung steht auch ziemlich weit oben auf der Todsündenliste.»

Tränen laufen Nicki übers Gesicht. «Hör auf», ruft sie und will vom Stuhl aufspringen, um wegzulaufen. Aber Leo drückt sie wieder nach unten.

«Ich weiß, Nicki. Jetzt hättest du bestimmt gern einen schönen, fetten Schuss Heroin, der deine Sorgen vertreibt. Dann könntest du einfach schweben, was?»

Tränenüberströmt starrt Nicki trotzig zu ihm hoch. «Da hast du verflucht Recht, Leo. Genau das hätte ich jetzt gern.»

«Und ich hätte gern ein paar Antworten.»

«Ich habe aber keine», schreit sie ihn an.

Ich stehe auf, gehe um den Schreibtisch herum, schiebe einen Stuhl neben Nicki und setze mich.

«Nicki, wir glauben, wir wissen, wer Lynn niedergestochen hat. Und wer Sie überfallen hat.»

Sie blickt mich fragend an.

«Hat Lynn je mit Ihnen über Carol Bell gesprochen?»

Nicki starrt mich weiter an, erwidert aber nichts.

Leo schlägt wütend mit der Hand auf den Schreibtisch, sodass wir beide zusammenzucken. «Verdammt, Nicki. Sie kann dir hier drin nichts tun.»

«Ihr kapiert es nicht. Ihr kapiert es einfach nicht.»

«Dann helfen Sie uns, es zu verstehen, Nicki», sage ich.

Sie schlägt beide Hände vors Gesicht und schluchzt bitterlich. «Ich kann nicht. Ich kann nicht.»

Leo kniet sich vor sie hin, seine Wut ist wie verflogen. «Ist ja gut, Nicki. Ist ja gut, beruhige dich. Tut mir Leid, dass ich so hart zu dir war.» Er streichelt ihr sanft das Haar. «Psst», sagt er und zieht sie an seine Brust.

Jetzt muss ich mich beherrschen, um nicht aufzuspringen und den Raum fluchtartig zu verlassen. Aber ich weiß, dass es kein Entkommen gibt. Kein Entrinnen vor der Wahrheit, was Leo für Nicki empfindet.

Sie würden es ohnehin nicht merken, wenn ich gehen würde. Sie haben meine Anwesenheit anscheinend völlig vergessen.

Eine Geschlechtsumwandlung beschert nicht das Nirwana. Im Grunde lässt sich nur sagen, dass die Patientin oder der Patient nach der Operation nicht mehr bis an ihr bzw. sein Lebensende im falschen Körper gefangen ist. Aufgabe des Therapeuten ist es, den Transsexuellen zu der Einsicht zu verhelfen, dass ihre Vergangenheit nicht neu geschrieben werden kann …

Dr. Ross Varda

Auszug aus der Fachzeitschrift für Sexualwissenschaft

30

«Hättest du Lust, heute Abend mit zu einer Vernissage zu kommen?»

Ich sehe von der dicken Akte eines Häftlings auf, der in zwei Tagen von Norton zu uns ins Horizon House verlegt werden soll. Meine Berufsberaterin Sharon Johnson steht in der Bürotür.

«Arbeiten von Ray?»

«Zwei, drei Bilder sind von ihr. Es ist eine Gruppenausstellung. Alles schwarze Künstlerinnen. In Cambridge. Es gibt reichlich Champagner. Vielleicht hat Leo ja auch Lust mitzukommen.»

Mein Gesichtsausdruck muss Antwort genug sein, denn Sharon sagt rasch: «Vergiss Leo.»

Ich wünschte, ich könnte.

«Komm schon», versucht sie mich zu locken. «Dann eben ein Frauenabend.»

Ich schaue auf den Berg von Berichten und Akten auf meinem Schreibtisch, die ich alle noch durchsehen muss – die monatlichen Beurteilungen von Arbeitgebern derzeitiger Häftlinge, etliche Akten über empfohlene Neuzugänge und zwei weitere über bereits genehmigte Verlegungen ins Horizon House.

«Ich weiß», sagt Sharon. «Aber du brauchst doch auch mal ein bisschen Spaß im Leben. Außerdem vermisst Raylene dich. Sie denkt, man hat dich hier drin eingesperrt.»

«Das Problem ist, dass ich in letzter Zeit zu wenig im Büro war. Hier ist so viel liegen geblieben, dass es nicht mehr zum Lachen ist.»

«Nein, und das Leben hat dir in letzter Zeit wirklich nicht gerade viel Grund zum Lachen gegeben, was? Irgendwelche Fortschritte in der Ingram-Sache?»

Ich erzähle ihr meine Theorie zum Ehepaar Bell.

«Und wahrlich, eine abgewiesene Frau ist eine gefährliche

Frau», sinniert Sharon. «Wir beide haben ja von denen schon genug im Knast gesehen. Die meisten machen den fremdgehenden Ehemann kalt. Aber ein paar knöpfen sich auch noch die Rivalin vor.»

Ich starre Sharon an, und plötzlich überschlagen sich meine Gedanken.

«Was ist?», fragt sie.

«Ich frage mich, ob Carol das auch vorhat.»

«Was? Ihren Mann kaltmachen? Ich weiß nicht», sagt Sharon. «Wenn er als Verdächtiger nicht mehr in Frage kommt, müsste sie befürchten, dass sie ins Zentrum der Ermittlungen rückt.»

«Ja, aber das ist doch gerade das Problem. Wenn Harrison Bell in die Enge getrieben wird und denkt, dass er am Ende für die Taten seiner Frau büßen muss, könnte es durchaus sein, dass er auspackt. Und das Risiko kann Carol nicht eingehen. Sie hat sich auf die Alibis verlassen, die sie ihm geliefert hat, aber jetzt, wo die Polizei die Alibis in Zweifel zieht –»

«Man sollte meinen, sie wäre cleverer», sagt Sharon. «Hätte ihm Alibis besorgt, die nicht so leicht zu erschüttern sind.»

«Ja, das gibt mir auch zu denken», gebe ich zu.

Sharon zuckt die Achseln. «Ich wette, Ross Varda würde es psychomäßig damit erklären, dass Carol im Unterbewusstsein wollte, dass Harrisons Alibis in Zweifel gezogen werden. Dass er verdächtigt wird. Leidet. Hätte er sie nicht betrogen, hätte sie auch nicht zu solchen gewalttätigen Mitteln greifen müssen.»

Ich nicke, aber irgendetwas stört mich immer noch. Ich kann nur nicht sagen, was.

«Also», sagt Sharon, «kommst du mit?»

«Was?»

«Zu der Ausstellung?»

«Ich würde gern, aber ich muss wirklich diesen Berg von Arbeit abtragen.» Ich greife nach meinem Aktenkoffer und fange an, Berichte hineinzustopfen. «Am besten wäre es, ich würde gleich hier übernachten, aber ich muss nach Hause und Hannah füttern und meinem vernachlässigten Hundchen etwas

Liebe schenken. Es fühlt sich bestimmt verlassen.» *Und das Gefühl kenne ich.*

«Hannah? Wo ist mein Mädchen?»

Ich habe ein beunruhigendes Déjà-vu-Gefühl, als mein Hund nicht auf mich zugetobt kommt. Hatte Rachel schon wieder Streit mit Gary? War sie wieder hier und ist mit Hannah spazieren gegangen?

Es erscheint mir zwar äußerst unwahrscheinlich, aber ich möchte an dieses Szenario glauben. Denn jedes andere wäre unerträglich.

Ich öffne die Schublade des Dielentisches, in der ich Hannahs ausziehbare Leine aufbewahre. Die Leine ist nicht da. Ich bin zwar nicht gerade erleichtert, aber die fehlende Leine erhärtet meine Vermutung.

Ich gehe durch den Flur in die Küche, greife direkt zum Telefonhörer und wähle Rachels Nummer.

Beim dritten Klingeln wird abgehoben. Und ich bin verzweifelt, als ich Rachels Stimme am anderen Ende der Leitung höre.

«Rachel, ich bin's, Nat. Du hast nicht zufällig Hannah bei dir?» Ich kann die Panik hören, die in meiner Stimme mitschwingt.

«Natürlich nicht. Wieso sollte ich –»

«Sie ist verschwunden.» Die Panik überwältigt mich.

«Wo könnte sie denn sein?»

«Ich weiß es nicht.»

«Was ist mit Leo? Vielleicht war Leo bei dir –»

«Ja, richtig», falle ich ihr ins Wort, von neuem Optimismus erfasst. «Leo. Danke, Rach. Ich melde mich wieder bei dir.» Ich sehe es schon vor meinem geistigen Auge. Leo will zu mir, weil er weiß, wie aufgewühlt ich sein muss, nachdem ich erneut mit ansehen musste, wie er Nicki umarmt. Da ich nicht zu Hause bin, geht er mit Hannah raus. Es erscheint mir nicht nur völlig logisch, es gibt mir auch Auftrieb, was unsere zerbröckelnde Beziehung betrifft. Vielleicht besteht ja doch noch Hoffnung.

Ich wähle die Nummer von Leos Handy, stelle mir vor, wie er danach greift, während er mit der anderen Hand Hannahs Leine hält.

Als er sich meldet, höre ich fast nur Rauschen. Wo zum Teufel führt er denn Hannah raus?

«Leo, wo bist du?»

«Im Augenblick? Auf einer Überführung auf dem Mass Pike. In zirka zehn Minuten bin ich in Newton.»

Bei dem Rauschen verstehe ich nur jedes zweite Wort. «Du bist im Auto?»

«Was ist los?»

«Du hast Hannah nicht bei dir, oder?» Mein Optimismus schwindet rasch.

«Was?»

«Hannah», brülle ich fast in den Hörer.

«Nein. Was –?»

Seine Stimme ist weg. Ich lege auf, habe das Gefühl, kurz vor einem emotionalen Zusammenbruch zu stehen.

Ich laufe zur Wohnungstür, inspiziere das Schloss. Nur Rachel und Leo haben einen Schlüssel zu meiner Wohnung. Jeder andere müsste einbrechen. Aber es deutet nichts auf ein gewaltsames Eindringen hin. Ich renne in der Wohnung herum, überprüfe die Fenster. Alle geschlossen. Seit ich die Zeichnung bekommen habe, bin ich besonders auf der Hut. Wie ist der Hundeentführer reingekommen?

Das Telefon klingelt. Beim ersten Klingeln reiße ich den Hörer ans Ohr.

Es ist Leo. Die Verbindung ist jetzt zum Glück störungsfrei.

«Was ist mit Hannah?», fragt er sofort.

«Sie hat ihn entführt. Oder er. Ich weiß nicht, wie sie hier reingekommen sind, aber es kann nur einer von den beiden sein. Scheiße, wenn sie Hannah auch nur ein Haar krümmen, bring ich sie um, das schwöre ich.» Ich weiß, dass ich jetzt wirklich durchdrehe, weil mir ein Wort wie *Scheiße* nur selten über die Lippen kommt.

«Beruhige dich. Du meinst die Bells, nicht?»

«Sie wissen, dass ich ihnen auf die Schliche gekommen

bin. Ich wurde gewarnt, und jetzt lassen sie mich den Preis zahlen.»

«Hör zu, Mitchell und ich sind in ein paar Minuten bei den Bells. Wenn sie Hannah haben –»

«Was denkst du denn? Dass Hannah die Treppe runtergetrabt kommt und dich an der Tür begrüßt?»

«Hannah haart wie verrückt, Natalie. Wenn der Hund in diesem zwanghaft makellosen Haus war, werden wir Haare entdecken. Bleib, wo du bist. Ich ruf dich wieder an, sobald ich was weiß.»

«Leo?»

«Ja?»

«Ich liebe –»

«Ich weiß, Natalie. Ich auch.»

Meinen wir beide Hannah?

Die Minuten vergehen, und ich werde vor Sorge immer nervöser. Ich tigere in der Wohnung auf und ab. Jedes Mal, wenn ich am Telefon vorbeikomme, versuche ich, es durch Willenskraft zum Klingeln zu bringen. Die Stille ist unerträglich. Eine schmerzhafte Erinnerung daran, dass Hannah nicht da ist. Ich versuche, mir einzureden, dass diese übertriebene Bindung an einen Hund sowieso nicht ganz normal ist. Bei einem Kind – meinem Kind – wäre es was anderes. Was habe ich mich nach einem Kind gesehnt! Kurz nach meiner Heirat wäre ich so gern schwanger geworden. Aber Ethan meinte immer, er sei noch nicht bereit für die Verantwortung einer Vaterschaft. Und obwohl er irgendwann widerwillig nachgab, war er jedes Mal sichtlich erleichtert, wenn ich meine Tage bekam. Ich finde es noch immer absurd, dass er mich dann wegen einer Frau verließ, die von ihm schwanger war.

Keine zehn Minuten später klingelt mein Telefon tatsächlich.

«Leo?»

«Sie finden Ihren Hund im Kofferraum Ihres Wagens.» Die Stimme ist ein heiseres Flüstern. Ich kann nicht mal sagen, ob von einem Mann oder einer Frau. Auf jeden Fall kommt sie mir nicht bekannt vor. «Er lebt noch. Aber Sie sollten sich beeilen.»

Bevor ich etwas erwidern kann, ist die Verbindung unterbrochen.

Ich warte nicht auf den Aufzug. Zu langsam. Ich hetze die Treppe hinunter, Stockwerk für Stockwerk, mit wild klopfendem Herzen. Atemlos reiße ich die Tür zur Tiefgarage auf. Mein Parkplatz ist am anderen Ende, nahe der Einfahrt. Ich renne darauf zu, doch als ich nur noch knapp dreißig Meter entfernt bin, bleibe ich abrupt stehen.

Bin ich denn noch zu retten?

Mit einem Mal funktioniert mein konfuser Verstand wieder. Es ist noch keine zwanzig Minuten her, dass ich in die Tiefgarage gefahren bin. Die Person, die in meine Wohnung eingebrochen ist und Hannah gestohlen hat, kann sie also erst in den Kofferraum gesperrt haben, nachdem ich meinen Wagen geparkt habe und nach oben gegangen bin. Irgendwann in den letzten zwanzig Minuten.

Der- oder diejenige könnte daher genau in diesem Augenblick hier unten auf der Lauer liegen. Und auf mich warten.

Und ich Vollidiotin tappe brav in die Falle.

Die Alarmanlage eines Wagens gellt plötzlich los, und mir rutscht das Herz in die Hose. Ein kurzes Stück vor mir blinken die Scheinwerfer eines Wagens, und das nervenzerreißende Beepen der Alarmanlage hallt durch die Garage.

Ein Ton klingt deutlich lauter. Ich weiß nicht, wann genau mir klar wird, dass der Schuss synchron mit dem Beepen des Alarms abgefeuert wurde, bevor oder nachdem die Windschutzscheibe des Wagens direkt neben mir zerspringt.

Noch während ich instinktiv in die entgegengesetzte Richtung hechte, um Deckung zu suchen, denke ich, dass der Schütze clever ist. Schließlich gehen andauernd irgendwo Autoalarmanlagen los. Wenn der Besitzer des jeweiligen Wagens nicht in der Nähe ist, um sie abzustellen, ignorieren die Leute den Lärm, weil sie wissen, dass die Anlage sich nach wenigen Minuten automatisch abschaltet. Kein Mensch kommt, um nachzuschauen, was los ist. Natürlich würde auch niemand angelaufen kommen, wenn er einen Schuss hört, aber es könnte zumindest sein, dass irgendwer die Polizei verständigt.

Bis zur Tür zurück ins Treppenhaus ist es zu weit, deshalb verstecke ich mich hinter einem schwarzen Jeep. Jetzt verfluche ich die unzähligen Lampen hier unten, die alle Eigentümer, ich eingeschlossen, unbedingt installiert haben wollten. *Aus Sicherheitsgründen!*

Ein weiterer Schuss fällt, wieder auf den Alarmton abgestimmt. Die Kugel schlägt direkt neben mir ins Blech. Ich tauche unter den Wagen. Ich rolle mich ganz klein zusammen und bin wie gelähmt vor Todesangst. Es gibt kein Entrinnen.

Ich bereite mich praktisch schon darauf vor zu sterben, kaltblütig erschossen zu werden, als ein Wagen in die Garage gerast kommt und kurz vor dem Fahrzeug anhält, dessen Alarmanlage noch immer gellt.

Sekunden später, Stille. Barmherzige Stille.

Und dann, wieder einige Sekunden später, die Stimme eines Mannes. «Hier Russo. Alles in Ordnung mit dem Mercedes. Keine Anzeichen für versuchten Diebstahl.»

Ein Mitarbeiter des Sicherheitsdienstes. Höchstens eins von hundert Autos hat eine Alarmanlage, die direkt mit einer Sicherheitsfirma verbunden ist. Ich atme zum ersten Mal seit bestimmt einer Minute wieder aus und fühle, wie mich Erleichterung überkommt. Auf dem Bauch krieche ich zur Vorderseite des Jeeps.

«Bitte», rufe ich, «helfen Sie mir.»

«Da», sagt Mitchell Oates barsch und reicht mir einen Teller mit zwei Scheiben Toast, die dick mit Zucker bestreut sind.

«Ich wusste gar nicht, dass Sie häusliche Qualitäten haben.»

Leos Partner verzieht keine Miene, aber Leo grinst. «Seine Frau weiß es auch nicht», sagt Leo.

«Essen Sie das», sagt Oates. «Dann geht es Ihnen besser.»

Trotz seiner bärbeißigen Art spüre ich, dass der Detective tatsächlich besorgt um mich ist. Ich finde das so bemerkenswert – ich hatte bei Oates immer nur den Eindruck, dass ich ihm auf die Nerven falle –, dass ich gehorsam in das unangenehm süße Brot beiße. Und nach einigen Bissen stelle ich erstaunt fest, dass ich nicht mehr ganz so nervös bin.

«Ein ordentlicher Bourbon dazu wäre auch nicht schlecht. Haben Sie welchen da?»

Leo schaut zu Tony Russo hinüber, dem Wachmann der Firma Commonwealth Security, der genau zum rechten Zeitpunkt aufgetaucht ist, um den Schützen zu verjagen. Obwohl er schon vor über zwanzig Minuten der Polizei gegenüber seine Aussage gemacht hat, ist der stämmige Mittdreißiger noch immer da. Und sehr um mich bemüht.

«Im Schrank.» Leo zeigt durch den Raum. «Linke Tür. Machen Sie ihr einen Scotch.»

Russo zieht eine Augenbraue hoch. «Ich sehe, Sie kennen sich hier aus, Detective.»

«Müssen Sie nicht wieder an die Arbeit?», fragt Leo spitz.

Russo grinst bloß. Und zu meinem Erstaunen lächelt Oates sogar, wird aber sofort wieder ernst, als Leo ihn anschaut.

Russo bringt mir einen doppelten Scotch. Sieht zu, wie ich einen Schluck nehme. «Tut gut, was?», fragt er.

«Sehr gut», antwortet Leo für mich.

Oates geht zu Russo, legt ihm eine Hand auf die Schulter. «Sie können jetzt gehen. Wir melden uns, wenn wir noch Fragen haben.»

Russo nickt widerwillig und zieht den blauen Anorak mit dem Logo seiner Firma über. Oates begleitet ihn zur Wohnungstür. Bevor er hinausgeht, schaut Russo noch einmal zu mir rüber.

«Passen Sie auf sich auf, Nat. Und machen Sie sich nicht zu viele Sorgen um Ihren Hund. Ich habe irgendwie das Gefühl, dass es ihm gut geht. Und dass er wieder auftaucht.»

«Das hoffe ich», sage ich und kämpfe gegen das Zittern in meiner Stimme. Hannah war natürlich nicht im Kofferraum meines Wagens, was niemanden überrascht hat, am wenigsten mich. Sie ist noch immer verschwunden. Und sosehr ich Russo auch glauben möchte, ich habe nur noch wenig Hoffnung.

Oates öffnet die Tür und will den Wachmann nach draußen schieben.

«Tony», rufe ich.

Er blickt über die Schulter.

«Danke. Ehrlich und aus ganzem Herzen. Sie haben mir das Leben gerettet.»

Der alles andere als unattraktive Wachmann strahlt. «Jederzeit wieder. Im Ernst, Nat. Sie haben ja meine Karte. Privatnummer ist auf der Rückseite. Wenn Sie was brauchen, rufen Sie an. Zu jeder Tages- und Nachtzeit. Ich wohne allein, Sie brauchen also nicht zu befürchten, dass Sie jemanden stören.» Er zwinkert mir zu, damit ich ihn auch richtig verstehe.

Oates unterdrückt ein weiteres Lächeln, als Russo geht, und folgt ihm. Leo und ich sind allein.

Ich stelle meinen Scotch auf den Couchtisch. «Also, was meinst du, Leo?»

«Wer geschossen hat? Wir wissen nur, dass die beiden Geschosse, die wir in der Tiefgarage gefunden haben, dasselbe Kaliber haben wie die Geschosse, die in Claire Fishers Brust steckten.»

Schaudernd greife ich rasch wieder zu meinem Drink und nehme einen kräftigen Schluck.

«Und weder Carol noch Harrison Bell waren zu Hause, als ihr da wart», wiederhole ich, was Leo mir bereits erzählt hat.

«Josh hat gesagt, seine Eltern seien essen gegangen.»

«Aber er wusste nicht, in welches Restaurant. Schwachsinn», sage ich. «Eltern lassen ihre Kinder nicht zu Hause, ohne ihnen zu sagen, wo sie im Notfall zu erreichen sind.»

«Das habe ich dem Jungen auch gesagt. Er hat gesagt, er könne seinen Dad jederzeit übers Handy erreichen.»

«Aber als du die Handynummer gewählt hast –»

«Genau. Bell ist nicht rangegangen.»

«Er konnte nicht, weil er gerade auf mich geschossen hat. Oder weil er zu nervös war, als er draußen im Auto gewartet hat, während seine Frau die Drecksarbeit erledigt.»

«Natalie –»

«Ich weiß, was du sagen willst, Leo. Alles reine Spekulation. Genauso wie es reine Spekulation ist, dass sie – » Meine Stimme bricht. «Glaubst du, sie haben Hannah getötet?»

«Ehrliche Antwort?», fragt Leo. «Nein. Es hätte nichts gebracht, Hannah zu töten. Schließlich ging es ja nicht darum, dir deinen geliebten Hund zu nehmen. Du solltest in der Tiefgarage sterben, Natalie.» Er zuckt zusammen bei den Worten.

«Wo kann sie denn dann sein, Leo?»

«Vielleicht wurde Hannah einfach auf der Straße ausgesetzt. Wir fragen in den Tierheimen nach, vielleicht hat sie jemand dort abgegeben. Wir finden sie schon, Natalie.»

Doch seinem Versprechen fehlt die Überzeugung. Und es gibt mir nur wenig Trost. Ich spüre, dass ich Hannah für immer verloren habe. So wie ich anscheinend jeden verliere, den ich liebe.

Ich habe immer wieder einen Traum. Ich gehe in das Haus meiner Eltern – alle sind da, meine Eltern, meine Freunde, mein Geliebter. Und ich sage ihnen, sie sollen mit dem Schlimmsten rechnen. Doch alle scharen sich um mich. Sie sagen, dass sie mich nie im Stich lassen werden. *Gott sei Dank*, sagt mein Vater, *ist es keine tödliche Krankheit*. Meine Mutter fügt hinzu: *Wir wollen dich nicht verlieren.* Und alle sagen, wie stolz sie auf mich sind. Wie mutig, wie stark ich bin. Sie versichern mir, dass es für sie keinen Unterschied macht, wer ich bin, was ich getan habe. Sie sagen – sie alle sagen: *Wir lieben dich.*
Ich frage ihn, warum muss das nur ein Traum sein? Und er antwortet: *Ich liebe dich.*

Lynn Ingram
Gefängnistagebuch

31

Um neun Uhr morgens bin ich in meinem Büro und fühle mich wie gerädert. Die Medien haben von der Schießerei gestern Abend in der Tiefgarage rasch Wind bekommen. Ich hatte zwar mein Telefon ausgestöpselt, nachdem die Sache publik wurde, doch ich habe kein Auge zugetan. Heute Morgen mussten mir zwei Uniformierte die Reporter vom Hals halten, die sich bei mir zu Hause auf der Straße und vor dem Horizon House drängten. Dagegen schildert Tony Russo, mein strahlender Held, ausführlich jedem, der es hören will, wie er die Leiterin des Horizon House wagemutig gerettet hat.

Jack erfuhr gestern Abend um elf in den Nachrichten von dem Überfall auf mich und erreichte mich auf meinem privaten Handy, dessen Nummer ich hüte wie meinen Augapfel. Er wollte mich sofort abholen kommen, damit ich bei ihm übernachte. Ich sagte, das sei nicht nötig. Leo würde die Nacht bei mir bleiben. Das war eine Lüge. Leo hat es angeboten, aber ich habe abgelehnt. Ich war zu mitgenommen und zu verletzbar, um einen der beiden um mich haben zu können. Stattdessen stellte Leo zwei Polizisten zu meinem Schutz ab.

Das einzige Lebewesen, das ich bei mir haben wollte, war Hannah. Die ganze Nacht lang betete ich, dass ich sie gesund und munter zurückbekommen würde. Ich bete nicht sehr oft. Und wenn, dann weiß ich ehrlich gesagt nicht, zu wem ich bete. Aber ich wusste nicht, was ich sonst machen sollte. Und ich weiß es noch immer nicht.

Mein Bürogehilfe Paul Lamotte ist seit sieben Uhr heute früh damit beschäftigt, Anrufe für mich entgegenzunehmen. Die einzigen beiden Anrufer, die ich bislang zurückgerufen habe, sind meine Schwester und Commissioner Jerry Foley, mein Vorgesetzter. Ich versicherte beiden, dass die Gefahr für mein Leben stark übertrieben worden war, denn ich wusste, dass nur eine Lüge verhindern konnte, dass meine Schwester in Panik geriet und der Commissioner mich in Zwangsurlaub schickte.

Keine zehn Minuten nach dem Telefonat mit dem Commissioner fliegt die Tür auf und Hutch kommt ins Büro gestürmt. «Wir haben eine kritische Situation.»

Ich bin schon aufgesprungen und auf dem Weg zur Tür. «Was ist passiert?»

«Nicki. Sie hat sich in ihrem Zimmer verbarrikadiert. Sie sagt, wenn wir mit Gewalt reinkommen, springt sie aus dem Fenster. Wir könnten die Feuerwehr rufen –»

«Nein, ich versuche erst, mit ihr zu sprechen», sage ich und eile hinaus. Jack kommt gerade ins Zentrum. Ich rufe ihm zu: «Varda soll herkommen. Sofort.»

Hutch und ich laufen nach oben zu Nickis Zimmer. Zum ersten Mal seit wir wegen Father Joe aneinander geraten sind, bin ich mit meinem leitenden Vollzugsbeamten allein. Es lag nicht nur daran, dass Hutch mir bewusst aus dem Weg gegangen ist, ich war in letzter Zeit auch nicht gerade häufig hier. Hat er noch immer vor, um seine Versetzung zu bitten? Ständig rechne ich damit und fürchte, dass der Antrag auf meinem Schreibtisch liegt. Ich möchte Hutch nicht verlieren. Hervorragende Mitarbeiter sind schwer zu finden. Gute Freunde noch schwerer.

«Wie lange?», frage ich, als wir zu Nickis Tür kommen.

«Burton und Flynn sind vor fünfzehn Minuten gekommen, um bei ihr Posten zu beziehen. Die Kollegen von der Nachtschicht haben ihnen gesagt, es sei alles in Ordnung, Nicki würde noch schlafen. Aber dann haben sie Lärm aus ihrem Zimmer gehört, wollten nachsehen und konnten die Tür nicht öffnen. Sie glauben, sie hat einen Stuhl unter die Klinke geklemmt. Als sie die Tür mit Gewalt öffnen wollten, hat sie gedroht, aus dem Fenster zu springen.»

Flynn, der ältere und stämmigere der beiden Uniformierten, steht an Nickis Tür, schaut mir und Hutch nervös entgegen.

«Burton ist nach draußen gegangen. Hat sich unter ihr Fenster gestellt. Ich hab die ganze Zeit versucht, mit ihr zu reden, aber sie reagiert nicht», sagt Flynn zu mir.

Ich klopfe leicht an Nickis Tür. «Nicki, ich bin's, Natalie Price. Ich würde gern mit Ihnen sprechen.»

Stille.

«Nicki, ich weiß, dass Sie aufgebracht sind. Sie haben allen Grund dazu. Leo ist gestern sehr hart mit Ihnen umgegangen. Aber er hat sich doch entschuldigt, Nicki. Ich denke, Sie wissen, dass es ihm Leid tut. Ich denke, Sie wissen auch, *warum* er sich so verhalten hat.» Ich spüre Hutchs Blick auf mir ruhen. Ich versuche, ihm nicht in die Augen zu sehen, weil ich fürchte, dass mir die Tränen kommen, und das wäre mir peinlich. «Er hängt sehr an Ihnen, Nicki. Er möchte nicht, dass Ihnen was passiert. Deshalb will er, dass Sie ihm helfen, dieses Monster zu fassen. Damit Sie in Sicherheit sind. Damit ihr eine zweite Chance bekommt. Ihr ... beide.»

Unwillkürlich gleitet mein Blick zu Hutch. Das Mitgefühl in seinen Augen ist fast zu viel für mich. Ich schaue rasch weg.

«Nicki, bitte machen Sie die Tür auf. Lassen Sie mich rein.»

Noch immer keine Antwort.

«Wir könnten sie in drei Sekunden aufhaben», flüstert Flynn.

Ich schüttle den Kopf. Ich weiß nicht, wie nah Nicki dem Fenster ist. Und ich habe Angst, dass sie ihre Drohung wahr macht und springt, wenn wir Gewalt anwenden.

«Übrigens, gestern habe ich Jakey gesehen. Wussten Sie, dass er neulich im Kindergarten in einem Stück mitgemacht hat? Er hat Superkid gespielt. Er war traurig, dass Sie nicht dabei waren. Er vermisst Sie, Nicki.» Ich schlucke schwer, denke, wie traurig Nicki wäre, wenn sie wüsste, dass Jakey ihren Namen überhaupt nicht erwähnt hat. Klar, wenn er wüsste, dass sie seine Mutter ist, wäre alles anders. Vielleicht wäre es dann für alle anders. Auch für mich.

Ich höre ein schwaches Geräusch durch die Tür dringen. Ich presse ein Ohr an das Holz. Ich höre Weinen. Nicki weint.

Ich dränge weiter. «Jakey will sein Superkid-Kostüm anziehen, wenn er Sie das nächste Mal besucht. Ich weiß, Sie wollten in letzter Zeit keinen Besuch mehr, aber ich weiß, dass Sie Ihren kleinen Jungen vermissen, Nicki. Vielleicht rufe ich Marie an, dass sie heute mit ihm vorbeikommt.»

«Nein», schreit sie. «Er soll nicht hierher kommen. Hören Sie? Er soll nicht herkommen.»

«In Ordnung, Nicki. Erst wenn Sie es möchten.»

«Lassen Sie mich in Frieden. Ich will nur allein sein.»

«Das werde ich nicht. Ich werde hier bleiben, bis Sie mich reinlassen.»

Hutch stellt einen Stuhl für mich hin. «Mach's dir bequem, Nat. Könnte ein Weilchen dauern.»

Ich nicke, dankbar für seine Freundlichkeit. Vielleicht kommt zwischen uns ja doch wieder alles ins Lot.

Kurz nachdem ich mich gesetzt habe, sehe ich Jack über den Flur geeilt kommen. «Ich habe Varda erreicht. Wir haben echt Schwein. Er war schon auf dem Weg hierher, um mit Nicki zu sprechen. Er muss jeden Augenblick hier sein.»

«Nicki, ich bin's. Dr. Varda. Bitte machen Sie auf.»

Hutch, Jack, Flynn und ich warten mit angehaltenem Atem.

«Nicki? Ich warte.» Der Psychiater wirkt zwar angespannt und erschöpft, doch sein Tonfall ist nicht nur fest, sondern auch streng. Wie ein konsequenter Vater, der seiner ungezogenen Tochter die Leviten liest.

Es kommt jedoch keine Reaktion von der *Tochter*. Aber dann, als ich gerade sicher bin, dass Varda nicht mehr Glück haben wird als ich, vernehme ich ein scharrendes Geräusch auf der anderen Seite der Tür. Als würde ein Stuhl über den Boden gezogen.

Varda legt die Hand auf die Klinke, drückt sie, und die Tür geht mühelos auf.

«Geben Sie uns ein paar Minuten», sagt er zu mir.

«Erst wenn ich mich überzeugt habe, dass es ihr gut geht», sage ich.

Er nickt, und ich folge ihm in den Raum. Nicki steht am offenen Fenster. Sie ist noch im Pyjama, die Haare noch wirrer als gestern, die Augen gerötet, das Gesicht streifig von Tränen. Sie starrt nach unten auf die Straße.

Panik durchfährt mich. Will sie doch noch springen?

Aber sie tritt zurück und geht zu dem Bett, das dem Fenster am nächsten steht. Lynns Bett. Es ist ungemacht. Hat Nicki angefangen, im Bett ihrer Zimmergenossin zu schlafen? Dafür gibt es bestimmt irgendeine psychologische Erklärung.

Varda geht zu Nicki und setzt sich neben sie. «Schlimme Nacht gehabt?», fragt er sanft.

Sie schlingt die Arme um sich und nickt.

«Haben Sie Ihr Medikament genommen, bevor Sie ins Bett gegangen sind?»

«Nein», murmelt sie. «Davon kriege ich Albträume.»

«Hatten Sie trotzdem Albträume?»

«Ja.»

«Was haben Sie geträumt?», frage ich.

Varda schaut mich ärgerlich an. Ich stoße in sein Terrain vor.

«Father Joe. Ich ... ich habe von Father Joe geträumt.» Nicki beugt sich nach vorn und fängt an zu schaukeln. «Wir waren in der Hölle ... zusammen. Es war schrecklich. Aber dann bin ich wach geworden ... und ich bin noch immer in der Hölle. Ich halte das nicht mehr aus. Ich kann nicht mehr. Ich kann nicht mehr. Ich will bloß, dass alles aufhört. Bitte, bitte ... machen Sie, dass es aufhört.»

Das Schaukeln wird schneller, und jetzt berührt sie mit dem Kopf schon fast die Knie.

«Es bringt nichts, wenn Sie sich so aufregen, Nicki.»

Ich bin erschrocken über Vardas scharfen Ton, aber Nicki hört abrupt auf zu schaukeln und richtet sich auf. Na ja, ich bin eben keine Psychologin.

«Gut», sagt Varda, jetzt wieder sanfter. «Haben Sie gefrühstückt?»

Nicki schüttelt den Kopf. «Ich hab keinen Hunger. Ich kann nichts essen.»

«Doch, das können Sie.» Er sieht mich an. «Wären Sie so nett, einen der Beamten zu bitten, Nicki etwas zum Essen raufzubringen? Vielleicht einen Orangensaft, Kaffee, ein Brötchen.»

Meine Augen gleiten zum offenen Fenster. Varda folgt meinem Blick, steht vom Bett auf, geht zum Fenster und schließt es resolut.

«Sie sehen nicht so aus, als hätten Sie gut geschlafen», sage ich, als Varda kurz darauf in mein Büro kommt.

«Das Gleiche gilt für Sie. Stimmt es, dass jemand gestern Abend auf Sie geschossen hat?»

«Ja, es stimmt.»

«Und Ihr Hund wurde entführt?»

Ich traue meiner Stimme nicht. Schon der Gedanke an Hannah treibt mir Tränen in die Augen.

«Detective Coscarelli hat mich gestern Abend angerufen», sagt Varda. «Er hat mir gesagt, ein Detective Marcus von der Bostoner Kripo würde einen zivilen Polizeiwagen vor meinem Haus postieren. Und wenn ich was Verdächtiges höre oder sehe, soll ich das Licht in meinem Schlafzimmer anschalten, und die Polizisten wären dann im Nu oben bei mir in der Wohnung. Er hat mir nicht gesagt, was mit Ihnen passiert ist – das hab ich erst heute Morgen im Radio gehört –, aber ich habe mir schon gedacht, dass irgendwas passiert sein muss, wenn die Polizei die Sicherheitsmaßnahmen verstärkt.» Er starrt ins Leere, eher verstört als ängstlich. «Wohin soll das bloß führen?»

«Wie geht's Nicki?», frage ich.

«Nach unserem Gespräch hat sie sich etwas beruhigt.»

«Was halten Sie von ihrem Traum?»

«Von dem Priester?» Er seufzt. «Vielleicht hätte ich sie nicht so drängen sollen, Ihnen von ihm zu erzählen. Sie leidet stark unter Schuldgefühlen. Erst recht seit sie von dem Mord an der Krankenschwester gehört hat.»

«Es hat sich jemand gemeldet, der Father Joe ein Alibi für den Zeitpunkt geliefert hat, als Lynn überfallen wurde. Es scheint ziemlich wasserdicht zu sein.»

Diese Information scheint Varda sehr zu beunruhigen.

«Ich weiß nicht mal, ob es ein Mann war, Ross.»

Er runzelt die Stirn. «Eine Frau?»

«Nun kommen Sie schon, Ross. Lynn hat Ihnen doch wohl von Carol Bell erzählt», sage ich ungeduldig. «Ich glaube, sie hat Ihnen erzählt, dass Carol hinter ihre Affäre mit Harrison gekommen ist. Ich glaube, sie hat Ihnen erzählt, dass sie Angst vor

Carol hat. Ich glaube, sie hat es auch Nicki erzählt. Und auch Nicki hat es Ihnen vermutlich erzählt.»

Vardas Gesicht wird rot.

«Meinen Sie, die Bells verlassen sich stur darauf, dass Sie nicht gegen Ihre Schweigepflicht verstoßen?»

«Sie denken, die beiden stecken dahinter?»

Ich sage ihm genau, was ich denke.

Er wirkt nicht sonderlich erstaunt. Und darüber bin ich nicht erstaunt.

«Und wenn ich gegen meine Schweigepflicht verstoße und Ihnen bestätige, dass das, was Sie sagen, stimmt?», sagt Varda. «Ich bin weder Polizist noch Anwalt, aber selbst ich weiß, dass meine Bestätigung absolut nichts beweisen würde. Lynn hatte Angst vor Carol Bell. Na und? Beweist das denn, dass diese Frau Lynn mit einem Messer aufgelauert hat? Sie brutal niedergestochen und verstümmelt hat? Beweist das, dass ihr Mann Zeuge des Überfalls war und seine Frau schützt? Bringt das Carol Bell mit einer der anderen Taten nach dem Überfall auf Lynn in Verbindung? Nein», sagt er wütend. «Es bringt bloß mich noch mehr in Gefahr. Und ehrlich gesagt, Superintendent, ich bin bereits an der Grenze dessen, was ich ertragen kann.»

Ein Blick auf den abgehärmten Psychiater genügt mir, um ihm zu glauben.

«Dann bleiben uns noch Nicki und Lynn», sage ich. «Eine von ihnen oder beide müssen uns sagen, was sie gesehen haben.»

«Nicki sagt, dass sie von hinten gepackt wurde. Dass sie nicht gesehen hat, von *wem*.»

«Ich glaube, sie lügt. Ich glaube, sie hat gesehen, wer sie im Lagerraum der Boutique überfallen hat.»

«Wie kommen Sie denn darauf?»

«Das ist die einzige Erklärung dafür, warum sie so große Angst hat.»

«Wenn das stimmt, hätte sie es mir erzählt.»

Was ich natürlich gehofft hatte.

«Nicht unbedingt», sage ich, laut denkend. «Vielleicht wollte sie Sie nicht in Gefahr bringen. Vielleicht wurde sie gewarnt, dass Ihnen was passiert, wenn sie es Ihnen erzählt.»

Varda blickt mich durchdringend an. «Dass mir was *passiert*? Sie meinen, dass ich *umgebracht* werde.»

Drückendes Schweigen hängt in der Luft.

«Ich denke, Sie sollten Nicki zureden, mit der Sprache rauszurücken, Ross. Und ich denke auch, Sie sollten noch mal darüber nachdenken, ob Sie Lynn nicht doch hypnotisieren», sage ich schließlich.

«Und wenn sie unter Hypnose tatsächlich den Täter nennt? Sind Sie sicher, dass die Polizei schnell genug handeln kann? Haben Sie die Risiken bedacht? Die Risiken für uns alle?»

Vermutlich gibt es nur wenige Menschen, die sich so gut verstellen können wie Transsexuelle. Viele vor ihnen verfeinern diese Fähigkeit ihr ganzes Leben lang ...

Dr. Mitchell
Zentrum für Transsexualität

32

Varda lässt uns warten. Nachdem er sich gestern zunächst gesträubt hatte, aus verständlicher Sorge um sein eigenes Wohl, hat er sich nun doch bereit erklärt, heute Morgen mit Lynn über eine eventuelle Hypnose zu sprechen. Er hat allerdings klargestellt, dass sie absolut einverstanden sein muss, sonst würde er sie nicht hypnotisieren. Und er war nicht sicher, ob sie überhaupt schon zu so einem emotional schwierigen Schritt fähig wäre.

Leo ist auch da. Falls Lynn einwilligt, beginnt Varda unverzüglich mit der Hypnose. Wir alle spüren den Druck der knapper werdenden Zeit. Ganz zu schweigen davon, dass allen die Nerven blank liegen, vor allem Nicki. Obwohl sie sich nach ihrem Gespräch mit Varda etwas beruhigt hatte, ist sie fast den ganzen Tag in ihrem Zimmer auf und ab gegangen oder hat in der Veranda geraucht. Natürlich haben die beiden Wachen auch draußen auf sie aufgepasst. Wenn uns schon die Nerven blank liegen, dann ihnen erst recht.

Auch ich bin ein Nervenbündel. Und mit jeder Minute, die vergeht, werde ich noch nervöser.

Leo schenkt sich Kaffee nach, während wir im Ärztezimmer der Intensivstation warten. «Bist du sicher, dass Varda neun Uhr gesagt hat?»

Ich sehe auf die Uhr. Es ist fünf nach halb zehn. Varda wollte von zu Hause direkt hierher kommen und dann weiter nach Grafton fahren, wo er um elf Uhr eine Gruppentherapie leitet.

Wo zum Teufel ist er? Man sollte doch meinen, dass gerade Psychiater pünktlich sind.

Um kurz nach neun hat Leo schon die beiden Polizeibeamten angerufen, die vor Vardas Haus postiert sind. Sie hatten Varda noch nicht herauskommen sehen. Schön, er würde sich also ein bisschen verspäten. Aber inzwischen wird mir zunehmend mulmig zumute.

«Vielleicht musste er dringend weg», sage ich. «Irgendwann hat er mal erwähnt, dass seine Schwester krank ist. Ich weiß nicht, ob es was Ernstes ist, aber es könnte doch sein, dass sie plötzlich ins Krankenhaus musste.»

«Mal sehen, ob er inzwischen gegangen ist.» Leo ruft die beiden Beamten vor Vardas Haus erneut an.

«Phil. Eine Bitte. Geh doch mal mit Lenny rauf zu Vardas Wohnung. Sieh nach, ob er noch da ist.» Er zögert kurz, bevor er hinzufügt: «Und ob er heil ist.»

Als Erstes fällt mein Blick auf den roten Fleck auf dem Berberteppich des Psychiaters, als ich Leo in Vardas Wohnung folge. Auch auf dem kakifarbenen Sofa sind ein paar rote Spritzer. Galle steigt mir die Kehle hoch, fließt brennend zurück, als ich schwer schlucke.

David Marcus und ein weiterer Detective kommen aus dem Schlafzimmer. Hinter uns betreten zwei Beamte der Bostoner Spurensicherung die Wohnung.

«Was haben wir bis jetzt?» Leo richtet die Frage an Marcus, während der andere Detective zu seinen Kollegen von der Spurensicherung geht.

«Das Problem ist das, was wir nicht haben», antwortet Marcus trocken. «Wir haben den Psychiater nicht.»

«Ist das nicht gut?», frage ich. «Das bedeutet doch, dass Dr. Varda noch am Leben sein könnte.»

Marcus zuckt die Achseln. «Vielleicht.»

Leo deutet in Richtung Schlafzimmer. «Wie sieht's da drin aus?»

«Das Bett ist ungemacht. Der Psychiater hat also offenbar letzte Nacht darin geschlafen. Allein», fügt Marcus hinzu. «Keine Anzeichen für einen Kampf.» Er wirft einen Blick auf den roten Fleck auf dem Teppich. «Soviel ich gesehen habe, ist sonst nirgendwo in der Wohnung Blut.»

«Die Wohnungstür war nicht abgeschlossen?»

Marcus nickt. «Keine Anzeichen für gewaltsames Eindringen. Ich würde sagen, der Doktor hat seinen Besucher hereingelassen. In der Küche steht eine halbe Kanne Kaffee. Noch warm.

Die Zeitschaltuhr ist auf sieben Uhr eingestellt. Zwei Becher in der Spüle. Ich habe sie fürs Labor eintüten lassen, aber ich glaube nicht, dass wir was darauf finden werden. Unser Psychiater ist leider sehr ordentlich. Hat die Becher gespült, statt sie einfach in die Spülmaschine zu stellen.»

«Also», sagt Leo, «irgendwer taucht heute Morgen hier auf. Varda lässt ihn oder sie herein, sie trinken Kaffee, plaudern ein bisschen, plötzlich passiert was. Jetzt haben wir Blutflecken und einen verschwundenen Psychiater.»

«Was ist mit den beiden Beamten draußen vor dem Haus?», frage ich. «Die haben Varda doch nicht herauskommen sehen.»

Marcus zuckt die Achseln. «Es gibt einen Lieferanteneingang. Nur von innen zu öffnen, deshalb haben sich meine Leute auch keine Sorgen gemacht, jemand könnte so ins Haus gelangen.»

Ein Uniformierter kommt in die Wohnung und steuert schnurstracks auf Marcus zu.

«Ich hab die Nachbarin von gegenüber befragt, ihr Name ist Gloria Johnson, und sie sagt, sie hat eine Frau gesehen, die heute Morgen um halb neun bei Dr. Varda geklingelt hat.»

«Mrs. Johnson, vielleicht könnten Sie die Frau, die Sie an der Tür Ihres Nachbarn gesehen haben, etwas genauer beschreiben», sagt Marcus.

Mrs. Johnson wirkt äußerst verstimmt über die Störung. «Ich hab doch schon alles gesagt, was ich weiß. Ich hab sie nur von hinten gesehen. Und noch dazu durch meinen Türspion. Höchstens zwei Sekunden. Ich hatte ja keine Ahnung, dass sie ... eine Kriminelle ist.»

«Wir wissen nicht, ob sie etwas Ungesetzliches getan hat, Mrs. Johnson», stellt Leo klar.

«Mein Gott, das ist alles sehr beängstigend.»

«Vielleicht könnten Sie eine Tasse Tee vertragen, Mrs. Johnson», schlage ich vor.

Sie lächelt mich an. «Woher wissen Sie, dass ich Tee trinke und keinen Kaffee?»

Ich deute auf die Sammlung Teekannen in ihrem Glasschrank.

«Sehr gut beobachtet, meine Liebe. Und danke für Ihr Angebot, aber ich trinke nur morgens eine Tasse.»

«Ich habe den Eindruck, dass Sie auch eine gute Beobachterin sind, Mrs. Johnson. Könnten Sie versuchen, die Frau noch einmal zu beschreiben?»

«Nun, mal sehen. Sie war brünett. Das habe ich schon gesagt, nicht? Und ich glaube, sie hatte kurzes Haar. Eine ziemlich große Frau. Nicht dick. Nein, ich würde nicht sagen, dass sie dick war. Kräftig.»

«Was hatte sie an?»

«Einen Mantel. Einen schlichten schwarzen Mantel. Ach ja, und Joggingschuhe. Die waren auch schwarz. Aber ich bin ganz sicher, dass es Joggingschuhe waren. Das ist wirklich alles, was ich weiß.»

«Bitte», fleht sie. «Sprechen Sie leise. Meine kleine Tochter ist krank.»

«Ist sie oben in ihrem Zimmer und malt?»

Carol Bell schenkt mir einen gereizten Blick.

«Wir haben eine Augenzeugin, die Sie heute Morgen gegen halb neun vor Dr. Ross Vardas Wohnungstür gesehen hat», sagt Leo.

«Nein, das kann nicht sein ... Ich war hier.»

«Aber Sie wissen, wer Dr. Varda ist.»

Sie wird bleich. «Harrison hat ihn mal erwähnt. Ich ... ich weiß, dass er Lynns Psychiater ist.»

«Sie sollten einen Babysitter kommen lassen, Mrs. Bell», sagt Leo grimmig. «Ich muss Sie zu einer Gegenüberstellung mit aufs Präsidium nehmen.»

Carol Bell taumelt. Ich halte sie fest, bis sie wieder sicher steht. «Oh Gott, ich hätte nicht zu ihm fahren sollen. Es stimmt. Aber ... er hat mich heute früh um sieben angerufen. Er ... er hat gesagt, er hätte wichtige Informationen, die mich und Harrison entlasten würden. Er bat mich, zu ihm nach Hause zu kommen. Ich sollte um acht da sein, aber ich habe gesagt, dass ich die Kinder noch zur Schule bringen muss, und er hat gesagt, ich solle so schnell kommen, wie ich kann.»

Sie blickt mit glanzlosen Augen von mir zu Leo. «Aber ich war zu spät. Er war nicht mehr da.»

«Woher wissen Sie das?», fragt Leo.

«Weil er nicht aufgemacht hat.»

«Seltsam, dass Sie gar nicht wissen wollen, warum wir Sie nach dem Besuch bei ihm fragen», sagt Leo.

«Ich ... ich nehme an, es ist ihm was ... passiert», erwidert sie sachlich. «Ist er ... tot?»

«Ich denke, die Antwort darauf wissen Sie besser als ich.»

«Nein. Ich schwöre, ich habe keine Ahnung.»

«Wo ist mein Hund?»

Sie blickt mich verständnislos an, doch dann verdunkelt sich ihre Miene. «Ich möchte meine Anwältin anrufen. Ich sage kein Wort mehr, bis sie hier ist.»

«Nicht nötig. Wir gehen. Aber bestellen Sie ihr, die Aussichten stehen verdammt gut, dass Sie ihre Dienste sehr bald benötigen werden.»

Leo und ich wollen in Brookline kurz etwas zu Mittag essen, doch als die Kellnerin gerade unsere Bestellung aufnimmt, klingelt Leos Handy.

Obwohl der Tisch zwischen uns ist, kann ich eine Frau hysterisch schreien hören.

«Mom, Mom. Beruhige dich. Ich verstehe kein Wort.»

Ich höre zwar nicht, was genau sie sagt, aber ein Blick in Leos Gesicht verrät mir, dass etwas Schreckliches passiert sein muss.

Leo rast die Beacon Street runter, das Gaspedal voll durchgetreten.

Ich blinzle heftig, versuche, die Situation zu erfassen. «Jemand vom Kindergarten muss doch gesehen haben, wohin er gegangen ist. Wer ... wer bei ihm war. Die lassen die Kinder doch nicht einfach allein nach Hause gehen. Oder geben sie wildfremden Leuten mit. Die –»

Leo hört nicht zu. Ich rede nicht weiter. So aufgewühlt ich auch bin, ich kann nur ahnen, was Leo durch den Kopf geht. Sein Kind ist verschwunden.

Erst mein Hund, dann Varda, jetzt Jakey. Es ist verrückt. Wahnsinn.

Aber wer auch immer hinter diesem ganzen Wahnsinn steckt, *muss* ja verrückt sein.

Vor dem Kindergarten stehen drei Streifenwagen der Bostoner Polizei, als Leo mit quietschenden Reifen vorfährt. Er springt aus dem Wagen, ohne den Motor abzustellen. Ich ziehe den Schlüssel ab, stecke ihn ein, zögere dann, als ich nach dem Türgriff fasse.

Ich fürchte, dass ich stören könnte. Ich fürchte vor allem, dass Leo mich lieber nicht dabeihätte. Ich bin keine Angehörige. Nicht von ihm. Nicht von Jakey. Ich bin eine Außenstehende.

Wenn jemand hier sein sollte, dann Nicki. Jakeys Mutter.

Mir wird eng um die Brust. Nicki. Wie wird sie es aufnehmen, dass ihr Sohn verschwunden ist? Wenn sie jetzt schon von Schuldgefühlen gequält wird, könnte sie zusammenbrechen, wenn sie das mit Jakey erfährt.

Kaum denke ich, dass sie es ja nicht erfahren muss, als mich zwei Gedanken mit der Wucht eines Vorschlaghammers treffen.

Nicki weiß, wer Jakey mitgenommen hat. Und Leo weiß, dass Nicki es weiß.

Marie Coscarelli ist untröstlich. Die Ärztin, die zum Kindergarten gerufen wurde, gibt Leos Mutter mit seiner Einwilligung eine Valiumspritze. Eine der Kindergärtnerinnen bietet an, Marie nach Hause zu fahren und so lange wie nötig bei ihr zu bleiben. Sie sieht aus, als könnte sie selbst ein Beruhigungsmittel gebrauchen. Wie eigentlich alle hier. Ganz besonders Leo.

Er knöpft sich gerade die verweinte und zutiefst erschütterte Kindergärtnerin vor, die mit den Kindern draußen war, als Jakey verschwand.

Leo brüllt sie an: «Einfach so verschwunden? Kein Mensch verschwindet einfach so. Irgendein Mistkerl hat meinen Jungen mitgenommen. Und Sie – was haben Sie gemacht? Von Ihrem dämlichen Freund geträumt oder überlegt, was Sie heute Abend kochen sollen –?»

Cindy Shaeffer schlägt die Hände vors Gesicht und bricht in Schluchzen aus. «Eben ... war er ... noch da ... und eine Sekunde später ... war er ... verschwunden. Ich hab mich ... bloß kurz ... mit einer ... der Mütter unterhalten. Und dann ... ist Ihre Mutter ... gekommen ... und ich ... ich ... Es tut mir so Leid. So schrecklich Leid.» Aus ihren Worten, gequält und gedämpft, spricht nackte Verzweiflung.

Ein Detective der Bostoner Polizei kommt zu Leo und legt ihm leicht eine Hand auf die Schulter. Leo reißt sich los, starrt ihn zornbebend an.

«Detective Coscarelli, bitte. Sie sind aufgebracht –»

«Und ob ich aufgebracht bin. Mein Junge ist verschwunden. Und irgendwer in diesem Scheißkindergarten wird mir ein paar Antworten geben, sonst sorge ich dafür, dass –» Er hält jäh inne, stöhnt auf, als wäre ihm plötzlich klar geworden, wie sinnlos seine Wut ist.

Er dreht sich um, fängt kurz meinen Blick auf. Ich stehe an der Tür des Kindergartens und er kommt auf mich zu, geht jedoch einfach an mir vorbei nach draußen. Ein Mann mit einer Mission. Und ich bin ziemlich sicher, was das für eine Mission ist.

«Leo», rufe ich und laufe ihm nach.

«Jetzt geht es nicht mehr nur um irgendeinen blöden Hund. Es geht um meinen Sohn», faucht er.

Noch nie habe ich Leo so zynisch erlebt. Aber wer weiß, wie zynisch ich wäre, wenn man mein Kind gekidnappt hätte?

Als ich schließlich den Mut aufbrachte, es meinen Eltern zu sagen, nannte mein Vater mich pervers. Er war voller Wut. Meine Mutter dagegen weinte verzweifelt: *Ich habe meinen Sohn verloren. Ich werde im Leben keine frohe Sekunde mehr haben.* Und dann hat sie mich unter Tränen angesehen: *Es wäre leichter, wenn du tot wärst.* Ihre Worte waren wie ein Dolchstoß in mein Herz.

Lynn Ingram
Gefängnistagebuch

33

Ehe irgendjemand – ich selbst, Jack, Hutch, sogar die beiden Cops auf dem Flur – ihn aufhalten kann, stürmt Leo in Nickis Zimmer und knallt die Tür hinter sich zu. Ich will sie öffnen, aber sie lässt sich nicht bewegen. Vermutlich hat Leo denselben Stuhl unter die Klinke geklemmt wie Nicki gestern.

Die vier Männer neben mir bieten alle an, die Tür aufzubrechen. Jeder Einzelne von ihnen würde das vermutlich allein schaffen. Aber ich lehne ab. Leo jetzt noch aufhalten zu wollen würde nur zu einer sinnlosen Konfrontation führen. Ich kann bloß hoffen, dass Nicki Leo schnell sagt, was er wissen will. Dann kann ich nur noch beten, dass die Cops Jakeys Entführer schnappen, bevor der Junge zu Schaden kommt. Wenn er nicht schon zu Schaden gekommen ist. Oder noch schlimmer ...

Ich muss nicht mit im Zimmer sein, um Leo und Nicki hören zu können. Ihre Stimmen, besonders die von Leo, dringen bis auf den Flur. Nur zwei weitere Frauen sind zurzeit auf der Etage – eine Neue, die ihre Arbeitsstelle noch nicht angetreten hat, und eine Insassin, die wegen Grippe krankgeschrieben ist. Der Lärm hat sie beide aus ihren Zimmern gelockt, und ich bitte Jack und Hutch, sie nach unten ins Besucherzimmer zu bringen. Den beiden Cops sage ich, sie können eine rauchen gehen. Ich weiß zwar nicht, ob sie Raucher sind, aber sie schlurfen widerwillig davon.

Ich bleibe auf der anderen Seite von Nickis verbarrikadierter Tür stehen und lausche.

«Nein, nein. Das kann nicht wahr sein», weint Nicki.

«Glaubst du etwa, ich lüge», brüllt Leo.

«Es ist alles meine Schuld. Aber sie werden ihm nichts tun, Leo. Bestimmt nicht.»

«*Sie*? Wen meinst du? Die Bells? Meinst du, sie –»

«Nicht. Oh Gott, ich habe die ganze Zeit befürchtet, dass das passiert. Verstehst du denn nicht, Leo? Sie haben ihn entführt, damit ich nicht rede. Wenn ich rede, töten sie ihn, Leo. Begreifst du denn nicht? Das Leben unseres Sohnes liegt in meinen Händen. Wenn du ihn je lebend wiedersehen willst, verlang nicht weiter von mir, dass ich rede.»

«Und was sollen wir machen, Nicki?» Leos Stimme klingt jetzt nicht mehr wütend, sondern gequält. «Sie – wer immer *sie* auch sind – erpressen dich, sie haben unseren Sohn in der Gewalt, damit du schweigst. Wie soll ich ihn zurückbekommen?»

«Verdammt, Leo», kreischt Nicki. «Du hättest mich nicht daran hindern sollen abzutreiben. Es wäre besser, Jakey wäre nie geboren worden. Ich hab gewusst, es würde uns allen nur Schwierigkeiten bringen. Ich hab damals schon gewusst –»

«Wo ist er?», fragt Mitchell Oates, als ich mich ihm gegenüber an den Tisch setze. Wir sind in einem Café gegenüber dem Polizeirevier in Cambridge, und es ist kurz vor drei Uhr nachmittags.

«Ich weiß es nicht. Nach dem fruchtlosen Gespräch mit Nicki ist er aus dem Zentrum gestürmt, in seinen Wagen gesprungen und wie der Teufel davongefahren.»

«Zu den Bells ist er nicht. Ich lasse das Haus bewachen. Keine Spur von ihm.»

«Er ist zwar außer sich, aber er wird ihnen schon nicht die Tür einrennen und dadurch riskieren, dass Jakey was passiert.»

«Wir wissen nicht mal, ob der Junge überhaupt noch am Leben ist, Natalie.»

Ich schrecke vor dem Gedanken zurück, stelle mich ihm dann. «Nein, die wissen, dass Nicki den Mund halten wird, solange sie sicher sein kann, dass Jakey noch lebt. Das ist ihr einziges Druckmittel. Sie sollte an der Überdosis sterben. Nachdem das fehlgeschlagen war, konnten sie nicht noch mal an sie rankommen. Also benutzen sie Jakey als Druckmittel. Irgendwie haben sie ihr vermittelt, dass sie dem Jungen was antun, wenn sie redet. Aber sie müssen befürchtet haben, dass sie kurz davor war zusammenzubrechen, und deshalb haben sie den nächsten Schritt in die Tat umgesetzt.» Ich schaue Leos Partner matt an. «Ich muss einfach glauben, dass Jakey noch lebt.»

Oates beugt sich vor, streckt den Arm aus und legt seine Hand auf meine. Diese fürsorgliche Geste rührt mich ebenso wie der besorgte Ausdruck in seinem Gesicht.

«Wir müssen was unternehmen, Mitchell. Und zwar schnell.»

Er runzelt die Stirn. «Sie denken, es sind die Bells?»

«Sie etwa nicht?»

Ich sitze im Wagen und will gerade vom Parkplatz des Cafés losfahren, als ich einen lauten Schlag hinten auf den Kofferraum höre. Ich trete auf die Bremse, und im gleichen Moment reißt Oates auch schon die Beifahrertür auf.

«Das Haus der Bells in Newton. Schnell.»

Eine Flut von Möglichkeiten schießt mir durch den Kopf, aber sie sind alle so entsetzlich, dass ich sie nicht aussprechen kann.

Ich jage auf den Mass Pike und erreiche in Rekordzeit die Ausfahrt Newton.

Vor dem Haus der Bells parken zwei Streifenwagen. Auch Leos Wagen. Das heißt, sein Wagen steht zur Hälfte auf dem gepflegten Rasen der Bells, die Fahrertür ist offen. Ebenso die Haustür.

Das Herz schlägt mir bis zum Hals. Haben sie Jakey gefunden? Ist er am Leben?

Mitchell und ich springen gerade aus dem Auto, als zwei Uniformierte einen tobenden Mann, dem man die Hände mit Handschellen auf dem Rücken gefesselt hat, aus dem Haus führen. Sie bringen ihn zu einem Streifenwagen.

Ich bleibe wie angewurzelt stehen. Der Mann, der da aus dem Haus gezerrt wird, ist Leo.

Oates eilt zu seinem Partner. Leo tobt weiter. Die Cops versuchen, ihn möglichst rücksichtsvoll in den Streifenwagen zu bugsieren. Sie wissen offenbar, dass sie es mit einem Kollegen zu tun haben, denn einer von ihnen nennt ihn Detective.

«Jakeys Jacke», keucht Leo heiser. «Sie lag in ihrem Wagen. Die haben ihn, Mann. Die haben meinen Jungen. Ich bring sie um. Ich bring sie um, das schwöre ich –»

«Ich kümmere mich drum, Leo. Ich finde ihn», stößt Oates heftig hervor.

Ein weiterer Wagen kommt herangebraust, als die Uniformierten Leo gerade in den Streifenwagen verfrachtet haben.

David Marcus springt aus dem Wagen. Er hebt eine Hand, um den Streifenwagen am Losfahren zu hindern. Oates und Marcus beraten sich kurz, dann öffnet Marcus die hintere Tür des Streifenwagens und setzt sich neben Leo. Er bleibt zwei Minuten bei ihm. Als er aussteigt, fährt der Streifenwagen los.

Ich eile zu Marcus und Mitchell Oates. «Sie nehmen Leo doch wohl nicht fest, David. Das können Sie nicht machen.»

«Immer mit der Ruhe, Nat», sagt Marcus. «Leo muss sich erst mal abregen.»

«Herrgott, er hat Jakeys Jacke gefunden –»

«Woher wusste er, wo sie ist?», fragt Oates.

«Eine von den Müttern, die ihre Kinder abgeholt haben, hat einen roten Subaru Outback am Kindergarten vorbeirasen sehen. Sie war erbost darüber, dass jemand in einer verkehrsberuhigten Zone so schnell fährt, deshalb hat sie sich das Auto gemerkt. Als Leo die Marke des Wagens hörte, ist er sofort losgestürmt.»

«Wer kann ihm das verdenken?», sage ich mit Inbrunst.

«Ich nicht, glauben Sie mir. Aber er hätte mich hinfahren lassen sollen. Er war nicht in der Verfassung dazu – und ich sage noch mal, ich kann es ihm nicht verdenken –, trotzdem hätte er es kühleren Köpfen überlassen müssen. Stattdessen führt er sich auf wie ein Berserker, verwüstet das halbe Haus, nimmt Carol Bell in die Mangel –»

«Sie kann von Glück sagen, dass er sie nicht umgebracht hat», sage ich hitzig.

«Nein, Nat», sagt Marcus schneidend. «Leo kann von Glück sagen.»

Früher galt es unter Fachleuten als gesunde Reaktion, wenn Menschen, die an einem posttraumatischen Stresssyndrom leiden, das Trauma dissoziieren. Neuere Untersuchungen haben ergeben, dass Dissoziation die posttraumatische Belastungsstörung verlängern kann. Viele Therapeuten ermuntern ihre Patienten heute, sich an das Trauma zu erinnern und es in einem kontrollierten Rahmen immer wieder zu durchleben, damit sie es schließlich verarbeiten.

Dr. Boris Wolfe
Trauma-Experte

34

Helen Katz betritt den Verhörraum, in dem Carol Bell sitzt, offensichtlich kurz vor einem Nervenzusammenbruch. Ihr gegenüber sitzen David Marcus und ein weiterer Detective namens Eric Romero.

Ich befinde mich wieder nebenan und schaue durch einen Einwegspiegel zu. Auf der anderen Seite des Flurs beobachtet Mitchell Oates in einem ähnlichen Raum die Vernehmung von Harrison Bell.

Katz eilt zu Carol, schnappt hörbar nach Luft, als sie deren bläulich verfärbte Wange sieht. Sie funkelt Marcus an, doch der hebt nur die Hände, als wollte er sagen: *Ich war das nicht.*

Sobald Katz erfährt, dass es Leo war, wird sie Carol Bell sicherlich drängen, Anzeige gegen ihn zu erstatten. Im Augenblick jedoch hat die Anwältin dringendere Sorgen. Ihren beiden Mandaten droht eine Anklage wegen Entführung des vier Jahre alten Jacob Coscarelli.

Carol packt den Ärmel der Anwältin, als wäre er eine Rettungsleine. Was er vielleicht auch ist. «Ich hab denen schon x-mal gesagt, ich weiß nicht, wie die Jacke in den Wagen gekommen ist. Ich hab sie vorher noch nie gesehen. Die könnte jeder reingelegt haben. Ich vergesse nämlich andauernd, den Wagen abzuschließen. Harrison schimpft deshalb immer mit mir –»

«Sie hätten auf mich warten sollen, ehe Sie was sagen.»

«Was ist mit Harrison? Kann er erklären, wie –?»

«Mein Partner Craig Paulson ist bei Harrison. Kümmern wir uns erst mal um Sie.» Katz gleitet auf einen Stuhl neben ihrer Mandantin.

Marcus beugt sich vor. «Erzählen Sie uns ganz genau, wie Sie den heutigen Tag bisher verbracht haben, Mrs. Bell.»

Carol blickt Katz unsicher an. Katz nickt.

«Ich habe Detective Coscarelli bereits gesagt, dass ich um halb neun bei Varda vor der Wohnungstür gestanden habe.

Und er war nicht zu Hause. Zumindest hat er auf mein Klingeln und Klopfen nicht reagiert. Dann bin ich nach Hause gefahren.»

«Haben Sie Ihrem Mann gesagt, dass Sie zu Varda wollten?»

Sie zögert. «Nein. Er hätte bestimmt was dagegen gehabt.»

«Wieso?»

«Ich weiß nicht. Ich hatte das Gefühl, dass er den Psychiater nicht mag.»

Ja, denke ich, das glaub ich gern.

«Ich bin nach Hause gefahren und habe ein paar Sachen erledigt, die liegen geblieben waren. Meine Haushälterin war da. Sie kann das bestätigen», sagt Carol.

«War sie den ganzen Vormittag da?»

«Nicht ... die ganze Zeit. Sie hat ein paar Besorgungen gemacht. Harrisons Anzüge von der Reinigung geholt, beim Bäcker einen Kuchen gekauft für ... heute Abend.» Sie sieht die Anwältin ängstlich an. «Die Kinder sind bestimmt ganz durcheinander. Meine Schwester ist bei ihnen, aber was soll sie ihnen sagen?»

Katz legt ihrer Mandantin beruhigend eine Hand auf die Schulter.

«Wo waren Sie zwischen Viertel vor zwölf und halb eins?», fragt Marcus ohne einen Funken Mitgefühl in der Stimme. Ich bin sogar erstaunt, dass er sich überhaupt so gut beherrschen kann. Schließlich sitzt er der Frau gegenüber, die sehr wahrscheinlich den Sohn seines Freundes gekidnappt hat. Seines guten Freundes, der genau in diesem Moment in einem unbenutzten Vernehmungszimmer sitzt, um sich abzuregen, bewacht von zwei Uniformierten. Jeder andere wäre in eine Zelle gesperrt worden.

«Haben Sie da nicht Daphne abgeholt?», will Katz ihr auf die Sprünge helfen.

Carol Bell wird blass. «Nein. Ich habe sie heute früher vom Kindergarten abgeholt, weil sie Bauchweh hatte. Aber später ging es ihr wieder besser, und ich habe ihr erlaubt, zum Spielen zu ihrer Freundin nach nebenan zu gehen. Ich wollte sie gerade abholen, als ... als der Detective fast die Haustür eingerannt hätte, mich zu Boden gestoßen hat, durch alle Zimmer gerannt ist, Sachen umgestoßen, Kleider aus den Schränken gerissen hat ... Ich dachte, er ist wahnsinnig. Ich habe in meinem ganzen Leben noch nie solche Angst gehabt. Er hat ständig geschrien – Jakey, Jakey. Und sich diese ... diese Jacke an die Brust gepresst. Ich wusste nicht, dass sie in meinem Wagen gewesen war. Ich weiß nicht, wie sie da hingekommen ist. Ich würde nie einem Kind was zuleide tun. Ich bin Mutter. Ich bin Mutter.» Sie bricht in herzzerreißendes Schluchzen aus.

«Verdammt noch mal, du hast *was?*»

Auch wenn es Leo gelungen sein sollte, sich ein wenig abzuregen, er braust gleich wieder auf, als Marcus ihm erzählt, dass er die Bells gehen lassen musste.

Die beiden Beamten mit uns im Raum wollen Leo festhalten, bevor er dazu kommt, nicht nur seine Stimmbänder, sondern auch seine Fäuste zu benutzen, doch Marcus gebietet ihnen mit einem Kopfschütteln Einhalt.

Oates beschwört Leo, sich zusammenzureißen, findet aber kein Gehör.

Ich bin fast ebenso außer mir wie Leo. Es ist mir egal, dass die Staatsanwaltschaft sagt, die Beweise reichen nicht aus, um sie festzuhalten. Nicht einmal, um Anklage zu erheben.

Blödsinn. Und Jakeys Jacke? Das soll kein Beweis sein?

Ich will nichts davon hören, dass jemand die Jacke in Carol Bells roten Subaru Outback geworfen haben könnte. Wer soll das denn bitte schön gewesen sein? Das würde mich wirklich brennend interessieren.

Leo stößt Marcus grob beiseite, stürmt zur Tür und reißt sie auf.

«Warte, Leo. Du bleibst hier, solange du noch so wütend bist», sagt Marcus.

«Versuch doch, mich aufzuhalten», zischt Leo.

«Lass ihn, Mann», sagt Oates zu Marcus. «Ich pass schon auf ihn auf.»

«Tut mir Leid. Ich glaube nicht, dass das jemand schafft.» Mit einem tiefen Seufzer nickt Marcus den beiden Beamten widerwillig zu. Sie müssen Leo im Flur regelrecht zu Boden ringen. Erst als ein dritter Beamter mithilft, können sie Leo überwältigen, und die ganze Zeit tritt er um sich und schimpft und flucht.

«Ihr könnt ihn doch nicht einsperren wie einen gewöhnlichen Kriminellen», rufe ich.

«Ich sperre ihn ein, um zu verhindern, dass er ein gewöhnlicher Krimineller wird», erwidert Marcus.

Ich schaue Oates an, damit er etwas unternimmt, doch der zuckt lediglich mit den Schultern. «Ich sag's nur ungern, aber Marcus hat vermutlich Recht.»

«Also ich weiß nicht, Nat», sagt Mitchell Oates, nicht gerade begeistert über meinen Vorschlag.

«Haben Sie eine bessere Idee?», will ich wissen.

«Geben Sie mir etwas Zeit, vielleicht –»

«Wir haben keine Zeit, Mitchell.»

Das weiß er genauso gut wie ich.

«Wieso glauben Sie, dass es klappt?»

«Sie ist das letzte Bindeglied. Noch dazu das entscheidende.»

«Das ist sie doch schon die ganze Zeit.»

«Aber keiner ist an sie rangekommen. Und solange sie sich nicht erinnern konnte, bestand dazu auch keine dringende Notwendigkeit.»

«Und wenn wir die Bells zu ihr führen? Wenn Lynn ihnen direkt ins Gesicht schaut, vielleicht –»

«Das Vielleicht ist zu groß», wende ich ein. «Noch mehr Zeit verschwendet.»

«Und Nicki Holden?»

«Denken Sie, sie redet, wenn sie weiß, dass sie Jakey dann töten? Ausgeschlossen, Mitchell. Und sie weiß, dass die nicht bluffen. Nach dem, was Lynn angetan wurde. Claire Fisher. Nicki selbst. Dieses Paar ist gefährlich. Und hat bisher ein Riesenglück gehabt. Dauernd fehlt es an Beweisen –»

«Ich habe trotzdem ein mulmiges Gefühl. Es könnte so viel schief gehen. Auch Ihnen könnte was passieren, Nat. Ich denke an Leo und was er alles durchmacht. Wenn Ihnen jetzt auch noch was passiert, das würde Leo nicht verwinden. Und er wird mir die Schuld geben. Mit gutem Recht.»

«Ich denke auch an Leo, Mitchell. Deshalb muss ich es ja tun.»

«Spreche ich mit Bill Walker?»

«Ja. Was kann ich für Sie tun?»

«Ich kann was für Sie tun, Mr. Walker.»

«Kenne ich Sie?»

«Wir sind uns nie begegnet. Aber ich schaue immer Ihre Nachrichtensendung auf WBBS. Ich bin ein großer Fan.»

«Tja, Fans kann ich nie genug haben. Mit wem spreche ich denn?»

«Das spielt keine Rolle. Jetzt kommt der Knüller, Bill. Lynn Ingram, die Frau, die überfallen wurde –»

«Die Transsexuelle. Ja, was ist mit ihr?»

«Sie wurde von der Intensivstation auf die normale Station verlegt.»

«Freut mich zu hören. Aber das ist nicht gerade eine Sensationsmeldung.»

«Das Beste kommt ja noch. Lynns Erinnerung kommt zurück, Bill. Sie erinnert sich allmählich wieder an den Überfall. Einiges ist noch ein bisschen verschwommen. Ein Hypnosespezialist ist eingeschaltet worden. Er ist zuversichtlich, dass sie unter Hypnose den Täter identifizieren kann. Der Spezialist macht sich morgen an die Arbeit.»

«Na, das klingt schon besser. Nur noch eine Frage. Warum geben Sie die Story an die Presse?»

«Sünder müssen für ihre Sünden bezahlen, Bill.»

«Meinen Sie den Täter oder die Transsexuelle?»

Sharon Johnson legt den Hörer auf. «Wie war ich?»

Ich strahle. «Perfekt.»

«Tja, aber glücklich bin ich nicht gerade über den Plan.» Sharon wirft einen düsteren Blick zu Mitchell hinüber, der vor der geschlossenen Bürotür steht.

«Sehe ich etwa glücklich aus?», knurrt er.

Als Oates das Einzelzimmer betritt, in dem Lynn Ingram jetzt auf der zehnten Etage des Boston General liegt, schlüpft Carrie Li leise hinaus. Die Krankenschwester hat bewusst ihren Job für uns aufs Spiel gesetzt. Sie sagt, sie tut das nicht nur, weil sie glaubt, dass sie mir ihr Leben verdankt, sondern auch, weil sie genauso wie wir möchte, dass Lynns Angreifer geschnappt wird. Und so hat sie mich in einem leeren Raum auf einer anderen Station unterbringen können, weil sie mit der Oberschwester dort gut befreundet ist. Dann hat sie mir die Verbände angelegt. Auch Oates setzt seinen Job aufs Spiel, denn er hat den Schwestern auf der Station gesagt, es handle sich um eine polizeilich abgesegnete Aktion. Auf seine *offizielle* Anordnung hin steht jetzt auf allen Patientenlisten, dass Lynn Ingram in Zimmer 1143 liegt.

«Es war in den Sechs-Uhr-Nachrichten», sagt er, nachdem er mich trübselig begutachtet hat.

«Toll», sage ich.

«Ja», erwidert Oates traurig. «Nicht ganz so toll fand ich, die Fotos von Jakey Coscarelli auf dem Bildschirm sehen zu müssen. Oder die Bilder, wie Leos Mom in Tränen aufgelöst in ihr Haus geführt wird.»

«Die arme Marie. Sie muss ja verrückt vor Sorge sein. Ich hoffe, sie ist nicht ganz allein.»

«Jetzt kommt zumindest eine gute Nachricht. Marcus hat Leo aus der Zelle geholt und unter Hausarrest gestellt. Er ist bei seiner Mutter. Zusammen mit zwei Bostoner Cops, die dafür sorgen sollen, dass er auch bleibt, wo er ist.»

Ich setze mich in dem Krankenhausbett auf. Nicht gerade einfach, da ich wie eine Mumie eingewickelt bin. Was schon unbequem genug wäre, doch Oates hat darauf bestanden, dass ich unter den Verbänden auch noch eine kugelsichere Weste trage. Er will kein Risiko eingehen. Ich übrigens auch nicht. Deshalb habe ich zusätzlich einen Sender am Körper.

«Es klappt bestimmt, Mitchell. Lynn muss jetzt unter allen Umständen zum Schweigen gebracht werden, weil ihre Identifizierung der Nagel zum Sarg der Bells wäre. Und wenn sie wissen, dass es vorbei ist, werden sie uns sagen, wo sie

Jakey haben.» Und natürlich Ross Varda und meine geliebte Hannah.

«Wir wissen noch immer nicht mit Sicherheit, dass es die Bells sind, Nat. Nicht auszuschließen, dass jemand den Verdacht auf sie lenken will. Der richtige Kidnapper könnte Jakeys Jacke ohne weiteres in Carol Bells Subaru geworfen haben. Das dürfen wir nicht vergessen.»

«Denken Sie an Beth und Daniel Milburne?»

«Oder Rodney Bartlett und seine Schwester.»

Ich runzle die Stirn.

«Was? Kennen Sie etwa noch ein Paar, über das wir nachdenken sollten?»

Ich reibe mir die Augen, praktisch das Einzige von der Brust aufwärts, das an mir noch frei ist. «Nein. Ich wünschte nur, ich könnte mir auf alles einen Reim machen. Es ist so viel so schnell passiert. In nur vierundzwanzig Stunden sind erst mein Hund, dann Varda und dann Jakey verschwunden.»

«Weil unser Paar es immer mehr mit der Angst bekommt. Je näher wir ihnen auf die Pelle rücken, desto nervöser werden sie. Jetzt versuchen sie hektisch, ihre Spuren zu verwischen. Ihren Hund haben sie entführt, um Sie in die Tiefgarage zu locken und als Zielscheibe zu benutzen. Varda war von Anfang an ein Risikofaktor. Und Nicki war kurz vor dem Zusammenbruch. Da sie an sie nicht rankamen, haben sie sich ihren Jungen geschnappt.»

Ich nicke. Alles, was Oates sagt, klingt logisch. Alle Puzzleteilchen passen, und trotzdem sieht das Bild als Ganzes irgendwie nicht ganz richtig aus.

«Nat, wollen Sie das hier wirklich durchziehen? Es könnte doch besser eine von unseren –»

«Eine von Ihren Beamtinnen können Sie nicht nehmen. Wir sind hier nicht in Ihrem Zuständigkeitsbereich, Mitchell.»

«Dann erzählen wir eben Marcus von unserem Plan und er soll –»

«Und wenn Marcus Nein sagt? Wenn er den Plan insgesamt verwirft?»

Oates seufzt. Er weiß, dass ich Recht habe, auch wenn ihm noch immer sehr unbehaglich zumute ist.

Er schaut mich prüfend an. «Haben Sie Angst?»
«Nein.»
«Lügnerin. Ich bin nur drei Meter entfernt, Nat. Direkt hinter der Badezimmertür. Sie machen das schon.»
«Sie auch, Mitchell.»

Mein Vater hat mich an den Haaren gepackt und zu einem Spiegel gezerrt. *Sieh dich an,* schrie er. *Das da im Spiegel ist ein Mann. Ein Mann.* Ich blicke in den Spiegel. Aber die Person, die mich anschaut, ist kein Mann. Sie ist ganz eindeutig eine Frau, die sich aus dem Gefängnis *seines* Körpers befreien will. Mein Vater wird das nie verstehen. Er denkt, ich würde nicht klar sehen, aber er täuscht sich. Ich kann durch Haut und Knochen sehen. Ich kann in meine Seele sehen. Und in deine …

Lynn Ingram
Auszug aus einem Brief

35

Ich habe beinahe vergessen, dass ich ein Handy besitze, bis das schrille Klingeln mich daran erinnert, dass ich es in meiner Umhängetasche habe, die in der Nachttischschublade liegt. Ich reiße die Schublade auf und hole nervös das Handy heraus. Oates hat die Badezimmertür geöffnet, ist gespannt, wer mich anruft. Ich bin sicher, wir hoffen beide, dass es nicht Leo ist. Ich bin nicht die beste Lügnerin der Welt.

«Nat. Hutch hier. Wo bist du?»

«Ich … bin beim Essen. Mit einer Freundin. Ist was nicht in Ordnung? Irgendwas im Zentrum passiert?»

«Nein. Hör zu, ich hab versucht, Coscarelli zu erreichen. Ich hab schon ein paar Mal bei ihm auf dem Revier angerufen, und dort höre ich immer nur, er ist nicht erreichbar.»

«Was willst du von ihm?»

«Ich war vorhin bei Melissa Raymond, Father Joes Haushälterin.»

«Wenn es darum geht, dass jemand bei Father Joe war, als der Überfall auf Lynn –»

«Nein.»

«Worum dann?»

«Um Melissas Tochter. Emily.»

«Was ist mit ihr?»

«Melissa sagt, Emily hat gesehen, wie jemand mitten in der Nacht das Pfarrhaus verlassen hat, ein paar Stunden bevor Father Joe … tot aufgefunden wurde.»

«Was? Wer? Mitten in der Nacht? Eine Fünfjährige?»

«Hör zu, Genaueres weiß ich auch nicht, Nat. Aber ich möchte Coscarelli erreichen. Ich hab das Gefühl, dass du leichter an ihn rankommst. Vielleicht ist ja nichts an der Sache dran, ein kleines Mädchen hat schlecht geträumt, hat den Schatten eines Baumes für eine Person gehalten, was weiß ich, aber vielleicht kennt Coscarelli ja jemanden, einen Psychologen oder so, der mit der Kleinen spricht, der Sache auf den Grund geht.»

Es ist kurz vor Mitternacht, und ein bedrückendes, klaustrophobisches Gefühl befällt mich. Nur zum Teil wegen der Verbände. Das schmale Bett, das dunkle Zimmer, die Stille, die nur gelegentlich von Schritten auf dem Flur unterbrochen wird. Ärzte, die vorbeigehen, stelle ich mir vor, da die Schwestern und Pfleger Schuhe mit Gummisohlen tragen, die kein Geräusch machen, wenn sie herumhuschen und sich um ihre Patienten kümmern. Na ja, im Augenblick huschen sie nicht so viel herum. Die meisten Patienten schlafen.

Ich frage mich, ob Lynn Ingram schläft. Sie ist jetzt nicht mehr auf der Intensivstation. Sie liegt in einem Einzelzimmer im fünften Stock. Sie wird unter dem Namen Maureen Riley geführt. Sie weiß das nicht. Es gibt keinen Grund, warum sie es wissen müsste.

Ich möchte glauben, dass Lynn die Erinnerung an den Überfall wieder finden wird, wenn die Täter erst mal gefasst sind. Ich habe Artikel über posttraumatische Belastungsstörungen und Gedächtnisverlust gelesen und weiß, dass das Erinnern entscheidend dazu beiträgt, das Trauma zu heilen. Es wird noch sehr lange dauern, bis Lynn körperlich geheilt ist. Ihre emotionale Heilung kann vielleicht schneller gehen.

Ich schließe die Augen. Ich habe keine Angst, dass ich einschlafen könnte. Viel zu viel Adrenalin rauscht durch meine Adern. Ganz abgesehen von der hohen Dosis Koffein. Nein, ich schließe die Augen in der Hoffnung, die Dinge klarer zu sehen. Denn sosehr ich es auch versuche, ich kann das Gefühl nicht loswerden, dass meine Sicht bis jetzt unscharf gewesen ist. Ich rekapituliere die Geschehnisse, angefangen mit dem brutalen Überfall auf Lynn in der schmalen Gasse. Ich denke an Father Joe, Nicki, Claire Fisher. Ich denke an Carol und Harrison Bell, Rodney Bartlett und Jennifer Slater, Beth und Daniel Milburne. Ich besetze jede einzelne Szene der Reihe nach mit den verschiedenen Paaren.

Ich will Gewissheit. Ich will nicht überrumpelt werden.

Als die Tür zu meinem Zimmer aufgeht und eine Gestalt in einem weißen Kittel hereinhuscht, bin ich fast sicher, wer es ist. Dank endloser Stunden stillen Grübelns habe ich endlich die perfekte Besetzung gefunden. Bestimmt hätte ich mir den Rest der Zeit, die ich hier auf der Lauer liege, heftige Vorwürfe gemacht, dass ich nicht früher draufgekommen bin. Aber ich habe erst seit heute Abend das letzte Puzzleteilchen, das das Bild vollendet.

Ich schließe die Augen, mein Puls dröhnt mir in den Ohren. Schritte kommen näher. So gut hörbar, dass es keine Gummisohlen sein können.

Ich stöhne leise, damit der Eindringling weiß, dass ich nicht tief schlafe.

«Lynn?»

«Mmmm.»

«Hast du große Schmerzen?»

Ich gebe einen schwachen Jammerton von mir.

«Es hätte nicht so kommen müssen.»

Ich erstarre, als ich den schalen Atem rieche. Der Eindringling blickt auf mich runter.

«Ich liebe dich noch immer. In meinem ganzen Leben habe ich nur zwei Frauen geliebt, Lynn. Und weißt du, was am meisten wehtut? Niemand sonst, niemand, sieht dich als richtige Frau. Niemand außer mir. Schon deshalb hättest du wissen müssen, dass ich der Richtige bin, der Einzige.»

Ich stöhne wieder.

«Schon gut, Liebste. Ich bin gekommen, um dich von deinen Schmerzen zu erlösen. Das ist mein letzter Liebesdienst. Du spürst nur einen kleinen Stich und dann Frieden. Ewigen Frieden.»

«Und Sie, Ross? Werden Sie nach allem, was Sie getan haben, je wieder Frieden finden?»

Vor Schreck lässt Ross Varda die Spritze fallen. Als das grelle Licht durch die sich öffnende Badezimmertür auf den Psychiater fällt, hebt er einen weißen Ärmel vor die Augen.

«Es ist vorbei, Varda», sagt Oates barsch und richtet den Lauf seines Revolvers auf den Kopf des Psychiaters. Auf diese kurze

Entfernung könnte er ihm praktisch den Kopf wegschießen. Aber das wird Oates nicht tun. Wir brauchen Varda lebend. Weil er uns sagen muss, wo er Jakey versteckt hat.

«*Sie* haben Lynn gebeten, Sie zu heiraten», sage ich ruhig. «Und sie hat abgelehnt. Sie hat Sie nicht geliebt. Sie hat Harrison Bell geliebt. Und das war für Sie unerträglich. Sie wollten sie hässlich machen. Damit er sie nicht mehr haben wollte. Ich glaube nicht, dass Sie vorhatten, sie umzubringen. Aber dann hat Lynn Sie erkannt. Sie haben sich bestimmt von hinten rangeschlichen, und sie hatte das Pech, dass sie Sie gehört und sich umgedreht hat.»

«Dieses wunderschöne Gesicht.» Vardas gequälte Stimme wird durch den Ärmel gedämpft, denn er hat noch immer den Arm vor dem Gesicht.

«Wo ist der Junge, Varda? Wo ist Jacob Coscarelli?», dröhnt Oates.

Der Arm des Psychiaters fällt schwer nach unten. «Ich liebe sie. Das müssen Sie verstehen, ich liebe sie. Sogar jetzt noch. Egal, wie sie aussieht. Das ist der Unterschied. Ich liebe ihre innere Schönheit.»

Ich sehe Varda an. Der Mann ist wahnsinnig. Er ist völlig wahnsinnig. *Arzt, heile dich selbst*. Aber dazu ist er natürlich längst nicht mehr imstande.

Oates starrt den Psychiater zutiefst angewidert an. «Sie wandern in den Knast, Mann. Aber bevor wir Sie für den Rest Ihres kranken, armseligen Lebens einsperren, zeigen Sie zumindest noch einen Funken Anstand und sagen Sie uns, wo der Junge ist.»

Varda scheint ihn nicht einmal zu hören. Seine Augen blicken in meine. Nur für eine Sekunde. Doch in dieser Sekunde sehe ich etwas in seinem Blick. Und ich weiß. Schon als er im nächsten Moment herumwirbelt. Aber es ist zu spät. Ich kann nicht mal den Schrei *Nein, nicht* in hörbare Worte formen.

Als der Schrei sich doch noch löst, begleitet ihn das grässliche Geräusch von zersplitterndem Glas. Ross Varda ist durch das geschlossene Fenster gesprungen, und bevor ich es aus dem Bett schaffe, fällt sein Körper zehn Stockwerke in die Tiefe.

Keine Frage. Detective Marcus ist im Dilemma. Er ist stinkwütend auf mich und Oates, weil wir dem Täter diese Falle gestellt haben, was einfach wahnsinnig, illegal, ja gefährlich war. Andererseits wäre der Mann, der Lynn entstellt, Nicki eine fast tödliche Dosis Heroin verabreicht, Claire Fisher ermordet und Jakey Coscarelli gekidnappt hat, sonst vielleicht nie gefasst worden.

Andererseits aber wäre ich vielleicht in absehbarer Zeit auch so draufgekommen. Vielleicht wäre mir klar geworden, dass es, wenn man mal von all unseren möglichen Verdächtigen absah, eigentlich nur eine andere Person gab, die die Mittel, das Motiv und die Gelegenheit hatte, jede der scheußlichen Taten zu begehen. Und diese eine Person war Ross Varda. Er hatte ständigen Zugang zu Lynn und Nicki. Er war bei mir, als ich den Anruf von Claire Fisher erhielt. Ich habe ihm selbst gesagt, dass sie das Tagebuch gefunden hatte. Und in meine Wohnung kam er mit einem nachgemachten Schlüssel, er hatte genügend Gelegenheit, sich von meinem Schlüssel einen Knetabdruck für die Kopie zu machen.

Und Father Joe? Was, wenn Hutch Recht damit hatte, dass Father Joe nie und nimmer ein Vergewaltiger war? Wieso hätte Nicki mir sagen sollen, dass er einer war? Ganz einfach: Varda zwang sie zu dieser Lüge, um uns einen perfekten Verdächtigen zu liefern. Ich bin sicher, dass er ihr damit gedroht hat, ihrem Sohn etwas anzutun, wenn sie nicht tun würde, was er von ihr verlangte. Auch das habe ich leider übersehen. Wer wusste denn, dass Jakey Coscarelli Nickis Kind ist? Die Bells wahrscheinlich nicht. Noch weniger die Milburnes oder Bartlett und seine Schwester.

Varda hatte die ganze Zeit falsche Fährten gelegt. Besonders clever von ihm war es, seine eigene Wohnung auf den Kopf zu stellen, eine Warnung zu hinterlassen, sich selbst eine Verletzung beizubringen und zu behaupten, er wäre überfallen worden. Und die grässliche Zeichnung, die angeblich von einem Kind stammte, war ebenfalls ein Ablenkungsmanöver. Varda musste lediglich in einem Psychologiebuch über Kinderzeichnungen nachschlagen und kopieren, wie Kinder malen.

Hutchs Anruf im Krankenhaus lieferte das letzte fehlende Teilchen. Es dauerte eine Weile, bis bei mir der Groschen fiel, aber endlich konnte ich mir etwas erklären, das mir bis dahin unbegreiflich geblieben war. Wenn Father Joe unschuldig war – wenn er nichts von dem getan hatte, was ihm vorgeworfen wurde, einschließlich der Vergewaltigung von Lynn im Gefängnis, warum hatte er sich dann umgebracht? Die Antwort? Er hatte sich nicht umgebracht. Die Gestalt, die die kleine Emily Raymond nachts aus dem Pfarrhaus kommen sah, war kein Traum gewesen. Es war ein Mann. Es war Ross Varda. Father Joe hat sich die Schlinge nicht um den Hals gelegt. Ich bin sicher, dass Ross Varda sie ihm umgelegt hat – entweder direkt oder indirekt. Indirekt, weil er möglicherweise erneut damit drohte, einem Kind etwas zuleide zu tun, falls seinen Anordnungen nicht Folge geleistet würde. In diesem Fall war das Kind Emily Raymond. Den Tod des Priesters werde ich nicht so leicht verwinden. Ich bin fest davon überzeugt, dass er sein Leben geopfert hat, um Emily zu retten, und höchstwahrscheinlich auch Emilys Mutter.

Keiner von uns – Marcus, Oates, ich – weint Ross Varda eine Träne nach. Fatal ist nur das Timing seiner Selbsttötung. Denn wir wissen noch immer nicht, wo Jakey ist. Oates macht sich schreckliche Vorwürfe, denn er ist überzeugt, dass er Varda zu dem Sprung aus dem Fenster getrieben hat. Er glaubt, der Auslöser war, dass er Varda gesagt hat, er werde den Rest seines Lebens im Knast verbringen. Vielleicht hat er Recht. Wir werden es nie erfahren.

Marcus fährt sich mit den Händen durchs Haar. Es ist zwei Uhr morgens, Vardas zerschmetterter Körper ist in die Gerichtsmedizin gebracht worden. Oates und ich sind zu Marcus' Zivilwagen vor dem Krankenhaus gebracht worden. Wir sitzen auf der Rückbank. Marcus sitzt vorn, hinter dem Lenkrad. Wir alle fühlen uns unerträglich hilflos.

Und was sollen wir Leo sagen? Wir haben den Kidnapper deines Sohnes gefasst. Die gute Nachricht – er ist tot. Die schlechte Nachricht – wir haben noch immer keinen Schimmer, wo er Jakey versteckt hält.

«Moment.» Ich schnelle nach vorn. «Seine Schwester.»

Beide Männer blicken mich an. «Welche Schwester?», fragen sie wie aus einem Mund.

«Ross Varda hat eine Schwester. Das hat mich die ganze Zeit irritiert. Nicki hat immer *sie* gesagt. Sie könne nicht reden, weil *sie* Jakey sonst was antun. Ich habe nie jemand anderen mit Varda in Verbindung gebracht. Aber Varda hat mehrmals von einer Schwester gesprochen.»

Das Chaos, das Varda in seiner Wohnung angerichtet hatte, ist nichts im Vergleich zu der Verwüstung, die Marcus, Oates, ich und vier Bostoner Polizisten jetzt anrichten. Wir suchen nach irgendeinem noch so kleinen Hinweis, wo Jakey sein könnte. Aber wir finden absolut nichts, was mit Vardas Schwester zu tun hat. Keine Zettel, keine Briefe, keine Umschläge, kein Adressbuch. Wir sehen im Telefonbuch von Boston nach. Keine Vardas. Ross Varda muss eine Geheimnummer haben. Und seine Schwester offenbar auch. Marcus ruft im Präsidium an und beauftragt einen seiner Leute damit, herauszufinden, wer alles mit dem Namen Varda eine geheime Telefonnummer hat.

Fast zwei Stunden später – es ist jetzt kurz vor vier Uhr morgens – wissen wir nicht mehr, wo wir in der Wohnung noch suchen sollen. Und anscheinend ist Ross der einzige Varda mit einer Geheimnummer.

Oates sinkt auf eine Couch. Er wirkt erschöpft und verzweifelt. Marcus schickt seine Leute weg, lehnt sich dann an die Wohnzimmerwand und blickt auf das Chaos. Ich stehe mitten im Raum.

«Und wenn es gar keine Schwester gibt?», murmelt er. «Wenn Sie das falsch verstanden haben, Nat?»

Und dann habe ich die Erleuchtung. Meine Erschöpfung und mein Frust sind wie weggeblasen.

«Wir müssen zum Horizon House.»

«Wieso?», fragt Marcus.

«Nicki. Sie weiß von der Schwester.»

«Wartet hier», sage ich zu Marcus, Oates und den beiden Uniformierten, die vor Nickis Tür Wache stehen. Es ist halb fünf Uhr morgens. Sie wird sich schon genug ängstigen, wenn ich allein in ihr Zimmer gehe und sie wecke. Aber wenn sie die Augen aufmacht und sieht eine ganze Schar von Cops vor sich, dreht sie wahrscheinlich durch.

Nicki liegt in ihrem eigenen Bett, die Decke bis zum Hals hochgezogen. Ich lasse die Tür einen Spalt auf, damit etwas Licht vom Flur ins Zimmer fällt. Ich trete an ihr Bett.

«Nicki?» Ich rüttle sie leicht an der Schulter. «Nicki, ich bin's, Natalie Price. Bitte wachen Sie auf. Ich muss mit Ihnen sprechen. Es ist sehr wichtig.»

Sie antwortet nicht. Noch beunruhigender ist, sie rührt sich auch nicht. Mir bleibt das Herz stehen. Ich reiße die Decke weg und schnappe nach Luft, als ich in dem schwachen Licht eine Blutlache sehe, die im Laken versickert.

«Die Schnitte sind tief. Sie hat viel Blut verloren. Sie wollte sich umbringen, keine Frage. Um sechs oder sieben heute Morgen wäre sie verblutet gewesen.» Die Ärztin in der Notaufnahme lächelt mich an. «Sie haben ihr das Leben gerettet, Superintendent.»

«Kann ich mit ihr sprechen?»

«Wir haben ihr was gegen die Schmerzen gespritzt. Bei dem Medikament und dem Blutverlust ist sie frühestens in ein paar Stunden ansprechbar.»

Marcus schaltet sich ein. «Es ist sehr wichtig.»

«Davon bin ich überzeugt, Detective», sagt die junge Ärztin. «Aber sie ist völlig weggetreten. Sie werden warten müssen. Tut mir Leid.»

Marcus und ich gehen zu Oates und Jack Dwyer ins Wartezimmer. Ich habe Jack angerufen und ihm das mit Nicki berichtet. Ich wollte, dass Jack Bescheid weiß, weil ich es wohl kaum zurück bis zum Zentrum schaffe, bevor sich die Nachricht von Nickis Selbstmordversuch herumspricht. Seit dem Überfall auf Lynn Ingram sind die Häftlinge nervös. Das mit Nicki wird die Situation nicht besser machen.

Zwanzig Minuten nachdem ich mit Jack telefoniert hatte, traf er im Krankenhaus ein. Sicherlich um nach Nicki zu sehen, aber auch, weil er weiß, wie fertig ich sein muss.

«Und?», fragt Jack und erhebt sich von seinem Stuhl. Oates steht bereit, genauso gespannt zu hören, wie es Nicki geht.

«Wir müssen abwarten», sagt Marcus. «Mindestens noch ein paar Stunden.»

«Und die Schwester?», fragt Oates verzweifelt. «Noch immer nichts über die Geheimnummer? Sie wird doch wohl ein Telefon haben, oder?»

«Mann, so schnell geht das nicht. Schließlich wissen wir nicht mal, ob sie noch den Namen Varda trägt. Sie könnte doch verheiratet sein», sagt Marcus. «Oder einen angenommenen Namen benutzen.»

Plötzlich habe ich eine Idee. Die Lebensversicherung. Varda arbeitet für den öffentlichen Dienst. Und der öffentliche Dienst schließt für seine Angestellten eine Lebensversicherung ab. Wahrscheinlich hat er seine Schwester als Begünstigte eingesetzt. Ihr Name müsste auf der Police stehen.

Ich will den anderen schon meine Überlegung mitteilen, als mir der Gedanke kommt, dass ich am besten zuerst selbst nachsehe, bevor ich allen falsche Hoffnungen mache.

Ich wende mich an Marcus. «Sie bleiben noch hier?»

Er nickt, mustert mich misstrauisch. Ich glaube kaum, dass der Mann mir je wieder trauen wird. «Wieso? Was haben Sie vor?»

«Ich möchte zu Leo, David. Ich möchte ihm das mit Varda berichten. Und ich möchte, dass Sie Ihre Wachhunde zurückpfeifen.»

Marcus' Miene verfinstert sich.

«Die Bells haben keine Anzeige erstattet», erinnere ich ihn, obwohl ich nach wie vor besorgt bin, dass sie es tun. «Und Sie brauchen jetzt nicht mehr zu befürchten, dass er über jemanden herfällt. Varda ist tot.»

Jetzt runzelt Oates die Stirn. «Er könnte durchdrehen, und ich würde es ihm weiß Gott nicht verdenken, wenn er hört, dass ich Varda zum Sprung aus dem Fenster getrieben habe, bevor der Mistkerl uns sagen konnte, wo er Jakey versteckt hat.»

Ich lege eine Hand auf Oates' Arm. «Es würde nichts bringen, wenn er es erfährt.» Ich blicke zu Marcus. «Oder?»

Der zögert, doch dann nickt er.

«Ich fahr dich», bietet Jack an.

«Nein, nicht nötig.»

Er macht keinen Hehl aus seiner Enttäuschung, aber er widerspricht mir auch nicht.

Bitte sei nicht böse auf mich. Es gibt keinen anderen Weg. Wenn ich nicht mehr da bin, haben sie keinen Grund mehr, Jakey festzuhalten. Was ich gesagt habe, war nicht so gemeint, Leo. Das mit der Abtreibung. Jakey ist das einzig Schöne, das ich in meinem jämmerlichen Leben je zu Stande gebracht habe. Ich habe es mir ganz allein zuzuschreiben, dass mein Leben so verkorkst ist. Es ist alles meine Schuld. Und ich bin dir und deiner Mutter so überaus dankbar für alles, was ihr getan habt, um mich zu retten. Aber ich habe es versaut.

Ich habe keine Angst zu sterben, Leo. Im Ernst, so kann ich zum zweiten Mal etwas Gutes tun, bevor ich die Erde verlasse. Mein Leben für meinen Sohn opfern. Ich liebe Jakey aus ganzem Herzen und mit ganzer Seele. Bitte, bitte verzeih mir, Leo.

Alles Liebe,

Nicki

36

Ich bin wieder in Vardas Wohnung, diesmal mit Leo. Er sieht zwar immer noch verhärmt aus, aber zumindest hat er nicht mehr diesen gehetzten Ausdruck im Gesicht. Leo wirkt entschlossen. Er hat eine Aufgabe. Und zumindest wissen wir jetzt, wonach wir suchen. Die Police einer Lebensversicherung, abgeschlossen bei der Federal Life Insurance Company. Leo nimmt sich das Schlafzimmer vor. Ich suche im Wohnzimmer. Da es eine Zwei-Zimmer-Wohnung ist, bleibt danach nur noch die Küche, denn ich bezweifle, dass Varda wichtige Unterlagen im Bad aufbewahrt hat. Ich fürchte allerdings, dass er sie in irgendeinem Bankfach deponiert hat.

Nach über einer Stunde finde ich mich damit ab, dass sich in diesem Raum keine Versicherungspolice befindet. Ich gehe ins Schlafzimmer, um zu sehen, wie Leo vorankommt.

Er sitzt auf Vardas Bett, das Gesicht in den Händen vergraben.

Ich gehe zu ihm und setze mich neben ihn. Ich möchte irgendetwas sagen. Etwas, was seinen Schmerz, seine Panik, seine Verzweiflung lindert. Ich möchte etwas sagen, was ihm neue Hoffnung gibt. Aber alles, was ich sagen könnte, würde nicht nur in Leos Ohren hohl klingen, sondern auch in meinen.

«Was ist, wenn er mit seiner Schwester ein Zeichen vereinbart hat, Natalie? Was ist, wenn er ihr gesagt hat, falls er sich nicht bis zu einem gewissen Zeitpunkt bei ihr meldet, soll sie –»

«Nicht, Leo. Mach dich nicht verrückt. Komm. Steh auf. Hilf mir, die Küche auseinander zu nehmen. Meine Mutter hat immer ein großes Kuvert voll mit Quittungen, Versicherungspolicen, Geburtsurkunden und so weiter in einer Küchenschublade aufbewahrt.»

Ich stehe auf und ziehe Leo auf die Beine. Dann führe ich ihn regelrecht an der Hand in die Küche.

Leider ist jede Schublade bereits durchsucht worden, und ein

Großteil des Inhalts liegt verstreut auf dem grün-weißen Fliesenfußboden. Leo blickt niedergeschlagen auf das Durcheinander. Dann lässt er sich auf einen Stuhl am Küchentisch fallen, auf dem ein einfaches, weißes Vinyltischtuch liegt.

Ich setze mich ihm gegenüber und ziehe meinen Stuhl näher heran, sodass ich seine Hand fassen kann. Mein Knie stößt gegen etwas Hartes. Einen kurzen Moment lang denke ich mir nichts dabei.

Und plötzlich –

Leo schaut mich an, als wäre ich verrückt geworden, als ich das Tischtuch herunterreiße.

«Da ist eine Schublade. Der Tisch hat eine Schublade. Das haben wir nicht gesehen. Das haben wir alle übersehen, als wir das erste Mal hier waren.» Mein Herz rast. Aber ich bemühe mich, mir keine Hoffnungen zu machen. Vielleicht ist die Schublade leer. Vielleicht ist sie voll mit irgendwelchem nutzlosen Krimskrams.

Ich habe Angst, sie zu öffnen. Angst, wieder enttäuscht zu werden.

Leo kommt auf meine Seite des Tisches. Er ist es, der die Schublade aufzieht.

Es liegt nur ein einziger Gegenstand darin. Ein Kuvert. Genauso eins, wie meine Mutter es hatte.

Ich halte den Atem an, als Leo den Umschlag öffnet. Ich sehe, dass seine Hand zittert. Ich glaube, auch er wagt nicht zu atmen.

Und da ist sie. Direkt unter Vardas Autoversicherung. Eine Versicherungspolice der Federal Life Insurance. Versicherungsnehmer: Ross Radway Varda. Begünstigte: Patricia Radway.

Ich reiße das Bostoner Telefonbuch von der Küchentheke.

Es gibt einen Eintrag mit dem Namen P. Radway.

Die dazugehörige Adresse lautet 432, St. Botolph Street.

Bis zu seinem Sprung in den Tod heute in den frühen Morgenstunden wohnte Ross Varda in der St. Botolph Street, Nummer 432.

Ross Vardas Wohnung hat die Nummer 3C.

Leo und ich sehen auf dem Klingelschild an der Haustür nach.

P. Radways Name steht dort säuberlich gedruckt. P. Radway wohnt in der Wohnung Nummer 5B.

Kein Wunder, dass niemand Ross Varda gestern Morgen oder am Abend zuvor hatte weggehen sehen. Er hat das Haus gar nicht verlassen. Er ist nur zwei Etagen höher in die Wohnung seiner Schwester Patricia gegangen.

Leo stürmt die Treppe hoch, nimmt zwei Stufen auf einmal. Ich ertappe ihn dabei, wie er automatisch nach seiner Waffe greifen will, aber nach dem Tumult bei den Bells hat Marcus verlangt, dass er seine Dienstwaffe abgibt. Ich renne ihm nach, packe seinen Arm, als wir den vierten Stock erreichen.

«Leo, wir können nicht einfach da reinstürmen. Was, wenn sie eine Schusswaffe hat? Vergiss nicht, Claire wurde erschossen. Auf mich wurde geschossen. Varda hatte keine Schusswaffe bei sich, als er im Krankenhaus aufgetaucht ist. Er wurde durchsucht, bevor der Rettungswagen ihn abtransportiert hat. Und auch in seiner Wohnung haben wir keine Schusswaffe gefunden.»

Er reißt seinen Arm los. «Mein Junge ist da drin, Natalie.»

«Eben, und das Letzte, was du willst, ist, dass Patricia Radway in Panik nach ihrer Waffe greift und Jakey in den Kopf schießt.» Ich wähle absichtlich brutale Worte. Ich fürchte, ihn sonst nicht zu erreichen.

Es scheint mir trotzdem nicht zu gelingen. Wieder hastet er die Treppe hoch. Ich habe Mühe, ihm dicht auf den Fersen zu bleiben.

Erst im fünften Stock, keine drei Meter von der Wohnung entfernt, bleibt Leo stehen. Aber nur um Atem zu schöpfen.

«Bitte, Leo. Lass mich allein an die Tür gehen. Bei einer Frau wird sie nicht so schnell alarmiert sein wie bei einem Mann. Ich sage, ich bin eine neue Nachbarin. Ich schaue, ob ich eine Waffe sehe. Wenn die Luft rein ist, huste ich. Und dann kannst du —»

«Und wenn sie die Tür mit einer Waffe in der Hand öffnet?»

«Dann lass ich mir was einfallen», sage ich, schon auf dem Weg zur Tür.

Als ich auf die Klingel von P. Radway drücke, fängt sofort ein Hund an zu bellen. Dieses Bellen würde ich überall erkennen. Eine Welle himmlischer Erleichterung spült über mich hinweg.

Zwei Sekunden später fliegt die Tür auf.

«Ross –» Patricia Radway schnappt nach Luft, als sie sieht, dass nicht ihr Bruder vor der Tür steht. «Wo ist Rossy? Wo ist mein Bruder? Ich will zu meinem Bruder. Bist du wohl still, Hündchen. Rossy hat mir einen neuen Hund mitgebracht. Und ich habe auch einen neuen besten Freund, bloß der schläft. Und Rossy sagt, ich kann beide ganz, ganz lange behalten.» Sie muss schreien, weil das Bellen nicht aufhört. *Schon gut, Hannah. Ich bin da, um dich zu holen. Dich und Jakey. Nichts wird mich aufhalten. Das gilt erst recht für Leo.*

Ich zittre am ganzen Körper, als ich die kleine, übergewichtige, ungepflegte Frau in ihrem flauschigen, rosa Bademantel und ihren Häschenpantoffeln anschaue. Sie sieht aus wie Ende dreißig, Anfang vierzig, kann aber von ihrer geistigen Entwicklung her nicht älter als acht Jahre alt sein. Vielleicht noch jünger. Ich bin sicher, dass ich das *kleine Mädchen* vor mir habe, das das grässliche Gesicht gemalt und Bethany Milburne angerufen hat.

«Wohnst du ganz alleine hier, Patricia?» Mein Tonfall ist künstlich heiter, aber ich bin sicher, dass Ross' geistig zurückgebliebene Schwester das nicht merkt. Zumal Hannah noch immer so laut bellt, dass Patricia mich kaum verstehen kann.

«Ich hab mein Hündchen und meinen Freund. Manchmal wohnt Rossy bei mir. Manchmal besucht mich meine Freundin Cindy. Die ist Krankenschwester und hat eine weiße Tracht. Sie hat versprochen, mir auch eine zu kaufen, damit ich Krankenschwester werden kann. Bist du auch Krankenschwester?»

«Ich bin eine Freundin von Ross. Darf ich reinkommen und dich besuchen?»

Patricia spitzt die Lippen. «Rossy sagt, ich darf nicht mit Fremden spielen.»

«Ich bin keine Fremde, Patricia. Ich kenne sogar dein Hündchen und deinen Freund.»

Sie kneift argwöhnisch die Augen zusammen. Ich habe einen großen Fehler gemacht.

«Die gehören mir. Und ich sorge richtig gut für sie. Die darf mir keiner wegnehmen. Rossy hat es mir versprochen.»

«Ach, das will ich doch auch gar nicht. Er hat mir gesagt, dass sie dir gehören, Patricia. Ich hab gerade erst noch mit ihm gesprochen.» Ich versuche, das Mitleid hinunterzuschlucken, das mir wie ein Kloß in der Kehle sitzt. Was soll aus Patricia werden, jetzt, wo ihr Bruder nicht mehr da ist?

«Kannst du Dame spielen?», fragt sie unvermittelt.

«Ein bisschen. Aber du schlägst mich bestimmt.»

Ich betrete die Wohnung und stehe gleich in Patricias Wohnzimmer. Eine andere Tür öffnet sich, und ein kleiner Junge in einem Spiderman-Pyjama kommt hereingetappt, gähnt und reibt sich die Augen. «Hannah bellt. Sie hat mich wach gemacht.»

«Hi, Jakey.»

Jakeys Hand sinkt herab, und seine Augen werden ganz groß, als er meine Begrüßung hört. «Natalie, Natalie», kreischt er und läuft auf mich zu.

Doch um zu mir zu können, muss er direkt an Patricia vorbei. Trotz ihrer Körperfülle bewegt sie sich sehr schnell und reißt ihn genau in dem Moment hoch, als Leo in die Wohnung gestürmt kommt.

Hannah bellt jetzt aus Leibeskräften. Ich höre, dass sie sich gegen die Tür wirft, um zu mir zu gelangen.

«Daddy, Daddy», ruft Jakey.

Leo eilt zu ihm, bleibt aber abrupt stehen, als er sieht, wie Patricia aus der Tasche ihres Bademantels eine Pistole zieht.

«Ich kann schießen», sagt sie stolz. «Das hat Rossy mir beigebracht.»

Jakey fängt an zu weinen. Ich selbst bin den Tränen verzweifelt nahe. Und Leo ganz sicher auch.

«Patricia, dein neuer bester Freund weint, weil du ihm Angst machst.» Es ist schwer, weiter freundlich und nicht bedrohlich zu klingen, obwohl ich Hannahs lautes Gebell übertönen muss.

«So ein ungezogener Hund», sagt Patricia streng.

«Daddy. Ich will zu meinem Daddy.» Jakey weint und versucht vergeblich, sich aus Patricias festem Griff zu winden.

«Das ist nicht dein Daddy», faucht Patricia. Das alles verwirrt sie sichtlich. Gar nicht gut. Und Hannah macht alles noch schlimmer.

Vorsichtig mache ich einen Schritt in Richtung Tür, hinter der Hannah jetzt winselt. «Ich kann gut mit Hunden umgehen, Patricia. Ehrenwort, ich sorge dafür, dass er aufhört, so einen Krach zu machen.»

Leos Augen sind gebannt auf die Pistole gerichtet. «Komm, Patricia, lass Jakey runter.»

«Geht weg.»

Ich gehe weiter auf die Tür zu.

«Jakey, wenn du aufhörst zu weinen, darfst du mit Rossys Pistole spielen», sagt Patricia fröhlich. «Aber du musst aufhören zu weinen.»

Mir stockt der Atem.

Leo ruft verzweifelt. «Nein. Bitte.»

Ich stürze zur Tür, reiße sie auf. Hannah kommt wild bellend aus ihrem Gefängnis gestürmt.

Vor Schreck über das unerwartete Auftauchen des Hundes stößt Patricia einen alarmierten und verwirrten Schrei aus. Ich sehe, wie sie die Pistole auf Hannah richtet. Leo hechtet vor und packt Patricias Beine. Sie fällt zu Boden, die Waffe und Jakey noch immer umklammert. Ich eile Leo zu Hilfe. Auch Hannah fegt heran. Ich weiß nicht, wieso, aber sie springt auf Patricia und bellt und fletscht die Zähne. Patricia fängt an zu weinen. Ich kann ihr die Waffe aus der Hand nehmen. Leo zieht Jakey aus ihren Armen und drückt seinen Sohn an die Brust.

«Böser Hund. Böser Hund. Du bist nicht lieb. Ich mag dich nicht mehr. Ich mag euch alle nicht. Ich will zu meinem Rossy.»

«Ist es schlimm?»

Und ehe ich etwas erwidern kann, sagt sie: «Nein, sagen Sie nichts.»

«Sie sind noch immer eine schöne Frau, Lynn.»

Tränen glänzen in ihren Augen. Mit den Fingern fährt sie behutsam über die ungleichmäßige Linie, die sich abwärts über ihre rechte Gesichtshälfte zieht. Sie ist rot, noch nicht vernarbt. Der plastische Chirurg ist mit dem Ergebnis dieser ersten Operation, der noch einige folgen werden, zufrieden. Die Verbände wurden heute entfernt. Ross Varda ist seit zwei Wochen tot. Seit zwei Wochen kehrt Lynns Erinnerung allmählich zurück.

«Wie geht's Patricia?», fragt sie.

«Sie scheint sich in dem Heim ganz wohl zu fühlen. Die haben sogar einen Hund da. Er heißt Noodles. Sie ist ganz vernarrt in ihn.»

Lynn zögert. «Fragt sie noch nach ihrem Bruder?»

«Nicht oft, wie ich höre.»

«Ich hasse ihn nicht. Nicht mal jetzt. Mein neuer Therapeut sagt, ich werde das Trauma erst richtig überwinden, wenn ich Wut empfinden kann. Aber zurzeit bin ich viel zu traurig, um wütend zu sein. Er hat mich wirklich geliebt. Mich und Patricia. Sonst war ihm niemand wichtig.»

«Lynn, er hat Sie in Grafton vergewaltigt.» Auch wenn Lynn nicht wütend ist, ich bin voller Zorn. «Es wäre auch bei jedem anderen ein scheußliches Verbrechen gewesen, aber bei einem Arzt, Ihrem eigenen Psychiater, kann ich mir nichts Verwerflicheres vorstellen.»

«Stimmt. Alles, was Sie sagen, stimmt. Aber ich glaube wirklich, dass er es nicht kontrollieren konnte. Wie Mr. Hyde, der die Herrschaft über Dr. Jekyll gewinnt.» Sie lächelt schwach. «Als Kind habe ich Liebesromane verschlungen, mit tollen, sexy Frauen, die die Männer verrückt machten, sie in den Wahnsinn, zur Raserei trieben. Ich wollte so sein wie diese Frauen.» Tränen laufen ihr über die verunstalteten Wangen, noch während sie weiter lächelt.

«Haben Sie was von Harrison Bell gehört?», frage ich. Nicht von ungefähr kommt gerade er mir in den Sinn, als Lynn davon spricht, Männer zur Raserei zu treiben.

«Das ist vorbei. Noch etwas, das ich loslassen muss. Ich habe einen kurzen Brief von ihm bekommen. Er will mit Carol zur Paartherapie gehen. Ich weiß nicht, ob sie ihre Ehe retten können, aber ich glaube, dass er das wirklich möchte.»

«Sharon Johnson kümmert sich um eine neue Stelle für Sie.

Dr. Madison sagt, Sie werden in einigen Tagen entlassen. Sie empfiehlt Ihnen, eine Woche zu Hause –»

«Zu Hause», wiederholt sie wehmütig.

«Ich weiß, das Horizon House ist alles andere als –»

«Nein, nein, das meine ich nicht. Ich ... ich hatte gestern Besuch von meiner Mutter.» Sie hält einen Augenblick inne. «Aber das wissen Sie ja schon.»

Ich nicke. Lynn ist nach wie vor Insassin des Horizon House. Alle Besucher müssen überprüft und registriert werden. Vor ihrem Zimmer ist rund um die Uhr ein Vollzugsbediensteter postiert.

«Es ist schwer für sie», sagt Lynn. «Sie hofft, dass mein Vater doch noch weich wird und wenigstens irgendeine Art von Kontakt zu mir aufnimmt, und wenn er mir nur eine Genesungskarte schreibt. Ihr größter Wunsch ist es, dass ich sie in Westfield besuchen kommen könnte, aber –» Sie seufzt. «Dass ich meine Mom sehen kann, ist schon mehr, als ich gehofft hatte.»

«Ich habe gehört, Sie hatten gestern noch mehr Besuch.»

Lynn hebt eine Augenbraue, frisch gezupft, ein Zeichen, dass es ihr besser geht. «Das haben Sie nicht nur gehört. Sie mussten den Besuch genehmigen.»

«Stimmt.»

«Es war seltsam, sie wiederzusehen. Als würde ich ein Gespenst sehen. Ich meine, ich habe gedacht, sie wäre tot.» Lynn lächelt. «Sie ist wunderschön. Mein Gott, ich hätte sie nicht erkannt. Wirklich nicht.»

«Ja, sie sieht sehr gut aus», sage ich lachend.

«Ich werde den Mund halten. Sie ist in Ordnung. Obwohl mich die Politik ihres Mannes nicht gerade begeistert –»

«Dann wären wir schon zwei», sage ich.

«Aber sie hat es verdient, glücklich zu sein.» Sie hält inne. «Ich hab meiner Mutter erzählt, dass Bethany hier war. Ich dachte, sie wäre bestürzt, dass Bethany am Leben ist. Aber keineswegs. Mein Vater hat es ihr erzählt. Er hat auch zugegeben, dass er Schweigegeld von Daniel Milburne angenommen hat. Sie schämt sich dafür, aber sich zu schämen ist ja nichts Neues für sie.»

Ich lege meine Hand auf die von Lynn. «Es tut mir Leid.»

«He, ich spüre schon was von dem vergrabenen Zorn in mir hochkommen. Das ist gut. Sehen Sie, ich mache Fortschritte.»

«Und ob», sage ich und meine es auch so.

«Wissen Sie, dass die Polizei mein Tagebuch gefunden hat?», fragt sie nach einer Weile.

«Ja. Es dient noch als Beweismaterial, aber Sie kriegen es später zurück.»

«Ich überlege, ob ich versuche, es zu veröffentlichen. Natürlich muss einiges rausgestrichen werden. Ich weiß nicht, ob die Leute, die das lesen, dann besser verstehen können, was ich durchgemacht habe, aber schön wär's.»

EPILOG

«Ich hab Hannah einen Hundeknochen mitgebracht. Kann sie ihn haben?»

Als Hannah Jakeys Stimme hört, ist sie auch schon von ihrem Lieblingsplatz unter meinem Schreibtisch aufgesprungen und springt auf den Jungen zu.

Ich nicke, und Jakey gibt Hannah den Knochen. Aus Höflichkeit lässt Hannah sich noch kurz von Jakey den Kopf streicheln und legt sich dann, Knochen im Maul, wieder unter meinen Schreibtisch, um sich den Leckerbissen genüsslich schmecken zu lassen.

«Wie geht's dir, Jakey?», frage ich, als er näher kommt.

«Weißt du was?», sagt er fröhlich.

«Was denn?»

«Dad sagt, ich kann mitkommen, wenn er Mom abholt.»

Ich setze ein strahlendes künstliches Lächeln auf. «Mann, das ist ja super.»

Er hält zwei Finger hoch. «Nur noch zwei Wochen. Dann braucht sie nie wieder hierher zurück. Das hat Nick ... Mom mir erzählt. Bist du dann auch nicht traurig? Du kannst ja weiter ihre Freundin sein.»

«Ja, klar kann ich das.» Ich bemühe mich, das Lächeln an Ort und Stelle zu halten. Ich weiß, es ist gut, dass Nicki Jakey die Wahrheit gesagt hat. Sie hat sich dazu im Krankenhaus nach ihrem Selbstmordversuch entschlossen, und sobald sie wieder im Horizon House war, hat sie ihm gesagt, dass sie seine Mutter ist. Jakey nahm die Nachricht erstaunlich gelassen auf. Er hatte immer eine Mommy haben wollen, und jetzt hat er eine. So einfach war das. Seitdem besucht Jakey sie jede Woche. Nicki dagegen hat sich verändert, seit sie wirklich eine Mutter ist. Ich glaube wirklich, dass sie es diesmal packt.

«Ja. Und Grandma macht Lasagne.»

Ich schlucke den Kloß im Hals runter. «Ich wette, deine Mom wird sie mögen.»

«Bestimmt», sagt er zuversichtlich. «Genau wie du. Daddy sagt, Lasagne ist dein Lieblingsessen. Du kommst doch auch, nicht?»

«Tja ... ich glaube, ich kann nicht, Jakey.» *Ich werde zu beschäftigt sein, mein gebrochenes Herz zu pflegen.*

«Klar kannst du, Natalie.» Ich schaue auf und sehe Leo in der Tür stehen.

Ich muss mich zusammenreißen, um nicht loszuheulen.

«Ich gehe wieder zu Mom, wir spielen Dame», sagt Jakey. Er läuft zur Tür, dreht sich dann noch einmal zu mir um. «Weißt du, Patricia war nicht böse zu mir, als ich bei ihr war. Sie hat mir Dame beigebracht. Und zum Frühstück durfte ich zwei Schokoriegel essen.»

Leo schließt die Tür, nachdem Jakey zu seiner Mutter gelaufen ist. «Ich hatte Albträume befürchtet, alle möglichen emotionalen Probleme, aber der Kleine ist wirklich erstaunlich.»

«Ja. Ja, das ist er.» Ich schaue weg.

«Natalie –»

Ich hebe eine Hand. «Leo, es ist alles in Ordnung. Wirklich. Ich muss jetzt wieder an die Arbeit –»

«Sie ist seine Mutter –»

«Das ist mir bekannt», erwidere ich barsch, schäme mich dann für meinen Ausbruch.

«Ich möchte, dass Jakey eine Beziehung zu ihr hat», fährt er im selben ruhigen Ton fort. «Das wird für Jakey gut sein, und es wird für Nicki gut sein.»

Ich nicke, weil ich meiner Stimme nicht traue.

«Ich will dir nicht vormachen, dass es mit uns – mit dir und mir – genauso sein wird wie vorher. Aber ich möchte noch immer, dass es ein ‹Uns›, gibt, Natalie. Und du? Was möchtest du?»

Ich lächle schief. «Frag mich was Leichteres.»

Er lächelt zurück. «Nein.» Und dann erstirbt sein Lächeln. «Also?»

Unsere Blicke treffen sich. «Ich würde vorschlagen, wir schauen mal, wie's weitergeht.»

«Guter Vorschlag», sagt er.